20世纪中国文学经典新解读丛书

何浩 ◎著

与"现实"缠斗

《在延安文艺座谈会上的讲话》以来的革命现实主义文学及其周边

河北出版传媒集团
河北教育出版社

图书在版编目（CIP）数据

与"现实"缠斗：《在延安文艺座谈会上的讲话》以来的革命现实主义文学及其周边 / 何浩著. -- 石家庄：河北教育出版社, 2023.7
（20世纪中国文学经典新解读丛书）
ISBN 978-7-5545-7902-2

Ⅰ.①与… Ⅱ.①何… Ⅲ.①现实主义 - 文学研究 - 中国 - 现代 Ⅳ.① I206.6

中国国家版本馆CIP数据核字(2023)第118534号

| | |
|---|---|
| 书　　名 | **与"现实"缠斗——《在延安文艺座谈会上的讲话》**<br>以来的革命现实主义文学及其周边 |
| 作　　者 | 何　浩 |

| | |
|---|---|
| 策　　划 | 丁　伟 |
| 出 版 人 | 董素山 |
| 责任编辑 | 王　哲 |
| 装帧设计 | 李关栋 |
| 出版发行 | 河北出版传媒集团 |
| | 河北教育出版社　http://www.hbep.com |
| | （石家庄市联盟路705号，050061） |
| 印　　制 | 河北新华第一印刷有限责任公司 |
| 开　　本 | 787 mm×1092 mm　1/16 |
| 印　　张 | 22.25 |
| 字　　数 | 284千字 |
| 版　　次 | 2023年7月第1版 |
| 印　　次 | 2023年7月第1次印刷 |
| 书　　号 | ISBN 978-7-5545-7902-2 |
| 定　　价 | 66.00元 |

版权所有，翻印必究

# 目 录

导论：重审革命现实主义……………………………………… 001

第一章（上）"搅动"—"煨制"：
　　　　　《暴风骤雨》的观念前提和展开路径………………… 007

第一章（下）《讲话》的挑战与"社会"的生成
　　　　——从《暴风骤雨》和《种谷记》座谈会说起 ……… 076

第二章　《创业史》与新中国成立初期的创业史 ……………… 125
　　　　——新中国成立初期文学实践的思想意涵 …………… 125

第三章（上）　从赵树理看李凖20世纪五六十年代
　　　　　　文学创作的观念前提和展开路径
　　　　——论另一种当代文学 ……………………………… 151

第三章（下）　与政治缠斗的当代文学
　　　　——重读李凖的《不能走那条路》……………………… 173

第四章　杜鹏程《战争日记》的历史认知与文学认知问题
　　　　——在《讲话》之后与《保卫延安》之前　……………… 197

第五章　想象历史？不，与历史缠斗！ ……………………… 227

附论：人文之眼——以20世纪50年代的

　　　历史—文学经验为出发点 …………………………… 283

结语：20世纪革命现实主义的遗产与挑战 ……………… 322

后记 ………………………………………………………… 338

# 导论：重审革命现实主义

新时期文学观念意识和文学研究的后续展开，可以大致看作三种视域下的推进：一种是"文学是人学"，一种是"文学是语言的艺术"，一种是"人是社会关系的总和"。第一种视域发展出诸如强调主体自我、文学审美性、纯文学等，在重写文学史口号下重新发掘和讨论沈从文、张爱玲等作家，以纠正过于从政治视野出发对文学的评判；第二种视域借助"语言论转向"，划分内部研究和外部研究，对抗反映论，相对贬抑日常语言，发展出诸多文体问题的讨论以及先锋派等文学实践；第三种视域回应中国社会诸多现实状况，并借用西方诸种理论，发展出权力话语分析、文化研究、后殖民、女权主义等，影响颇大的"再解读"也可看作这一视域下的进展。

但时至今日，无论是纯文学、文学性，还是考察各种社会关系中的文学，它们所投射出的文学与世界的关系，都很难切实描述、把握和确定身处这个时代中的我们百般纠缠又不可名状的生存感受。作为"人文学"的文学或文学研究，还能在我们需要帮助的时候帮助到我们吗？是否我们需要重新回到"人文学"本身来寻找如何在当下时代捕捉不可被轻易回收的痛楚、渴望和期待？是否有某些"人文学"的关键意识和能力，在历史浪潮激进发展文学研究时，已然丢失？又需如何重新练习、再次养成？

从这个问题感觉出发，我们今天的学术工作，已经不只是需要在某个学科中展开对文学所构想之图景的检讨，而是需要重新探寻文学和文学研究对于现实中具体生命感受的含摄能力和表述能力，探寻其作为"人文学"的爆破点，并以此重新激活知识思想的现实穿透力。换句话说，我们现在或许已经不能再满足于直接考察新时期以来文学所给出的各种世界—社会—人的图景。大致说来，这些图景都可看作该文学以过于明确的姿态和方式所描绘，也更是对其各自所面对的之前某种文学形态的反弹。无论是新时期以来的文学，还是新时期所渴望反弹的文学，都过于以某方为想象性对手，过于将对方直接定型，同时也往往因此而将自身定型。对于我们渴望文学能更加包裹性地感知我们的历史处境和生命感受而言，这种种方式都过快预设了我们在新时期以来的历史结构中的相当明确和显豁的某个身位。可如果当历史中的我们对历史发展本身产生了巨大困惑，已经身处历史结构中的某个确切身位如何能有助于我们反观历史本身？当社会可以依托于某种势能来发展，那社会依赖这种势能作为知识视野的立场或许不会出现太大恶果；可如果整个历史发展势能需要知识视野重新调整，以重新思考历史势能的构成和走向，那在既定历史发展势能结构中形成的知识视野就需要重构。

从这一问题意识来说，回到20世纪中国现当代文学史中，回到文学与历史发生激烈碰撞、但又尚未定型的时刻，不只是回到文学描述的某种图景，更是回溯考察文学描绘历史—社会—现实图景的路径和方式曾发生怎样的裂变、调整和重建，此过程中的文学如何与中国政治—社会—现实状况深度碰撞并形成某种确定方式和形态，就是非常有必要的。毕竟此后发生的种种文艺起伏消长，大致可看作此种碰撞之后的形态变化和逻辑结果。而文学直面现实，作家从与现实深度且剧烈碰撞中重新生成文学，这在20世纪40年代文学、尤其在毛泽东《在延安文艺座谈会上的讲话》（以下简称《讲话》）后的革命现实主义文学中有着丰富实践探索经验。

也因此，本书重新讨论革命现实主义问题，并不是从某种学科知识架构、某种立场、某种理论出发的讨论，不是基于对某种既定立场或图景的坚持而出发的讨论，而是从人文研究如何面对作为历史塑造后果的我们今天的现实状况这一感觉意识出发，向历史深处的回溯和探究，且特别向历史深处文学与现实深度碰撞的实践过程里回溯和探究。这会将讨论重心往后移，放在《讲话》以政治碰撞文学时，文学在观念意识、感知方式、现实认知装置、表述重心等环节如何碎裂与重构，或者说，重心在于讨论革命现实主义文学如何在与政治—社会—现实往复互动中构成自身，而不是抽象或概括性地讨论革命现实主义的诸面向。或许我们可以在对革命现实主义文学经验的细致辨识中，深入理解这一文学形态的内在生成方式、路径及其可能性，从而于其中打散被快速定型的凝固形态，抽丝剥茧地辨析其不同构成因素的生息脉动，尝试建立新的历史关联，将其中仍有可能启发我们的因素剥离出历史硬壳，并探寻这些因素在新的历史机制中的活力可能，基于对这些经验的深入辨析和多层次处理，再度反思和构想文学的发展形态。

本书聚焦于《讲话》以来的革命现实主义及其周边，实则只围绕周立波、柳青、李准、杜鹏程等作家的创作实践经验来展开讨论，只着重分析1942年以来的四位作家在20世纪四五十年代的部分作品和创作实践经验。之所以选择这四位作家的创作经验来深入辨析，一方面是笔者积累有限，精力有限，无法充分讨论《讲话》以来的众多文学实践探索；另一方面，本书既然重心在于重述革命现实主义文学与"现实"缠斗过程中的内在构成方式和可能，那也即意不在通过论述来构成某种体系化的表达，而是希望通过深入探究《讲话》以来的几个较为展开且较有代表性的文学实践经验，形成对革命现实主义文学内在状况的复杂认知，也为重新理解革命现实主义文学形成某些新的认知支撑点。如果能基于此而进一步帮助我们重新感觉文学与现实，则属于奢望。

  在当代文学研究史中，学界对这四位作家创作经验的讨论相当有积累。但就我的陋见而言，每一位都有再度深入辨析的必要，而不能停留于将他们的创作经验回收为政治规训文学等笼统论述，或过快以某种价值立场收束了对小说本身复杂构造机制的讨论，从而错失经由细腻耐心辨析这些文学如何面对和呈现历史—现实经验后，所可能打开的对我们更具启发性的思想。比如我们常谈《讲话》之后，左翼现实主义文学转向了革命现实主义文学。那这一转向在具体作家的创作实践中，到底发生了哪些具体变化？作家感知现实的方式、把握现实的方式、呈现现实的方式在不同历史时期，具体又会有哪些变化？哪些内容会被作为"现实"，哪些内容会被排斥出"现实"的范围，或被弱化？只有充分（本书的讨论仍然不能说充分）深入到这些文艺的具体环节的构造机制里，我们才能较为清晰地理解，左翼现实主义文学为何及如何转向革命现实主义文学，这种转向对于这些作家来说，会带来哪些兴奋感和挑战？这种兴奋感对于文学面对现实意味着什么？而这种兴奋感又如何在历史中逐渐从文学里消退？可能只有在历史经验中具体深入辨析这些环节、层次、步骤、因素等问题之后，我们才便于讨论革命现实主义文学对于作家所拓展出的内在空间和内在困境到底会是什么样态。初步理清革命现实主义内在运转机制和活力，便于我们不以理论或价值立场为认知前提，重新在历史中直面历史—现实的构造方式，深入理解革命现实主义与《讲话》碰撞的时刻和过程；也便于我们辨析文学—现实—政治—社会等因素在不同历史情境下的扭结、绞合、转动所拓展出的不同路径和分叉。由此，这些已成历史过往的文学实践经验，或许能在这些尝试和努力中被再次激活，我们可以再次感受人文如何在历史中努力挣扎，其哪一文学环节的用力才使它得以将历史中的某些因素绞合到某种形态，将历史晦暗不清的涌动一举确定成形，却又因遗漏或用力受阻，使其对现实的形塑充满各种可能。

这都需要我们先基于细致耐心地对革命现实主义文学创作实践经验展开充分的辨析和呈现。也因此，本书并非直接聚焦于常见的对革命现实主义诸多命题的讨论，而是尝试尽量回到对革命现实主义创作经验本身的动态构造的体察之中，回到文学与现实"绞合"的时刻和过程里，尽力紧贴其从有到无、又从无到有的生成的每一瞬，体察形塑和规定了我们今天的历史世界之形成与无可形成。本书所指的与"现实"缠斗，大致即指革命现实主义的这一特质。

但与"现实"缠斗，几乎也可以说是所有现实主义文学的特质，革命现实主义在这一层面有何特别之处？这就涉及对"现实"的理解。从理论上说，不存在反映论所指认的现实反应方式，这没有问题。如果仔细辨析这四位作家创作经验里的实际认知机制，基本上都比直观反映现实的认识论要远为复杂。在中国现当代文学中，《讲话》以来的革命现实主义文学之所以特别，之所以不同于西方现实主义、不同于"五四"现实主义、不同于左翼现实主义，其核心特征之一，即革命现实主义文学所面对的现实是以政治为中介的现实。当然，文学与"现实"缠斗，并不必然需要以政治为中介。但《讲话》以来的革命现实主义为什么会以政治为中介来与"现实"缠斗，这本身就是一个值得追问的问题。仅就周立波、柳青、李准、杜鹏程而言，他们以政治为中介的缘由和路径，则由于其各自观念前提、感知方式的不同，又呈现为不同的文学实践面貌。仅从这四位作家的创作实践经验我们或许就能看到，《讲话》以来的革命现实主义文学与"现实"缠斗的丰富性和多种可能，以及中国当代文学实际上所存在的多样发展可能。

就新时期以来的文学和文学研究而言，无论是"文学是人学""文学是语言的艺术"或"人是社会关系的总和"，都在文学和文学研究的展开中发生种种问题。"文学是人学"发展为了突出孤立化的自我、主体；"文学是语言的艺术"从反对反映论走向了把语言绝对化；"人是社会关系的总和"变成了对权力关系的揭示和批判。历史中与"现实"缠斗的文学经验是否还能为我们今天理解和应对这样的文学观念意识和发展路径提供别样的选择，也成为我们讨论革命现实主义文学的一大动力。

与"缠斗"相关的层面还需要关涉研究者自身的种种观念意识的历史构成。即便研究者希望能进入历史，从历史中重建新的知识视野，但任何研究者都并不自然具备不预设进入历史的能力。不对此问题有足够的警醒，很可能会导致即便我们以为进入历史，进入对革命现实主义文学实际经验的辨析和讨论，却不过仍是陷入以后设立场或理论切割历史经验的窘境。这就使得研究者在进入历史时，需在进入历史对象与"现实"缠斗的同时，也展开反复往返的自我"缠斗"。历史—现实—自我的三重缠斗，是对这种时代状况下的知识工作提出的必然要求。

本书并不奢望总论《讲话》以来革命现实主义的发展状况，反而尽量将工作限定在对有限的几位作家创作经验的细致且深入的剖析层面。本书不以定型化的作品作为讨论对象和前提，而以诸位作家在特定历史时刻与诸现实碰撞的创作过程作为核心聚焦对象，以希望对看似耳熟能详的革命现实主义文学的实际内在构成做初步辨析和呈现。

# 第一章（上）"搅动"—"煨制"：
# 《暴风骤雨》的观念前提和展开路径

## 一、周立波 20 世纪 30 年代对现实主义的观念认知

1943 年 10 月《解放日报》正式发表 1942 年 5 月毛泽东的《讲话》，之后几年，解放区的长篇小说并没有爆发式增长。直至 20 世纪 40 年代末期，以《讲话》为创作原则的长篇小说才大量涌现。如 1947 年，周立波和柳青几乎同时完成各自的第一部长篇小说。周立波从接受和吸收 20 世纪 30 年代左翼现实主义文学理念出发，逐步深入革命实践，并以他所理解的《讲话》为指导，以他所投身的东北土改为经验基础，于 1947 年创作出配合政治的《暴风骤雨》；柳青同样自觉以《讲话》为指导原则，抛弃早期受"五四"文学传统影响的创作方式，自我革新，同样于 1947 年创作出《种谷记》。不过，为何当时几乎与周立波、柳青有着同样实践经历和观念意识的文艺工作者，却会相当激烈地批评《暴风骤雨》和《种谷记》？《暴风骤雨》在以自己的文学方式配合政治时，有着什么样的独特性，这种独特性为什么又会遭到颇为激烈

的反弹？它到底具有何种创新性，为何难以得到有着丰富文艺阅读经验的作家和评论家们的认同？

我们先从周立波的文学脉络以及《讲话》之后的政治要求来看《暴风骤雨》的独特性。

周立波的文学创作和他的文学观念在30年代并不统一。他在30年代上海时期集中学习和接触到现实主义理论，可他在现实主义理论方面很难说有独创性理解。不过他难言新意的理解恰恰也反映出现实主义理论在左翼文艺中被普遍理解的构架和形态。

在《文艺的特性》（1935年5月25日）一文中，周立波讲到了文艺与科学的区别：

> 不从抽象的观念出发，不从数字和概念出发，用艺术家的彩笔涂出生活的颜色，用艺术的手段表现自然和思想，使思想和自然在形象的系列中活生生地再现着社会的本质，矛盾和发展也在这里透露出来。透过这形象，我们认识了世界，认识了世界的矛盾和发展。这便是文学。
>
> 文学和科学，同样是从具体的现实出发，同样抱着认识世界的目的，不同的地方是在认识的形式上，"科学在概念上认识世界……艺术是用形象的形式（用形象的思维的形式）同样反映和认识世界"（米定）。"艺术，是始于人将在围绕着他的现实的影响之下，他便经验了的感情和思想，再在自己的内部唤起，而对于这些，给以一定的形象底表现的时候的。"（普氏《艺术论》）[1]

如何在与科学的关系中重新界定文学是20世纪初西方文学思潮的

---

[1] 周立波：《文艺的特性》，《周立波文集》第5卷，上海文艺出版社，1985年版，第16页。

一大特点，本文此处无意梳理和辨析周立波的文学理解与之的关联。本文想讨论的是周立波着意的层面，他在此处所强调的重点是：文学与科学面对同一个世界，它们的差异在于，文学与科学的不同实际上是认识世界的形式手段的不同。科学用概念，文学用形象。但是，周立波没有追问，如果我们最终认识到的世界是大致一致的，那这个形式的差异又有什么重要性呢？周立波没有进一步辨析，关键在于文学的这个形式、形象，它包含着科学的抽象方式含摄不了的世界的内容。文学可以是在不断叠加新知之后生成的新感知，而这些新感知有可能让我们更加深入世界和现实。而通过这些认知方式和认知步骤对世界和现实的更加深入的认知，是科学无法替代的，也是可以与科学发现的世界形成对峙的。而且，周立波自己的创作中通过文学所把握到的世界的深度和层面，也未必就是科学所把握到的世界的深度和层面。不过此时周立波的创作尚未推进至足以令他感受和认知到这一区别的程度，他的反省也未到这一环节。如周立波举例展开叙述文学由于生动而来的特别性，也能看到他此时侧重的层面：

> 一个青年拿了自己一篇描写乞丐讨钱的稿子给朵斯托益夫斯基告诉他不应当这样地投，应当说：他把一个小钱向乞丐投下，钱落在地上，叮叮当当地滚到了乞丐的脚边。看了这个故事，我们可以明了文学形式的特点。我们更可以随便举出许多的例：在普通的新闻记事上简索地写着："一女人病死。"屠格涅夫在《猎人日记》中却这样写道："她的眼睛并没有完全闭合起来，一个苍蝇打从眼睛上爬过。"这样，把那女人的死的情状——幽凄的光景，用两句话表现出来，使我们感觉到这女人好像是死在我们的眼前。[1]

---

[1]周立波：《文艺的特性》，《周立波文集》第5卷，上海文艺出版社，1985年版，第17页。

周立波找到了很好的案例，但他只使用了案例一半的能量，也许还是案例并不重要的能量。周立波没有深入辨析，这两个案例之所以是文学性的，不仅在于陌生化，也不仅在于生动，而在于文学由于特殊的观察和体认而对世界的深入程度和认知能力。比如，即便我们可以说钱"叮叮当当滚到乞丐脚边"的世界跟乞丐讨钱是同一个世界，但这两个路径揭示出的世界又并不一样。世界这个角落的"叮叮当当"性是不能被省略的。它是一个充满被侮辱与被损害的、惊心动魄的世界，不能被忍受的世界。乞丐讨钱可以是一个社会学、人类学、政治学、经济学的命题，是一个无关这样的生活是否值得过的世界；但钱以"叮叮当当"的方式滚到乞丐脚边的世界，却是一个不忍直视却又被残忍听到的、不该发生且应被谴责的世界。这一世界面向是俄罗斯文学对于人性无比敏锐的洞察和发现才得以呈现出来的。但这一世界被发现和揭示不是因为文学的"生动"，而是因为文学对此世界中人的存在状态的性质有着独特的洞察，它以自己独特的洞察力将这个世界隐秘的或以其他方式无法显现的层面显现出来。在这个意义上，它与科学所描述的乞丐讨钱就不能直接说是同一个世界。至于这样的不忍直视的世界是如何被构造出来、应该如何改变，不是这样的文学方式所能够揭示的。可关键是，一旦周立波把文学的这一特别能力归因于生动，文学的重心就可能变成强调修辞。这种强调有可能使得文学的感知力滑向另一层面，而这个修辞就可能变成自为的环节，原本文学修辞所指向世界深处的方向性就可能偏移。

而周立波此时的认知结构是，世界是唯一的，文学和科学是抵达世界的不同方式。他这一认知结构的关键问题在于，这些不同方式对于认知和抵达现实世界来说，是否会存在优先性？如果不存在优先性，那不同认知方式经由自身路径所认识到的世界又呈现出不同，且彼此差异巨大，那如何解释其预设的世界的唯一性？如果存在优先性，那谁更优先？为什么？

这涉及怎么理解现实世界的构成。在《理论检讨——评苏汶先生的〈作家的主观与社会的客观〉》（1935年6月17日）一文中，周立波阐述了他所理解的现实主义的"现实"是什么：

> 苏汶先生对于"客观"的认识也是非常浅薄的。他以为只有摄像机能够摄出来的事物的表面才是"客观"，但是我们知道凡是独立存在于人的脑子以外的东西，都是"客观"的东西，在现实中，除了事实的表面以外，还有现实的内在的矛盾和发展；事实的关系与因果；这虽然是需要经过抽象的思维和分析才能认识的东西，但是这是"客观"，因为它们并不是经过了思维以后的产物，而是独立于人类意识以外的东西。[1]

这里的关键是，周立波理解的现实主义的现实之特质在于，它有一个结构：除了表面的，还有内在的矛盾和发展，还有关系和因果。而这一特质的特殊要求是，它需要经过抽象的思维和分析才能认识。那这就意味着，在周立波的理解里，现实世界的内在结构只能经过科学（也可以是系统的哲学和社会科学）才能被认知，文学自身无法揭示和抵达"现实"的内部结构。现实的内在构造既然是这样的结构形态，文学又没法儿具备抽象思维和分析的能力，那它就只能借助或等待哲学、宗教或政治对现实的分析的结论。最关键的地方在于，文学对于现实的这一结构是无能为力的，这预设了文学只能是以形象去反映被揭示出来的现实，文学只能以生动性去图解现实结构的结论性概念。这并不是30年

---

[1] 周立波：《理论检讨——评苏汶先生的〈作家的主观与社会的客观〉》，《周立波文集》第5卷，上海文艺出版社，1985年版，第77页。

代左翼文论的全部结论,但却是周立波理解的左翼文论特别有征候性的环节。

这种征候性还表现在1934年苏联社会主义现实主义的文学口号传入中国之后,周立波对现实主义的强调,是在突出"提高现实"这一层面。在《艺术的幻想》(1935年3月7日)一文中,周立波认为:

> 环绕着浪漫主义者的周围世界,常常是充满了丑恶和平凡,一切作为艺术的原料的境遇和事物,差不多总是无价值,无色泽的杂质的堆积,在这表面,看不出任何艺术美,更没有人类的梦;只有经过创造底提炼和夸大,才能成为包含着这一切的浪漫的产品,如果把这产品当作艺术的溶液,把创造的主体当做熔炉,那末幻想就是这熔炉的主要的炭火。
>
> 但是,艺术的幻想决不只是对于浪漫主义如此重要,就是在极端的"自然主义"和严格的现实主义的创造活动中也演着最重要的角色。主张用文件上的忠实来处理现实的"自然主义"大师左拉也说过他的所谓现实是"以感情的三棱镜所窥见的现实"。通过这三棱镜所见的多芒的,辉煌的东西不是等于我们的幻想的一部分吗?[1]
>
> 幻想常常使自然现象和人类生活,反映到人的脑里,成为比实际的存在更鲜明,更尖利的东西,这一点,在诗和漫画上,表现得更加明白。
>
> 在现实主义的范围中,常常地,因为有了幻想,我们可以更坚固地把握现实,更有力地影响现实。不理解这一点,对于许多伟大

---

[1] 周立波:《艺术的幻想》,《周立波文集》第5卷,上海文艺出版社,1985年版,第11页。

> 写实主义者的奇幻的构想——如哥郭尔的常常出现的鬼怪等——是不能解释的。……实际上，没有幻想的成份的现实主义决不能满足新的社会层的需要。……进步的现实主义者不但要表现现实，把握现实，最要紧的是要提高现实：要使"我们的关于人类和生活的认识深化，扩大"，要"补足那尚未发见的事实的连锁之环"。[1]

周立波在这里实际上接受了苏联现实主义的理解，把重点倾斜到如何提高现实上。这与他在讲典型时，强调"敏锐的眼光""灵敏的感觉"有内在一致性，但又不尽相同。为了在众多现实现象中塑造典型，需要眼光敏锐，感觉灵敏，去芜存菁。从某种程度上来说，这也是对现实的"提高"。但从敏锐眼光和灵敏感觉去发掘现实，发展到"提高现实"这一环节，并不是自然而然的过程。这中间有一个对"现实"的不同理解以及谁来提高的问题。比如，"提高现实"中的"现实"变得具有了要"更高"的方向性，而且，这一方向性常常还是由作家之外的方向推动的。

"提高现实"的问题实际上将典型塑造中的两个看似一致的过程分成了两个领域。比如周立波常举例的法国现实主义，就并没有发展出苏联文学中的提高现实的文学观念。这当中的关键差异是，现实主义可以相对在文学理解中将现实设定为是稳定的；而提高现实中的现实由于有了一个"提高"，实际上总是在结构性地变动，让理解现实和呈现现实都具有了新的难度。不过在周立波这里，文学中的这个困难又提前被哲学或政治解决了。接下来的工作，周立波认为是以文学的形式将之提炼和夸大，使之鲜明、尖利。

周立波30年代关于现实主义的理解方式和方向重心实际上为他在

---

[1] 周立波：《艺术的幻想》，《周立波文集》第5卷，上海文艺出版社，1985年版，第12页。

40年代接受《讲话》奠定了观念基础。在他看来，无论是现实的内在结构必须依赖科学，还是提高现实中对于方向的敞开和渴望，都是文学自身所无法提供的。文学对于社会的抱负，需要等待某种科学对现实深度的揭示。在这种观念意识中，他在文学实践上侧重于探索文学的生动性和丰富性。当这个现实的内在结构尚未被阐述至能使他信服时，他在等待。这一等待时期中他的创作大多朝向一个处于黑暗渊薮的大众，为底层抱不平。此时他笔下的大众是模糊的，但他用文学的生动努力表达着自己感知方式的清晰度。这一特征，体现在他30年代的散文里，尤其体现在他1941年创作的小说《牛》之中。

而当1942年5月23日毛泽东《讲话》之后，周立波于6月12日发表了一篇《生活、思想和形式》[1]的文章。这篇关于文学基本结构关系的文章中，思想已经排在了生活的后面。这并不是说，思想不再具有发现现实的优先性。而是说，他从1939年12月到延安开始，逐渐信服地接受了中国共产党关于中国社会现实的政治理解。换句话说，周立波对1942年《讲话》的接受，在思想结构上，早在他30年代的观念意识中就已经奠定了基础。对《讲话》的接受意味着中国共产党此时的政治理念和政治实践填补了周立波在30年代观念意识中期待着的思想位置，也更改了他关于文学知识结构中的位置：以前的现实—思想—文学，变为了生活—思想—形式。在这一改变中，现实的复杂度已经被中国共产党的政治理念和政治实践所提前抵达，现实的内在复杂深度已经被揭示，不再是有难度的现实，而是变成了需要去熟悉的"生活"。所以周立波此时的反省里会说："我们是从旧世界里来的，还带着许多思想上的毛病。"这个毛病就是不熟悉生活。之前需要依赖被科学揭示的"现实"，变成了已经被中国共产党政治所揭示出内在结构的"生活"，且是

---

[1]这篇文章的题目是后来再次修改过的，但在1942年《讲话》后，周立波的思想认知位置的变化已经完成。

工农群众都感兴趣的生活。那文学的问题只是在于，我们对于政治理念和思想所要求抵达的生活不熟悉而已，现在，我们去熟悉它就可以了。

**二、《讲话》前夜的周立波**

周立波在 20 世纪 30 年代的观念意识形态和文学创作经验，很大程度上决定了他在 1942 年理解和接受《讲话》的方式和重心，决定了他在接受《讲话》时不同于柳青、丁玲、草明、杜鹏程等作家的方式。作家自身接受条件的差异，再叠加上《讲话》后中国共产党政治实践落实于中国社会时所要求的差异性，也决定了看似同一的《讲话》文学体制，实际上变得具有多形态性。

周立波这一观念意识的路径特征在他 30 年代至 1941 年的创作方式中也会体现出来，尤其在 1941 年的小说《牛》的叙述节奏、情绪重心方面。这篇小说是周立波 1928 年离开益阳老家进入大都市后，第一次有意识下乡的结果。1941 年春，他到鲁艺附近的碾庄住了五十多天。此时周立波的文学理解可以从他创作形态的方式中窥见。虽然在行动上他看似与 1942 年《讲话》后政治所要求的深入生活一致，但实际上周立波此时对农村现实的内在感知和把握方式与 1942 年后的方式截然不同。

比如，他在小说中写人、写景、写童趣、写留恋，都掩盖不了他在个人与现实、事件与情绪、公事与私情中叙述节奏变化上的独特性。他看似写农民，实际上他处理农民的方式，却不是《暴风骤雨》的方式。这些变化恰恰呈现了周立波内在感知的松紧张弛的方式，以及这些松紧关系中他通过远近疏离、进退尺度的把握所体现出的他的感知方式。

> 你们碰到过这样的晚上么？坐在一个生活很好的乡村的炉火

边,忘记了过去和远方,忘记了远处的人们的不幸,和旧时的生活的悲惨,让绯红的炉火照着你的脸,你的心里盈满了温暖和安宁的感觉,一声不响地听一些乡村的人们,完全用他们自己的看法和说法,谈说着天时、鲁艺、共产党的福气、统一战线的掌柜和北欧艺术里面的不穿裤子的婆姨。你们碰到过这样的晚上么?这是很有意味的。

张启南也在,他坐在炉火边,还是不快乐,一句话不说,只是低头吸他的烟管。在大家笑着的时候,他站起来,像影子一样轻轻地走出了窑洞。大家也动身要走,这一半是因为时候不早了,明天大家很早要起来;一半也可以说是受了张启南的不快乐的影响,没有兴致再坐了。外面的月光很明朗,照出了院子里好几堆残雪,放射着耀眼的光辉。北方的月夜是好的,特别是没有风沙、有些残雪的春天的晚上;明澈欲流的光辉,会使人感到一种清新和明净。院子里的槐树的影子,静静地伸在地面上,人从树底下走过,一个一个的人影子,嵌镶在树影的枝条间,又迅速地移去。人走尽以后,我也要回自己的窑洞去,经过张家的牛栏时,看见从那月光照不到的牛栏的幽暗处,闪出一个黑色的人,向着我走来。走到我面前,他兴奋地连连地说:"吃了,吃奶了。"这是张启南,月光里,我又隐约地看见了他的快乐的微笑,我也觉得很快乐。常常地,人的心是可以被别人的一滴眼泪,或是一丝微笑撼动的。

回到房间里,立即吹了灯睡觉。但是很久没有睡得着。从微微明亮的纸窗的外面,清楚地传来了远处的小溪里面的一些青蛙叫,和近边的牛嚼草料的声音,此外是十分地寂静。寂静有时是好的,那会让人清晰地想到许多事。我想起了牛、微笑和革命政权的意义。在这一向落后的陕北的农村里,因为有了共产党所领导的新政权,人和人间,已经有了一种只有生活的圆满和快乐才能带来的亲

切的温暖的东西。……[1]

他在引文中的第一段写村庄夜晚文人们和村民小聚闲聊中他的走神。跟后来的《山乡巨变》不同，周立波此时还不太能找到融抒情于叙事的途径。他需要直接跳出叙事脉络的节奏，才能感叹"温暖"与"安宁"，似乎他内心有一口气息不能在与他人的交谈中顺接舒缓，需要另辟一个途径才能吐尽。周立波另起一行，好像询问另一群朋友："你们碰到过这样的晚上么？"此刻乡村远离不幸和悲惨，而被这乡村夜晚的温暖和安宁感染的他沉浸于此。但这种情境虽然热烈而令人沉浸，其实也令他有点儿不安和不适。这群人和环境都不太是他习惯和自然能找到逐渐平息方式的处所。

（所以）在对村庄群众火炉小聚的描写之后，他紧接着写了两长段落的情绪如何借空间来转移。这个转移并不是他情绪的回落，而是他要寻找另一种他更自在和习惯的方式，来形式化地释放这些被激发出来的热情。对于周立波来说，热情的形式感并不存在于与村民共同生活的时空之中。这种情境能激发他，但激发出来的热情似乎仍旧只能储存于他内心，无法依凭这一情境中的人和物来外化释放。他不写炉火，不写炉火映照下的窑洞里的农具、灶台，不写农夫脸上褶皱阴影下的光泽感，这是他1957年在短篇小说《山那边人家》里的写法。他此时还无法将自己内心的热情自然扩展到这些现实中的物的色泽中。他当然懂"托物寄情"，但必须是能够被他的感知方式所捕捉和深入的"物"。而现在碾庄的窑洞和农具都是从未被文学感知方式描述和规定的物，是陌生的物，情无法萦绕、寄托于其身。这时我们看周立波寻找什么方式、途径，借助什么来给情绪赋形，往往能看到周立波此时作为文学家的感知

---

[1] 周立波：《牛》，《周立波文集》第2卷，上海文艺出版社，1985年版，第305—306页。

方式。虽然已经在延安,并且也跟随大家下乡深入农村,但此时周立波更加稳定和常用的感知方式仍是他自幼熟读古典和30年代在上海阅读文学而来的方式。

比如周立波开始写大家的散。从炉火边走到窑洞外,周立波似乎才找到了令他各种感官舒展的空间,情绪也从各感官疏散出来:"外面的月光很明朗,照出了院子里好几堆残雪,放射着耀眼的光辉。北方的月夜是好的,特别是没有风沙、有些残雪的春天的晚上;明澈欲流的光辉,会使人感到一种清新和明净。院子里的槐树的影子,静静地伸在地面上,人从树底下走过,一个一个的人影子,嵌镶在树影的枝条间,又迅速地移去。"先是弥散的月光,又拉回来照映着具体空间中的残雪,再反复在院子中视线推移,天空、地面、人影叠加着树影,塑造出空间的动静层次。这些描写实际上是脱离窑洞人群情境逻辑肌理的。既脱离农村的现实结构,也脱离张启南的状态。但对于周立波来说,这些疏离于人群的树影、月光、残雪,空气的清新明净,以及人影的动静,才是他感知方式中能够将内在情感外挂的形式物。只有呈现出这些在古典诗词中常见的意象,塑造出这种意象间疏离与动静的方式和尺度,才让他整个人有了呼吸的透气性,他整个人与现实世界才获得某种隐秘的通途。

对此时的周立波来说,越是疏离,越是有透气性。而疏离之后,周立波反而感觉与村民是切近的。他回到家,听着蛙鸣,"觉得寂静有时是好的"。抒情距离上的疏离不等于被抒发的情感与激发对象上的疏远。相反,因为他内心对这种情感的笃定和信任,让他可以安心保持疏远的距离,不需要急切去攫取。距离上的疏离反而可以让他的情感扩展为阔大、包容,并以弥散的方式反过来萦绕激发他亲近感的人世。这种亲近感的构造方式也许跟中国传统文人的感知方式有关,但亲近感本身却是延安政治打造的氛围所带来的。只是,这种构造方式并没有让周立波更接近他这次的碾庄之行所希望了解的乡村和深深触动了他的村民，或者说，周立波一方面在观念意识中渴望为大众、为现实，但他内在的现实感知方式和表述机制却并没有跟随现代社会的新要求而打破重建。他的努力方向，不是揭示现实，而是探寻丰富的"生动"性。不过，他的这种表面努力接近现实、内在却需要疏离现实才能呼吸的感知状态马上就会受到《讲话》的冲击了。但这个冲击首先是来自理论层面，而不是感知方式层面。他的回应方式，则很大程度上决定了他对于《讲话》原则的拓展方式，也是《暴风骤雨》的展开方式。

周立波这种感知现实的方式并不能直接套用他30年代对现实主义的理解结构来解释。周立波此时的这种感知方式和理解结构虽然与30年代他的感知方式和理解结构确有相似之处，但历史实质内容的差异以及不同历史内容所形成的新关系，会对周立波此时的感知状态和具体形态造成重要影响。比如，他在30年代上海时期的创作中，虽然也存在文学侧重赋予现实生动性的惯性，但那时的生动性，从未有如此的透气和亮泽。这种透气和亮泽跟中国共产党在延安所打造出的整个思想、社会氛围有关。不强调这一层面，我们就会简单化地认为周立波有一个源自30年代的内在不变的观念意识构架，而此后的历史变化都不曾令其改色。但实际上的情况可能是，周立波的这一观念意识构架是在不同历史时期与不同历史条件不断交叉搭配，并不一直处于决定他状态的唯一核心位置。比如，在30年代和40年代，周立波对"现实主义"内在结构的理解并没有变，仍是文学无法揭示现实的深层结构。但在30年代，国民党实际上也提供了对于中国现实的种种思想理解，但这种理解并不能得到周立波的认同。而在40年代的延安，不仅仅是《讲话》对于文学的政治要求，而且还有着周立波在碾庄所感受到的氛围，还有他1938年行走晋察冀根据地时的见闻，以及中国共产党此时期对于中国社会和中国革命的诸多具有创造力的论述和实践经验，共同激发着周立波的这一"现实主义"观念结构涌动出新的力量和方向。比如这一晚的小聚,如果大家不是"谈说着天时、鲁艺、共产党的福气、统一战线的掌柜和北欧艺术里面的不穿裤子的婆姨",如果大家是在阅读蒋介石的新生活运动文件,阅读四书五经,我们无法想象周立波会觉得这样的夜晚温暖而安宁,并从内心不断涌动出将这种热情外化的冲动。周立波以自己的感知方式确认着革命实践所打造出的、因对中国现实的深度理解而展开的活跃局面,确认着革命实践的观念—思想—政治—社会—生活等层面的高度活力,以及对于一个作家的感召力和说服力。换句话说,周立波关于现实主义文学的理解构架的活力,以及他的感知方式和活跃度,是被中国共产党革命政治实践对中国社会深度揭示和打造再度激活的。

如果没有随即而来的《讲话》,周立波或许就会沿着这样的文学观念方式与革命政治的现实实践互动和呼应。但在这种互动方式中,周立波的感知方式和疏离方式很大程度上仍然是被动的。他的感知赋形能力更多需要被某种情境牵动和激发。可这样的现实主义文学很难达到它实际上所渴望的对社会现实进程的深度介入。尤其对于"提高现实"的内在要求来说,周立波这种感知方式在结构方向上就基本不可能完成内在于"现实"的历史结构要求来推动、展望和提升。

这或许也是周立波了解《讲话》之后,很快便说:"近来使我思索最多的,是我们的生活和思想的问题。我们这些有点写作知识的人,都还能够适当地表现自己的思想和情感,都还能够清清楚楚地说一点道理,讲一个故事,有时说得很轻松,有时很沉重。但要提出时代的重要的问题,写出广大的工农群众都能感到兴趣的生活,那就为难了。我们对于那样的生活不熟悉。"[1]《讲话》给周立波提出的新挑战是,"提出

---

[1] 周立波:《生活、思想和形式》,《周立波文集》第5卷,上海文艺出版社,1985年版,第280页。

时代重要问题，写出群众感兴趣的生活"。周立波明白，在这一新挑战下，表现自己的思想情感——无论是否生动（或轻松沉重）——那就远远不够了，因为那可能会流于"修辞"。而现在，《讲话》将周立波推到了更艰巨更有分量的工作之中：文学要能够介入现实，并提出时代重要问题。

这实际上是要推动周立波认知时代现实状况，并把握其内在结构的构成脉络，提炼其混杂焦灼的关节，推动问题的生成与解决，成为掌控历史的主体。周立波敏感意识到了这一内在压力。他承认，"我们对于那样的生活不熟悉。我们是从旧世界里来的，还带着许多思想上的毛病"。"那样的生活"是指广大工农群众都能感到兴趣的生活。这是来自亭子间的周立波不熟悉的。周立波其实并非不熟悉工农群众的生活，但并不熟悉他们"感到兴趣"的生活，那是革命政治通过对社会现实的深度认知和实践所（将）带来的新时代的新生活。从一定程度上说，之前周立波没有深入想过主动去认知时代，并提出时代重要问题。左翼文学观念带给他的认知结构是，文学关注现实，表现现实；虽然在观念层面也提出要提高现实，但这就要先认知现实，可第一文学自身又并不能揭示现实内在的深度，第二国民党关于中国的现实叙述没有说服力，第三中国共产党当时也没有发展出有说服力的中国现实叙述，这使得文学实际上就没有可凭借的中介去抵达现实的内在深度结构。左翼文学虽然也叙述时代现实，但更多是观念层面的现实，并非时代现实的具体构成，也很难提出"时代"重要问题。茅盾曾在《子夜》里尝试去认知时代，提出时代重要问题的文学。但周立波没有。现在《讲话》要求，在政治助推下文学应当去揭示和提高现实。这实际上与周立波的观念意识并不矛盾，并不是外在于他的政治强求，而是内在于周立波的观念意识。这个内在逻辑此时又配合着中国共产党在延安的整个思想—实践活跃探索和生活氛围，一起推动着周立波的观念意识此刻愿意尝试去展开新的试探，并在1947年尝试第一次以新的方式写作，即《暴风骤雨》。

## 三、《暴风骤雨》的观念前提（一）

不过周立波并没有在《讲话》之后马上写长篇小说。事实上，1942—1947年期间，他很少创作。这一时期他的小说诗歌散文及文艺评论都非常少。1944年，他随王震359旅南下，1946年写出报告文学《南下记》。1947年5月发表短篇小说《金戒指》。周立波实际上并不缺乏军旅经验，1938年他就穿行晋察冀根据地，并写出报告文学《晋察冀边区印象记》，但他一直没有创作军事题材小说。也可能，从周立波的内在感知方式来说，从他深入世界的方式来说，军旅生涯过于紧迫了，他无法抽身回旋。军旅生涯过于惊心动魄，周立波并不擅长刘白羽式汪洋恣肆地直抒胸臆，这种方式反而会让他无法呈现他的内在感知，也无法与现实自在互动以编织出一个生动舒展、形式精巧的作品。一旦他以自己熟悉的、疏离的方式来描述八路军，他在军旅中被激荡出的激情与这种疏离的感知方式又很难融合。从某种程度上说，周立波的感知方式和创作方式有一定的封闭性。周立波的内在构成方式不是"五四"为文学而文学的封闭式，但左翼文艺也并非意味着自然地向现实无条件开放。对周立波来说，他的开放度仅限于内在情绪被底层大众的命运激荡；一旦被激发，他就需要某种程度对现实或对象的抽离，以疏远的距离将之重置于某种空间中按照他的感知方式来编码。或者说，一旦被激发，他就需要调动他的感知方式来选择敏感点，将现实封闭在这种感知方式之中进行编织。而军旅的密集行程以及对军人的高度征用，使得这种疏离实际上是与军事要求相违背的。军人的自我必须全神贯注投入生死存亡的每一个瞬间，而他的这种疏离和打量至少会让双方不适，而且在道德上也会给彼此托付彼此信任的战友带来不适。无论在苏联还是中国共产党的军旅作家中,这种状态的战士或知识分子都常常是被批评的对象。

在1941年创作的监狱系列小说中,周立波常让情绪内在于人物现实情境而抒发。但那些小说多是以他自身经验为基础。一旦写他人、写社会、写现实,周立波的感知方式就发挥着更强的与现实疏离、编码现实的作用。作为有社会责任感的左翼作家,一个自觉编织和叙述自身之外的现实世界的作家,我们也可以说,周立波一直没有充分"社会化"。或者说,他很长时间内都是面向大众、但更多以自我感知为中心创作的作家。这一特点也许也可以看作他的小说诗歌等和他的报告文学之间的关键性区别。他早期诗歌和散文均多有面向大众、又以自我感知为中心组织和编码现实的特征。从他的报告文学开始,他才更多尝试练习如何在感知方式中(而不是题材选择)直接呈现他人和世界。但报告文学这种方式还无法充分让他练习如何"提出时代重要问题",无法让他充分发挥超越个别性、描述普遍性的文学特质。他在1939年的报告文学中可能尚未思考这一问题,而在1946年的《南下记》中也没有更多探索。相对来说,周立波此时更习惯在被现实情境激发后,以与现实对象保持疏离、以自己熟悉的感知和编码方式组织意象来直抒胸臆,而不是紧贴对象的状态来寻找或开掘抒发路径。1942年之后,当《讲话》提出面对现实的新要求时,周立波意识到自己"思想"上出了问题。他尝试改变。如何与《讲话》的要求磨合,需要一个探索的过程。而报告文学,包括小说《金戒指》,其实可以看作周立波练习如何将自身社会化的尝试。

从这样的角度来看,也可以说《暴风骤雨》是周立波的一次全新尝试。对他来说,这种"新",首先在于要将自己在尚未被激发和被触动之前,或在被激发之后,抽离出某一具体现实情境,依赖于政治理念重新建立整理自我和此具体情境之间的关系。这与他之前所习惯的——必须依赖于具体现实、却又围绕自我感知的——触发机制、感觉方式相当不同。比如他在1946年8月会主动选择去东北，而当他在1946年10月参加东北土改，被整个运动震动之后，他就不能再直接反映为他所熟悉的疏离的抒情。他需要在实践中被触动之后，抽离出这一实践和触动，抽离出自我所熟悉的感知路径，从一个政治理念的角度来重新整理和理解这一实践经验和自己的被触动。周立波遭遇的挑战性在于，要克服他所习惯的——被现实情境触动后，与现实保持疏离，进入以自我感知为中心的——编码方式，现在他要进入政治理念和政治政策所理解的现实逻辑关系中来重建自己的感知方式，展开编码。周立波要克服的是过于以自我感知为中心（后来的教条主义则是不止不能以自我为中心，还不能以现实具体状况为中心，而必须以当时的政治理念或某种文学规则为中心）。

关键还在于这一抽离出来之后应该如何确定对实践经验的新的观察点。因为抽离之后，这个实践经验的位置会因为观察者位置的不确定而变得不确定。之前周立波的感知方式是位置确定的：他面对现实，依赖现实状况中的某一点，再适当疏离，选择现实中的山月树影雾气或某种关系性，编织为某种叙述或抒情空间。位置中心在他自己这里，而现实在他身旁。他从30年代开始的创作一直是以这种方式展开的。一定程度上，这也是30年代的左翼现实主义可以接受的。但《讲话》后的政治对现实主义有新要求，现在这种新文艺要求周立波在被现实触动激发后，不能停留于自我，而是要返回到这一切现实经验（包括他自己）背后的历史构造条件中。他实际上在重新练习如何面对一个直观经验世界背后的历史暗影，即时代的历史构造机制。

周立波现在的抽离方式是，通过政治政策去把握时代的历史暗影。他的感知中心从自我转到了政治。这种转移在逻辑上延续了他30年代就形成的现实主义观念结构的理解方式：文学本身无法解释这些现实实践经验背后的深层结构,需要思想(现在是政治,为什么政治在40年代能发挥这种作用,也是值得讨论的问题)来揭示现实结构,文学在此基础上再发挥自己的作用。这并不是《讲话》所带来的唯一一种可能,比如周立波的这一方式跟柳青就非常不一样。周立波对《讲话》的接受角度跟他30年代的文学观念有关。正是《讲话》后整个文学观念的变化所带来的文学创作方式的变化,使得周立波需要重建自己的感知方式与现实世界的联结方式,而这个重建的方式、途径、角度又被他之前观念意识中对"现实"的理解方式牵引着。

这也是周立波的创作自述中谈到的,他在创作《暴风骤雨》时,需要抽离出自己投身于其中的经验,大量查阅政治文件和相关典型人物的报道,重建认知经验的基点。这是《讲话》之后的文学依托于政治为中介理解现实来建立基本感知方式所带来的认知程序的变化。这一变化其实对所有接受《讲话》指导的作家都是挑战,周立波的回应中特别性又在什么地方?

我们可以通过1948年《暴风骤雨》座谈会的一些信息来分析。《暴风骤雨》座谈会上的诸多评论家指责周立波过度依赖了政治文件,而没有回到现实事件本身,从而改写了真实事件的历史生成语境。这一指责的背后是对这种改写的担忧,也是对周立波写作方式特别性的一种辨认。周立波自述创作过程时说:

> 动笔之先,我把所有材料都温习了一遍。在研究和回想的当中,人物逐渐的浮起,故事慢慢的形成。往后我就研究中央和东北局的文件,追忆松江省委(1954年8月撤销)召开的县书联席会议以及好多次的区村干部会议。借着这些文件和会议的指示和帮助,重新检验了材料和构思,不当的删削,不够的添加。
>
> 但是所用的材料,都是个人的经历和见闻,不知是不是典型?

我借了《东北日报》登载土改消息最多的几本合订本，把半年多的二版上的文章和消息全部阅读了，把构思中的人物和故事，又加了一回修正，稀奇的删削，典型的留存。这样，下卷里的情节和人物，虽说不是东北各地一致的典型，至少也是北满农村普遍的事例。[1]

周立波反复掂量的重点是文学的形式编织和情节人物设置如何才能借助文件和会议的指示，通过拣选材料和构思，来达到"普遍性"和"典型"。这与《讲话》所要求的"提出时代重要问题"施与文学的压力有关。但实际上，这里存在着一个"普遍性"和"典型"如何才能具备揭示现实深度结构的能力的张力问题。比如，周立波1947年的困扰背后，隐藏着的问题是，一个地方现实的深度结构是否必然不具有普遍性？如何才能具备政治的普遍性？这个普遍性必须排斥地方现实的深度结构吗？普遍性是历史时刻当下的普遍性，还是具有超历史的普遍性？排斥非典型的典型形象是要针对什么问题？

与其说这是必然的矛盾结构，不如说这一定程度上是周立波的特定理解方式构造出来的困境。30年代的周立波不会面临这些问题。当时他还没有自觉去探索和落实左翼现实主义所要求的对现实深度的揭示，他是在理论观念层面敞开这一问题，但由于这一观念结构预设了文学没有揭示深度现实的能力，他也就没有动力探究这一方向的可能性。《讲话》前后，中国共产党给出了关于中国现实状况的历史叙述，这实际上帮助周立波解决了他既有文学观念中的结构难题，所以他会在创作《暴风骤雨》时研究中央文件和追忆各种会议，以切实把握现实的深层结构。但周立波的特定路径是，直接用文件和会议的指示来裁剪和择选经

---

[1] 周立波：《现在想到的几点——〈暴风骤雨〉下卷的创作情形》，李华盛、胡光凡编：《周立波研究资料》，湖南人民出版社，1983年版，第286—287页。

验，而不是紧贴实践经验的起伏变化来观察这一文件指示在何种条件下才具备普遍性，哪些经验可以成为什么状态的典型案例？他过快就接受了政治对于现实的深度揭示。可是，哪种文件才具有这种普遍性呢？

即便《讲话》已经发表五年，但文学如何才能服务于政治，的确尚未有固定标准。对于周立波来说，他对《讲话》的理解、对普遍性的理解，还是借助了他在30年代对于革命现实主义的理解。比如他谈道：

> 北满的土改，好多地方曾经发生过偏向，但是这点不适宜在艺术上表现。我只顺便的捎了几笔，没有着重的描写。没有发生大的偏向的地区也还是有的。我就省略了前者，选择了后者，作为表现的模型。关于题材，根据主题，作者是要有所取舍的。因为革命的现实主义的反映现实，不是自然主义式的单纯的对于事实的模写。革命的现实主义的写作，应该是作者站在无产阶级立场上站在党性和阶级性的观点上所看到的一切真实之上的现实的再现。在这再现的过程里，对于现实中发生的一切，容许选择，而且必须集中，还要典型化，一般的说，典型化的程度越高，艺术的价值就越大。[1]

周立波直接把《讲话》的政治要求衔接到他30年代对革命现实主义"提高现实"的理解之中。这一步他推进太快了。周立波在理解《讲话》时，一方面因为他30年代的现实主义观念中，文学缺乏对现实深度揭示的能力，需要由哲学、政治、思想的牵引，《讲话》的政治要求提供了他观念结构中的需要。另一方面，周立波又急切调动他30年代革命现实主义中对"提高现实"的理解来配合《讲话》的政治要求。这就使得他在创作《暴风骤雨》时，会急切征用中央文件和会议指示来裁

---

[1]周立波:《现在想到的几点——〈暴风骤雨〉下卷的创作情形》，李华盛、胡光凡编:《周立波研究资料》，湖南人民出版社，1983年版，第287页。

剪经验，而他自身内在的感知方式的重建实际上并没有完成。政治的普遍性成了一个外在于他经验的套娃。

不仅如此，在周立波以文学配合政治时，他30年代关于典型的理解也影响到他此时对经验的处理方式。比如，《讲话》的确带来一个张力，政治实践需要文艺配合写政治所需要的普遍性和典型性，但政治也需要这种普遍性具有当下性，要求典型性具有及时性、精准性。文学也需要。可二者各有内在要求，其所需并不一定任何时候任何情境下都能保持一致。周立波从自己的状态出发，在创作《暴风骤雨》时，他虽然拥有当下性和及时性的实践鲜活经验，但他此时最为焦虑不安的是如何获得普遍性和典型性，克服这种当下性和及时性与普遍性的干扰。可获得普遍性和典型性的同时，如何才能不丧失现实的丰富性？在这一过程中，文学的特别功能到底是什么？政治可以作为文学抵达现实深处的中介，但它仅仅是认知的中介，并不能等于（或永远等于）现实的内在结构。也就是说，文学以政治为中介，但仍可以（也应该）揭示政治所没有揭示的现实深处。如果我们说古代中国的现实深层结构被相对稳定地表达为"道"，那现代中国社会的现实结构的内在核心到底是什么，仍是一个需要政治—文学—哲学—历史等等学科探索和发现的未显物。中国共产党政治在40年代虽有活力，但它自身也尚在努力探索中国社会良好运转的奥秘。文学服务于政治，并不等于文学复写政治。这需要周立波重新探索文学如何以政治为中介去认知现实，且塑造出的典型性不丧失现实的丰富性。

## 四、《讲话》对现实主义典型问题的新挑战及周立波的处理方式

如果对照周立波30年代对于现实主义典型的理解，就可以更清楚看出他对《讲话》的接受的特定方式和层面。典型问题周立波早在30

年代就有整理。他在 30 年代认为：

> 典型人物不是抽象的，理想的，典型人物的生产过程，是精密的科学过程。如果说"一再的观察"是科学的主要精神，那一切不朽的典型人物的创造者，差不多都有这种精神。我们知道阿布罗莫夫的创造，是龚察洛夫用了多年的功夫，观察了几百个阿布罗莫夫气质的人的结论，巴扎罗夫的诞生，是屠格涅夫用了锐利的眼光，灵敏的感觉，把医生 D 当作主要标本而产生的，谁都知道《铁流》里的郭如鹤，是绥纳菲莫维支对许多军人用了极精密慎重的调查盘诘而绘成的，格拉德柯夫更说："我特别欢喜观察人们的面部，姿势，步态，欢笑的容颜和谈话的癖性"，而"达沙这人物的胚胎是当我还在南方的时候，但是直到我在莫斯科和许多活动的女工及新的女性接触，观察了她们丰富的生活之后，它才正式诞生"。文学典型的制作者，是用敏感代替了显微镜，用深入的眼力代替了 X 光线，在社会环境这个庞大的实验室里检出她们的结论，在这里，去概括一切不同范畴的人类的抽象的企图，固然不会成功，而一切太依作者的理想的努力，也常常成了失败，沙宁的伟构，也因为阿志巴绥夫把对于自己十分中意的特质赋予了沙宁，而有着做作之嫌（沃洛夫斯基）。[1]

在典型塑造问题上，周立波在 30 年代强调要基于观察。周立波在这里又对"观察"的方式进行特别界定：一般的观察实际上是没用的，需要的是"锐利的眼光""灵敏的感觉"式的观察。这就使得文学跟科学实际上不一样，实际上并不精密。他一直用主观能力来界定观察，用

---

[1]周立波:《文学中的典型人物》,《周立波文集》第 5 卷，上海文艺出版社，1985 年版，第 7—8 页。

敏感代替显微镜，用深入的眼力代替X光线，等等。这里的行动主体是作家自己，且看不到其他外在援助。当典型制作出来之后，它还需要被"社会环境"检测，是不是成功的"典型"。过于抽象或过于主观特殊，都不属于成功之作。周立波实际上是力图在理智中求得一种能兼顾的、稳定或稳妥的"典型"。至于这种"典型"是否具有、如何才能具有实践形态和价值，他并没有仔细考虑。比如，如果这个社会环境并不是稳定的，是处于历史动荡时期呢？它如何能具有类似于实验室的稳定的检测能力？社会环境与实验室之间的差异在于，实验室是被设定的，而社会环境大多时候是不确定的。尤其是对于20世纪的现代中国来说，一切都尚未有定论，现代中国社会的深层结构到底是什么，国民党的叙述没有说服力，中国共产党此时也没有对之发展出充分说明。这个社会环境就并没有充分显现，那此时如何衡量典型之为典型呢？对这种社会环境来说，哪种典型属于过度抽象？哪种典型又属于过度主观化？人们对于哪种形象属于哪个时代的有代表性的典型，其标准一直在变，或者说，"典型"总是处在社会各方力量的争夺的状态之中。

周立波这里的社会环境缺乏历史具体性，则其属性就相对静止。这种检测就会很奇怪，它其实无法准确探测出，《萨宁》对于阿尔志跋绥夫的重要性，以及对于1905年前后俄国社会环境的重要性，也无法解释为什么这么不够典型的作品在那个时刻却比《战争与和平》更能获得人们的关注。如果从这个角度来说，周立波说的这个"社会环境"，实际上会在特定历史状况下变成一个平均数，切割机，变成一个为了保证特定的被他选中的作品具有典型性而具有高度排斥性的、脱离于历史现实的抽象环境。它更多是被构想出来的——如期待出现某个稳定的历史时期——意在作为永恒艺术殿堂存放不朽艺术品而存在的。它似乎能自动检测出过于理想化或过于琐碎化的作品，比如《萨宁》就被检测出来了。但实际上鲁迅却非常喜欢。

我们当然不能把鲁迅是否喜欢《萨宁》作为它是不是高水准典型的标准，可《萨宁》至少将1905年革命失败后俄国知识分子中显而易见的情绪具体化了。它在1905年是具有普遍性和及时性的，且它的这种普遍性和及时性比《战争与和平》更加能够突显这一时期俄国知识分子的精神状态。我们可以说，在社会历史变革时期，这样的小说同样具有典型性。可由于周立波的观念结构中，预设了一个稳定且抽象的社会环境作为检测所有文艺作品普遍性和永恒性的场所，周立波也就弱化了判断文学作品在社会道德层面的敏感性和敏锐的现实感。如果现实主义文学的普遍性要基于典型形象来体现，那周立波实际上对现实主义文学典型的历史性和及时性考虑得不够充分，至少周立波在1934年时对这一点不够敏感。他对典型的理解中，更多侧重静态的艺术性，而不是现实性。周立波此时的文学理解中没有强烈意识要让艺术形式充分而敏锐的含摄现实。本来具体性是典型塑造的题中之义，但在周立波这里实际上恰恰是丧失了历史具体性。

在周立波这里，典型的普遍性与"提高现实"相配合后，典型的认知方式和塑造方式以及"提高现实"中的方向性共同强化了认知在提炼材料过程中的"抽取"行为。比如它强调从某一社会群里面抽出最具性格化的特征，习惯、趣味、欲望、行动、语言等，将这些抽象出来的材料体现在某一个人物身上，以提高不够理想的、充满杂质的现实。周立波的认知和塑造方式是，"抽取"出很多特征赋予某一个人物身上。这个人物在相对于他所处的实际环境来说，就发生了变形。而这个变形后的典型人物，周立波认为它可以满足"提高现实"的认知要求。但周立波此时似乎无暇顾及，这个典型人物本身在混杂现实中的鲜活性和饱满度很可能会因此受到损伤，或只能有一种概念性的饱满度。

这也是周立波在《讲话》后持续运用的认知方式。在《暴风骤雨》的创作谈里，他对革命现实主义的理解实际上就是以这种认知方式来展开的（但这并不是《讲话》所规定和要求的方式，柳青的方式就与此不同）。我们再重复一下这句话："革命的现实主义的写作，应该是作者站在无产阶级立场上、站在党性和阶级性的观点上所看到的一切真实之上的现实的再现。在这再现的过程里，对于现实中发生的一切，容许选择，而且必须集中，还要典型化，一般地说，典型化的程度越高，艺术的价值就越大。"周立波实际上并没有因为接受《讲话》而发展出新的塑造典型的认知方式和表现机制。从政治的党性和阶级性观点到典型塑造之间，的确需要对经验材料的选择、集中。但如何选择经验材料、以何种路径和角度来集中这些材料，却涉及非常复杂的"手术"过程。这一过程恰恰是艺术活动的关键所在，也是如何才能发展出以政治为中介的文学自身的感知方式、认知方式、叙述机制乃至节奏、气息、风格的关键所在。可周立波1947年对典型化的认知并没有因为政治的中介而对30年代的认知层面有所突破。相反，《暴风骤雨》的叙述形态反而让人看到，政治中介带给周立波的，更多是认知层面的便利。萧祥、郭全海、韩老六等主要人物更多不是饱含生活现实气息的典型人物，而是被政治文件所规定了的类型化人物。

周立波在30年代就认为，"典型"并不是类型，但他还是过度强调了为了提高现实而必须采取"抽取"的方式来塑造典型，这实际上会带来类型化的后果。他对这一过程的内部复杂性没有展开充分的文学创作上的探索，也没有积累足以充分处理相应实践材料的文学叙述经验。如果我们认同典型的内部是由个别性和共同性构成，那典型的构成是需要这两者在某一时刻达成相互交融的动线平衡来完成。在这两者中，个别性和共同性都不是既定的，大多数情况下是待构成的。文学如果以政治为中介，在这样不稳定的历史时期，政治实践即便能在某一时刻深入且有效地抵达社会环境，但政治也会处于不稳定之中。文学对政治的依托就不能是凭信，而是需要经由政治眼光进入实践后，文学自身再与现实展开磨炼、缠斗，与之对应的典型塑造实际上也就很可能是处于高度不稳定状态中的。此时典型塑造过程中的这个共同性如何能在"抽取"材料中，还能含摄和容纳处于不稳定状态中的个别性，且使其饱有丰富度就是一个具有高度挑战性的问题。

周立波30年代尚未在创作实践中去触碰这一挑战。他当时的文学理解和感知方式、叙述方式都隐隐指向一个静态的、永恒性的艺术性。上文分析的1941年短篇小说《牛》里的抒情方式也可以说是这一观念意识的某种延展，他1941年《鲁艺讲稿》也是侧重分析西方小说的超历史的艺术性。而《讲话》将政治引入文学—现实—作品这一过程之后，实际上是迫使或推动文学重新寻找和建立对于现实的敏感性和具体性。换句话说，《讲话》将周立波之前由抽象的"社会环境"来检测作品的典型性改为由"政治"来检测。不再是静态的"社会环境"的检测，而是由动态的"政治理念""政治实践"检测。这里的"政治实践"就承担了很多功能。比如，之前整个文学活动过程的核心是由敏锐的观察来发动和组织的，观察的动力核心是作家本人，标准是作家根据自身文艺修养水准和道德水准来判断；而现在，文学活动过程需要围绕政治实践来组织对于文学材料的选择、文学叙述角度的调整，作家需要参照政治政策来确定普遍性和具体性等。文学在整个现实世界中的位置在移动，而且需要持续移动，它需要重新获得一个可以积蓄能量以便有效介入现实的位置。

周立波一直期待文学典型具备普遍性和具体性。30年代他没有找到合适方式深入认知现实结构，他侧重在文学上追求典型的具体性生动性。当40年代他在延安时期被中国共产党政治实践所打造的诸多方面的氛围所感召，愿意文学配合政治时，实际上他的整个感知方式都受到冲击，又来不及一一重建。在这个意义上，《讲话》不是给他带来了文学的规范性，而是给他带来希望的同时又带来无措感。即便当他投入政治所推动的东北土改实践之后,他应该如何整理所获的经验,并赋予其普遍性和具体性,仍没有可供模仿的现成模型。当他 1947 年构思《暴风骤雨》时,当他期待依托于政治来寻找和整理出东北土改经验中的普遍性和具体性时,他面临着如何理解政治实践中的普遍性,以及政治实践中的具体性,文学如何设置人物和情节来呈现这种普遍性与具体性等等问题。

## 五、《暴风骤雨》的观念前提(二)

《讲话》后的革命文学以政治为中介,中国共产党政治就对文学具有高度规约性,但也并不等于此时文学只能直接挪用政治观念作为文学理解现实的工具。延安时期中国共产党政治政策或文件的形成本身,之所以对周立波具有说服力,并不只是因为它是政治的,更是因为它来自这一时期中国共产党政治实践与中国社会现实的有效互动,政治对社会现实的有效打造方式和途径。正是中国共产党(而不是国民党)在这一时期找到更多政治与现实之间的有效互动路径,并打造出更具活力的新的社会氛围,才会在延安时期吸引包括周立波在内的诸多知识分子。40年代中国共产党政治吸引力本身主要是来自它与中国社会的这种深入互动过程。周立波在接受《讲话》时,他感受到的、被感召的,正是这整个思想—观念—社会—组织氛围。可他在认知层面的整理中,恰恰忽略了中国共产党政治实践过程中与中国社会现实的碰撞、受阻、挫折、纠偏与再探索和再深入。周立波在东北时对政策文件的过度重视,正可看出在他认知中政治理念和政治实践分处的不同位置。问题是,即便是接受中国共产党政治文件,实际上也需要分级,中央级文件、地方级文件和县级文件有政策上的一致性,但也有不同层面的侧重,以处理不同地方状况。周立波在依赖文件时,没有充分注意到这些差异性文件中对政治实践经验的不同获得方式和过程，他还是在认知中高度选择性地择取了他所需要的政治对现实的定性，且将之作为既定的结论运用于他的现实理解和文学机制之中。

更重要的是，中国共产党的政治文件和政策与中国共产党自身的政治实践之间，并不总是紧密扣合的，比如很多实践经验并没有被整理和总结到政治文件之中。当中国共产党自身的文件不能充分整理自己的实践经验，周立波却又过快依赖文件来理解现实，那即便他能投入生活，投身于土改，他对现实的理解和叙述很大程度上也会被政治这个中介截留。《讲话》后，文学以政治为中介，但当东北土改时政治自身也在摸索之中，文学仍可以政治为中介后自己再度深入探索，以抵达现实深度为自身目标，并以此开拓和丰富政治的摸索。这时候的政治就更多被作为一种认知的指引，而不是决定文学认知现实的构架。当政治自身的整理不够充分时，文学还是可以以之为中介，但通过自身的摸索抵达现实实践经验的深度。当周立波过快地以政治文件为准、认同政治对于现实的深度揭示，他甚至难以理解中国共产党政治经验的内部构成方式为何会出现变化。比如他可能既理解不了中国共产党政治自身为何会在30年代和40年代出现如此巨大的变化，也无法理解和充分叙述自己曾投身其中的东北土改的现实实践经验。那此时的文学到底处于什么位置呢？

比如周立波在构思《暴风骤雨》时，寻找报纸文件会议决议中关于政治实践的叙述，"借着这些文件和会议的指示和帮助，重新检验了材料和构思，不当的删削，不够的添加"。这导致了《暴风骤雨》中很多特定状态。比如座谈会上李一黎就谈到当时东北土改的实际过程，以反驳周立波在《暴风骤雨》中的叙述：

……（小说）写开始发动不起来群众，群众开会就走，其实，这种情形在初期还比较少。因为那时群众不了解我们，所以也怕我们，叫他开会来，他是不敢溜掉的。[1]

当时批评周立波的还有不少评论家，如韩进在《我读了〈暴风骤雨〉》一文中说：

> 第一是没有"突出地"表现当时运动的特点。当时运动的特点是群众的觉悟程度不足，党的领导作用，是运动的主要因素，运动的胜利或挫折，主要的决定于领导的强或弱，决定于领导方针的正确或错误，决定于领导上采取群众路线或包办代替，而包办代替的领导方式，有一个时期曾成为普遍的现象，当时土地改革的成绩，主要是从我党进行自我批评，克服包办代替，执行群众路线而获得的，所以介绍马斌式的人物，提倡马斌式的作风，曾是当时一个重要的领导方法，其后的"煮夹生饭"也是贯彻了这一精神的。……第二是农民群众的贫苦生活与阶级仇恨二者之间结合得还不够，仇恨多半通过诉苦、回忆，以及作品中的叙述表达出来，而对于当时农民群众惊人的贫困状态，及由此贫困状态所激发的阶级仇恨，刻画得稍嫌不够。……第四是未能多方表现丰富的农村生活，这也使得主人翁的性格与特征不能在多方面显露。一个长篇是有条件这样做的。如《静静的顿河》就写得很好。[2]

蔡天心在《从〈暴风骤雨〉里看东北农村新人物底成长》中也认为：

---

[1]《〈暴风骤雨〉座谈会记录摘要》，李华盛、胡光凡编：《周立波研究资料》，湖南人民出版社，1983年版，第297页。
[2]韩进：《我读了〈暴风骤雨〉》，李华盛、胡光凡编：《周立波研究资料》，湖南人民出版社，1983年版，第300—301页。

作者在作品里回避了土改中许多比较重要的问题，部分地修改了现实斗争生活，这就不能不减低作品对现实的指导意义。在土改运动当中，最初曾有过照顾地富阶级的右倾思想，而在接近后期也曾经出现过"放手就是政策""运动就是一切""贫雇农当家""彻底满足贫雇要求"，农业社会主义以及侵犯中农利益等过左的思想和行动，这种先右后左的偏差，在各地都或多或少发生过。我以为作者如能加以正确的描写，深刻地暴露现实中本质事物的冲突，加以形象地批判，这就能更完整地表现农民思想底成长，而使作品更富于典型意义。在土改以前农村的农民，一般是有着比较浓厚的宿命，迷信，封建等落后观念，经过工作队的教育启发，开始觉悟，但仍不敢和地主撕破脸进行斗争，动摇、犹豫，又经领导上的撑腰，农民才逐渐打破顾虑和地主讲理，后又因为对政策的掌握不够，发展成为一种小资产阶级平均主义思想，出现了严重的侵犯中农利益和在打杀人问题上过左的行动，然后由领导上予以纠正。启发农民如何团结中农与如何对待地富阶级，领导农民自己动手纠偏……这是东北农民在土改运动中思想发展所经过的道路，抽掉这过程中间的任何一部分，都难以了解农村的新人物如何在思想上逐渐成长起来，并如何从实际斗争中学会以主人的姿态，掌握农村政权。[1]

当时诸多评论家的关注点都在于周立波小说中的情节和人物设置与实际经验过程不符。的确，周立波在《暴风骤雨》中，将工作队队长萧祥设置为稳重、成熟的干部，将群众中的积极分子设置为思想进步、醒

---

[1] 蔡天心:《从〈暴风骤雨〉里看东北农村新人物底成长》，李华盛、胡光凡编:《周立波研究资料》，湖南人民出版社，1983年版，第309页。

悟快、觉悟高的农民，从而"回避了土改中许多比较重要的问题，部分地修改了现实斗争生活，这就不能不减低作品对现实的指导意义"。周立波的自我辩护是革命现实主义需要对经验材料进行"集中"和"典型"化处理。一个要求紧贴实践经验，一个要求提高现实。

革命现实主义文学此时的这两种理解方向，对应着《讲话》给文学观念带来的冲击，以及《讲话》后革命现实主义文学的内在张力。如若我们暂时将这两种理解方向看作真实性与倾向性的张力，那它们如何在具体创作中协调和平衡，则不只是一个党性优先就能解决的问题。实际上，《暴风骤雨》座谈会的诸位和周立波都可以说是在维护党性利益。在40年代后期，党的利益的一个目标是解放全中国。周立波及各位评论家当然都同意。但以什么样的方式才能更好地推进这一党性利益？

周立波以30年代他的文学观念为基础，接受《讲话》"提出时代重大问题"的政治要求，希望在文学中作出新的尝试，这一定程度上导致他会在没有将政治文件内化为自己的经验体认之前，在没有将之内化为自己独特的感知方式之前，就试图通过选择、裁剪材料来寻找到这种方向性和普遍性。当他没有从现实实践经验中经过感知方式的消化和塑型就借助政治来叙述时，这实际上相当于是从外部借道具，虽然这个政治的道具是他内在认同的。但从内在认同到落实于实践经验，并在实践经验中重塑自己的感知方式，这中间还有诸多环节和巨大裂缝。没有完成这些环节的转变和生成，就展开对现实实践的叙述，则会在小说中引发诸多问题。如周立波会直接将工作队萧队长设置为一个有着成熟经验的干部，将韩老六设置为一个集地主、恶霸、汉奸为一身的阶级敌人，将积极分子设置为道德无瑕疵的贫农，以配合某一级的政治文件（当时东北局的文件也被周立波高度筛选了）。这种设置的简化程度甚至超过了当时政治文件对于实践经验中各种状况的整理和反思（评论家们也讲到了政治上的反思和纠偏）。小说的这些设置看起来直接体现了"无产阶级立场上的党性和阶级性",可它实际上取消了文学在认知中国社会现实方面的特别能力。

也因为周立波过于依赖了政治文件作为认知中介,过快从经验材料中抽取、拣选出"典型",实际上他也就错失了原本可以探索在《讲话》原则下的诸多可能道路以及诸多可能空间,如此时革命文学逻辑中"政治—社会—文学—现实"环节里的"社会"环节。探索这一环节之所以重要,恰恰在于这是文学以政治为中介,但并不以政治为标的的关键。也是文学形成自身独特感知方式,并对政治具有协助或对峙力量的关键环节之一。

从当时评论家们的质疑来看[1],1946 年的东北土改远不是《暴风骤雨》中叙述的以动员群众为主。恰恰相反,此时的土改实践过程是前期过多照顾地主、普遍包办代替,和蔡天心所说的后期为克服包办代替时出现的"放手就是政策""运动就是一切""贫雇农当家""彻底满足贫雇要求"、农业社会主义以及侵犯中农利益等过左的思想和行动等等。且"这种先右后左的偏差,在各地都或多或少发生过"。

这样的政治实践过程实际上会给以特定状态接受《讲话》的周立波带来困扰。没接受《讲话》之前,周立波面对这样的实践现实,由于不需要考虑直接配合政治,他可以面对现实中诸多状况来选择切入的角度。可当他要考虑配合政治时,文学对于现实的理解,实际上需要位移到一个新的结构关系中的特定位置,且是凭借文学自身很难获得的认知点,比如叙述者需要移动到一个以工作队发动群众、打倒地主为轴心的视野点,来带动所有人物和情节。而之前他可能会选择一个路过的知识

---

[1] 如韩进认为的"当时运动的特点是群众的觉悟程度不足,党的领导作用,是运动的主要因素,运动的胜利或挫折,主要的决定于领导的强或弱,决定于领导方针的正确或错误,决定于领导上采取群众路线或包办代替,而包办代替的领导方式,有一个时期曾成为普遍的现象,当时土地改革的成绩,主要是从我党进行自我批评,克服包办代替,执行群众路线而获得的"。

分子或一个大学生的视野点。虽然周立波实际上建立起来的叙述构架仍然需要检讨,但这个理解现实和结构现实的构架本身是他之前的观念意识中很难具备的。这个新的政治—社会结构关系中的视野点是需要他的文学观念发生位移才能获得的。比如对于地主问题,之前的文学视野中,可以批判和揭露地主生活以及封建社会家庭的种种不堪。但这种揭露对于现代中国的前途命运到底意味着什么?是否能由此确定现代中国的内在性质?这是新的结构关系视野带给周立波的新的可能。

周立波在《暴风骤雨》中的选择是一个由中国共产党政治确定出来的、关于现代中国内在构成的理解方案和规划。问题的复杂性在于,中国共产党的这一理解方案与其成功实践的经验并不吻合。比如,中国共产党在抗战时期由小变大、由弱变强,就并非仅依赖于这一理解方案,还有其大量且丰富的实践经验。但这一经验的成功之处并未被充分整理和表述到它的方案之中。其次,在历史实践中何时、以何种方式对待某个地方社会中的地主,如何理解中国社会具体现实结构(不只是在阶级论的观念层面,同时还能将阶级论有效落实于中国社会现实状况,比如工作队干部的作风、自我意识、群众路线等等,这都是阶级论能有效落实于中国社会的具体路径),并在具体实践方式、路径、工作方法等层面有切实构想和推进,也是现实主义文学视野自身很难构想、却是《讲话》后的作家必然会面临的。这正是中国共产党政治对于文学来说的不可替代之处。

也许我们可以从这个角度说,《暴风骤雨》是第一次在小说中尝试正面描述如何以历史主体方式确定现代中国的性质,这一历史主体的实践将决定千千万万同胞的命运和民族的命运,既荣耀又危险。这也是周立波为什么会征用毛泽东《湖南农民运动考察报告》中的这段话:"很短的时间内,将有几万万农民从中国中部、南部和北部的各省起来,气势如暴风骤雨,迅猛异常,无论什么大的力量都将压抑不住。"周立波征用这句话并非只为保证作品的政治正确性,他可以有很多种选择来保证作品的政治正确性,但周立波为什么会选择这段话来展开《暴风骤雨》的叙述?以政治正确性来解释对这段话的征用,无法具体说明《暴风骤雨》在周立波这个具体作家自身脉络中的生成机制。对于1947年的周立波来说,更主要的问题是如何以政治为中介叙述具有深度的现实内在结构。

但周立波在以政治为中介时,面临着以哪个"政治"为中介的问题。中国共产党自身关于中国历史现实的叙述处在变化之中。比如,对于理解40年代整个中国局势走向和1946年前后的东北局势来说,中国共产党最直接的叙述是毛泽东的《新民主主义论》《中国革命与中国共产党》以及《中国土地法大纲》等文献。这些认识和表述与毛泽东1927年《湖南农民运动考察报告》中的感觉意识和认知判断都不尽相同。这些变化意味着,中国共产党在不同历史时期对中国历史现实的认知和实践在不断调整。比如中国共产党的这些不同叙述以及以这些不同叙述为基础的实践在不同历史时期落实于中国社会时,有不同的效力;且当政治实践不能有效落实于中国社会、出现曲折波折挫折时,中国共产党在不同历史时期所做出的不同校正和再推进,其所获得的军事效果政治效果社会效果都不一样。这内在的历史实践经验都是需要细致分辨甄别,才能在历史中辨认出诸如为什么当时国民党关于中国社会历史现状的叙述不能导致更深入的实践,而中国共产党的政治叙述和实践却更加在实践中具有效力,并对周立波具有说服力。在这样的历史辨析中才有可能反复磨炼和建立起某些认知意识和能力,当《讲话》后的文学以政治为中介去认知现实时,以这种意识和能力去辨认政治实践真正与现实建立起结构性关联的政治内涵的多层次和多层面。文学在这种复杂的政治实践—政治表述过程中深度投入、体会、辨识,才有可能准确把握和拿捏所叙述事件需要以哪种政治为中介。

而周立波在《讲话》之后，其观念意识和创作状态中最渴望的是"提出时代重要问题""提高现实"，而与他这种新的认知状态相配合的感知方式又并没有充分得到磨炼和展开，这会造成他在观念意识中不会强化自己在以政治为中介时，其思想敏感点必须要探究和突进到中国共产党政治在有效翻转中国社会现实的过程中所开展出来的有效互动和打造方式，才能真正获得作为中介的政治所提供和打开的可能性。正是政治的这些多层次多层面性，引导文学重新回到对现实的认知结构的位置之中，文学才可能走出既定的对现实的观测点，顺着此时政治实践所深入现实的程度，再依据文学的能力去抵达现实的深度，这对于文学突破认知现实的深度具有高度重要性。或者说，周立波虽然在《讲话》之后移动了文学的位置，但他现实感的重心仍然在于试图快速以文学的方式把握政治所中介出来的社会现实，而不是内在地把握政治实践如何以及为何能以如此方式将中国社会现实中介性地呈现出来。相应地，他对现实主义中对于真实性等层面的要求就不足够重视。

我们也就可以理解，周立波对于现实的理解方向为什么不会过多为实践过程的曲径而分心。《讲话》之后文学位置的移动并没有带动周立波暂时放置文学的感知，重新回到新的结构关系中来直面现实实践中的复杂曲折过程。他的选择重心和角度恰恰表明，他的感觉意识没有经受与复杂现实缠斗磨合，没有建立起与现实的新的感知方式，并以新的感知方式扩展、丰富、校正作为中介的政治。这也就让他即便在位置移动之后，仍然无法回旋侧身，他的眼光和敏感性仍然在于如何征用政治叙述来直接帮助他看见新的现实。而当他透过政治叙述看见新的现实状况之后，如何感知到这些新现实状况的内在肌理和活力，则是此时的周立波没有充分展开和发展出来的。在《讲话》之后，他急切想回应《讲话》所要求的以现实主义文学直接叙述、参与历史现实进程：如果政治对于中国社会现实结构的理解是需要继续完成民主主义革命中第一步的反帝反封建任务，文学就需要以此为基础来架构对于现实的叙述逻辑，而这一社会认识所推动的政治实践则是如何在农村处理地主问题（且1946年的土改也正是要处理土地关系和地主问题）。这是以政治为中介所带给周立波的新认知（这个中介中的政治实际上也是周立波选择的"政治"）。所以周立波所参与的这一阶段土改虽然在发动群众、工作队、中农问题等层面出现了诸多波折，甚至一开始还出现过多照顾地主，但从他的认知来说，他必须抓住"反封建"中的地主问题，才能抓住他所认为的《讲话》现实主义所要求的对现实的深度认知这一要害。不是地主问题在东北土改政治实践中的位置和性质，而是地主问题在整个政治对于中国现代社会的定性叙述中的位置，才是周立波此时的感觉意识重心。也是从这一角度来说，我们不能简单将《暴风骤雨》解释为对政治的配合或迎合。换句话说，周立波可以有很多种配合政治的角度和层面，但他为什么放弃了诸多熟悉的经验材料，放弃了他实际上擅长的感知方式，而单单为他的第一部长篇《暴风骤雨》选择了作为党的政治代表的工作队进入村庄处理地主问题这样的主题？当周立波宁愿选择他并不格外熟悉的打倒地主为认知现实结构中的重心，那相应地，诸如过多照顾地主、包办代替等工作问题，就在他的认知意识里不再被作为塑造典型形象的必须材料。这些实践中的曲折，虽然是周立波所亲身经历，在现实认知结构和情节构造中也会变得可有可无。

  当周立波将文学面对现实经验时的观测位置移动到政治的视野点来建立理解框架时，他又对政治的视野进行了高度选择，这种观念意识上的选择性会带来一些文学展开路径上的后果。《暴风骤雨》的展开路径即是周立波以此为基础对革命现实主义可能性做出的非常重要的探索，虽然我们不能说它是成功的。那应该如何来历史化地理解和检讨周立波的这一尝试？

## 六、《暴风骤雨》的展开路径（一）

中国共产党政治在40年代获得的观测中国社会现实的视野点，实际上带动了诸多领域观测现实视野点的变化，文学是其中之一。这既打破了以"知情意"的知识分工结构对文学观测点的分配，也推进了左翼文学对中国现实的观测。不过，问题的复杂还在于，中国共产党政治所提供的观测点，并不只是中国共产党在观念层面所呈现出来的这些叙述。中国共产党自身从30年代到40年代的变化，其实意味着，政治力量对于中国社会的内在运转方式和要素有超出政治阶级论观念化的、深入社会现实的认知，在实践中对这一特定社会的现实活力建立起诸多方面的敏感性和洞察力。中国共产党政治面对整个社会中的各个阶层，需要对这些阶层的构成方式、历史脉络、利益趋向、风土习俗有深入理解和把握。中国共产党政治恰恰是在这种深入中国社会的实践中积累和发展出了很多特定的视野和感知。中国共产党在延安时期之所以能对诸多知识分子具有感召力和吸引力的原因之一，正是因为中国共产党政治在这一时期对中国社会的诸多重要层面探索和整理出了深度理解和叙述。而周立波以政治为中介的文学，只选择了以中国共产党政治中的某一特定观测点，且并非中国共产党政治实践经验中对中国社会最具有洞察力的观测点来作为自己理解现实的结构，并以此展开对于元茂屯的叙述。

这意味着，周立波简化了在新的结构关系中对观测点的获知。中国共产党政治的多层次性和复杂性本身意味着《讲话》所打开的观测点并不容易获得，并非因为政治具有感召力就会自然引导出政治观测点的呈现。《讲话》要求知识分子深入生活、深入革命实践，正是推动知识分子重新投入政治所开启的实践方向中去再次探寻。换句话说，政治只是给出了现代中国到底往何处去，如何重建的方向，并没有给出面对众多具体现实状况的观测点。

现代中国到底往何处去，如何重建的问题，是周立波创作《暴风骤雨》之前的几十年里现代中国人一直以多种方式从多个层面开展追问和探索的问题。从"五四"文学来说，它并不承认哪一个领域（包括政治）的探索方式对这一问题的叙述和解决具有优先性。尤其是在袁世凯复辟帝制之后，大多数知识分子更是对政治不抱希望，选择从文化层面揭示现实、唤醒国民。从整个20年代的各领域发展来说，也并没有某一领域预先就获得绝对话语权的局面。对于中国社会现实状况的揭示，现代中国如何翻转困局，各方一直处于对这一问题的分散又竞争的格局。在社会历史状况不稳定的这一时期，分散又竞争本身也并不稳定，而是在竞争中期待着对认知中国社会现实状况的突破。左翼文艺与中国共产党政治革命在二三十年代的发展也并非定于一尊，而是在不同现实情境下各自应对摸索，左翼文艺并未有意识地以此时中国共产党政治实践所真正碰到的问题作为自己的开掘主题。比如中国共产党此时碰到的问题可能有召唤出农民之后，如何能让农民进入自己所希望的运动方向中来。这是1927年毛泽东在湖南农民运动中所意识到的问题，农民被召唤出来之后，整个社会秩序的运转会失控。而30年代初左翼文艺中如丁玲的《水》或周立波早期的散文随笔中，主题仍然聚焦于如何唤起农民。[1]也正是在这一背景下，30年代周立波虽然认为现实主义文学需要"提高现实"，但此时他的现实认知只能停留于观念层面，并没有能力结合中国社会现实的内在构成要求来"提高现实"。革命文学虽然有自己明确的倾向，且对于呈现中国问题有自己的贡献，但对于中国社会现实的内在构成，以及这一形态在近现代变迁中遭遇了何种困境，如何带动其翻转等问题，在认知层面上推进不大。此时的革命文学没有以政

---

[1]丁玲唤起农民的感知方式和表述路径参见潘炜旻：《正向渗透：新感知结构的再造——对〈太阳照在桑干河上〉乡村图景的考察》，未刊稿。

治实践为中介去推进这一问题，也没有具有说服力的关于中国社会现实状况的政治叙述可以被文学作为依凭。包括此时的中国共产党政治实践本身也还在探索与中国社会有效互动的途径之中。但就周立波的观念意识来说，30年代的革命文学观念本身就已经预设了对于"五四"文学的一个变化，即文学对于现实深层结构的认知能力弱于哲学、政治、思想。这不是一个从"人的文学"到革命文学的问题，而是如何深入认知中国社会现实的问题。在20世纪的中国，这一问题的突破是伴随着中国共产党政治实践在深入中国社会现实层面的突破而来的。中国共产党政治能够在40年代找到具有说服力的关于中国社会现实及其前世今生的叙述，是有着中国共产党自身从30年代的土地革命时期到40年代抗战时期的创造性理解和实践。周立波对《讲话》的接受，是以中国共产党政治和左翼文艺的这些历史状况作为前提的。

正是在现代中国往何处去的问题上，中共政治在40年代积累和探索出了一系列重要经验（这些经验当然还有很多层面需要进一步检讨）。这是在"五四"以来各领域面对新的现实状况时，从各自领域出发的探索中，中国共产党政治的独特贡献之一。中国共产党政治在深入认知中国社会现实状况，并基于其实践经验提出多种打造方案方面，有着"五四"以来的现代文学和左翼文学不可替代之处，以及有着文学在面对历史进程时，不容易把握到的既宏观又深入现实的历史观察点。从这一角度来说，我们不能简单说因为中国共产党政治在40年代具备了绝对权力，迫使文学必须遵从政治的理解和叙述。周立波接受中国共产党政治的叙述，且在创作《暴风骤雨》时力图寻找与这一叙述的关联性，这背后有着更多深层面的中国现代历史发展特定状况作为它的构造机制。从这一层面来说，《暴风骤雨》座谈会诸位评论家的质疑并没有意识到周立波这部小说的挑战性所在：文学如何正面书写时代构造机制中的主要牵引性因素。[1]

　　对于现代社会来说，既有的传统认知方式不能再直接挪用，各种认知途径都需要重新摸索。在这一过程中，深入认知现实的途径和角度可以有很多种，不一定必然依赖政治。但中国现代历史进程中的特定状态是，中国共产党政治在40年代对中国社会现实的认知、理解、打造说服了以现实主义为观念基础的周立波。可当他借助于政治文件的视野来叙述地方社会现实时，政治实践过程如果又不是如文件表述的那样干净和扣合，周立波就会为选择哪种政治文件而困扰。这个时候，他直接面对的是政治自身在认知和经验层面上的差异，而作为文学原本的目的地的社会现实反而隐身其后。从文学以政治为中介认知现实来说，并不

---

[1]这一表述是想强调，政治并不认知现实的全部或整体，也不是唯一方式。但社会在历史中的行动进展，政治又往往起着主导作用。戈德曼在《隐蔽的上帝》中谈到相关问题，我们可在此基础上进一步展开理解。他说，现代哲学往往把个人当作绝对主体，他人和世界是他思考和行动的客体。但从行动或实践来说，几乎任何人的任何行动都不是以孤立的个人为主体的。行动的主体往往是一个群体。在人与人之间，除了主客、"你我"关系之外，还有一种以"我们"作为主体的共同行动。现代社会里，几乎每个人都被卷入许多这种共同行动，这些行动会对个人的全部意识和行为产生重要影响。这样共同行动的群体有很多，可以是经济或职业组合、家庭、知识界或宗教团体、民族等等。特别是还有些对于精神和艺术生活与创作最为重要的群体，即与经济基础相联系的各个社会阶级。并不是所有以共同经济利益为基础的群体都构成社会阶级。这种经济利益必须以全面变革社会结构为目标（对"反动"阶级来说，就是要全面维护现有的结构）；这种经济利益还必须通过对现代人的优点、缺点的全面评价，通过一种理想，关于未来的人类、人与人、人与世界应当具有的关系的理想，在思想意识方面也这样表现出来。世界观正是使一个群体（往往是一个社会阶级）的成员聚合起来并使他们与其他诸群体相对抗的全部愿望、感情和思想。个人虽然很少真正全面地意识到他的愿望、感情、行为的意义和方向，但他终归有一种相对的意识。人与人的觉悟程度各不相同，只有某些突出的个人或处在某种特别适当形势下（如战争形势下的民族意识、革命形势下的阶级意识等等）的群体中的大多数成员才能达到最高度的觉悟。由此而产生的突出的个人比群体的其他成员能更好地、更确切地表达集体意识的情况，由特殊的个人达到或至少接近于达到全面的协调，这种情况是少见的。能够在概念或想象力方面表现这种协调的是哲学家或作家，因为他们的作品更接近世界观的概括的协调，他们所表现的是社会群体的最大可能限度的意识，因此也就更为重要。戈德曼：《隐蔽的上帝》，百花文艺出版社，2002年版，第19—23页。

必然会导致《暴风骤雨》在叙述东北土改时过于以处理地主为主导线索，且地主又被设置为韩老六这样的集各种恶于一身的恶霸典型。但周立波急于确立起关于现代中国的叙述，且过于关注政治叙述中的历史阶段论部分（当前处于反帝反封建的民主主义革命阶段），使得他直接略过了政治实践实际过程中的复杂性，尤其是略过了中国共产党政治的叙述之所以具有说服力的、对应于其实践经验中的关于中国社会现实的深度打造过程。比如，中国共产党政治实践对于现代中国社会现实的深入和有效经验部分，当然不只是"反封建"，也不是打倒地主，而是它在三四十年代实践中逐渐积累和探索出如何能有效处理诸多中国社会结构方面的问题：精英阶层的转换，中国人如何以新的方式重新组织起来，干部的改造和培养，争取更多阶层的配合，对农村各阶层的理解和认识，等等。这些都被周立波此时的认知机制过虑了，他要"表现我党二十多年领导人民反帝反封建的斗争的雄伟和艰苦"[1]。

这也可以解释，《暴风骤雨》呈现实际土改中的"社会"层面的丰富度，为什么会远远弱于《种谷记》，也远远弱于后来的《山乡巨变》和《创业史》。比如当时评论者提到的"在土改以前农村的农民，一般是有着比较浓厚的宿命、迷信、封建等落后观念，经过工作队的教育启发，开始觉悟，但仍不敢和地主撕破脸进行斗争，动摇、犹豫，又经领导上的撑腰，农民才逐渐打破顾虑和地主讲理，后又因为对政策的掌握不够，发展成为一种小资产阶级平均主义思想，出现了严重的侵犯中农利益和在打杀人问题上过左的行动，然后由领导上予以纠正。启发农民如何团结中农与如何对待地富阶级，领导农民自己动手纠偏……这是东北农民在土改运动中思想发展所经过的道路，抽掉这过程中间的任何一部分，都难以了解农村的新人物如何在思想上逐渐成长起来，并如何从

---

[1]周立波：《〈暴风骤雨〉的创作经过》，华中师范学院中文系编：《中国当代文学研究资料 周立波专集》，1979年版，第94页。

实际斗争中学会以主人的姿态掌握农村政权"等问题，实际上这些分叉和曲折恰恰是政治展开有效社会实践的路标，也是通往中国社会丰富层面和肌理的洞口。但对于周立波来说，这些都会成为干扰他所选择出来的叙述主线，也会干扰他希望在小说中实现的巨大抱负。

周立波基于这种认知架构对经验材料的裁剪，我们可以从《暴风骤雨》里的一些场景调度、衔接、情节节奏变化和分配等等，看它对小说内部形式感的影响。或者说，周立波当然可以写地主，地主在当时东北社会中的确出现了诸多状况。对于周立波来说，解决地主问题，的确就是解释了中国社会现实的深层问题。问题在于怎么写土改中的地主？以及如何由此展开关于农民成长为主体性的叙述？

上文提到周立波在1942年之前的特定感知方式和抒情方式（如《牛》中所体现的），这种方式是他确定自我与现实关系的路径，也是《讲话》之前文学确定自身与现实位置的观测点。在《暴风骤雨》中，周立波要以政治为中介，以新的文学位置来观测，他叙述新人物的政治性时，就很难在政治逻辑下以这些他熟悉的方式来确认自我与现实的深度关联。比如小说一开始，看似周立波熟悉的节奏和质感：

> 七月里的一个清早，太阳刚出来。地里，苞米和高粱的确青的叶子上，抹上了金子的颜色。豆叶和西蔓谷上的露水，好像无数银珠似的晃眼睛。道旁屯落里，做早饭的淡青色的柴烟，正从土黄屋顶上高高地飘起。一群群牛马，从屯子里出来，往草甸子走去。一个戴尖顶草帽的牛倌，骑在一匹儿马的光背上，用鞭子吆喝牲口，不让它们走近庄稼地。这时候，从县城那面，来了一挂四轱辘大车。轱辘滚动的声音，杂着赶车人的吆喝，惊动了牛倌。他望着车上的人们，忘了自己的牲口。前边一头大牤子趁着这个空，在地边上吃起苞米棵来了。

"牛吃庄稼啦。"车上的人叫嚷。牛倌慌忙从马背上跳下,气乎乎地把那钻空子的贪吃的牝子,狠狠地抽了一鞭。

一九四六年七月下旬的这个清早,在东北松江省境内,在哈尔滨东南的一条公路上,牛倌看见的这挂四马拉的四轱辘大车,是从珠河县动身,到元茂屯去的。[1]

唐小兵在《暴力的辩证法》一文中对小说的这一开头有精彩分析:

就在这样一个和谐的农家情景里(也即当时土改工作队称为"空白地区"的东北农村),突然轰轰驶进一辆四轱辘大马车,惊动了看牛人,也搅乱了四下的宁静。紧接着读者被告知一个具体的历史时间:"1946年7月下旬"。马车拉来的是县里派来的土改工作队。"工作队的到来,确实是元茂屯翻天覆地的事情的开始。"(12页)全书明白无误地把"到来"这一刻表现成了历史的真正开端,突然间过去的一切完全成了痛苦的记忆,历史不再有任何连续性,成了猝然的断裂。我们刚刚目睹的"自然景色"("空白地区")便也被摔进了"历史"的漩涡作品表现历史新"起始"的同时,也抹杀了历史,构出一个再生的神话。

在这里"历史时间"取代并且压制了"自然空间由此小说的叙述得以展开,由此空间所体现的并存和张力被卷进单质同向的时间流,由此乌托邦在空间意义上的不可追寻,被转化为时间意义上的必然终结"。在这个意义上,这样一个转换具有深刻的普遍意义,是现代小说的必然形式,也隐约表达出"现代性"这一叙述模式、论述传统的"时间情意结"。

---

[1]周立波:《暴风骤雨》,《周立波文集》第1卷,上海文艺出版社,1985年版,第1页。

也可以说大马车的驶入及工作队的到来隐喻了新"象征秩序"的强行插入。表达这一新"象征秩序"的行为正好是对田园景色所传达的和睦平静的否定，是唤起"暴风骤雨"，是点燃"报仇的大火"，是激扬"大河里的汹涌的波浪"亦即发动以否定、破坏一切既成的规范、秩序和伦理为特色的群众运动。维系这一新"象征秩序"的基本策略则是暴力。暴力的内容是仇恨，暴力的形式则是肉体的痛苦甚至消灭，而暴力的存在则是依靠不断促发新的暴力。这也就是《暴风骤雨》的意义逻辑和结构方式。[1]

但是，这实际上不是唐小兵理解的自然空间，而是周立波将混杂的时空浓缩到具体的几种植物形态和色泽之上，形成的具有特定形式感的地方时空。这是周立波构造出来的空间，并不是元茂屯附近的自然时空。革命时间也是周立波理解和形塑出来的开始形态，并不是革命实际展开的形态（座谈会上评论家们对周立波的批评和诸多材料都能够表明这一点）。这个"时间开始了"是在周立波的时空构造基础之上展开的。《暴风骤雨》这一开头的形式感并不能直接说明革命与地方社会的实际关系，而是周立波构建出来的、他所理解的革命与他的感知方式所把握到的现实形态之间的关系。"和睦平静的田园景色"恰恰是周立波以他熟悉的感知方式对地方社会的把握，也恰恰反映了他对于地方社会的隔膜。1946年中国共产党的革命力量进入元宝屯时，本就不是将之理解为田园景色的未开垦地，而是明知这里曾是被伪满和国民党统治、土匪横行的待建设的根据地。我们需要辨析和廓清周立波对于革命和地方社会的认知和表述这一中介，而不能直接用于论述革命与地方社会的关系。

---

[1] 唐小兵：《暴力的辩证法》，《再解读：大众文艺与意识形态》，北京大学出版社，2007年版，第120页。

换句话说，我们在讨论革命和地方社会之前，需要讨论周立波转译的中介性。毋宁说，这里存在两个周立波，一个是周立波以他革命展开之前的、以他熟悉的感知方式所构造出的特定地方时空，一个是进入革命后的周立波，以"提出时代重要问题"为志向、选择中国共产党政治中的某部分叙述为把握社会现实结构的方式。这两种方式此刻并不协调。唐小兵感觉到的差异和对立，我们可以理解为是周立波自身内部的冲突和断裂。

　　比如，小说一开始，周立波塑造的空间视角交错，颗粒清晰，层次分明。叙述者先以场景展示时间，"七月""清早""太阳""刚"出来。然后时间停顿，展开空间铺陈，视野落在"地里"的"苞米"和"高粱"上，空间没有马上推移，而是随叙述者停下，辨认出叶子的"确青"色，又再次停顿，辨认出确青色上面还有一层"金子的颜色"。叙述者的意识状态非常耐心，稳定。随后空间又平移推开，发现"豆叶"和"西蔓谷"上的露水，像无数银珠，晃眼睛。这些农作物及其颜色和光泽等等的陈列，以及"像无数银珠""晃眼睛"，并非贴近故事情节场景状态的实写，可周立波不严格按照摹写现实的方式，而是将之从混杂视觉中拣选出来，构图清晰，密集而有序，反而以虚写的方式体现出叙述者在投入叙述时，还能将感觉意识抽离、旁观的悠游不迫。周立波没有从萧队长兴奋而忐忑不安的情绪来写，也不是从老孙头的视角感觉来写。他没有从他们在历史时刻中的主观情态来呈现客观。似乎周立波还不会、不能从被政治界定的人物视野来体察和建构感知方式。视野再次推远，"道旁屯落里"，有做早饭的"淡青色""柴烟"，正从"土黄屋顶上飘起"。这一视野推移跳动颇大，不对视野所见一一实描，而是选择景物构造空间层次和内部动感。这原本是周立波熟悉的感知方式（比如《牛》），且并非文学中非常独特的洞察。这一场景描写并没有与故事人物情节的结构力形成配合。之前，周立波的这种感知方式有一个积极推动自我对所见所感进行定性和拓展的功能。但我们在《暴风骤雨》中看到，周立波的这种感知方式的建构能力在小说中基本上看不到。我们还能看到这种与情节具有疏离感的写景，但它变成了单纯的写景，与情节逻辑中人物感情的波荡基本上不再有内在关联性。

跟1941年的小说《牛》里的感知方式相比，《暴风骤雨》里的这些感知意识的塑造功能在弱化，变成了陪衬，用于烘托整个故事展开的情境，而不是对情境的动态方向给予塑造和品质定性。周立波在新的文学位置中并没有伴随着生成新的感知方式，这些还需要他展开新的探索。周立波曾经翻译肖洛霍夫的《被开垦的处女地》。肖洛霍夫以这样的景物描写来一开场：

> 在正月末尾，在最初融雪的气息的包围里，樱桃园发散着优美的香气。正午，当太阳温暖的时候，在各处隐蔽的角落里，一种令人不快而几乎感觉不到的樱桃树皮的气味，和融雪的淡薄的湿气，和雪与朽叶里透露出来的大地的强烈陈旧的芳香混杂在一起。这种清丽的混杂的香气，顽强的漂荡在果园上面，直到青色的薄暮降临，直到月亮的绿色尖角穿过了赤裸的树枝，直到肥大的野兔在雪上散布着它们的足迹的羽状的小点的时候。
>
> 但是以后，风从草原的丘顶上把寒霜烧坏了的苦蓬的苦的气息吹进了果园，白天的气味和声息被吞没了，而在那萎蒿上面，在那丛林上面，在那收割以后的田里枯萎了的露珠草上面，在那起伏不平的耕地上面，夜像一只灰色的狼，静静的从东方出来，把拉长了的黄昏阴影，足迹一般的留在草原上。[1]

---

[1] 肖洛霍夫：《被开垦的处女地》，周立波译，《周立波选集》第7卷，湖南人民出版社，1983年版，第1—2页。

这两段风景的铺陈也是建立在对叙述时空的控制之上。肖洛霍夫不是直接写原本静谧的植物，而是侧重于捕捉各种植物气息的动态。由于各种气息和流动的风，植物变得彼此之间交错混杂，樱桃园的香气混杂着融雪的气息，樱桃树皮的气味和融雪的湿气，以及大地的强烈而陈旧的气息彼此冲荡碎裂再混杂起来。这些气息被叙述为是一场争夺，一方的"顽强"和不甘最终因为薄暮、月色和野兔在雪地的痕迹而败北。这些叙述将混杂的场景刻画为一个有具体动向，且不能被叙述者穿透、他必须时时在场的场所。他必须经受"令人不快"或接受"强烈陈旧"气息的冲击。这不是属于在视觉上可以一掠而过的感知方式，而是必须经受，且被其改变味觉体感的存在空间，且这一空间形态的倾向性隐隐对应着小说即将展开的社会斗争。俄国学者 H. 基谢利指出肖洛霍夫《静静的顿河》里风景描写具有伦理性，如哥萨克的世界上有天空（包括太阳、星辰、月亮、云朵等），下有土地（包括草地、道路、顿河、原野等），地平线贯连其间，形成了一个巨大的十字架，该"十字架"绝非单纯的物理结构，而是将伦理、价值融入其中。[1] 一定程度上，《被开垦的处女地》亦是如此。

周立波虽然翻译了《被开垦的处女地》，但他此时没有建立起如同肖洛霍夫那种在历史现场内部拓展个人感知意识，并将这种现实感知与更深厚的民族文化伦理糅合的书写方式。肖洛霍夫的景物描写本身具有与小说故事的内在逻辑高度相关的叙述性和情节性。就周立波希望《暴风骤雨》所承担的重任来说，他在《暴风骤雨》中没有找到或建立起这样的感知途径。每个地方社会的风物有自身的结构力，风景描写是对其的再结构。我们当然可以说周立波和肖洛霍夫这两种描写都是以语言制造出新风景，是被发现的风景，但发现和构造方式的差异却也决定着叙

---

[1] 转引自王逸群：《肖洛霍夫研究的新成果———俄罗斯〈维约申斯克学报〉第九期评述》，载《外国文学动态》2010 年第 5 期。

述者与被叙述实践之间的内在关联密度。在《牛》中,周立波的这种主动疏离可以积极推进他与现实的紧密度,但在《暴风骤雨》里,周立波似乎找不到能与土改进程、中国社会历史进程相对应的感知方式和赋形方式。周立波此时再次调用这种穿透风景历史性(姑且这么界定)的感知方式,本身并不存在优劣好坏问题,只是看它的生成过程是否能在《讲话》为背景的时代理解中,重新构造出自我与现实的独特关系,是否能充分发挥文学这种独特认知方式的潜能,介入掌控、矫正历史航向的命运搏斗中。如此,周立波不仅可以叙述作为历史主体的人民群众,而且作为叙述者的作者本人命运也将身处其中,成为历史主体。这原本也是周立波内在愿意配合中国共产党政治的动力之一。

可从周立波所希望的把握和呈现现实内在深度来说,如果一开始他就预设了他的习惯方式,沿用《讲话》之前他习惯的感知结构,而这一方式却并不是他在根据《讲话》要求所选择的时代重大问题中重新感知现实、体会况味、拣选材料、磨炼文字而来,他的叙述重心又在于建立理解中国社会现实的时代问题,他就不容易将自己带入具体现实自身的结构力之中,也就不容易把握社会中被政治对时代的实践和打造塑型的中国人的身心感受。实际上周立波在延安时期能够接受《讲话》,并不仅仅是因为《讲话》的原则本身,而是因为他在延安时期对中国共产党开展出的社会氛围的多方面感受,包括他在碾庄对解放区村庄生活的实感,中国共产党1938年以来关于中国现实的诸多论述,他在革命军队中的所见所闻等等。这些诸多方面的共同作用一并形成了周立波接受《讲话》的基础和前提。他真诚拥护革命,也力图在创作《暴风骤雨》时运用革命对中国社会的诸多理解结构,但中国共产党政治所对应的诸多社会形态以及他自己在革命氛围中迎面感知到的诸多风气、情绪、触动,实际上还没有被他很好消化和糅合成某种特别的洞察力和观察力(30年代周立波特别强调现实主义文学的观察力)。他还没有找到新的、属于他自己的革命文学表达方式，所以一方面他要运用革命政治的理解概念，让革命时间开始，让新时代开始，另一方面他又没找到基于自延安以来的诸多体会的新的感知路径，让这个革命时间从其自身的历史脉络中开始。于是，我们看到，《暴风骤雨》里的革命时间，只能从周立波自己的感知时间里开始。

中国共产党革命实际上当然不是从这里开始。即便从《讲话》来说，中国共产党也已经在与中国社会的碰撞、磨合中积累了十几年的经验，才逐渐形成延安时期的诸多状态。要叙述革命史，要叙述时代重大问题，实际状况和要面对处理的层次，比周立波理解的复杂得多。

## 七、《暴风骤雨》的展开路径（二）

周立波在《暴风骤雨》中要重置中国共产党革命的开始时间，实际上是要通过自身的文学叙述来改变中国共产党革命的历史生成语境和内在逻辑，由于这一改写实际上将改变中国共产党政治的内在构成逻辑，它也将影响到中国共产党政治对于文学的打开方式和路径，同时也将影响到文学对于政治实践所搅动的社会层面的感知角度和呈现面向。

比如前文讨论到，周立波实际上被40年代中国共产党政治实践所打造的诸多社会氛围所感染，并对中国共产党政治关于中国社会现实的理解表示认同。这些因素共同作用于他对《讲话》的接受。而他接受的角度和层面又与周立波自己在30年代就已经形成的现实主义观念相关。中国共产党关于中国此时代课题的叙述是民主主义革命第一阶段中的"反帝反封建"，而1946年中国共产党的具体政治理解也一改抗战时期的减租减息温和政策，在农村执行更为激进的打倒地主阶级。周立波据此放弃在实践中获知的实际复杂过程，而集中叙述土改中斗地主，并基于这一现实结构的理解，将如何处理地主问题确定为他小说主题（同样参加东北土改的作家马加的中篇小说《江山村十日》则并非如此，其小说主题侧重在"夹生饭"问题，柳青《种谷记》的主题也非如此），以此裁剪其经验材料，则既顺理成章，又过度删减了革命和自身经验的形成过程。他过于将小说主题扣连到中国共产党政治叙述中的革命纲领，删掉了革命纲领的历史内涵和自身经验的生成过程。《暴风骤雨》座谈会的诸位评论家没有充分意识到周立波重置革命时间对于现实主义文学的挑战性，不过他们对周立波的质疑实际上也是在追问，文学对政治实践过程的改写和删减，对于文学所希望的认知现实意味着什么，对于文学自身的影响是什么。

周立波的顺理成章中，包含着他希望文学能提出时代重大问题，正面介入、掌控历史进程，成长为历史主体。这与之前现实主义小说不同之处在于，这样的主体，需要高度以政治为中介。当政治与现实有效互动时，文学也许能够判断出此时的政治实践是有效的，对其作为认知现实的中介性的把握需要掌握到何种分寸；当政治与现实的互动出现扞格，文学更需要高度注意。而这都要求文学不能直接将政治作为理所当然，需要对社会现实的状况及发展方向做出自己的理解和判断，并建立起这几者之间的动态中的平衡感。但对于周立波来说，实际上他无法在以政治为中介之前，就预先对社会现实状况获得深度认知。以政治为中介和深度认知现实是同步的。所以实际上这一方案又不能是一个先天设定的计划，文学只能是伴随着政治实践的波动而伺机而动。

这就对文学提出了历史当下性的问题。文学是否具备足够精准的"伺机而动"的敏感性？文学并不是在以政治为中介后就一劳永逸。恰恰相反，以政治为中介，反而增加了文学的现实责任感，也对文学的历史精准性提出了更大挑战。正是对于文学的历史当下性，1948年《暴风骤雨》座谈会的评论家们有着诸多不满，而对于周立波确定出的《暴风骤雨》的政治主题，大家没有异议。在诸多不满中，草明认为：

……作为开辟工作的第一个阶段来看,这个村子的成绩是过于好的。是否在第一阶段,工作就会搞得这样健全呢?如果真如此,那么煮夹生、砍挖、平分土地等运动又怎样产生?是否仅因为换了队长,又"回生"的缘故?[1]

李一黎认为:

……写开始发动不起来群众,群众开会就走,其实,这种情形在初期还比较少。因为那时群众不了解我们,所以也怕我们,叫他开会来,他是不敢溜掉的。[2]

草明和李一黎实际上在问《讲话》之后文学的历史当下性问题。在草明和李一黎的评论中,他们强调只有贴着政治实践过程的精准度才能增强文学的有效性和当下性,增强文学的现实责任感。对于政治原则的泛泛书写实际上缺乏政治本身所要求的现实有效性。历史当下性实际上涉及历史实践中的方方面面,这个精准度到底指称哪一部分呢?周立波过快地,也过于直接地要树立政治所希望的典型,但他也会在树立政治所需的典型时以他的意识去捕捉和抵达他认为的精准性。但草明、李一黎和周立波对精准性的理解显然又不一样。周立波恰恰撇弃了草明和李一黎所看重的当下性和精准性。

草明和李一黎强调的是,看起来《暴风骤雨》写开会时写到群众一

---

[1]《〈暴风骤雨〉座谈会记录摘要》,李华盛、胡光凡编:《周立波研究资料》,湖南人民出版社,1983年版,第292页。

[2]《〈暴风骤雨〉座谈会记录摘要》,李华盛、胡光凡编:《周立波研究资料》,湖南人民出版社,1983年版,第297页。

开会就走,是写出了实践中的曲折,但这种曲折的内里恰恰没有写出东北土改时所处历史情境中社会现实和人心复杂的内涵,反而是政治实践过程中所碰到的开会时群众不敢走,但内心害怕、拒绝、观望、犹疑,却都不明说,才会导致工作更艰难。如果政治无法看到社会现实中群众的真实状况,也就无法施展有效对策。障碍全在暗里。这时政治实践所遭遇到的困境会更加复杂艰巨。而中国共产党政治实践经验中的有效部分正是在有效处理这些具体艰难中开展出来的。对文学的这种当下性、有效性和精准性的要求就不是可有可无的,不是文学叙述可以根据主题来随意裁剪的。当周立波的文学设置将工作队的成绩拔高,将群众设置为一开会就走,或如郭全海般积极配合,这些情节人物设置都是脱离周立波实际参与的、所熟知的政治实践过程,人物的行为和情感是被他放置在了一个预先被规定了的维度里。这个维度是周立波所希望强化的政治理念维度,其人物在这个维度里更便于展示周立波所希望强化的政治性,至于实践过程方面的准确性周立波也就不会过多留意。换句话说,周立波在《讲话》后,虽然移动了文学的观测位置,但他在创作《暴风骤雨》时,仍把人物情节放置在了一个过于被他设置好各种检测条件(以他选中的政治为中介)的实验室里,但这也就改写和脱离了政治实践本身,脱离了实践自身真正遭遇的现实困境。

　　文学实际上也可以如周立波此时这样,以政治理念为逻辑,设置人物情节,展开自己的叙述。但这种方式展开的文学如何能与现实发生深度互动就是个问题。周立波原本的困境是希望深入中国社会现实。他在《讲话》后愿意以政治为中介,也是因为中国共产党政治在实践中比其他领域比如文学更加能够深入中国社会现实之中,打造出让文学也深感触动的社会氛围,作为作家的周立波被这种新社会生活触动才写出了《牛》。他也愿意将文学的目标设定为为了打造这样的社会生活而让文学以政治推动的实践工作为中介。但以政治为中介后,他此时却又偏离了政治实际上的实践过程。

文学以政治为中介，但又偏离政治实践过程也并非不可以。如果作家本身具有高度社会观察力和穿透力，当他偏离政治实践过程也仍然可能在小说中叙述出具有高度认知性的社会现实观察点。这可能也是周立波不顾草明和李一黎等反对的理由之一。但当作家偏离实践后的叙述并没有提供出有助于实践者理解社会现实实践的复杂性或盲点，这样的偏离就会被质疑。草明和李一黎等人的质疑背后，也基于这样的认识：没有政治实践的推动，这些村庄群众很难呈现出如东北土改时的这些新变化，文学也很难进入村庄后，在波澜不兴的炊烟和羊群中透视出群众的这些人性可能和历史方向。政治进入村庄后所推动的实践搅动群众生活，激起各种反应，再加上政治实践本身具有自身的历史性，实践工作者本身也是历史机制打造出的工作者，他们对于社会现实的理解和把握往往也在根据不同地方实践经验而不断调整。如此一来，政治—社会—现实均在这一搅动中处于动荡和不确定之中，一个良好社会到底要通过何种具体实践中工作方式的调整、现实感知敏锐度的加强、对村庄真实社会构成要素的准确把握等才能获得，就必须得紧抓住政治实践中各因素的脉动变化不可。这是单凭文学自身很难构想出来的。这也是文学位移到以政治为中介的必要性之一，经由政治在村庄中的工作推动实际上就可以感知到一个村庄社会的新形态新动态，而这个新形态的内在构成和运转肌理，恰恰是文学和政治共同交错展开工作的平台。

当周立波避开实践工作中的这些曲折，他也就让自己的文学洞察力错开了最丰富的深入社会现实肌理的机会和路径，丧失了贴着村庄群众本身的情绪变化来追踪其人性形态的丰富变化，从而也避开了最精准击中政治实践的历史当下性的位置。他的现实主义文学也就无法提供校正政治实践在村庄落下时，其对村庄社会的推动是伤害还是修复的症断。在草明和李一黎等人的评论意见中，也可能蕴含着这样的对精准性的感觉意识。

周立波并非不知道现实主义关于准确性的要求。但他对准确性的理解是在另一个层面。他说：

> 参加土地改革的期间，因为常常看报纸、读文件、参加会议，我对于整个东北的土地改革进行的情景，大致摸熟了，对此类事件知道越多，塑造人物、构思情节，就越方便。我在《暴风骤雨》里所写的人物和事件，大都是有真人真事做模特的。比方农工联合会主任赵玉林的牺牲和赵大嫂子的恸哭，以及全屯农民的哀痛和悲悼等情景，都是有事实的根据的。有位新干部，名叫温凤山，是共产党员。那年秋天，他被一个恶霸地主出身的胡子打死了，这事感动了我们。我就把他当作赵玉林的主要模特。我为什么要把他的牺牲写得那样详细呢？这是因为描写一个革命干部英勇的壮烈的牺牲，以及由此引起的农民的觉悟和怀念，可以教育新中国的年轻一代，让他们学习革命先烈的崇高的品格。
>
> 文艺工作者决不能够关在房子里只凭借主观空想写东西。胡风的所谓"主观战斗精神"是反动的胡说。没有实际体验和事实根据的空想，常常会闹出笑话。比方在《暴风骤雨》上部的初稿上，我写了小王开枪打路边的野鸡，时令是7月，写完一看，我发生了怀疑；7月间的大路上有野鸡吗？为了调查这点和其他许多我所描写的不能确定是否真实的细节，我又下乡去。到了乡下，一问农民，我才知道，在夏天野鸡都待在山里，不大飞到路边来，只在冬天，在雪封山野的时候，它们才常常飞到路边来找食吃。于是我就把野鸡改成了跳猫（兔子）。那次下乡，我还搜集和研究了其他许多宝贵的素材，使我能够把初稿上的一些不真实、不合理的细节作了重

大的修改。[1]

周立波这篇文章发表于1952年4月28日的《中国青年报》。此时离周立波创作《暴风骤雨》的经验感受不远，一些用词也已经更加有政治所需的色彩和倾向，但还是可以呈现周立波的一些构思过程。比如他细述赵玉林的牺牲，即便当时不会如此明确为了教育新中国的年轻一代，可浓墨重彩地铺陈这一情节，在叙述节奏上如重鼓般停顿，还是表明他期待以此强化革命对于农民的冲击、震动和触发。周立波认为，这样的情节设置有真实事件作为依据，再结合政治理念，且又极具抒情性，便可以成立。周立波实际上没有意识到，《讲话》的真正挑战性恰在于此。《讲话》要求文学配合政治，如果仅仅是将如牺牲这种极端激烈事件抽离事件自身脉络、将政治理念抽离政治实践脉络，这样的文学既不能真正服务于政治所需要的深入现实、打造新社会，也不能满足文学服务于人民群众的要求。正如当时有读者所疑惑的，将牺牲如此孤立化描写和渲染，真的会有周立波所期待的效果吗？这不会引起群众对于革命的害怕和担心吗？如果没有关于赵玉林在村庄中是如何曲折成长、内心品质如何逐渐在磨难中成熟等等方面的刻画，渲染赵玉林为了革命而牺牲就显得脱离人民的感受范围。毕竟，人民对于革命理念的切身感受并不丰富。若要激发人民群众的震动，需要扎根于人民群众的生活世界和情感世界。而正是在这一点上，周立波朝着他理解的政治理念推进太快。实际上，政治实践也要面对人民群众的真实生活和情感需求。周立波的改写和提升，既脱离了政治实践，也抑制了文学的功能。他把准确性瞄准7月的野鸡，这当然也是真实性所需，但这样的准确性仍然是脱离政治实践打造村庄社会生活的实践脉络的准确性。野鸡出现的季节

---

[1]周立波:《〈暴风骤雨〉的创作经过》,华中师范学院中文系编:《中国当代文学研究资料 周立波专集》,1979年版,第95页。

即便再精准，如果无法与村庄社会生活的其他脉络相衔接，也仍然难以调动读者的情感关联性。

蔡天心当年的文章《从〈暴风骤雨〉里看东北农村新人物底成长》同样指出了这一问题：

> 作者在作品里回避了土改中许多比较重要的问题，部分地修改了现实斗争生活，这就不能不减低作品对现实的指导意义。在土改运动当中，最初曾有过照顾地富阶级的右倾思想，而在接近后期也曾经出现过"放手就是政策""运动就是一切""贫雇农当家""彻底满足贫雇要求"，农业社会主义以及侵犯中农利益等过左的思想和行动，这种先右后左的偏差，在各地都或多或少发生过。我以为作者如能加以正确的描写，深刻地暴露现实中本质事物的冲突，加以形象地批判，这就能更完整地表现农民思想底成长，而使作品更富于典型意义。在土改以前农村的农民，一般是有着比较浓厚的宿命、迷信、封建等落后观念，经过工作队的教育启发，开始觉悟，但仍不敢和地主撕破脸进行斗争，动摇、犹豫，又经领导上的撑腰，农民才逐渐打破顾虑和地主讲理，后又因为对政策的掌握不够，发展成为一种小资产阶级平均主义思想，出现了严重的侵犯中农利益和在打杀人问题上过左的行动，然后由领导上予以纠正。启发农民如何团结中农与如何对待地富阶级，领导农民自己动手纠偏……这是东北农民在土改运动中思想发展所经过的道路，抽掉这过程中间的任何一部分，都难以了解农村的新人物如何在思想上逐渐成长起来，并如何从实际斗争中学会以主人的姿态掌握农村政权。[1]

---

[1] 蔡天心：《从〈暴风骤雨〉里看东北农村新人物底成长》，李华盛，胡光凡编：《周立波研究资料》，湖南人民出版社，1983年版，第309页。

蔡天心从历史主体的成长角度来看待周立波对革命生成语境的改写，准确击中周立波在创作《暴风骤雨》时这种创作方式的要害。他的重点是，如果现实主义文学只回应政治理念是不够的。要想提出时代重大问题，就不能回避政治实践中的实际曲折过程；恰恰要在实践中的曲折变化里，在其当下性中，提出时代重大问题。不能轻易修改现实斗争生活，不能丧失历史当下性、敏感性，否则我们就无法真正叙述新人物"如何在思想上逐渐成长起来，并如何从实际斗争中学会以主人的姿态掌握农村政权"。历史主体的生成是在政治推动的社会现实实践中生成，而不是只凭理念生成主体。文学若要介入这一过程，就不能回避他们具体、真实的遭遇和处境。农民如何出现动摇，为什么在当地社会中会出现这种动摇，激活他们的方式和途径是什么？这些都是如何才能在实际工作中打造出新人物所必须正面回应和解决的问题。文学若要真切有效地作用于现实，就需要紧贴政治实践的过程脉络，展开对政治打造地方社会时各种构成脉络的探索，体会和理解其内在活力，训练和培养作家对于地方社会活力的敏感性。

但现实，即便是周立波熟悉的现实，要想被现实主义作家作为"现实"本身呈现出来，也仍然不是一件自然而然的事情。不过现实主义本就不必然要求作家呈现"现实"本身（也可以说现实主义本就没有一个本质性要求，它的性质和任务是被不同历史状况所规定的）。周立波理解的现实主义是要在展现现实的基础上提高现实。正是这个要往高处提升的意念、又被革命政治规定了的意念，主导了周立波对现实的理解范围和感觉边界。比如在视觉上，叙述者让工作队萧队长快进村时的视野所望见的，是"黑糊糊的"元茂屯，一长列土黄色的房子，夹杂在"绿得发黑"的树木之中。这些土黄色的房子虽然是必经之地，但被萧队长视而不见，略下不表，叙述者直接将他的视觉焦点引向一个高大的"黑门楼"：

> 这黑大门楼是个四脚落地屋脊起龙的门楼，大门用铁皮包着，上面还密密层层地钉着铁钉子。房子周围是庄稼地和园子地。灰砖高墙的下边，是柳树障子和水濠。房子四角是四座高耸的炮楼，黑洞洞的枪眼，像妖怪的眼睛似地瞅着全屯的草屋和车道，和四围的车马与行人。

叙述者不断强化萧队长对黑色、金属铁的视觉感，甚至将黑洞洞的枪眼比作人魔之间的"妖怪的眼睛"，引导身体和精神上的不适。在工作队刚进入村子时就对现实建立起如此强烈的对立结构，没有摸索、收集、辨析、整理的过程。小说随即还写道：

> 这挂车子的到来，给韩家大院带来了老大的不安，同时也打破了全屯居民生活的平静。草屋里和瓦房里的所有的人们都给惊动了。穿着露肉的裤子，披着麻布片的男人和女人，从各个草房里出来，跑到路旁，惊奇地瞅着车上的向他们微笑的人们。[1]

把"韩家大院"孤立出来（似乎除了韩家大院，元茂屯就没有别人会不安，那韩世才呢？），再以"全屯""所有的人们"这种全称修辞指代所有群众（似乎这一刻大家便已经无差别地明白了什么），表露着叙述者急切地想建立围绕工作队形成的村庄社会结构。这是叙述者自己理解的村庄社会结构，并非村庄的社会现实结构。他要快速控制对现实的理解，却反而暴露出他控制不了现实。现实没有机会展开，就被收束

---

[1]周立波：《暴风骤雨》，《周立波文集》第1卷，上海文艺出版社，1985年版，第13页。

了。他着急对无序的现实定性，没有展开摸索就急于理解和赋形。快到元茂屯时，萧队长没有心思跟大家一起唱歌、唠嗑，独自"想起了党中央的《五四指示》，想起了松江省委的传达报告。他也想起了昨儿下晚县委的争论，他是完全同意张政委的说法的：群众还没有发动起来，或没有真正发动起来时，太早地说到照顾，是不妥当的。废除几千年来的封建制度，要一场暴风骤雨。这不是一件平平常常的事情。害怕群众起来整乱套，群众还没动，就给他们先画上个圈子，叫他们只能在这圈子里走，那是不行的。可是，事情到底该怎么起头？"[1] 要在政治上推动一场暴风骤雨预先规定了萧队长的思想意识，而这种思想意识又以特定方向推动和生成了他的感知机制。萧祥的犹疑并没有对他的感知有所牵制和缓阻，他的犹疑是真实的，而他的感知方向和边界也非常清晰、透明。我们不如说，萧祥思想上的"事情该怎么起头"实际上起于叙述者对他感知机制的控制和引导，而叙述者的引导又被周立波的更明确的政治理念所规定：反帝反封建，直逼村庄罪恶的核心。

但这并不是必然。即便要在政治上推动一场暴风骤雨，也并不必然会推导出这样的感知机制。这一感知机制的形成，并不必然是政治的结果，还有赖于周立波自己的现实主义文学观念所塑造出的理解现实的方式和途径。政治并没有穿透周立波，相反，周立波不但并非透明，他在此处有着高度的中介性。在他这种现实主义的理解之中，提高现实成为他的意识核心。而展现现实，一直只是处于配合"生动性"的修辞需要。在他对"典型"的内在构成结构的理解中，普遍性的思想是核心，个别性也重要，但主要是承担生动的修辞功能。可对于《讲话》的内在要求（《讲话》并不一直这样要求）来说，对现实复杂性的减损，实际上也是对政治实践丰富性和有效性的损伤。蔡天心的批评重心即是

---

[1] 周立波：《暴风骤雨》，《周立波文集》第1卷，上海文艺出版社，1985年版，第11—12页。

这一点。如果我们对照中国共产党在40年代的许多（并非全部）实践经验来说，这样的现实主义文学理解，反而是非政治的。萧祥自己也说："中国社会复杂得很。中国老百姓，特别是住在分散的农村，过去长期遭受封建压迫的农民，常常要在你跟他们混熟以后，跟你有了感情，随便唠嗑时，才会相信你，才会透露他们的心事，说出掏心肺腑的话来。"[1] 但这是萧祥说出来的话，这些话我们不知道是他自己的经验总结，还是来自对中国共产党实践经验总结报告的阅读，扎根于他自身有多深。但至少，这样的理解并没有转换成他自己对现实的感知方式和耐心，并将之转换为更为耐心的文学叙述方式，并向农民敞开。

周立波后来的确有转换和生成。这一转换在周立波这里大致发生在他1954年回到湖南益阳之后，尤其是到1957年写作《山乡巨变》，我们能看到周立波对于革命政治的理解层次和逻辑出现了新的变化。在《山乡巨变》上卷第24节，当邓秀梅要求找"恰当"的人去说服顽固不入社的农民入社，组织上安排了上村互助组组长、常青农业社未来社长刘雨生去说服实际上已经被离婚的盛佳秀。周立波不再将政治只理解为政治理念，他的情节和人物设置体现出远超《暴风骤雨》时他对于政治所对应的社会脉络的理解，比如他要叙述1955年10月中国最为紧张的农业社高潮，这是紧锣密鼓、气氛紧张的时刻。如何说服坚持不入社的农民，也是政治工作任务的关键。

从选择叙述时代重大问题的角度来说，周立波也可以将那些坚持不入社的农民简单化地理解为各类顽固分子、残余分子等等，塑造优秀干部先进人物。可周立波此时同样正面处理时代重大问题，并选择政治主题为小说主题时，反而让这一最严肃紧迫的政治工作的展开，滑向儿女私情的温柔乡。他让政治的控制力向生活世界滑落和瓦解。萧祥那种基

---

[1] 周立波：《暴风骤雨》，《周立波文集》第1卷，上海文艺出版社，1985年版，第27页。

于政治意识边界而生成感知意识的方式,在刘雨生这里消失了。刘雨生的感知意识不是被政治控制的,而是没有边界的。比如在一场对话中,这两个婚姻失败者早就暗生情愫,周立波让他们的对话从一本正经的政治偏移到潆洄缠绕的爱情:

> 第二天,吃过夜饭,刘雨生摆脱了别的事情,换了一件素素净净的半新不旧的青布罩褂子,如约按时,到了盛佳秀家里。坐在灶门口,他穿心破胆,细细密密地向她解释、计算和劝说。道理无非是这些:"小农经济受不起风吹雨打"罗,"个体经济没得出路"罗,"合作化的道路是大家富裕,共同上升的大路"罗,等等,他在互助合作训练班里学来的这些,和肚子都翻出来了。盛佳秀手脚不停地收拾碗筷和锅灶,后来又坐下来织毛衣。她的话也无非是这些现成话:怕吃饭谷收不回来;怕田多劳力少,要减少收入;怕股份基金要得太多了。在言语之间,两个人没有靠拢,但他们的心好像是接近得多了。不知为什么,双方都愿在一起多待一会儿,多说几句话,纵令是说过的现话也好。
>
> "请你明朝再来跟我谈谈吧。"刘雨生走时,盛佳秀又说。[1]

竟然还要。周立波似乎完全放弃了政治所需的明确和决断,将政治工作谈话的尾声让渡给盛佳秀来主导,给政治工作平添心事,却也让政治工作延伸到个人生活的最底处。他此时对于政治的理解远远超过了1947年时对政治边界的感知。《暴风骤雨》里的人物基本上不会从政治滑向生活各处,而是指向特定的方向,与政治形成直接的相互印证:地主—汉奸—恶霸—土匪,贫农—受压迫—被剥削—妻离子散。由于《暴

---

[1]周立波:《山乡巨变》,《周立波文集》第3卷,上海文艺出版社,1985年版,第319页。

风骤雨》里的政治指向性过强，人物的地方社会生活面貌没有机会被呈现和组织到周立波的叙述之中。当这些更为丰富，且是中国共产党政治实际与社会发生作用力的因素不能得到呈现时，周立波既难以形成他自己的独特的观察点和观察力，也很难让文学形成与政治实践具有对峙力的视野。文学很容易变成对政治的复写。周立波30年代所强调的，文学之为文学的能量，也很难有机会磨炼、发挥出来。而《山乡巨变》里的周立波面对时代重大问题时，不用再叙述"反帝反封建"，不用再叙述打倒地主阶级。他当然还是需要确立政治主题，即快速推动互助组成立合作社。与《暴风骤雨》相比，《山乡巨变》的一个调整是，周立波仍会改写政治实践的实际过程，但他的改写是尽量将政治实践植入地方社会的内在构成和风土人情之中，而不是将小说人物抽离出地方社会脉络，强调其政治化的层面。比如在推动合作化过程中，周立波会让刘雨生的政治工作自然延展到他的个人生活之中。那从周立波的文学观察来说，政治工作的成败，就不只是政治政策的得失，而是需要考察政治工作深入村庄社会生活的程度。而这样的深入，不只是安顿村民的个人生活，还需要考察是以什么样的方式去安顿、调理。这就需要理解和认识村庄的经济生产—家庭构成—社会风俗—道德伦理等等社会层面的特质，以及在历史当下中的变化，并基于此来调整工作思路和方法，内在于村庄的构成肌理去推动其更进一步变化。

《山乡巨变》精准的历史当下性恰恰来自这里。政治所希望推动的合作化若要有效推动、打造社会，需要回应周立波通过文学所敏锐探查和捕捉到的社会活力信息。尤其是在1955年7月底之后，中国共产党中央要如此快速完成合作化，对地方社会的压力非常大。周立波不只是直接叙述中国共产党政治的合理性和时代性，而是大量篇幅和叙述枝蔓都将政治逻辑推延到政治所搅动的社会生活之中。正是在对社会的展开中，《山乡巨变》逐渐变得丰盈摇曳。与周立波改写政治实践的角度相应，历史主体的成长，也不只是对于政治理念的信奉、执行和牺牲，而是要成长为一个既具有政治眼光，又内在于地方社会的风情的干部或青年。这样的叙述方式，叙述人物的地方性、社会性和丰富性，本身也让周立波自己向着地方社会多方面地敞开，并越来越确立出多个对政治实践有效路径的校正点，他自己也由此变得越来越丰富，成为一个具有潜在转换可能的、对政治有着多重撬动支点的行动主体。

周立波在小说中所展开的对这些层次的观察和呈现，若对应于实践，政治若想充分发展自己，有效地将合作化落实于农村社会，也必须要面对社会现实中的这些内在层次和因素；同时，农民的社会生活层面若在政治实践中被如此顾及和铺展，农民既可能获得立足于自身社会根基的历史主体性，自其内部生发出与这种政治理解和政治实践相配合的愿望，又可能避免被政治的观念理解所直接穿透。与之相应，通过小说对于政治实践所指向的社会史层面的多方位开掘，作家可以磨炼、养成及获得观察政治现实感变化的纵深维度，也可反复观察社会现实形态在政治实践中的变化（比如检验其对峙政治实践的精准性），借此发展出具有结构性的敏感度。并不是说《山乡巨变》已经将这一工作发展至极致，但《山乡巨变》的展开方式，的确已经与《暴风骤雨》的展开方式差异颇大了。

## 八、结语：搅动—煨制社会

对《暴风骤雨》观念前提、展开路径的描述，实际上是想重返周立波创作《暴风骤雨》过程中的一些关键环节，以探究 20 世纪 40 年代政治—文学交锋时内在的碰撞、扦插与再生机制。从表面上看，《暴风骤雨》呈现出的是政治与文学之间的关系，而这一形态却是经由背后的政治—社会—文学—现实等诸多因素在实践中的肉搏战之后所得。若要辨析《讲话》后现实主义文学的形态变化，就需要追踪其形态背后的历史生成机制。《讲话》并非直接生成了《讲话》后的文学形态。恰恰是在中国共产党政治搅动社会的新局面中，革命作家们携带各自观念意识、感觉机制与中国共产党政治不同层面（理念、政策、实践经验等）的碰撞、磨合，才摸索出了革命文学的千姿百态。在这种碰撞、磨合中，革命文学配合政治实践搅动社会，又以自己的方式探索着应对社会问题的方式。周立波在这一探索过程中的变化之一，或者说从《暴风骤雨》到《山乡巨变》的变化之一，则是从"搅动"社会到"煨制"社会。正是周立波在这些因素的纠缠角力所形成的结构关系中判断取舍，存乎一心，才最终确定出了《暴风骤雨》的特殊面貌；也正是在配合革命实践逐步摸索面对—处理社会的过程中，周立波以自己的方式最终在《山乡巨变》中（更准确说是从1955年的《盖满爹》开始）呈现出了"煨制"社会的方式。这一探索变化的关键，既与周立波观念意识中对诸多思想资源的重新编排组合有关，又与实践中对打造现实形态的事态的掂量拿捏有关。

周立波在《讲话》后接过中国共产党政治要求文学提出时代重大问题的叙述主题。他的接受中，内联着他30年代以来的文学观念意识，以及他一直娴熟的感知方式、对现实再赋形的方式；他所接的中国共产党政治主题，又层叠着中国共产党自30年代以来的实践经验积累和变化，以及1946年中国共产党东北土改时遭遇的曲折。且周立波并非在上海亭子间完成创作，他自身还参与了土改初期对东北农村的改造，并将时代重大问题落于东北农村中展开。进一步来说，《讲话》当然裹挟政治威势，对30年代确立起来的周立波现实主义文学观念提出挑战，也提供契机。《讲话》的政治原则将周立波的文学观念从相对静态的观察、从容的书写状态拉入动态的、瞬息万变的决断之中。但最终形成《暴风骤雨》的叙述主题、情节走向、人物言行，却又有着周立波自己的裁决。周立波不自觉地要面对着几方面的牵制力，不仅有中国共产党政治自20年代以来在实践中反复探索中国社会所积累出的丰富经验，还有中共政治尚未完全掌握的东北社会具体状况，以及他自身的感知方式和表达机制，等等。周立波从什么角度，在何时出手、切入，背后都隐含着诸多因素的共同作用力。强调这一点，恰恰是想强调不可化约的周立波的中介性。如前文讨论《暴风骤雨》的观念前提即是试图对这些塑造周立波的历史因素展开辨析，而《暴风骤雨》的展开路径则是想要讨论周立波在这些历史牵制力中的判断和裁决。

从这一点来说，《暴风骤雨》所呈现的，不能直接认为是此时政治的问题，也不能直接认为是此时社会的真实状况，而是周立波自身的文学观念（当然又跟此时的政治/社会状况相关）所引发出来的特定形态。一定程度上来说，唐小兵的解释是对的，《暴风骤雨》中的文学相当程度上被政治结论所规定，并复写了政治。但唐小兵过于直接地认定，小说中农民的语言被政治压抑，无法构成小说的结构性逻辑；唐小兵又有意无意将这一形态直接对应于革命实际状态。我们如果强调周立波自身的转译和中介性，就可以看到，是周立波此时特定的文学感知机制所选择的特定的农民语言无法参与小说的结构性逻辑。但是，周立波的这种文学机制并不是《讲话》政治规定的唯一方式。更准确地说，是周立波自己此时的特定的现实主义文学观念塑造和规定了《暴风骤雨》的特定形态。

《暴风骤雨》并不是只有唐小兵谈到的这种人物、语言等过于被政治规定的情况，《暴风骤雨》中还有另一种形态。这种形态似乎相反，恰恰体现了周立波以自己的文学感知方式和表述方式在对政治化瘀，这即是他在30年代就强调的生动性。比如小说中村民之间的生动对话，这是周立波着力之处；不过这些生动对话很多时候又是被高度分配好了的，承担特定的功能。白玉山和他媳妇之间的有些对话就是如此，承担周立波所期待的小说中的群众语言、生动性等等。这样被选择了的群众语言，是否能进入小说叙事语法，就是一个需要细致辨析的问题。从周立波自身的文学观念来说，原本也没设想让这些细节部分进入小说叙事语法。如白玉山跟他媳妇的这一段对话：

"跟你算是倒霉一辈子。"
"跟别人你也不能富，你命里招穷。"
"你是个懒鬼，怨不得你穷一辈子。"
"你勤快，该发家了？你的小鸡子呢？不是瘟死了？你的壳囊呢？"[1]

这段话在情节中的位置，我们完全可以找其他对话来替换。这意味着这段话并不必然属于白玉山和他媳妇；白玉山和他媳妇之间的真正关系属性，不会在这段话中被呈现。也可以说这段话的振动是自为的。可情况也可能是，越是生动，词语自身的振动性就越强，它要求呈现自身此刻的魅力，而延迟对意义的展示。只有当词语的振动同时牵连着对现实意义的呈现时，这种生动才可能与现实意义达成一致，获得同一频率。而这时对词语生动性的追求，就可与现实深度的抵达同步。

周立波虽然特别讨论到方言问题，但他没有对语言赋予这么高的重任。对他来说，文学即便可以自己寻求现实深度，且通过词语自身振动性的方式来寻求现实深度。可词语自身振动性如何就能抵达现实深度，它所抵达的深度又能够回应中国社会在40年代所遭遇的历史变化中的现实状况，这本身可能都是难以想象的。周立波没有从这个方向展开文学尝试，此处存而不论。这里要讨论的是另一种状况，即，当文学

---

[1]周立波：《暴风骤雨》，《周立波文集》第1卷，上海文艺出版社，1985年版，第97—98页。

自身没有发展出这样的途径，依凭于其他方式——如哲学、政治、宗教等等——获得现实深度的认知之后，文学还能寻找到这种现实深度的生动性，并能敏感捕捉现实深度的生动性，寻找到恰当词语，这个时候的词语的生动性，就是独属于文学的意义生动性。它与哲学、政治、宗教等等共享现实深度，却又独具慧眼，呈现这一深度的重要层面。那这就是与其他层面的深度现实具有同样重要性，且能与众多认知途径所呈现的现实面向相对峙的点。这是哲学思想等所难以抵达，又同样核心的现实世界，这时的文学生动性所对应的现实意义就能与思想所发现的现实意义形成对峙。不过，这就要求在寻求词语生动性之前，需要对现实意义有一个事先的认知。这也是文学依赖思想或哲学或政治的地方。在这方面，在同一创作原则下，《山乡巨变》中的周立波发展出了比《暴风骤雨》时更为丰富的形态和能量，而这一朝向丰富性的变化，则主要是通过顺承政治逻辑，又独自对社会生活展开开掘而来。换句话说，是顺承政治对社会的"搅动"，又开掘出对社会的"煨制"。我们也可以说，《讲话》后的文学"社会"视野即生成于此。

　　这里的"搅动"社会，是指政治在面对历史困境时，在历史紧迫性和压力下，基于在实践中摸索出的现实感和政治感，凝聚起多方面力量，发动、催动社会变化。周立波《暴风骤雨》大致可以放在这样的历史势能中来理解；而"煨制"社会是指当政治凝聚多方面力量搅动社会之后，面临一个如何处理—运转社会的问题。本文借用"煨制"一词，想描述革命文学如《山乡巨变》（实际上也是50年代初中期政治实践经验中存在的）中面对被搅动起来的社会的方式，这是一种仍依托于政治，但方式却有所改变的状态。它是用"文火"来调制、打磨、调动社会各因素。比如《山乡巨变》中处理和构想刘雨生和盛佳秀关系时的耐心、铺成、迂回、试探，都是《暴风骤雨》中所缺乏的。我们时常会将革命笼统地理解为暴风骤雨式的社会运动，也常会见到为了区别于过度强调革命中的政治因素，而突出和彰显革命中的"情感"问题。"煨制"社会是想突显革命实践经验和革命文学经验中的某种特别状态和方式，并将之与革命史和革命文学研究中的诸多论述区分、剥离出来。"煨制"社会并未脱离政治，而是想强调在特定的政治实践逻辑之下，面对一个被这种逻辑所搅动、呈现出来的社会，革命者或作家以更加审慎的方式来理解、把握和打造社会。"煨制"意味着需要调制，调制也意味着如果要让中国社会运转更加良好，不仅需要考虑在政治的搅动中，中国社会呈现出来的因素如何搭配，还需要观察、理解和考虑中国社会的构成中尚未被政治充分看见的、潜在的活力因素。

  本文在试图深入周立波的创作观念变化和写作实践变化过程中，问题在慢慢聚集、浮现。比如周立波为什么会这样设置《暴风骤雨》中的情节、人物和主题？而到《山乡巨变》时他的创作状态变化巨大，怎样发生的？《讲话》到底对周立波提出了什么样的挑战？周立波如何应对和调整？《讲话》逻辑中的政治内涵与周立波文学观念、感知方式之间，到底如何在小说构思和叙述时发生碰撞和磨合？这当中只有政治和文学吗？还有哪些因素被带入和被搅动？"社会"如何被引入？它到底指涉的是什么？在什么结构关系中生成的？它是无所不包的吗？文学在政治—社会—现实中的位置在哪里？文学以政治为中介，为什么反而需要艺术的精准性？等等。而要讨论这些问题在中国革命史中的出现，实际上还需要讨论中国左翼文学的特殊性，以及中国革命史的特殊性。正是在诸多特定因素的共同构造中，中国革命现实主义文学才开展出了如此特别的形态。如何理解这些特定的文学形态在历史中的意义？对于已经成为历史的这些遗产是否还有剥离、转换为理解和构想当下文学的新可能？则非本文能回答，只能期待学界同仁共同讨论。

# 第一章（下）《讲话》的挑战与"社会"的生成
## ——从《暴风骤雨》和《种谷记》座谈会说起[1]

### 一、引言：从两次小说座谈会谈起

1949年前后的革命文艺界随着朝迁市变而进退损益，其中有两次小说座谈会值得格外注意。一次是东北书店1948年4月出版周立波《暴风骤雨》上卷后，东北文学工作委员会（严文井主持）于5月19日召开《暴风骤雨》（上卷）座谈会。另一次是1950年1月，在上海锦江饭店召开柳青《种谷记》座谈会（1947年5月，柳青写完《种谷记》）。

1948—1950年期间召开的两次座谈会并没有直接的内在关联。相反，某种意义上，这两次座谈会有着相当大的差异性。比如，1948年5月召开《暴风骤雨》座谈会时，解放战争三大战役（1948年9月12日

---

[1] 感谢北京·当代中国史读书会于2020年7月以来组织的7次关于周立波的讨论和7次关于现实主义理论的讲座，还要感谢贺照田先生多年来为推动"社会史视野下的中国现当代文学"提供的诸多思考，本文从中获益良多。

才发动）尚未开始，革命进程还难说胜利在望；而1950年1月在锦江饭店召开《种谷记》座谈会时，不仅全国大部分地区的解放指日可待，而且第一届全国文代会召开已有半年，上海第一届文代会也将在4个月之后召开。这一历史语境的差异连带着座谈会的主题差异：《暴风骤雨》座谈会侧重讨论小说与政治的配合关系，《种谷记》座谈会侧重于新解放区文艺工作者如何学习老解放区文学传统。

这也可以从参与这两场革命文艺座谈会的发言人各自背景差异看出一点端倪。《暴风骤雨》座谈会的发言人有宋之的、草明、金人、赵则诚、黄铸夫、马加、白刃、李一黎、舒群、周洁夫等；《种谷记》座谈会的发言人有巴金、李健吾、周而复、唐弢、许杰、黄源、程造之、冯雪峰、叶以群、魏金枝。相对来说，《暴风骤雨》座谈会的发言人多为解放区文艺工作者；《种谷记》座谈会的发言人主要是国统区文艺工作者。虽然发言人来自不同地区，经验不同，但对待两部作品的态度却颇有相似之处：他们对这两部小说都有诸多不满。解放区文艺工作者对《暴风骤雨》不够及时准确配合政治而感到不满；国统区文艺工作者对《种谷记》整体艺术水准同样颇有微词。他们都表现出对《讲话》后创作出的这两部小说的不适感。

比如，同为参加过《讲话》和东北土改的作家马加在《暴风骤雨》座谈会上认为：

> ……这书（《暴风骤雨》上卷）所写的故事，是发生在四六年七月到九月间（萧队长回县）。这个时间，正是干部下乡，反奸清算的阶段（煮夹生饭是在十一月以后）。当时到处点火，到处燃烧起斗争，刮了一阵风。斗争不彻底。不彻底的原因，表现在领导干部上右的思想，对地主过多的照顾。未能贯彻群众路线，于是发生包办代替。另一主要原因，群众本身存在着思想顾虑，好人不敢出

头，狗腿子钻空子，变成了夹生饭。这夹生饭是带着普遍性的，也很严重。但是，在这一部书所写的，村子里的工作却是很成熟。接连地进行了三四次斗争，分地分浮，打垮胡子，枪毙韩老六，建立村政权和农会。而一些村干部又是那样的积极，坚定，夹生的程度不多。从运动的阶段上来看，书里所写的生活是否和历史实际有些距离？[1]

马加质疑的重点是，既然《暴风骤雨》小说故事时间的设置对应于革命现实实践时间，那小说故事的情节设置为何与革命实践实际走向出入巨大？1946年7—9月的革命实践中明明出现过多照顾地主、领导干部工作不成熟、群众没有被发动的局面，而小说故事里的情节设置却变成了明确打倒地主、干部态度坚定、工作成熟，群众积极配合等，以及由此造成的小说事件矛盾重心和矛盾化解方式的脱离实际。对于《讲话》所要求的文艺配合政治来说，这样的小说设置，能够具有小说所要求的效果吗？文艺到底怎样把握现实呢？

在《种谷记》座谈会上，国统区作家许杰认为：

> 我和健吾兄一样，以前看了，没看完就丢下了，后来说要谈这本书（《种谷记》），我才又把它看完的。我看完后，总的感觉是沉闷，无大波澜，人物不突出，故事也不曲折。以题材讲，也只是一个短篇小说的题材。在我想来，作者是为写小说而写小说的；所以，他把自己所熟悉的一切，一切都要写进去。这样一来，就使我们一直看下去，感到故事发展太少，叙述解释过多了。我觉得这是知识分子细磨琢雕的东西，和赵树理的小说不同，和"高乾大"也

---

[1]《〈暴风骤雨〉座谈会记录摘要》，李华盛、胡光凡编：《周立波研究资料》，湖南人民出版社，1983年版，第295—296页。

有些不同的。我怀疑是作者受了西洋小说细腻描写的影响,所以有些使人家不愿看下去的感觉。但看完了以后倒也觉得有味。不过故事进展少,变化也少。……如果工农兵看了这本书,是否能体会到书中的政治教育意义呢?所以从政治教育意义上来讲,主题不够明显。这本书,写人物还是有点东西的,但不够生动,不够突出。……故事发展没有壮阔的波澜,沉闷。……赵树理的小说一句一句都有故事,而柳青的则很多是空洞的。[1]

与《暴风骤雨》座谈会多质疑小说把握现实的准确度相反,许杰及众多国统区作家对现实主义小说准确反映现实到沉闷的程度,表示困惑,认为作为解放区文艺新探索的《种谷记》在艺术美学上是不成功的。许杰调出他熟悉的认知框架,希望看到如赵树理或欧阳山小说中那种人物突出、故事曲折的长篇小说,而《种谷记》将现实主义发展到这种"沉闷""空洞"形态,有必要吗?这是不是知识分子过于沉溺于自我的"细磨琢雕"?这种形态的现实主义小说能达到对工农兵的政治教育意义吗?

这就出现了至少三种革命现实主义文学形态的竞争:赵树理、周立波、柳青,以及多种文学标准的交锋,基于现实主义的准确反映现实的艺术要求、不一定基于现实主义的生动反映现实的艺术要求。这是否就是《暴风骤雨》和《种谷记》的新尝试新突破的问题所在,我们后面还会展开。但就目前而言,评论家们困惑的是如何理解这些现实主义的新发展、新突破?文学与革命、文学与现实之间,到底应该发展出什么样的关系和形态,才最有利于我们感知现实、理解现实、推动实践呢?看起来,不仅《讲话》后的革命文学实践在探索不同形态,而且它导致各

---

[1]《中国当代文学研究资料》编委会:《中国当代文学研究资料 柳青专集》,福建人民出版社,1982年版,第124—125页。

种脉络的文学家们都感到疑惑。

对于现实主义文学，作家们并非没有认知。就参加座谈会的草明、马加、许杰、巴金、唐弢等人来说，他们都有多年从事文学创作的经验，对"五四"以来的左翼文学发展也娴熟于心。但他们还是对《讲话》后的这些革命现实主义新作品感到不适。20世纪现实主义文学的发展并不是人类历史上的第一次。比如，"五四"以来引进的无论哪种西方文艺传统，都为评论家提供了某些文艺规范，他们可以从人物形象是否鲜明、情节是否引人入胜等标准来衡量作品。但《讲话》后革命对文艺作品的要求，实际上再次挑战了这些既有的文艺标准。

这并不是说政治不再要求人物形象鲜明，情节引人入胜，而是说，政治对于选择什么样的人物以及哪些情节有了新的要求和期待。比如，《讲话》要求文艺首先必须参照现实政治的需要去及时反映现实。而革命政治总是需要面对现实变化来及时调整政策方针，这就使得此时对于文艺的衡量和要求，也需要从某种固定的、易直观掌握的审美标准中脱离出来，重新在一个瞬息万变的现实关系中甚至需要随时重建这种关系性的动态中来考量革命文艺作品。哪种人物更配合哪个阶段的政治任务，选取或设置哪些情节来表现政治所需，都变得没有定论。对于作家来说，并不是任何生动鲜明的人物都可以无障碍或无中介地适合政治所需。这也是后来革命评论家们会质疑《阿Q正传》的原因之一。但哪种人物才能更精准满足现实政治所需，《讲话》没有明确规定，作家们也没有既定标准可参考。

对于《讲话》后的现实主义来说，作家—现实—作品这一环节流程之间，现在多出了一个"政治"。这是《讲话》后的文艺要求区别于20世纪30年代左翼文艺，也区别于西方现实主义文艺的关键环节。这也是以前的文艺思想很少处理的问题。西方文艺思想没有深入处理过，中国文艺思想在《讲话》之前也没有处理过（即便是在理论中有涉及，但具体如何在创作中落实,这是没有定则的)。苏联文艺思想虽有相关规定,又不能直接对应于中国的现实变化。多加入的这个"政治"到底对文学意味着什么?对中国现当代文学意味着什么?文学要如何准确理解变化着的政治,如何理解政治所着力的现实构成,如何创作出配合政治的文艺,这些都成了对作家的新挑战。新标准尚未定型所带来的,是创作和评论层面双重的文艺尝试、纷争和调试。

## 二、20世纪40年代后期革命现实主义内在脉络的分化与发展

考察《讲话》在现实主义内部所引发的震动对于我们理解20世纪40年代文艺格局,并在差异性格局中把握《讲话》的特别性,也有着关键性作用。就40年代中国大陆横向文学发展来说,学界一般依据战争局面将之划分为解放区文学、国统区文学和沦陷区文学。从纵向的左翼文学发展来说,学界一般叙述为20世纪30年代的左翼文学—40年代的延安文学—50年代后的社会主义文学。

较有代表性的如近期钱理群发表的论文中所述:

> (我)提出了20世纪40年代作家(知识分子)对于"战争"的两种观察、体验方式:或立足于"国家(民族)本位""阶级本位",这就能决定了其创作的"爱国主义"的总主题与"抗战"题材的选择;或立足于"个人本位""人类本位",更关注个体生命在战争中的困境,更具有人类学普遍意义的困惑与矛盾。由此决定了四十年代作家对于战争存在着"英雄主义与浪漫主义的",和"非(反)英雄主义与浪漫主义的,凡人化的"两种不同的体验方式与审美方式。进而产生了"戏剧化"的小说与"非(反)戏剧化"的小说这样两种小说体式。但这种描述实际上没有推进到对历史内在

构成力量的把握之中。[1]

钱理群将20世纪40年代的三种文学格局区分为具有内在差异性的两种："国家（民族）本位""阶级本位"，或"个人本位""人类本位"，并进一步引导出"爱国主义"与人类学普遍意义的个体生命困惑与矛盾的差异。这样的区分暗暗对应于李泽厚所说的"启蒙与救亡"的历史思想主题差异。但即便这样的区分可以成立，那20世纪40年代的民族本位和阶级本位中，是否也包含这一时期某些中国人个体生命的某种内在要求呢？如果是，那更准确的理解是不是可以表述为，为什么20世纪40年代的"阶级本位"具有可以召唤个体生命内在要求的时代内涵？为什么同样的阶级本位，在20世纪30年代，却无法对许多中国知识分子具有感召力？如此一来，我们就需要再深入理解，解放区的"阶级本位"的历史实践中，开展出了什么样的不同于20世纪30年代的新形态，而不是直接将20世纪40年代的精神思想简化为阶级本位和个人本位的对立。如此一来，20世纪40年代历史和文学格局的形成，就不是一个可以从后设的视野观察到的稳定的、平衡的三分格局，而是在一个巨大体量的历史进程中，中国社会的某些群体在某些区域探索新的历史—社会结构关系，这种探索又尚未扩展及全体、其他区域也在根据自身历史—社会状态探索不同出路而形成的特定历史时期的竞争性差异性格局。

从这样的动态理解出发，我们需要进一步分析，解放区文艺的新探索到底是在什么样的新的历史关系结构中展开的，为什么会发展出这样的探索方向？国统区和沦陷区的探索又是在什么观念意识和历史结构基础上展开的？对于理解20世纪40年代文学发展的内在脉动来说，不能

---

[1]钱理群：《"因为我对这土地爱得深沉"——我的1940年代文学研究的历史回忆》，载《中国现代文学研究丛刊》2020年第8期。

直接或只处理此一时期解放区、国统区、沦陷区文艺所直观呈现出来的差异性。比如，钱理群继续谈到20世纪40年代文艺的特质：

> 而现在要对这些实验性作品做文本细读，就不能不注意到："说书人叙述的插入"，"隐含作者的显隐变换"，"中心意象的营造与转移"（萧红）；"耀眼的、怪异的、华丽的、雕琢的、繁富的美"的价值（李拓之）；追求"抽象的抒情"，"小说（与诗）的哲理化，语言的具象性与抽象性的融合"（沈从文）；回溯性叙事中的"儿童视角"（端木蕻良、骆宾基、萧红）；在民族化声浪铺天盖地之下，"死不媚俗"的姿态，大张旗鼓加强欧化色彩的自觉对抗（路翎）；"在俗白中追求精致的美"，构建"纯净的语体"的语言实验（冯至、赵树理、孙犁）；拒绝"诗化"，追求议论、描写、叙述结合的"散文化小说"新模式（废名）；才华泛滥，过度追求多义性、丰富性、可分析性的"意义的充溢（爆满）"（张爱玲）；诗性的描写语言与质朴的叙述语言，个人话语的压抑与偶尔突显，群体语言中军事、政治斗争与地理政治语汇的游戏化，造成的充满"语言缝隙"的小说文本（卞之琳）等。[1]

---

[1] 钱理群：《"因为我对这土地爱得深沉"——我的1940年代文学研究的历史回忆》，载《中国现代文学研究丛刊》2020年第8期。在钱理群的学生吴晓东的叙述中，20世纪40年代文学中的实验性也被强调：20世纪40年代有相当一部分中国作家在小说观念和形式方面进行了新的探索。早在80年代初，赵园就曾关注过这一时期小说的新"突破"："把文学真正作为文学来研究，你会发现，现代文学正是在四十年代，出现了自我突破的契机。这契机自然首先是由创作着的个体显示的。相当一批作家，在小说艺术上实现了对于自己的超越。"赵园列举的作家包括茅盾、巴金以及老舍等，但她似乎更看重另一批新生代作家创作的"奇书"："契机"还在于，正当此时，出现了一批"奇书"，不可重复、也确实不曾重现过的风格现象，比如钱钟书的《围城》、萧红的《呼兰河传》、路翎的《财主底儿女们》，以及评价更歧异的徐訏的《风萧萧》，张爱玲写于沦陷区的那一批短篇。作为特殊的风格现象，我还想到了师陀的《结婚》《马兰》，上述作品即使不能称"奇书"，也足称"精品"。至少在创作者个人的文学生涯中，像是一种奇迹。

钱理群注意到了学界之前不够重视的20世纪40年代文艺的实验性努力，这一发现对于突破革命文学认知框架来说，很有意义。但他的这一理解更多是从国统区、沦陷区作家们创作实践的形式层面来突破革命文学的认知框架，恰恰没有内在于他试图突破的革命文学的形式实验来突破革命文学的认知和叙述，这就忽视了对于20世纪40年代或对于"五四"以来的整个中国现代文学而言，20世纪40年代文艺最大的实验性之一，是来自于《讲话》对文艺的新要求，以及这种新要求对文艺内部各环节造成的巨大挑战。

这一挑战性不仅在于对诸多民间文艺的探索，赵树理文学中的语言试验等，更大的挑战性在于这些文艺形式的历史构造机制的改变。如果笼统地说，国统区、沦陷区文艺家们的实验性并没有打破作家—现实—作品这一环节流程，那解放区文艺由于"政治"的加入，却直接撕裂和重构了文艺之前的创作规范，也撕裂和重构了这种创作规范所连带出的文学感知方式、组织和叙述方式。要理解此时的革命文学，则需追问诸多文学之外，又与文学相关的问题，比如，《讲话》前后，在抗战力争生死的情境下，我党为何如此重视文艺问题？为什么诸多出身于"五四"文学传统的文学家会同意要经由此时的我党的政治理念政治理解来感知和抵达现实？而不是经由国民党的政治理解来感知和抵达现实？作家如何经由这种政治来抵达现实？以及，如丁玲、周立波、柳青这样的作家，为什么会直接在小说中写政治政策？怎样写政治政策才是成功的小说？写特定的政治政策，又要尽力避免成为教条化小说，这对作家感知现实的角度、层面、路径，以及小说的叙述方式、语言、抒情性、结构、人物、情节构造同样提出了巨大挑战。这些小说形式上的新探索，与国统区和沦陷区的诸多探索同样是实验性的。

换句话说，20世纪40年代的小说在不同区域发展的关键问题之一是，解放区文艺在新的历史机制牵动下，对之前的整个文学创作规范提出了新挑战；而国统区和沦陷区文学的发展是在既有文学理解下的新探索。这两方面各有自己的新发展，都值得重视。但不能简单将20世纪40年代小说的实验性发展集中到钱理群先生所认为的文学探索领域和层面之中，而将革命文学统称为延安《讲话》文学，忽视其对整个文学理解和实践的挑战性。

这个挑战性其实还在于，西方现实主义小说理论发展到20世纪，焦虑之一是个别性与总体性的矛盾。卢卡奇在20世纪20年代的主要困惑和工作重心即在回答这一问题。而《讲话》对文艺提出的挑战性之一在于，在个别与总体之间，要加入一个"政治"作为中介。个别与总体之间，不是通过哲学、宗教、直觉、文化，而是通过我党的政治理念和政策来作为链接中介。政治这一因素被突然提升到"文学—现实—作品"结构中的这么重要的结构性位置之中，这实际上会导致作家在面对现实时的整个感觉意识和感受机制、书写机制的全面改变。如此一来，20世纪40年代文学的关键发展环节就不只在于外在战争格局的差异引发的文学内在发展路径的差异，不只在于一个强调民族、阶级，一个强调个体、命运，还在于文艺内在的观念认知和组织结构为什么恰恰在这个时期的解放区发生了这么剧烈的突破和发展？革命文艺为什么会在这个时期发生这种特定路径的变化，以致我们必须以此为节点，需要将革命文艺划分为《讲话》前的左翼文艺和《讲话》后的革命文艺？

如果我们还可以说，20世纪40年代国统区和沦陷区的小说虽然在形式上有着诸多探索，但仍遵循着文学直接面对现实这一构架；那《讲话》后的革命文学却恰恰不再直接面对现实，而是经由我党的政治理念和政治政策这一中介去面对现实。国统区和沦陷区文学仍是以文学直接面对现实，解放区则经由特定的政治理念和政治政策这一中介。它甚至不同于身处国统区的胡风所探索出来的"通往新世界有一'窄道'，需擦破身体付出（甚至生命）代价"[1]，而是在这一"窄道"中，身体不是直接与现实世界摩擦，而是与经由政治实践所开启出来的特定的"窄道"中的现实发生特定的摩擦。

这一文学或小说的发展方向和形态已经不是直接由战争决定。我们需要进一步追问的是，在战争局势的内部，不同地区的政治—社会历史实践到底发生了什么？同样面对战争，为什么众多解放区文艺工作者接受了中国共产党的政治理念这一中介，而国统区沦陷区文艺工作者们则走另一条路。20世纪40年代解放区的"政治"实践中，包含了什么特别的历史内容，使得此刻它具有特别的感召力和说服力？这些由部分中国人在如何面对社会现实的新探索中，开展出来的特定路径决定了20世纪40年代文艺发展的不同方向。正是这一路径变化引发和重塑了政治—文学—社会—现实—观念的结构性变化。

从这样的理解来说，20世纪40年代解放区的"延安文学"，其中充满因"政治"被引入文学机制后引发的断裂、竞争和分歧。《讲话》之后的革命文学的发展，不仅不同于20世纪30年代的左翼文学，实际上它还内含着多种走向的可能。其实文学经由政治抵达对现实的观察，未必会导致作家们的兴奋和热情。但20世纪40年代《讲话》后的文学发展，的确引发了大量作家的新探索。正是这些大量新探索中所呈现出的这种熟悉而又陌生的"新"，使得1948—1950年间的这两场专题座谈会一定程度上可以看作文艺界对革命文艺内部某种重要发展状况的互相不适和试探。

1942年《讲话》之后，人们较为熟悉的是"赵树理方向"。赵树理1943年发表了《小二黑结婚》和《李有才板话》，看起来与《讲话》有时间上的衔接性，但实际上赵树理的创作有自己长期摸索而成型的脉

---

[1] 转引自吴宝林：《左翼作家"世界感"的形成及其构造方式（未完成札记）》。

络、方式和风格。他1943—1947年期间的代表性作品其实只有《李家庄的变迁》(1946)，但这篇小说是否能代表《讲话》的文艺方式，也并非没有质疑。虽然1947年晋冀鲁豫边区文联召开的"文艺工作座谈会"确定"赵树理方向"为文艺为群众服务的代表，但这种方向是否囊括了所有革命文艺的可能性，是否为不同观念意识的作家量身定做好适合他们的创作道路？与"赵树理方向"相比，《暴风骤雨》和《种谷记》既是在《讲话》开启的文学配合政治的原则之内，但又根据作家各自经验、理解，发展出了不同于"赵树理方向"的文学形态。这一变化跟多种因素相关。

### 三、《讲话》文艺内含的政治—社会—文学—现实结构

比如，在抗战后期和解放战争初期，大量延安文艺工作者和各根据地文艺工作者根据《讲话》所要求的深入生活，为群众服务，分散到全国各地，投身各种实践之中。如周立波1944年11月从延安随359旅辗转南下、北返，从汉口到北平，经承德到赤峰。1946年8月，周立波时任冀热辽区党委机关报《民生报》副社长。1946年10月下旬，周立波从赤峰奔赴哈尔滨，并急切投入东北局推动的土改之中。[1]1947年7月周立波写完《暴风骤雨》上卷，1948年初由东北书店出版。而柳青1943年2月被组织派到米脂县吕家检村任文书。他领导群众深化减租减息，组织大生产运动。柳青在这个乡工作了三年，他的长篇小说《种谷记》手稿，也是在这里完成的。1945年10月，柳青带着《种谷记》手稿，随军奔赴东北，开辟解放区。1946年2月，柳青到达大连，负责接收整顿大众书店和印刷厂，开始修改《种谷记》。1947年7月，东

---

[1]虽然毛泽东1945年12月28日已经发表《建立巩固的东北根据地》一文，但中国共产党东北局直至1946年7月才发表《关于形势和任务的决议》，号召干部下乡参加土改。

北光华书店印行了他的第一部长篇小说《种谷记》。周立波和柳青几乎同时在1947年7月完成各自的第一部长篇小说。跟他们经历类似的作家还有很多。丁玲历经河北怀来温泉屯、阜平、冀中土改后,于1948年6月在河北正定改完《太阳照在桑干河上》;草明从延安到东北后,于1948年出版《原动力》。这些相似又不同的经历,给作家们提供了重新摸索文艺与现实碰撞和结合的空间与基础。

当然,仅仅是这样的实践经验基础并不必然会在20世纪40年代后期出现如此大量的新的文学形态的探索。如果赵树理的创作方式果真包含着《讲话》所指涉的内涵,那这些不同经验也就可以按照赵树理的创作方式来展开文学书写。但20世纪40年代后期涌现出的这些创作,明显在诸多方面都既遵循《讲话》原则又有各自创新。为何在"文艺为政治服务和文艺为人民群众服务"这一原则下,还会出现差异性这么大的文学空间?

文艺为人民群众服务其实有一个发展脉络。自"五四"以来,文艺为民众、大众服务是现代文学隐含着的内在逻辑。"五四"以来文学一直存在着如何在不同历史时期调整作家个人与大众关系的问题。这一问题在30年代的左翼文艺思想中也被提升为"文艺大众化"的命题。《讲话》后的变化是,文艺为人民群众服务的要求,内含着文学需要经过政治对"人民"的界定、对"大众"的理解再来为大众服务。作家个人与大众的关系再次需要在一个新的结构关系中被重新面对、检讨和反思。文艺为大众服务,现在变成了文艺按照政治政策的理解去为大众服务。正是这一理论前提,使得"赵树理方向"虽然被认为是文艺按照政治政策为大众服务的一种典范,但问题并没有结束。政治在推动实践时,它对大众的理解是在不同历史结构中发生变化的。一定程度上说,正是文艺如何为政治所要求的群众服务,成为赵树理、丁玲、周立波、柳青、李准以及诸多作家创作差异性的历史深层机制。不只是"深入群众",

而是深入政治所界定的"群众",成为问题的关键。

由于20世纪40年代的政治在不断应对变化的社会现实,如何为群众服务,也就需要不断变化和调整。甚至对于"群众"的理解,也会随着这些文艺工作者分散到各地而做出变化。这就把"深入群众"推进和转换为深入地方社会的构成脉络之中。比如,山西老解放区的群众与东北沦陷区的群众不一样,与张家口新解放区的群众也不一样。文艺工作者在理解山西老解放区的群众时,观念意识背后有一个不用被直接讲述出来的基本历史机制,即根据地经由八年抗战的摸索打造之后的整个政治—社会实践经验和氛围;而当周立波进入东北根据地,面对经历东北伪满时期和政权真空时期的"群众",则需要在政治工作的摸索、试错、纠偏等推动中不断重新界定、塑造和辨认出群众。这时对群众的理解和叙述,则需要另一种把握和叙述框架、方式。如何为这些不同群众服务,政治政策需要不断调整有效工作途径,文艺对此时此地(如1946年东北)政治和群众的理解角度和重心,也不同于1942—1943年延安《讲话》时的政治和群众。

正是由于文艺服务于政治、文艺服务于人民群众的这种历史当下性、异质性,使得文艺在面对现实时,必须考虑"政治"和"群众"的具体实践和存在形态,这个具体形态的丰富性和内在肌理才能使得文学将政治肉身化,而不是对政治政策的摹写。并且,政治也不只是抽象的政治理念。中国共产党政治需要有效作用于中国社会在近现代所遭遇的困局,正是在这一点上,它才在20世纪40年代与国民党的竞争中赢得众多知识分子的信任。政治在实践中打造群众的具体形态,正是在"社会"领域中具体展开的。这个"社会"又不能直接理解为"地方社会"(后文再详细展开)。从历史具体展开过程来说,解放区文学之所以在1942年前后的历史氛围中愿意以中国共产党的政治为中介,恰恰是中国共产党政治在延安时期的实践中,对"社会"和"群众"都有着基于又远超出 20 世纪 30 年代的理解和激活。20 世纪 30 年代左翼文学一直渴望的对中国社会中国现实的努力改造,在解放区政治理念和政治实践的具体形态中看到了诸多现实和可能。从这个历史实践展开方向所引导出的逻辑(不是脱离历史的逻辑)上说,正是这个"政治""群众"在中国具体社会形态中不断被展开和被理解,才使得在《讲话》体制下的文学感知机制和叙述机制中,"社会"具有了结构性重要位置。

在这里,"社会"不只是作为等待被客观呈现的对象,而是一个在具体历史实践中可被切实改变和调整的对象,一个前置于革命者的结构性因素。它与主体之间,由于政治实践的推动,变得不是一直存在难以克服和触及的主客隔离的距离,而是处于可被不断认知、修正、推动、牵引、改变的反复纠缠的旋涡之中。社会,既是一个先于政治实践的历史条件性存在,也是一个待构成的历史化存在。事实上,也正是经由政治抵达社会现实,使得愿意配合政治的作家的责任感和热情能够更有机会得到具体落实的途径(如果这时的政治构想和实践有效的话)。这些具体落实于社会现实的形态形成"窄道",又可以激荡着具体的水纹和音波传导于作家的身体和内心,在主客两方面建立起多种可切实互动的途径。

正是文学服务于政治打造社会的历史实践(不是复写政治,也不是旁观式再现社会)和从历史实践导引出的逻辑,使得文学服务于政治的原则因政治打造社会现实的多途径性而变得多样化,使得文学服务政治和呈现现实变得具有多样性,而不是只有遵从政治原则的规定性。至少在 40 年代中国共产党的政治尚未变得过于强势时,这种多样性空间是存在于众多作家面前的(此时政治要有效应对社会现实的丰富性,才可能在与国民党竞争的格局里对知识分子具有感召力)。也正是由于作家在服务于政治时,需经过他们自身投入实践、转译政治实践对社会的感知和理解,以形成作家自身的感知和理解,再以其文学机制表现现实,这一过程使得文学服务于政治需要经过众多作家自身观念意识、感知方式的回荡和中转，这也使得《讲话》后的文学实际上在政治实践、社会呈现及作家创作机制等结构关系中都蕴含着多种可能方向和空间。由此我们也看到，赵树理所找到的理解方式变得并非唯一。事实上，基于革命现实发展和文艺实践探索而创作出的《暴风骤雨》和《种谷记》，有着明显不同于赵树理的创作方式。这几部新小说明显突破了赵树理创作方式、却又同时仍符合文艺配合政治这一《讲话》原则。由此，这种多样性的形成就不仅是因为他们面对跟赵树理不一样的现实状况，还由于他们对于这些现实状况有着各自的不同观念意识和理解方式，以自己的不同文学理解来把握和切入对《讲话》的理解，以及对实践工作的理解，并基于此展开和探索着新的书写经验的方式。

而就周立波和柳青而言，周立波20世纪30年代活跃于上海左翼组织中心，对现实主义文学理论有着大量译介和阐述。他对《讲话》的理解和接受是基于他自己已有的对于现实主义文学的特定理解，有着自己的意识基础和侧重层面。柳青在接受《讲话》之前，大部分时间都在陕西度过，一定程度上没有太强的理论预设，但也有他自己的文学感觉意识方向。他对《讲话》的理解和对文学新形态的探索，跟周立波有着不同的脉络基础和理解重心。或者说柳青发展出的革命现实主义是《讲话》政治原则背景下的某一种文学形态，而周立波是发展了另一种基于他自身观念意识的文学形态。

这些在实践中发展出来的文学形态不断丰富着《讲话》规定的原则。革命文艺自《讲话》发表之后，至此（1947年）经历了五年多的发展过程。五年间，作家们在辗转奔赴各地的同时，也在发展调整着各自的现实理解、文学理解。正是这些革命实践和观念意识的拓展，扩大和深化了彼此对于革命—现实—文艺的理解。这五年的革命—文学实践不仅没有统一文艺工作者的认识，没有缝合自20世纪30年代以来的文艺思想差异，反而因这些作家们的不断创新扩展了文学与现实的深度，也扩大了革命文艺内部的差异。那怎么理解这种内在于《讲话》革命要求的"新"？如果赵树理的创作方式和路径不是唯一应对革命形势新进展的方式，那文艺还需要开拓出什么样的方式来及时回应和介入，以推动人们所期待的新社会新文艺？

换句话说，《讲话》带来的挑战之一是，革命文学仍然要求真实性，《暴风骤雨》座谈会中诸位作家的质疑，正是基于革命文学对于真实性的某种诉求。但《讲话》后，政治因素的加入导致问题变得更加复杂。《讲话》后的革命文学中，真实性不是直接面对客观世界，客观世界变成了类似于物自体的存在，我们不能直接看到，我们直接看到的往往是被政治打造后的社会或社会生活。真实性的运转平台变成了政治—社会—历史，这是《讲话》后的现实主义与之前的现实主义的重要区别，也是中国现代文学与当代文学的关键区别。

### 四、柳青：从《地雷》到《种谷记》

不只是周立波[1]，柳青同样在《讲话》前后有巨大转变。我们可以从他的小说集《地雷》和1947年的小说《种谷记》中看到这一转变过程。

柳青小说集《地雷》收入了他早期从1939年8月到1945年4月的小说多篇。柳青1939年8月到晋西南115师独立支队2团1营、129师386旅771团任文化教员。1940年10月回延安，先后写出包括小说集《地雷》收入的《误会》《牺牲者》《地雷》《一天的伙伴》《在故乡》《喜事》《土地的儿子》七篇小说等。对柳青的《地雷》，如人民文学出

---

[1]关于周立波在《暴风骤雨》中的探索，详细分析请参见拙作"搅动"—"调治"：〈暴风骤雨〉的观念前提和展开，载《中国现代文学研究丛刊》2021年第7期。

版社 1981 年出版的《中国当代文学史初稿》第五章"柳青"中就以当时常用的概括语言写道:"柳青的创作活动开始于一九三四年。早期主要写短篇小说,曾结集为《地雷》。这些短篇描写了陕甘宁边区农民和战士的生活,生活气息较浓,人民群众在民族解放战争期间的精神面貌得到了一定程度的反映,在解放区和大后方(国统区)的读者中都产生过影响。但是,这个阶段,由于作家还是个小资产阶级知识分子,思想感情上没有跟自己的描写对象融成一片,对生活尚缺乏深刻的体验和提炼,艺术描写中表面化的东西较多,因而作品缺乏足够的艺术力量。"可对于小资产阶级知识分子(比如作家),尤其在《讲话》后,如何具体在思想情感上跟自己的描写对象融成一片,怎么才算对生活有深刻的体验和提炼,艺术描写怎么才算深入,都没有细密可感的论述。而且,每个小资产阶级知识分子作家跟自己的描写对象疏离的方式并不一致。柳青的疏离方式具体是什么,他在《讲话》后又会怎么调整?

在柳青的第一篇小说《误会》(1939)中,故事一开始的叙述推动核心都集中在第一人称"我"的各种感官意识的判断。这是第一人称叙述带来的可能,但不是必然。小说中的"我"不断"看",但单凭观察并不能连接起各种片段之间的关联,他还需要不断根据自己感官收集到的信息,进一步"想",才能建立起外部世界的关系和逻辑,并将故事逻辑串联、转折和推展下去。由于"我"并不熟悉这个根据地后方的乡镇,且是考察性的旅行,有时故事的逻辑要靠这个"我"的无坚实根据的判断来建立和支撑,比如认为观察对象是"兵站医院的休养员"等。这种不克制于"看",而是强化运用第一人称的"想"来展开的叙述,原本让人期待着一种对对象和世界逐渐深入、敞开后又热烈拥抱的叙述;小说最后却因某个偶然因素,变成了他与对象的冲突和对抗。这个偶然因素也并不偶然,它源自"我",这个"想写点文章的人"以自认为无邪的态度去冒昧触及别人的伤口。关键是,柳青并不认为这个

"我",想写文章的人过于以自己的"想"来推动和建立与世界关联的方式有问题,他"自认为态度无邪"。柳青实际上是将这次冒失当成了难得的、具有戏剧性的素材。

  这种理解和把握现实的文学方式本身也可以是一种继续探索的途径。不过《讲话》实际上恰恰是在冲击这一文学方式所对应的人的认知方式和状态。《讲话》所要求的是小资产阶级知识分子作家要深入了解群众。在脱离群众这个意义上,柳青这样的实际上并未在大城市生活的人,也缺乏对群众的深入了解,也是小资产阶级知识分子。而之所以缺乏了解,并不是因为没有接触到群众,而是柳青自身的认知方式使得柳青即便与群众接触也无法深入群众。比如他会"自以为态度无邪",即便因此而造成他与群众的沟通不畅,他也反而将这造成的冲突和隔膜,当作是戏剧化的素材,并把重心放在最后的真诚而空乏的牵手,将之当作难得的温情来叙述和刻画。他身处实践当中,但他的感觉意识的重心并不在于实践,而在于以他既定的方式展开文学工作,即是配合了革命实践。他意识不到他的认知方式才是造成实践困扰的最大障碍,而这是中国共产党政治此时迫切需要作家做出改变的关键。换句话说,《讲话》之前的文学感知方式恰恰无助于在实践中让众多知识分子投身于社会改造时,真切有效地作为工作者与群众融成一片,带动他们改变自身处境,并真正团结起来改变中国社会的困境。此时柳青的文学感知方式也跟随政治实践呈现了"社会",此时被他呈现出来的"社会"众生相也是"社会"的面向之一。但这一"社会"面向却由于柳青的失焦而将重心位移至戏剧化冲突,而不是将"社会"面向更有力更直接地组织到政治实践逻辑之中。由于文学的这种感知方式,其对"社会"面向的敏感点和捕捉方向,甚至会将重心导引到无助于政治实践的现实感的准确理解方面。这也是当年的如《中国当代文学史初稿》等著作会认为"由于作家还是个小资产阶级知识分子,思想感情上没有跟自己的描写对象融成一片，对生活尚缺乏深刻的体验和提炼，艺术描写中表面化的东西较多，因而作品缺乏足够的艺术力量"的原因。这也是柳青以文学跟随政治、但尚未以政治为中介来观察社会时的状态。

不过《讲话》后的柳青尝试探索新的方式，尤其是在《种谷记》（1947）中：

> 但这回却不同，它又惹起王克俭最近始终缠绕在心的一些念头。他爸在世时，他们少一半种着自己的祖产，多一半则种本村四福堂财主的租地，由于和四福堂情厚，在秋收以后的农闲时期，又要他们包揽着讨租票。老人死后，他和小子继续了这份职务，一直到新社会有了减租法令，四福堂财主拿门外的远地同别处的地主兑换成本村和邻村的近地以后，合不着另用讨租票的人，他才失去了这一笔收入。但他们已经和老人在世时大不相同了，多一半种着自田自地，少一半租种财主的地。这几年驴下骡子，加上新社会一切捐税负担都顶轻，他又添置了一些，统共已有二十六垧；而四福堂财主的地，他是只种五垧半了。他越来越感到腰里有劲，今年正月里公家开始普遍订"农户计划"时，区乡干部竟把他当做富裕中农的典型，订得特别仔细。他们过细地、一项也不遗漏地计算他一年的生产和消费。虽然他时时刻刻没有忘记尽可能低估进项，和他们争执着，一再要求他们稍等一等，以便使他有时间想起一切最微少的支费，但他终归没有对工作人员掩盖了他的富裕。当核算完毕的时候，他们竟宣布他可以做到"耕二余一"。他奇怪了：既是这样，他家里却为什么很少积存呢？他的"农户计划"和节令牌以及落满了蝇子屎的精耕细作的奖状并排钉在墙上，他自己用算盘打过不止一次：不错。唯恐自己又看又打有误，念书的从学校回来的时候，他说："二楞，你念我打！"结果还是不错。那么他的粮食一驮一

驮到桃镇卖了,除过买炭、棉花和其他少数日用品以外,还有什么用项呢?在这家里,他可以武断说没有一颗粮食或者一张小票不经过他的手出入。老婆的确够节省,给她一盒洋火,她几乎会用到一年,恨不得一根一根抽给媳妇,两个小子赶庙会要几个零钱,都得换了衣裳要走时才向他伸手讨。眼下只有一个媳妇,那是外人的老婆养的,更沾不到边儿。他没有理由怀疑家里有什么秘密的漏洞,也不可能伸进来第三只手,但他却无论如何想不透这个奥妙。王克俭在小年冬学里便熟读了《朱子格言》,他差不多可以说完全跟着那格言治家的。但自从订过"农户计划"以后,他对家道的一切用度,便瞅得更紧,并且开始记账,建议教员在学校的课程里增加珠算,以便二楞能够在这一方面帮助他,把他家里的私账弄得像他当行政主任的村内公账一样,一分一厘都不差。正因为这一点,他十分赞成区长的一句话"庄户人糊糊涂涂过日子……"而他的老婆却是那样,你看谁能和她谈论什么计划呢?……想到这里,他又恶狠狠地瞅了她一眼。

　　旧社会他是个老甲长,只管得十来户人家;保长要粮他收粮,要款他收款。新社会第一次乡选时,四福堂的二财主王相仙竟提议他当本村的行政主任。"对!"众人都说,"他念过两冬书,会写会算;又是从小给四福堂讨租粟的,办事有经验。"于是全举了胳膊。他还以身忙再三推诿,王相仙说:"我闲,我帮助你。"他这才难意地接了事,不管公粮公草、后方勤务、调查统计、民事调解……点点不敢漏空子。只要上面来一封公事,他马上拿到四福堂去了,转出来便风行雷厉地执行。三十一年第二次乡选,他给王相仙说了多少好话,要求不要再提他。"你怕屎?"二财主粗鲁地说,"背后有我,你怕屎?"结果他重选连任了。但刚过了一年,情形突然大变了：公家发动了减租算账的斗争，众人把四福堂斗倒了，他自己也没有靠了，再不敢到二财主那里去请教，有事只好去和农会主任商量。村里整个翻了个过，从前不问一点村事的受苦人握了大权，农会主任、副主任、自卫军排班长……都变成"急紧分子"了，一有点事竭力往人前边挤。又是生产，又是文教，弄得神人不安——不是订农户计划，便是组织变工队；不是动员合作社股金，便是组织妇纺小组、识字班、读报会、黑板报……弄得他昏头晕脑。他自认他不仅不足以领头，便是跟他们也跟不上了。去年以来，他经常想起那句"白地的税，红地的会"的口头话来，觉得还是保甲时代无事，税多是多，但要了便不管你了；而现在，三天两头开会，倘若上边下来工作人员，那便连隔日子的时候也没有了。他这个行政主任的头衔早已变成他的一项"愁帽"，他是无时不在盼望着下一次乡选快到，好把它揭到旁人头上去。现在，当他耽误了开会而苦恼的时候，他的思想自然又转到这个念头上来了。[1]

柳青克制、耐心地叙述着王克俭千头万绪的生活繁难。这些新旧社会转变之后的繁难看似有无限多，但柳青选择叙述的繁难并不是零散、孤立的，比如他很少写王克俭儿女生病婚嫁求学工作、牲口走失或疾病等引发的诸多事项，而是选择了大都隐约有着某种被新社会的政治实践所引发的事件脉络中的繁难。比如按理说，新社会的"捐税负担"都少了，王克俭自己的地也多了，愈发"腰里有劲"。但"公家"的"工作人员"为了推动政治构想，越来越多地出现在村里，要定"农户计划"，"他们过细地、一项也不遗漏地计算他一年的生产和消费"。"公家"这种对日常生活的渗透，让王克俭赤裸地计算和审视自己的家底。这样细

---

[1] 柳青：《种谷记》，《柳青文集》第1卷，人民文学出版社，2005年版，第8—11页。

密的计算开始让王克俭对自己"富足"的生活不信任。他奇怪、怀疑、想不透，从小熟读的《朱子格言》已经应对不了这"神秘"的生活。"内不欺己、外不欺人"还可以做到，但"心无妄念、身无妄动"就有点不确定了。什么算"妄念"呢？对于这个被作为富裕中农的典型，执行农户计划的工作人员要细密计算他一年的生产和消费。王克俭生活中的账目其实一清二楚，但他的生活感觉本身并不是在这样一清二楚的基础上展开，他本可以依托于相对稳定秩序下的惯常，而将"一清二楚"变成"糊里糊涂"，而将重心和精力放在"谦和""诚恳""正派"等其他方面。现在这个"农户计划"让这样的生活即便不是不可能，也是不容易了。政治希望推动"农户计划"，以更加惠及王克俭，但政治要求得一清二楚，似乎让王克俭反而变得昏头晕脑。

更让人头晕的还在减租算账之后："村里整个翻了个过，从前不问一点村事的受苦人握了大权，农会主任、副主任、自卫军排班长……都变成'急紧分子'了，一有点事竭力往人前边挤。又是生产，又是文教，弄得神人不安——不是订农户计划，便是组织变工队；不是动员合作社股金，便是组织妇纺小组、识字班、读报会、黑板报……弄得他昏头晕脑。"

我们不能把柳青这里的叙述简单当作是对王家沟村实际状况的直接描述。我们可以把这部分描述看作柳青对于王家沟村（原型为吕家崄村）历史实际经验的再改造，或是以当时某些村庄实践经验的概述作为王家沟村的状况。也即是，柳青在1947年写作《种谷记》时，接受了中国共产党对于村庄实践经验的叙述，将王克俭放置在一个脱离王家沟村实际遭遇的情景中来考察。那就王克俭来说，"谦和"等等需要相遇双方一定程度的耐心和从容不迫，才能在彼此相对熟悉的基础上互相从容等待、审视，以及对他人反应方式的预期。但柳青叙述到，与农户计划相同步的是整个村庄翻转后人心的急切向上，诸多村民变成了"急紧分子"，"一有点事竭力往人前边挤"。这个"往前挤"恰恰是旧秩序结构被瓦解、新结构正待促生的社会—人心图景。为了表达对新政权的拥护，对新社会的欣喜，或许也为了在新社会中占据更有利位置，积极分子不自觉就在这一情境下容易变成"急紧分子"。在人人急切向前拥的状态中，"谦和"所需的整体氛围基础就变得稀薄，对他人的预期也会变得不可测。王克俭之前立身处世的现实感觉基础会变得晃荡。再加上不断推动的、令人应接不暇的变工队、合作社股金、妇纺小组、识字班、读报会、黑板报……都是让王克俭感到陌生的新组织新方式，这也会让各种"急紧分子"分化组合。也许，王克俭昨天刚去调解完家庭纠纷的友邻王二楞子，今天可能就是催促他完成合作社股金指标的农会副主任。世道变了，这个世界让人心呈现的路径确实变了，而王克俭心惊肉跳，自顾不暇。

柳青的叙述眼光心无旁骛地直盯着王克俭在新社会政治规划和实践中的遭遇与状况。与《地雷》中的诸篇小说相比，柳青在《种谷记》这部分中所调整和呈现的，不只是叙述人称的变化而带来的变化。这一长段最为突出的特征是柳青对于对象在历史—经济—社会—现实之中的逻辑状态的克制而耐心地把握和力求精准地呈现。这不只是艺术手法上的变化。革命文学中常用追溯人物自身历史遭遇和状况来展示革命的合理性。《暴风骤雨》中经常使用这种手法。不过《暴风骤雨》中的方式是在追溯中过度集中于有利于配合阶级论的历史信息。柳青的《种谷记》不一样的地方在于，他在政治所激荡出的实践逻辑中，没有过度使用预设的政治理念来替换对象本身复杂的历史—经济—社会—现实关系脉络，而是努力捕捉对象本身的，又与政治实践逻辑结构密切相关的社会生活构成和肌理，尽量将之充分呈现出来，这既能在当下现实中发挥文学特有的洞察和敏感，体察到人在政治打造中实际的生命遭遇和潜在的人心变化，又便于让政治实践依据文学所捕获和发现的问题去调整自己的认知，重新看见现实，重新调整和面对。被呈现出的对象的这些社会生活肌理当然也是柳青特定眼光和角度的选择（后文还会谈到），但柳青跟周立波《暴风骤雨》的差异在于，虽然他仍是以政治为中介的视野，但他顺承政治实践落实于社会中的逻辑后，还能相当充分地呈现社会对象自身的脉络。

比如，政治实践逻辑落实到行政主任王克俭，特别着眼于王克俭的特定能力和社会位置（富裕中农）。从政治实践来说，它从自身的政治理解和社会规划，强调和看见的是王克俭作为农业能手，勤俭持家，善于农活，并选中他作为富裕中农的典型。政治实践于1943年选中村民王克俭，本身是将之放置在政治对于陕甘宁地方社会的理解和构想之中。在政治的这个理解中，王克俭善于劳作的层面被特别辨识了出来，并将其组织到政治的理解和构想之中。这个政治理解在政治实践中所搅动出来的王克俭的社会性是聚焦于特定层面的。但柳青发现，王克俭的社会性是多方面多层次的。比如，王克俭的勤俭持家、善于干农活的背后，还有着一个丰富曲折的历史社会构造机制，以及面对的层层生活，正是这个机制将他这样的社会性塑造出丰富的生活感知层面。比如萦绕着他勤俭持家的生活态度和感知中，有着他从小熟读的《朱子格言》，有他从父辈即开始的与本村四福堂财主的交往，租四福堂家的地，和四福堂情厚，在农闲时包揽讨租粟等，逐渐换来财富。新社会后，"捐税负担都顶轻"，自己的地越来越多，"腰里有劲"。但同时，王克俭也战战兢兢，手忙脚乱。这些都是政治实践落实与推动后王克俭社会经济条件变化引发的身心感觉变化。可当政治实践继续以它所理解的王克俭状态为基础，为农民订"农户计划"，并将王克俭确立为富裕中农典型，将他的计划定为"耕二余一"，实际上又将没有被它充分理解的王克俭推向了另一个政治实践所要结构出来的社会状态的位置中。

这里至少存在两个政治搅动和打造社会的环节。一个是"捐税负担都顶轻"的新社会，一个是"农户计划"。柳青并没有直接展开写这些捐税如何减轻的，农户计划制定的历史背景。这原本是最能直接配合政治实践的路径，他反而避开了。他的叙述眼光是顺着政治实践的逻辑所选中和聚焦的人物，去探究、发掘和呈现这些人物的"社会"性的多层次性。这个多层次性，并非自明的，并非政治实践逻辑直接就能呈现出来。政治着眼于特定层面，比如经济、阶层等来构想政治政策和实践路线。柳青的文学之眼着力于萦绕这些政治经济层面的肌理，比如王克俭与四福堂的关系，王克俭成为富裕中农之后的生活形态和感受。王克俭被选中为典型后，并不是直接就配合政治所需展开生产，而是觉得自己生活得捉襟见肘。伴随他生产上的精耕细作，是他过日子中的精打细算，以及被给予他好日子的政治搞得昏头晕脑。政治不理解，为什么他会昏头晕脑，为什么想退出。王克俭想退出的背后是他的社会感不只是被政治搅动出来的和被政治感知到的社会层面。他现在对新社会的感知中还有对政治的不适，而这个不适是政治实践所没有洞察到的社会感的变化带来的。柳青小说的丰富性在于，它呈现和处理了在政治逻辑视野之内的人的社会感受。

柳青的这一探索是一个非常艰难的工作。如果相较于周立波在《暴风骤雨》中的探索路径和方式，我们可以看到，柳青一方面需要努力把握和进入政治实践的逻辑，同时还需靠自身的努力去探索这一实践逻辑在村庄中实际上并未深入但可以更深入的幽微暗处。他要在这一叙述过程中携带越来越多的甩不掉的泥浆，但这也可能是烹制叫花鸡所必备的泥浆。这一"社会性"的泥浆具体会对王克俭、对政治实践起什么作用，需要很多因素共同配合才能确定。它有可能让人窒息，也有可能让人从中吸取气息，使人源源不绝，获得丰润感。

比如王克俭与四福堂的关系，这并不是中国传统"社会"自然形成的状态。这里面同样有着中国古代政治对于社会现实的理解和构想，并在特定历史时期所演化形成的形态。关于陕北土地的生产效率、地租的税率、贸易经济变化所引发的地主与农民的关系、地主与农民各自的处境及日常交往方式、官府在什么时候介入、其能力能够介入到什么程度等，共同塑造出了地方社会的特定形态。在这种社会形态下，如果整个社会结构运转相对稳定，地主四福堂在村庄中也可以发展出相对稳定的、同时也与中央王朝的倡导相配合的伦理道德，在这一伦理道德下又可能由于某些原因与王克俭家祖上形成"情厚"关系。正由于"情厚"，四福堂"在秋收以后的农闲时期，又要他们包揽着讨租粟"。在乡村社会中，这个"讨租粟"的活儿让王克俭家实际上变得重要而微妙。是否顺利交租，很可能就决定了租户来年是否能续租。那王克俭在村庄里就成了挺关键的环节。王克俭家实际上可以在这种"社会"结构中相对获利，这种相对有利的位置也给他的诸种道德品质预留下宽裕的空间。比如他自认"正派"，"好好种自己的地"，不屑与"老雄"这种人为伍。甚至可以说，他可能并不特别依赖新社会的改革。从这一脉络来说，王克俭在新社会"腰里有劲"，并不见得能直接建立起"新/旧"与"好/坏"的对应关系，而是他在新社会塑造出的特定方向中的可能。接下来我们会谈到，柳青如何在《种谷记》里既尽量充分呈现王克俭生活世界的多重性，又故意省略王克俭的更多可能。

柳青的女儿刘可风在《柳青传》中叙述了柳青下乡时，如何与王克俭的原型吕能俭的互动。柳青后来创作《种谷记》时，对他的这一经验进行了重构。我们还可以通过柳青的改写来看他的处理方式。《柳青传》里谈道：

> 提起三乡大大小小的地主和富人，唯独吕家峁的吕能俭，不论穷富，多数人说好，有时还流露出敬意和赞扬。论家业，吕能俭和常国雄差不多，有四十七垧地，雇了三个长工，两个种地，一个拦

羊。他自己除了种地就是放账，一点不含糊，全是高利贷，竟然凭着放账在村里熬出个好人缘来。人们说他为人顶好。他和其他地主富农不同，其他人看人行事，量"利"而为，穷人来借粮借钱，有利可图还得平常"对劲"才行，平常不顺眼，即使眼瞧你一家老少饿死、穷死，也休想借得斤米分文。吕能俭不，上门开口的，不论贫富，不论远近，一视同仁，甚至到期还不出的借主，他也不硬要，态度仍然谦和如初。有利就行，还不起更好，明年多还点。他比谁都灵醒，他比谁放账所得都多。

吕能俭这人说一是一，说二是二，个子不高，红脸大汉。他认字，能写会算，聪明能干，识眼色，当过多年的正保长，没有流传他不三不四的事情，却流传着他做人正派的赞誉。共产党来了，实行普选，他又选上了行政主任。柳青见他的头几面都是在吕家岘的大路上。他有些腼腆，眼里透出聪慧，两人拉上几句村务，就各奔东西了……

吕能俭待人诚恳，有事常来找柳青商量，柳青有空时就给他讲讲社会发展的历史方向，共产党革命的目的："我们以后要建立的社会，是要消除剥削和压迫，人人平等，大家都用自己的双手劳动过上幸福生活。我劝你再不要放账了，那是剥削。"

柳青对他，话说得最多，他从不翻脸，柳青也越来越"放肆"，话越说越重："你再断续放账，穷人以后能把你骨头砸碎。""你再买地，当个地主，挨起整看你怎么办！"常银占说："能俭受不了，我听着话有些过了。"柳青说："咱处得长了，要给他说真话哩。亲人出苦言，坏人闲扯淡。"

有一天，吕能俭悄悄告诉柳青："我把拦羊的辞掉了，以后自己拦。"他真的接受了柳青的劝告，不久，又辞掉一个长工，最后，一个也不要了。除了种地，他把许多精力放在工作上，表现得很积极。

在改选行政主任的会上,柳青说:"还是让能俭当行政主任吧,只要他工作积极,愿意跟共产党走,就让他干。"马上得到群众响应,一片赞同声。柳青又补充了几句:"政策可要穷人掌哩,不敢跟上人家跑。"他用手比画着小孩的个子说:"他,从一点点就开始剥削人,能没有剥削思想?一时改造不好,慢慢来。"

后来,柳青曾劝他把粮食分给穷人吃去,故意逗他:"放这么多粮食,起了虫发了霉啦。"他没生气,光是笑,他舍不得。这就算是一玩笑话吧。

有一次,柳青发现他还种着吕能排典给他的地,因为吕能排没钱,一直赎不回去。柳青当时就说:"你咋还想买地哩,快给人家送回去。"他真的去还了,吕能排倒觉得不好意思,非让他再种一年。

吕能俭一直工作积极,开会、办事样样认真,柳青又搬回麻渠村一年以后,听说他真的主动把粮食分给穷人吃了,这件事几十年被人颂扬,而他总是说:"全靠柳青的教育,我解开了道理。"

柳青离开三乡的最后一次公粮摊派会上,还有两斗粮食派谁都不合适,想来想去,最后只好说:"能俭,你把这两斗出上。"他只说:"嗯。"没有一点难色。

柳青离开陕北时,有的党员问他,吕能俭能不能入党,柳青说:"咱们的工作要从实际出发,他嘛,再看看,只要工作积极,一心跟上共产党走,可以发展。"

1948年,柳青从东北回来时,吕能俭已经入党了,乡亲们说他在战争中表现得也好,不管是支前运粮,还是组织群众疏散转移,都起了重要作用。柳青敬佩他的所作所为,特意去看他。可惜在解放初期一次鼠疫流行中他染疾身亡。三四十年以后,和他同一辈的村民们还在念叨，说他为人做事样样好，说他自从跟了共产党以后，至死不渝。[1]

刘可风的叙述侧重突出柳青对地主富农的吕能俭的耐心启发和多次帮助，以及在1943—1945年间阶级论尚未成为绝对压制性力量、"三三制"被作为政权构成方式、1941年绥德地区士绅也受邀参访延安为背景下的乡村状态。比较有意思的是，在《种谷记》中，柳青比刘可风更加突出了王克俭的一些相对丰富的社会结构性信息，但柳青还是按照中国共产党的阶级论理解来处理人物。比如他没有（或不可能）把富农或富裕中农的王克俭还原为刘可风所叙述的"为人顶好、谦和、正派、诚恳"，而是将他处理为一心想着自己致富、最终受地主影响脱离群众的人。这也导致柳青《种谷记》中颇为奇怪的一点，他明明看到王克俭在中国社会历史进程中的多种可能走向，但他不让小说中的其他人看到。王加扶看不到，区里的张助理员也看不到。柳青接受中国共产党的政治理解和构想，在这一政治规划图景中，贫农积极分子是核心，富裕中农的典型王克俭只是这一图景中出于某一阶段政治规划所需的某一个要素，但不是政治所理解的现实感觉的核心。阶级论政治希望以贫农为中心，但这一中心所需要的核心人物的政治能力和道德品质贫农不直接具备，它就需要重新调动和打造。政治在某些阶段有耐心培养和教育王加扶等，但没有耐心培养王克俭。如若以王克俭为中心，就会涉及对整个中国社会构成和中国社会活力的深入理解。阶级论也能看到近代以来中国社会的某些特性，但这一社会中的人心凝聚力和活力的构成，不一定是阶级论所能把握住的。柳青的叙述视野实际上故意遮蔽了历史中的多种可能，尤其是遮蔽了通过他的互动，吕能俭实际上具备可以变得与我

---

[1] 刘可风：《柳青传》，人民文学出版社，2016年版，第73、75—76页。

党的期待相配合的可能。他以现实主义之名展开叙述，却选择了最能配合我党政治构想的人间故事。

这样的选择本身也可以是现实主义，甚至可以说是《讲话》逻辑中极有打开和启发的地方之一。尤其在 20 世纪 40 年代后期，政治的规束还没有太强，这样的选择性实际上还是存在多种可能。但柳青在这种现实主义的多样选择性中为什么以及为何选择了这一种，及其所带来的后果，却需要格外警惕。

如果我们叠加柳青和刘可风叙述中关于村庄的信息，我们可以意识到，若柳青在《种谷记》中按照我党的实践逻辑所打开的视野以及他自己的实践经验来叙述村庄，不在 1947 年创作小说时过于按照阶级论理解和叙述来处理小说人物，他可以在《种谷记》中把王克俭处理为历史中的吕能俭，而且这实际上也是中国社会中实存的人物状态。在与柳青的多次互动中，他既能致富，同时又能处理好自己与村民租户佃农的关系。那这样的社会形态就不仅是在历史的实际条件下可以展开的路径，同时还能对中国共产党的政治理解提供新的支点，并与中国共产党的政治理解形成对峙。尤其是在 1946—1947 年解放战争尚处于焦灼时期，柳青的这一视野对于中国共产党如何理解中国农村社会，实际上意义重大。如果中国共产党按照柳青的这一探索再来校正自己的政治视野，实际上就可以发现，农村的调整和改造并不必然要依托中国共产党自身的阶级论叙述来构想和翻转农村。在这样的社会形态里，王克俭不但自身可能变得"腰里有劲"，保持其"为人顶好、谦和、正派、诚恳"，同时也能与邻里形成"情厚"。而这一切并不必然依赖于构造出一个新的"理想"或"理念"，而是在中国社会中既有的社会经济基础和道德伦理基础之上，略作调整，即有可能达成。这时仍然需要政治，但这时的政治，其现实理解的深度、实践的力度和角度，也都与历史实际发生的形态不一样。

即是说，在这一视野中，村庄社会的调整，并不能完全依赖自身，很多问题并不能依赖村庄自身的力量来解决。比如中国近代以来的通商口岸的开放所引发的社会结构变化，在地地主更加减少，移居城市的地主愈发依赖西方商品，这些都会冲击和形塑中国在近代所形成的农村生产贸易体系。近代以来武力的扩散，地方社会承受着本不需要承受的负担。再加上近现代转型时，国家的现代规划中诸多脱中国化的设计等。比如杜赞奇讲到，在 1920—1930 年，很多县政府不是利用不断增加的税收来巩固和提高已有设施和机关的办事效率，而是在省政府的命令下，不断地创立机构，增加"近代化"职能，如警察局、教育局、各种区级行政部门、土地清丈局、卫生局、公路桥梁管理局、党训班等，各局经费极少，使一些有抱负的官员也难施展才能。这都会导致地方社会内在秩序的紊乱。这种紊乱很可能就会引发对村庄的巨大影响。比如保甲制和里甲制的运转中，王克俭（或吕能俭）作为保长，他能够"为人正派"。但他能够在这一时期身为"保长"还能"正派"，本身却是有着与陕西绥德米脂地区政治—社会—经济状况紧密相关的诸多前提。如果他不具备应对这一局面的眼光、意识，他可能就不能决定自己和村庄所面临的问题。这时可能需要处于社会更高层的人士来构想和调整。一旦这样的人也没有出现，王克俭（或吕能俭）面临自己无能为力的问题，很可能就会动摇他与人相处的"谦和""正派"状态。他很可能还会变得——在秩序相对稳定、伦理价值相对顺畅流荡的乡里社会从容不迫，而当秩序紊乱时退缩到"一心想着致富"。但这个"一心想着致富"并不是他作为诸如富裕中农的固定不变的本质，而是社会空间朝着特定方向的变动和重组所引发的现实理解—行为状态。这是此时的政治在作为主导改造社会的力量时，在面对社会现实状况时，应该具备的现实感知。

也即是，村庄社会的调整还是需要政治力量的介入，但这一政治介入可以依托于村庄自身所具有的活力因素及其社会经济组织方式，而不一定是过于强势地将政治力量直接穿透到村庄组织脉络之中。政治需要看到，王克俭的勉力与无奈、腰上有劲和昏头晕脑都不是他固定的人性品质，而是在历史动荡中的生成物，甚至本身就是政治过度介入的产物。王克俭的问题不是来自他自身，而是来自政治。文学如何通过深入理解和敏锐捕捉，透过人物身体力道的性能、变化来透射钳制其发力方向的历史—政治—社会结构氛围，这实际上是《讲话》打开的空间，也是柳青经由《讲话》后，从《地雷》到《种谷记》的转变中渴望尝试和磨炼的艺术能力。《种谷记》确实已经迈出了一大步，但仍不能说非常成功。我们无须用成功与否来苛求柳青的第一次长篇尝试。而且，这个不成功也不是在《种谷记》座谈会中，众人所说的"冗长""沉闷""过于细腻"等，而是在《讲话》所开启的挑战性脉络中，柳青还没有完全把握住如何在这一轨道上准确发力。把握这些不同力道在历史中的弹射轨道，本身是一件糅合了认知与敏锐的洞察力。他的认知在被政治激发之后，又过快被回收到政治的视野之内。他的认知过于相信政治和依赖政治，直接跳过了相当多的裹挟着王克俭（吕能俭）的层次和环节。这对于深入理解王克俭（吕能俭）的具体生存状态来说，实际上就错失了很多非常重要的关键视野。比如王克俭（或吕能俭）"谦和""正派""情厚"的背后，对应着什么样的社会—经济结构组织方式，从这些结构组织方式和构成氛围中生发出的力道，所营造出的社会关系和人的能量会如何变化，一旦这一社会结构氛围在历史中发生变化，政治要做出何种介入和调整，它所希望打造的村庄社会才会被调整为更好的状态，这些问题恰恰在考验作家如何面对现实状况、提出敏锐洞察。从这一点来说，柳青的"冗长"中，还是处理得太快太空泛了。缺乏这些层次和环节，实际上文学对社会、对社会中人的状态的认知也反而容易被政治的"理念"所穿透。这并不是在艺术性层面对柳青的要求，而是关涉到文学如何与政治在历史时刻的理解和决断形成对峙或互助的问题，关涉到如何以文学（经由政治为中介）的方式，与以政治实践形态所形成的历史认知形成对峙或互助的问题。

现实主义文学的关键能力其实不仅仅是在于"细致"，还在于对历史—社会的结构性穿透力。"冗长"等并不必然是问题，或者说，恰恰在如何深入把握复杂的吕能俭并将之转化为王克俭这一人物的艺术环节上，柳青还不够"冗长"，他在认知上还是太简化地用阶级论叙述处理了这一重要人物的塑造。座谈会诸位所指出的这一"冗长"，不能说就是现实主义的必然手法，恰恰相反，它在压缩、改装吕能俭为王克俭方面，可以说它是非现实主义的。《讲话》后的现实主义在面对世界时，可以变得更加具有创造力和穿透力。但这需要在柳青的基础上做进一步的调整。比如在认知上，如何真正面对政治—社会—现实—经验，如何达到更深入的理解和思考中国社会的构成。一旦在这些环节没有足够的意识和准备，可能就会出现柳青《种谷记》中的状况，吕能俭身上活跃着的历史能量没有在小说中被转换成王克俭更为丰富的人性成长可能，没有被转换为更丰富的历史认知层面。现实主义文学本可能在历史中发挥的巨大掌控力，也就很难发挥出来。

座谈会诸位都渴望在《种谷记》中看到鲜明故事情节，渴望文学能直指人心的洞察。但如果这一时期的人心需要面对的不是一个稳定社会状况下的人心，而是如王克俭或吕能俭般不得不面对动荡社会的重构，这时的"直指人心"就需要有一个调整，需要跟随王克俭（或吕能俭）的身影，面对在历史中如何推动社会（或被历史中的社会结构变迁所牵制）、面对这一社会如何成长为一个足以迎接现代挑战的新结构状况的重任。它在鲜明的故事情节之外，可能就需要更复杂的大量铺衍和重新组织。这种铺衍不是弱化历史的紧张，反而是要更具耐力和韧性，在持守中等待，以精准捕获历史走向的关节。这恰恰需要在冗长中磨炼、寻找具体情境中的时机,以精准判断历史巨人转向中的步履。这不是艺术内部风格、美学的要求,而是历史—现实变化对20世纪中国人提出的新挑战,它将会形成何种风格,尚不确定。但这种文学如果要关切20世纪中国人的命运,直指20世纪中国人的人心,它则需要回应更艰难的新挑战。换句话说,这也是1942年的《讲话》没有讲明、但其历史逻辑会带出来的挑战,现在被柳青在1947年碰到了。也许正是这一尝试和探索,让《种谷记》座谈会的评论家们认为他的小说冗长、乏味(但也有冯雪峰发现的新特质)。他们希望看到更加简洁明快的叙述,更加直观地披荆斩棘。这些柳青还做不到。也许,恰恰是此时的评论家们低估了《讲话》对于柳青的挑战性。

相较于柳青的《种谷记》,周立波在1957年的短篇小说《盖满爹》中,其实已经在探索《暴风骤雨》之外的呈现方式。比如:

"我去查查看,要是真正订得偏低了,是好改的。"

盖满爹细致地解决了这些具体问题以后,张家翁妈欢欢喜喜,重新入社了。

乡上的工作是接二连三的。合作运动才摸了一下,治理洞庭湖的民工的动员工作又下来了,留在乡里的男女劳动力还要修塘坝。

下了几场雪,又扯油凌,气温下降到零下七度。为了抓紧冬天修塘坝,好不误春耕,乡上又开了一夜的会。这会开得短一些,不到鸡叫就散了。路远的,点起杉木皮火把陆续走了。路近而又熬惯了夜的农民都还留着。

享堂里的地上烧着一堆丁块柴,烟焰飞腾。人们团团围住火,有的抽旱烟,有的抽纸烟。松脂油香气,混杂着草烟叶子的辣味,飘满了空间。老派农民头戴有绒球的各种颜色的绒绳子帽子,身穿大襟棉紧身子,腰上系一条围裙。较新的农民穿的是对襟棉袄。后生子们穿着有化学扣子的蓝制服,头上戴顶蓝咔叽布鸭舌帽,上衣的上口袋佩着钢笔,脚上是胶皮底球鞋。

  农民谈起今年的雪凌比哪一年都大;资江结了冰;塘里冰块有丁板子厚;田里泥土凌得欸散的;虫卵冻坏了;修塘坝的人,挖开塘基上泥土,看见蚂蚁子一堆一堆地冻死了;家家屋檐上,凌杠子有一两尺长,太阳一出,放出灿烂的闪眼的光辉。凌杠子长,禾穗子长,冰天雪地的寒天,预告了来年稻谷的丰收。[1]

《暴风骤雨》之后,周立波在摸索着呈现社会的不同方式,不过他的方式跟柳青仍然不同。在叙述了政治工作的"接二连三"后,周立波列举了诸多事项,如"合作运动才摸了一下,治理洞庭湖的民工的动员工作又下来了,留在乡里的男女劳动力还要修塘坝"。但周立波戛然而止,转而描写与这些政治工作搅动起来的社会氛围不直接相关的场景。这些场景当然也构成了对此时社会氛围的感知,但对于理解、化解政治搅动和打造的社会生活的直接性和深刻性来说,它们仍然没有凝聚为某种可以直接转化为认知这一政治所搅动起来的特定社会结构的力量。周立波抓住的政治搅动所引发的紧张感,突然又被他消解了。这对艺术家如何理解"社会",如何把握并捕捉社会现实的精准性,实际上提出了新的要求。

### 五、"社会"的生成与增殖

  从对两次座谈会的分析,以及对《暴风骤雨》观念前提、展开路径

---

[1]周立波:《盖满爹》,《周立波文集》第2卷,上海文艺出版社,1982年版,第369页。

的描述[1],对《地雷》和《种谷记》叙述方式及展开方式的分析,实际上可以重返《讲话》之后,周立波创作《暴风骤雨》和柳青创作《种谷记》过程中的一些关键环节,以探究20世纪40年代《讲话》后政治—文学交锋时内在的碰撞、扦插与再生机制。

这里有几个问题需要辨析。一个是作家与《讲话》的关系。《讲话》本身的逻辑里潜藏着对文学能力的激发,也潜藏着对文学能力的压抑。20世纪40年代的政治实践本身实际上拥有探索多种可能性的空间,此时的中国共产党政治实践也能多次迅速调整自己的失误。但中国共产党政治并不是任何时候都具有这种弹性空间,尤其是到20世纪50年代中后期开始,这种空间逐渐被压缩。每一时期中的文学形态,及《讲话》与文学实践之间的关系都需要根据不同时期的诸多观念意识、社会氛围来细致分析。即便对于20世纪40年代的左翼作家来说,认同于《讲话》也不是一个想当然的或一帆风顺的问题。《讲话》不是给出了一个一劳永逸的文学抵达现实深处的方案,反而是给出了一个前所未有的挑战。《讲话》后众多作家的不同探索,实际上也都是在各种历史牵制力中尝试各种可能。《暴风骤雨》和《种谷记》的书写方式都不是革命的必然,而是政治思想叠加上周立波与柳青特定的文学观念、感知方式所生成的特定文本。辨析出这一点,我们才能辨析出《暴风骤雨》和《种谷记》区别于别的小说的特殊之处。

就《讲话》带来的调整和挑战而言,周立波接受《讲话》,不只是接受了政治对中国社会现实的深度认知,以弥补他在20世纪30年代文学观念中所缺失的深入现实的路径。[2] 政治还将他置身于千军万马中求

---

[1]关于《暴风骤雨》的详细分析,请参见拙作《"搅动"—"调治":〈暴风骤雨〉的观念前提和展开》,载《中国现代文学研究丛刊》2021年第7期。

[2]关于《暴风骤雨》的详细分析,请参见拙作《"搅动"—"调治":〈暴风骤雨〉的观念前提和展开》,载《中国现代文学研究丛刊》2021年第7期。

一线生机的险境。这是文学接受哲学、宗教或社会理论等其他认知方式对现实的深度认知（如果这些认知方式在1930—1940年发展得充分，也提出对中国社会现实深度结构的阐释）所不会带来的后果。哲学的认知逻辑不太会将文学带入实践动态的不确定之中，可这却是中国共产党政治的基本要求之一。政治当然也有理论化和形而上学的层面，不过中国共产党政治在1930—1940年的说服力，一方面是来自于它的理论叙述，另一方面也来自它在推动中国社会的实践过程中所积累出来的丰富经验，以及在实践中所打造出的自身状态和社会状态。正是这一经验内涵重构了中共政治理论的面貌，并在《讲话》中根据其实践要求对文学发出了新的指令。中国共产党政治在1930—1940年的发展所获得的高度成就[1]，的确引发了特别的结构性的连带结果。政治在应对中国近现代困局时先行获得突破，也就对社会各领域形成牵引力。《讲话》即可看作中国共产党政治对左翼文学的牵引。每一种历史牵制因素都有自身的结构力。但这些结构力并非封闭的，它们有自身的历史形态，并在历史实践中不断根据现实状况的变化再拆分组合，以期形成更强的历史塑造力。我们也可以说，是中国共产党政治的进展，推动中国左翼文学朝着一个特定的（而非必然的）方向发展。这的确不是必然。但中国共产党政治之所以能对中国左翼文学具有这种牵引力，本身也是中国共产党政治有效作用于中国社会后产生的能量。其成败往往在于能否于实践瞬间对该社会构成的内在理论给出准确诊断和开阔拓展，并对之慎重整理

---

[1] 中国共产党政治在1942年能够对周立波具有说服力，这本身是一个很复杂的问题。文学并不必然依赖于政治才能具有抵达现实的深度。可在现代中国，为什么20世纪30年代的现实主义文学没有摸索出有效抵达现实深度的路径，中国现代的共产党政治为什么能在20世纪40年代开展出能说服文学家的实践经验和状态，文学依托于政治的方式和路径对于把握现实经验到底意味着什么，这些变化背后是一个中国现代政治—社会—文学诸多关系之间的结构性位置的调整和实践探索，都是决定着周立波创作方式和感知方式的决定性问题。可参见拙著《从赵树理看李凖创作的观念前提和展开路径——论另一种当代文学》，载《文学评论》2020年第4期。

和反思。

　　这是中国共产党政治的实践经验之一，也是《讲话》内在逻辑之一。现实主义当然可以有多种把握和抵达现实的途径。比如可以从个人、从边缘、从民族、从性别等展开叙述。但中国共产党政治实践所开展出来的视野有一种对于中国现实的特殊认知能量。这也许就是那个"窄道"。当它牵引文学进入实践时，实际上也在推动文学去养成于"窄道"中捕捉动态现实关系中特殊认知点的敏感力。这是之前的文学即便关注现实也不太有处于这一高度张力情境中所养成的敏锐力；也是从别的角度叙述现实所不容易突进和展开的层面。而这些层面如果不能被捕捉、不获得叙述或不能及时进入我们知识讨论的视野，我们所推动的实践也就容易对社会造成误伤。但政治的认知有时有路径、方式等层面的局限，很难保证精准理解和把握人在历史社会中的舒展和活力。这就需要其他方式的协作和配合。文学（不是预设的文学，而是经由打造磨炼后的文学）往往在这方面可以（只是可以，也不是必然）提供自身独特的能量。《讲话》后的中国现实主义的可贵之处也许正在于，它反复与政治纠缠过程中，曾开掘和获得某些特别的视野、形态、面貌和能力。也许，《暴风骤雨》《种谷记》以及诸多革命现实主义文学的得失均可从这一角度来理解。这也是理解《讲话》挑战中国现代文学的一个层面。

　　再次，《讲话》的挑战更深的纠缠还在于政治—文学结构关系中"社会"的生成。如果说中国共产党政治对左翼文学的牵引力主要来自它对中国社会的有效实践，并将左翼文学推向动态和不确定的、充满危机和生机的革命实践之中，那《讲话》后革命文学的主要工作场域则是在政治搅动出的、纠缠着诸多力量以确定历史走向的"社会"层面展开的。文学不是对政治—社会—文化命题的复写，而是在不同作家的感知方式、认知视野、体察能力中，去穿透混杂的历史，尝试对社会重新赋型。

"社会"原本存在，无须生成。但我们对作为政治和文学的打造对象的这一"社会"需要进行区分。

如在上文对《种谷记》和《柳青传》段落的分析中，我们至少可以在这里看到或理解到存在好几个层面的"社会"形态。近代以前的王家沟村（吕家俭村）、国民党时期的王家沟村（吕家俭村）、1943—1945年王家沟村（吕家俭村）的实际状况以及柳青《种谷记》中所描述的王家沟村。1943—1945年王家沟村的诸多实践是在民国时期的王家沟社会形态基础上、又比民国时期的社会改造还要繁复得多的政治—经济—文化规划和实践，柳青看到了这一点。柳青1943—1945年在吕家俭村介入的是中国共产党政治所推动和搅动的"社会"。没有中国共产党政治从特定方向和方式上对中国社会的理解、设计、规划和推动，我们很难想象柳青跟吕能俭之间，会发生如此特别的互动。

在这一时期的政治实践中，实际上"社会"既是一个有着自身脉络的存在体，又是一个有待重新构造的存在物。甚至可以说，民国时期的吕家俭村的"社会"在中国共产党政治视野中，很可能消失了。它只存在着一些具有阶级身份的农民。如果中国共产党政治对中国社会的理解中，没有包含民国时期、近代甚至古代时期吕家俭村社会中的很多因素，那它们就很难被呈现，甚至消失。即便中国共产党政治视野中有这部分，如果这部分被中国共产党政治视野放置在诸如"封建迷信"这样的位置，那它们的形态和被感知的样态，以及将会以怎样的形态在新的结构中被呈现，也很不确定。因为这一新的结构并不只是被政治视野所决定，这一新的政治—经济—社会结构的定型，还有待于政治在实践过程中不断面对它的视野中未曾足够有但又不得不面对的各种社会因素和条件。在这一定型过程中，哪些"社会"因素能被历史当事人（包括深入实践的作家）意识到、把握住，"社会"活力能多大程度上被深入理解，并以这样的"社会"重构来构想历史走向、重构政治视野，就是非常具有挑战性的、充满不确定性的问题。

比如柳青在吕家俭村的实践中实际上经验丰富，但他在《种谷记》中所叙述出来的，是或多或少按照中国共产党后来对自己实践经验的某种整理和总结的叙述方式展开的，当然也还有不完全能回收到这种叙述之中的社会信息。柳青的文学视野和构造是顺着政治实践要求的"变工队"来整理线索。在这一整理视野中，王家沟村（吕家俭村）的"社会"形态是在政治的打造中被呈现出来的面貌，即便是王克俭、大雄等人物的社会背景，也是在这一视野延长线上被叙述。比如王克俭在如何组织变工队时曾建议，"居民小组便是一变工小组，参议员便是变工组长，让教员填表造册报告上去，往后大家随便变好了"[1]。这一方案是以保甲制作为组织基础。但柳青没有荡开笔墨，根据这一脉络详细讨论其可能的困境和变化，而是直接让区里的工作人员否定了这一方案，并批评王克俭，说他的老甲长作风吃不开了，白白浪费纸张的事再也不能容许，他得转变作风，和贫农积极分子一道好好工作。"王克俭扫兴了。"

王克俭的"扫兴"意味着，王克俭自身的活力以及他所对应的经济—社会结构，这些不同形态的"社会"如何才能在政治打造的新的历史结构中被呈现，哪些部分能被呈现、思考、讨论，这很难由它自身来决定。但如何认知、理解和呈现"社会"，却关涉到千万人的历史命运。中国共产党政治规划若要对整个社会中千万人命运负责，如何深入理解该社会制定、实施政策，就变得至关重要。而文学若以政治为中介，同样要以自己的方式对这个社会现实负责，实际上也需要深入面对、理解、构想、呈现该历史时刻社会的重要面向。当政治翻转社会时，"打烂捏不新"就不只是小说中组织变工队的难题，也是中国共产党的政治实践在整个村庄面临的挑战。而变工队能否"捏"出新的组织、新的社

---

[1] 柳青：《种谷记》，《柳青文集》第1卷，人民文学出版社，2005年版，第45页。

会形态，且这一社会形态本身各方面的活力能被尽量保留，就成为非常考验作家意识、能力的关键。而柳青的叙述中，虽然相较于《地雷》，他已经做出了巨大尝试和突破，并努力顺着政治的脉络去探索新社会的活力方式，新人的风貌，可他还是不自觉地让王克俭的经历直接变成了一个不断下滑、被甩出去的过程。多层次的"社会"可能性还是没能被放置到重构历史—社会认知的层面来讨论。这对于柳青的初次尝试长篇来说，这一点我们不用苛求。只是就我们今天对于《讲话》后的文学实践经验的整理来说，却未尝不是一个很好的反思基点。

换句话说，政治实践所推动和搅动的"社会"部分，仍很可能只是政治实践所能触及的。政治实践的触及范围有时会受制于政治的观念意识和它对现实的理解感知等。但这些实践经验中有时会有超出政治观念意识表述出来的重要部分，如何对这一部分的重要性在认知上保持高度警惕，则相当不容易。这种不容易还包括在被政治实践搅动出来的社会形态之外，社会在历史中的其他可能走向。比如刘可风在《柳青传》中所描述的柳青实际上与吕能俭的互动经验，若将之作进一步的描述和思考，是否和如何能在我们的历史—社会—政治认知中处于重要位置。柳青如果在《种谷记》中更基于自身既顺着政治实践脉络、又对之有进一步开拓的实践经验，将之作为认识和思考中国社会、历史的基点，实际上《种谷记》所能提供的对于历史进程的对峙力，就会非常惊人。当文学以政治为中介，而没有充分发展自身对社会的更深入的探索，那文学（或其他方式）所捕捉到的部分，也可能与政治触及的边界重合，甚至更少。这样文学本可以施加于历史的掌控力则会受损。如何能把握和捕捉住这些历史实践中曾出现但又转瞬即被淹没于诸多叙述中的经验点，并将之作为启发我们认知、撬动和思考历史的资源，这不是对柳青的苛求，而是对我们今天如何重审《讲话》后的现实主义文学的启发。

或者说，在实践和认知上，至少有两个"社会"层面。一个是被政治实践所搅动、推动的社会层面。这是政治的认知视野和实践规划直接作用于社会的部分。《讲话》后的文学实际上也主要是在这一层面展开工作。一个是基于政治实践所搅动,但又超出政治视野的洞察。从这个意义上来说,"社会"是在政治中生成,并进入以政治为中介的文学的视野。革命文学所见的"社会"主要是被政治实践搅动出来的社会。如果说"社会"包罗万象,混杂不一,那这里的"社会"是被特定历史中的政治实践牵引、搅动、推拉、截断、引导以及统合而出的特定形态。这一"社会"不是作为一般文化史意义上的社会,而是作为与政治实践的生死成败息息相关的结构关系。

我们还可以以周立波从《暴风骤雨》到《山乡巨变》的转变为例来观察这一紧张感。如果说《暴风骤雨》中白玉山和他媳妇的对话无关土改成败,《种谷记》王克俭相当程度上被处理为从革命巨轮前进的浪潮中抛弃的派生物,但《山乡巨变》中刘雨生和盛佳秀的郎情妾意却事关清溪乡上村合作化的规模和稳定。而且,周立波将政治从山乡空间压缩到刘雨生和盛佳秀的桌前,不只是呈现了政治的社会性,还构造出了一种社会的政治性。

比如在《山乡巨变》中,清溪乡合作化的推进再次打破了新中国成立后当地逐渐平息的波动。互助组的几次起伏,并没有将盛佳秀这样的村民纳入政治视野。政治对合作化的推动则需要处理和考虑对待盛佳秀的有效途径和方式。政治根据自身的现实理解来规划和设定政策,而这也在相当程度上决定了政策所能抵达的社会边界。换句话说,政治视野中的"社会"是弹性的、波动的。"社会"的界限在漂移,但还存在一个面对政治不动声色或不轻易表态的"社会"。如盛佳秀在互助组和合作化时期的变化。在互助组时期,她与刘雨生即暗生情愫,但这种情感的滋生和发展,也不会进入政治层面来叙述和讨论。但在合作化时期,政治视野中的"社会"界限的变化使得政治工作必须将盛佳秀含纳进来。而此时刘雨生与盛佳秀的情感关系，便变得关键而微妙。也可以说，周立波是跟踪政治从互助组到合作社的内在逻辑变化，在政治逻辑的边缘处，调动自己对地方社会（也是他家乡）的自在、从容、娴熟，才得以找到在叙述政治的同时又能展开叙述两人暧昧情生的机会。他将地方社会中的某种暗处姻缘编织进政治的内在逻辑之中，充实丰盈政治逻辑的神经末梢，并将这种活力传递到政治内部。再换句话说，周立波是随着政治对社会边界的推移而将感知机制拓展到社会（政治视野中的社会）更深的层面，同时又通过自身对社会构成的敏感，将地方社会生活中悠缓绵长的情愫传递回神经过度紧张的政治内部。

这并不是说，周立波对刘盛二人的情感叙述仍是被政治视野所规定，而是说，政治视野中的"社会"范围即便拓展到盛佳秀，但如何处理和对待盛佳秀却并不是政治理念或政策所规定的。它完全可以按照政策将盛佳秀理解为顽固分子而强制执行。但小说将刘盛二人的情感展开方式与政治内在逻辑所需结合起来，这却是周立波作为文学家的敏感和探索。这当中需要作家对政治逻辑、政治逻辑所拓展的社会边界及政治与社会活力所具有的敏感力。

这实际上也使得刘盛二人的私人情感在这一刻变得社会化和政治化了。周立波眼光追随政治实践逻辑的游走，并根据地方社会生活的纹理拓写、改写政治实践逻辑的生成脉络，同时也使得刘盛二人的情感走向被纳入政治工作的成败考察之中。在邓秀梅和刘雨生的理解里，政治的"公"（动员顽固分子入社）需要靠地方社会中的"适合的人"来黏合，而这个"适合"则有着地方性的社会要求。或者说，新的政治构想需要调动新的社会性因素来装配成新的"适合"。刘雨生此时出面以推动合作化的"公事"，"穿心破胆"劝说盛佳秀，却在锅灶和碗筷的洗洗索索声中被架空。架空并不等于消失。架空后由刘盛二人情感流动形成的新的关系性，实际上是以不可被政治穿透的地方社会生活重构了政治逻辑的内涵。也是在这暗潮涌动中,"在言语之间,两个人没有靠拢,但他们的心好像是接近得多了"。

周立波以这种方式在《山乡巨变》中构造出了一种新的社会性。并不是说《山乡巨变》之前的文学不存在社会性,"五四"以来的现代文学也存在社会性。但这种社会性如何能被组织到与该历史时刻的政治实践相关的脉络中,共同思考如何搭配以决定历史走向与命运,这是一个新的挑战。这种社会被引入政治视野之中,与政治所必须面对的、对某个地区具有统合性引导和推动而形成的张力关系,这种张力关系会重构历史当事人的感知和意识,并对"社会"因素重新选择。比如一些在之前的视野里觉得有趣的内容,现在可能就需要被重新检讨和打量,在什么意义上有趣?这也考验着政治视野的宽度和深度。在一定程度上,《暴风骤雨》即是如此。它虽然有政治性,但政治性太强,没有呈现足够的、不可轻易穿透的社会性,小说中的诸多有趣也就不具有将基于地方社会的活力繁殖、传递的生产性。

也许可以说,《山乡巨变》里的一些社会性因素,是出现于"政治/社会"关系里的社会性。这种社会性生产出了新的"公私"关系。比如小说的"公",就呈现出多种形态。有的形态是"政治/社会"关系直接生产出来的,它既是政治性的公,也是社会性的公。邓秀梅、刘雨生、陈大春的"私情"就可以被理解为这种"政治/社会"关系生产出来的观念意识,并成为社会性的"公"。邓秀梅写情书、刘雨生与李盛氏的情感生成,以及陈大春与盛淑君对感情的叙述(陈大春希望二十八岁,二五计划完成之时才结婚),他们的这些"私",也是在这种"政治/社会"关系中才能被讲述为一种配合"公"的"私"。感情一直存在,但它们被讲述的历史结构不一样,其形态也就不一样,发展路线也不一样。而这种被生产出来的社会性的"公"又会影响政治性的"公"的形态。二者是互生性的。

但还有一些"公"的意识并不是直接来自政治性的推动而生成，比如小说中邓秀梅与秋丝瓜谈到"公约"。在一定程度上，没有村民基于政治来临之前的地方社会性的"公约"，政治的"公"无法与地方村民形成如此顺利的衔接和互动。而这里的"公约"意识的形成，却跟湖南益阳地区历史传统中的帮会、宗族、各类公共组织有关，而不是政治推动的"公"的理念所生成。没有这种地方社会中的"公约"传统，合作化时期政治的"公"很难与社会形成一种"共"。这种"公"跟陈大春与盛淑君、刘雨生与盛佳秀之间被生产或转换出来的"公"不一样，也是周立波在小说中实际上内在于政治实践逻辑却没有充分展开叙述的社会内容。

周立波回避的这种社会性很值得注意。这种结构性的视野回避或许跟周立波在《山乡巨变》里对情节和人物构架的设置特征有关系。比如在周立波的设置中，合作化能够迅速启动和完成主要依赖的是干部和青年。邓秀梅、李月辉、刘雨生是干部，而配合干部的村民，真正作为推动合作社的主导性村庄力量的是年轻人，如陈大春、盛清明、盛淑君。与《暴风骤雨》不同，《山乡巨变》并没有强调这些积极分子作为贫民的身份。小说也没有在情节逻辑上过分依赖贫农的政治身份，贫农只是协助性的。而中农都是阻碍性力量。这里面会涉及一个问题：为什么周立波在小说情节构造上会向干部和青年的意识特征倾斜？这样的情节人物设置，背后对应的他对于政治和社会的感觉机制和意识方向会是什么？

这一问题涉及颇为复杂的历史—观念构成机制，此处无法展开。简单来说，周立波仍是接续了中央政治逻辑来构成他的感知方向和理解角度，才使得他的小说情节人物设置会突出某些特定因素。比如干部和青年会更容易形成能配合政治所期待的"公"的意识和形态。比如，由于青年尚未与地方社会经济生活网络建立起复杂羁绊，他们的公私感可以更容易被政治塑造。但这个"容易"里，本身又夹杂着中国传统思想中的"天下责任"感，才会这么快去感知和认知我党政治理念中的"公"。这使得他们在工作中会更倾向于配合政治理念，而不是在被政治调动出来的这个"公"的意识中，积极去面对和理解地方社会中的"公"，比如小说就会简化处理干部和青年对于秋丝瓜等人的"公约"意识，等等。周立波一方面在开掘政治的社会性，但他的开掘还是侧重或留意了社会中的更加被政治激荡出来的某些显现层面，不仅这些被激荡出来的很多显现层面他没有充分处理，他也没有充分开掘和处理地方社会中的其他实存又重要的部分。这就意味着，在周立波所意识到的被政治激荡出来的社会层面之中，本身有被周立波拓展的部分，也有被压抑、被扼制的部分。

与此相关，我们在《种谷记》里还可以看到，当政治对社会的理解变成以贫农为主重构社会组织，它就撇开了村庄中原本以王克俭这样的人物为中心的组织方式。柳青自身实践经验中所具有的、与吕能俭的相当有效的互动，在他的小说叙述中也被遮蔽了。《山乡巨变》中对此有触及，但也并未充分展开。我们可以说被激荡出来却又被压抑的部分是政治压力所致。当政治压力放松后，比如周克芹的《许茂和他的女儿们》中，我们则能看到周克芹对政治激荡出来的社会层面的变化有着非常丰富的呈现。这正是我们在讨论《讲话》所开启出来的文学"社会史"视野时，需要特别留意的"社会"的多层次性，尤其是其中的不容易被呈现和被揭示的部分。

## 六、结语

以政治为中介所开启出来的"社会"，并不是对整个社会的指称，而是特指被政治搅动起来的、因此处于变动之中的"社会"。但由此在结构性张力中被呈现的"社会"形态，我们还可以进一步反思和构想这一"社会"若要发育更良好，需要怎样的政治，怎样的文学？换句话说，"社会"的生成实际上同时是"社会"的未完成、未生成。《种谷记》里王克俭诸多社会信息的被呈现，是需要在中国共产党政治的打造结构里被放置和表达；但当它被呈现和理解后，又需要重新被放置在政治—经济—道德伦理—文化等因素的共同结构中来再度构想。这时我们又不能把"社会"过于实体化。在这个意义上，如文学等诸多领域会在被政治实践搅动、被政治认知视野引导下形成特定的感知力，这些与政治实践处于紧张关系中的感知力又会基于自身所在的社会脉络和社会生活感觉，捕捉和呈现出社会中的某些因素，以努力生成"社会"来与政治形成呼应或对峙。以政治为中介的文学所展开工作的"社会"，主要指称这部分场域中的这种形态的"社会"，而非无所不包的"社会"。不过我们所期待的良好社会的形成，还包含未被政治实践直接搅动的那部分"社会"的参与。从这样的理解来说，我们可以以"社会史"视野来指称和突显革命文学的历史生成中的这一特征：革命文学以政治为中介，但其作为文学的发力点却在于，在政治—经济—文化—现实诸多因素的历史缠斗和构造中，捕捉和促使"社会"的生成与塑形。

当"社会"在某些历史时期出现困境，政治会发动校正。在新的政治搅动中，社会中的某些有效性确实可以被打散而重组。当重组这些因素时，我们意识到"社会"存在可以这种形态来展开，那政治搅动和政治规划的"社会"落实就有可能以新的且伤害性略小的方式来推动。如此，我们可看到三者的关联性：这样的"社会"总是有着自身的历史性构成脉络和所对应的历史情境；而政治的有效性，则是回应和深度理解、把握了"社会"的这一构成面向；文学的精准性也在于——在政治实践的视野中对"社会"的这一构成的精准把握和在新的政治实践中对"社会"构成提出富有启发的构想。我们在《暴风骤雨》座谈会中所看到的作家们对于"精准度"的要求，可以放置在这一问题域中来理解。这一时期文学对精准的要求实际上对应着很复杂的实践经验，但往往又被直接表述为哲学术语"反映论"。而这种抽象的反映论一旦脱离了这些实践经验，实际上对于投身于实践中的作家来理解自身和现实之间的复杂关系，就容易造成简化和概念化。与"社会"照面时的诸多层次、环节，交手时的感觉意识等，实践主体的丰富层面都被回收到简化的认知主体之中了。也可以说，"社会"层面的重新打开，也是我们重新打开当年"反映论"在历史实践中所曾经具有的、被掩藏的诸种能量。而"社会"在历史诸多因素缠斗中的每一次生成和显现，如被文学赋形，实则会使得它之外的现实世界随之有了可供瞭望的航标，或靠近，或绕行。这样的文学也随即可以作为确立航标的探测站。

也是从这个角度来说，《讲话》后的革命现实主义文学（如周立波《暴风骤雨》《山乡巨变》、柳青的《种谷记》《创业史》等）展现了以政治为中介的巨大能量，但并未展现它所有的潜能。或者说，它可以是伴随政治实践而不断拓展和调焦的文学形态。而且，《讲话》后的诸多作家，的确都从不同角度探索和呈现政治实践所激荡出来的"社会"，而并非一开始就在形态上被定位一尊。革命现实主义文学可以在这个为了更好社会的角力场中，训练出更为精准、敏锐的洞察力，积淀出善于捕捉特定社会现实的感知方式。我们可以、也需要从革命文学对中国社会的展开程度以及这种展开与政治实践的互动程度来考察它的可能性，而不是固守于革命文学自身的形态来理解革命文学的成就。

# 第二章 《创业史》与新中国成立初期的创业史
## ——新中国成立初期文学实践的思想意涵[1]

### 一、性气

柳青1954年完成《创业史》第一部的第一稿，此后增删修改多次，1956年删改完第二稿，1958年改定第三稿。1959年《延河》杂志连载了《创业史》第一部。1960年小说在中国青年出版社出版。[2] 就在这七年（1954—1960）里，新中国处于成立后的再一次巨变过程之中：诸如国家从新民主主义过渡到社会主义，工商业完成了社会主义改造，农村从单干、互助组发展到合作化社会主义的高潮阶段，随后又推进到"大跃进"中的人民公社，以期探索社会主义道路新的可能性，等等。《创业史》的创作修改虽然历经多年，但实际只写了1953年这一年关中蛤蟆滩的社会变迁（题叙部分单独叙述了二十四年的社会主义前史，可除

---
[1] 本文的写作受贺照田老师的直接启发，文中关于"性气"的解读是他提供的，在此表示感谢。还要感谢北京·当代中国史读书会诸位朋友多次对柳青的讨论。
[2] 刘可风：《柳青传》，人民文学出版社，2016年版，第482页。

外）。小说对这一年的历史实践状况并没有全盘刻画，而是对这一历史过程进行选择、浓缩、扩展，从而形成了我们所看到的《创业史》风云画卷。我们不妨把柳青《创业史》中打造的国家—社会—村庄图景，看作他对自己亲身投入的新中国成立初期历史实践经验的某种再认识和再反思（而不是直接再现）。如果我们考虑到《创业史》的出版时间是在毛泽东主编的《中国农村的社会主义高潮》（人民出版社，1956）一书之后，考虑到当时的政治环境和氛围对于作家认知的规定性，我们会发现柳青在小说中对历史经验的某些认知和整理，与中国共产党的政治认知共享了不少相同的结构性内容，比如使用阶级论来结构村庄人物关系与两条路线斗争等；不过，我们仍能从《创业史》中发现柳青在构想中国人进入社会主义这一历史瞬间时，提供了诸多超出当时官方政治认知的独特感受与视野，而这些正源自他对自身历史实践和文学实践经验的独特认知和理解。

  从这个角度来说，《创业史》中的每个字词每段话每个人物的构成都可能叠加和缠绕着20世纪50年代中后期官方的政治认知及其引导的文学创作观念与机制、柳青自身对1953年社会主义实践经验的某种认知、感发和期盼，以及柳青在创作时有意或无意中所透露的社会生活中的某些观念意识及认知状态。这使得我们需要拉开新中国成立初期的创业史（尤其是1953年的历史实践经验）、柳青创作过程中党在政治观念和政策上的变化及其对文学创作观念和机制的影响、柳青自身对社会主义实践的认知理解和构想以及《创业史》所呈现的文学图景等几者之间的距离，仔细辨析柳青以怎样的认知和感知方式，在怎样的历史实践和处境中，构造他所理解的新旧中国和新旧中国人。

  我们且看《创业史》正文之前的三段题记：

> 社会主义这样一个新事物，它的出生，是要经过同旧事物的严

重斗争才能实现的。社会上一部分人,在一个时期内,是那样顽固地要走他们的老路。在另一个时期内,这些同样的人又可以改变态度表示赞成新事物。——毛泽东

创业难……——乡谚

家业使弟兄们分裂,劳动把一村人团结起来。——中国农村格言

第一段题记引自毛泽东主编的《中国农村的社会主义高潮》一书的第四篇《他们坚决选择了合作化道路》。[1]在1956年《中国农村的社会主义高潮》出版之后,如果柳青想引用此书中的话,原本可以有很多既更加配合当时中国共产党政治形势需要又符合一般所理解的《创业史》主旨的其他选择。比如,柳青可挑选《书记动手,全党办社》一篇中突出党的路线与人民结合将战无不胜的词句:"社会的财富是工人、农民和劳动知识分子自己创造的。只要这些人掌握了自己的命运,又有一条马克思列宁主义的路线,不是回避问题,而是用积极的态度去解决问题,任何人间的困难总是可以解决的"[2],或《严重的教训》中突显政治挂帅的口号:"政治工作是一切经济工作的生命线"[3],等等;这些都能更配合20世纪50年代后期各种政治运动的思想倾向。他也可选择一些突出合作化优越性、必然性的段落,比如"现在的社会主义确实是前无

---

[1]史树芳:《他们坚决选择了合作化道路》,中共中央办公厅编:《中国农村的社会主义高潮》(上),人民出版社,1956年版,第37页。

[2]《唐山农民日报》(1955年4月30日):《书记动手,全党办社》,中共中央办公厅编:《中国农村的社会主义高潮》(上),人民出版社,1956年版,第5—6页。

[3]阎广洪:《严重的教训》,中共中央办公厅编:《中国农村的社会主义高潮》(上),人民出版社,1956年版,第123页。

古人的"[1]，或"社会主义不仅从旧社会解放了劳动者和生产资料，也解放了旧社会所无法利用的广大的自然界。人民群众有无限的创造力。他们可以组织起来，向一切可以发挥自己力量的地方和部门进军，向生产的深度和广度进军"[2]，等等；这类句子在书中并不少见。他还可以摘录书中凸显合作化的中国史意义甚至世界史意义的段落，如"穷人要翻身了。旧制度要灭亡，新制度要出世了。鸡毛确实要上天了。在苏联，已经上天。在中国，正在上天。在全世界，都是要上天的"[3]。而柳青在《创业史》题记中引用毛泽东的这段话所强调的是，即便在社会主义的历史时期，社会上有一部分人仍会顽固地走老路，但是当社会主义再次发展和变化到另一个历史状态时，这些顽固者也可以改变态度。柳青题记中所选的这段话并没有紧密配合1956年后党中央所期待的宣传口吻和政治态度，他的择选毋宁说体现了柳青对新中国成立初期创业史实践的内在发展逻辑的理解转移到了其他方面。

  这一点如果结合第二句题词"创业难"，更能看清楚。《中国农村的社会主义高潮》中的大量案例，大多叙述的是一个人只要特别投入并赞成党所指引的方向，他就很容易跟党中央保持思想上的相通性，新中国开创的社会主义事业也势如破竹。而柳青这里的"创业难"要说的是，旧中国整个社会状况不理想，大部分人要创业，很难；但即便到了新中国，创造社会主义大事业，先进者要让那些顽固者改变态度，仍然很难。也就是说，柳青用这两句题词来指认他所理解的新中国的创业史经验时，其所内含的方向性和倾向性，跟《中国农村的社会主义高潮》一

---

[1]中共曲阜县委：《一个在三年内增产百分之六十七的农业生产合作社》，中共中央办公厅编：《中国农村的社会主义高潮》（中），人民出版社，1956年版，第475页。
[2]中共肥东石塘区委员会：《多余劳动力找到了出路》，中共中央办公厅编：《中国农村的社会主义高潮》（中），人民出版社，1956年版，第578页。
[3]中共安阳地委合作运动办公室：《谁说鸡毛不能上天》，中共中央办公厅编：《中国农村的社会主义高潮》（中），人民出版社，1956年版，第778页。

书和此书出版之后的整体社会政治氛围，并不完全相符。柳青所认知和要强调的新中国创业史实践经验中的内在逻辑，一开始就以题记的形式被凸显出来，区别于官方在1956年后对新中国初期"建国创业"实践经验的主导叙述方向和态度。

这一区别我们也可以在第三句题词"家业使弟兄们分裂，劳动把一村人团结起来"中再次看到。柳青在这里强调的不是阶级剥削和政治压迫的问题，而是人们如何因家业纷争从内部分裂，又怎样才能再次团结的问题。强调团结，而不是单纯地考量经济效益，可将我们的思考牵引到如何才能把包括弟兄们中的顽固者在内的中国人团结起来、顽固者为什么顽固、我们自己需要在工作思路和方法上做什么调整等问题上。相反，如果过于强调经济剥削和压迫，则可能诱导我们以效益为基准，再按照阶级论将某些实际上可能转变的顽固者排除在社会主义之外。其次，我们常见的有关合作化的叙述中，合作化的必要性之一是如果新中国的农民不团结合作，就会有新的剥削和压迫产生。这强调的是"团结"作为社会组织行为的政治经济功能。而在《创业史》第一卷与第二卷中，柳青不断强调，旧中国之所以不好，是旧社会把人的"性气"扭曲了。他通过文学实践实际上偏离了中国共产党的历史叙述，他认为新中国社会主义实践的关键之处在于如何重新把中国人的"性气"捋顺。柳青希望能在社会主义打造的新社会中，每个人的性气都能得到正面的发抒。从这个角度而言，柳青这段题词是说，在中国共产党当时所面对的中国社会里，其实存在两种人，一种人重视家业，家业比什么都重要。他们中有不少人在新中国成立初期经由土改逐渐富裕起来，可是富裕起来的人如果不能团结，只能分裂，那每个人的生命状态仍然不会令人满意。还有一部分人则想超越这种状态，特别典型的就是梁生宝。梁生宝这样的人就会感到性气正的人在新的社会氛围下发抒自己很容易。在老农民王瞎子眼中，中国古代社会曾经可以使人富而好礼。一定程度而言，中国近现代时期，中国社会内部仍然存在着这样的人，并且同样继续存在着这样的可能性。中国共产党在面对这样的社会时，面临的一个实践再造任务，就是如何使梁生宝这类想超越糟糕社会状况的人，能特别发挥积极作用，进而克服家业使人分裂的社会状态。柳青认为，那些因"求家业"而分裂了的很多人，那些顽固者，他们也不是不可以改变的。只是，"变"不是容易的事情，不能随着社会主义国家制度的确立而自然达成，需要在社会主义实践中开展出某些特别的社会组织、工作、交往方式，才能带动这些人转变。

而题叙中最后提到的矛盾和统一，其中的一个矛盾（"梁三老汉草棚院里的矛盾与统一"）就是家业和想超越家业的矛盾。但这并不是说，重视家业的梁三老汉身上不存在可以超越家业的因素，而是说，梁三老汉在某些历史情况下会被以家业为重的方向所左右，可一旦超越家业的现实契机出现，他就可以转变。而这一转变实则意味着社会主义具体形态的变化，意味着柳青所理解的新中国的"新"之所在。柳青在《创业史》中对这些问题的处理和结构方式，对历史经验的选择性呈现，对诸如《中国农村的社会主义高潮》等官方叙述的偏离，都体现出他对社会主义新中国带给人和应该带给人哪些历史变化的独特思考，体现出对于新中国到底要如何构成的理解。从这个角度来说，他对创作的更加负责的认真探索，也就是对新中国社会主义事业到底要走向何处的更加负责的思考。下面我们根据《创业史》的文本具体来谈这些问题。

## 二、公与私

《创业史》的不少地方都以新/旧中国、新/旧社会的对照来展开人物命运和推进故事情节。从这一点来说，其文学构架的确分享了20世纪50年代中后期政治所要求的历史叙述方式：推翻反动政权把持的旧社会，建立人民当家作主的新中国。新／旧关系的历史叙述在这个意义上也的确对应了历史事实。可这种历史叙述即便在某种程度上符合历史实际的展开过程，但在认知上，中国共产党或柳青对历史的这种叙述既简化了历史，也使文学结构变得过于简陋。但在另一方面，柳青又有自己的着眼点，并没有完全按照官方的政治要求叙述历史，这就使得我们仍需继续考察他在作品中到底是怎样对宏大历史认知框架进行具体拓展和改编的，怎样具体展现这样的历史认知框架中的社会及人的变化的，并怎样由这些改写来呈现出他对社会主义到底要构造何种中国社会的独特理解的。柳青的这些理解和思考如果能被我们恰当地加以思想化，就可以反过来撬动或矫正一般历史叙述所提供给我们的历史认知。另外，柳青通过文学对政治的重编和改写，与一般意义上文学对政治的偏离不同。某些文学对政治的偏离（如"纯文学"），并不必然具有重要的认知意义和对历史实践的校正价值。因为在某些时候，文学对政治的偏离很可能是在文学对政治的排斥或封闭之后，形构出的某种"艺术性"或"艺术标准"，我们不能用这种"偏离"方式来理解柳青和柳青的创作。[1] 柳青的创作方式的特别之处在于对现实政治和社会实践过程保持着高度的介入性，进而在作品中再理解和再叙述了实践中的进展与困惑。革命实践需要被再检讨，而文学也与民族兴衰紧密相关，以此形成了他对待革命事业和文学事业的严肃态度。要理解《创业史》中的文学构造，我们需要把特定历史时期的社会状况和文学叙述的特定视角、构造方式结合起来反复考量，单纯从艺术性或思想性、政治性来认识柳青，反而可能轻看了他的创作对于我们认知历史和文学的挑战性和开放性。

---

[1] 这也是严家炎在发表关于《创业史》的几篇论文后，被柳青和当时诸多批评者反驳的原因之一。参见孟广来、牛运清编：《中国当代文学研究资料柳青专集》，福建人民出版社，1982年版。

我们且以梁三老汉和梁生宝为例。他俩常常被看作《创业史》中体现新旧社会鲜明对比的最有代表性的人物关系之一。不过他们并不是从一开始就构成新旧矛盾的两极，起初梁家父子同心同德，都想发家致富而不得，直至中国共产党在历史中出现，梁生宝参军，从蛤蟆滩的社会空间中消失。随着他的再次返回，梁三老汉发现，梁生宝身上出现了他无法理解的变化，被"换上一个热衷于工作的心"，开始变得不喜欢创立家业，"而对公家的号召着了迷"[1]。至此，梁三老汉和梁生宝才构成了围绕家业不断发生新／旧、公／私矛盾的一对人物。

梁三老汉通常被视为具有小农自私意识的典型人物。有学者认为，小说题叙中所描述的那一场梦，特别能够体现梁三老汉的"私"和"旧"：

> 有一天，梁三老汉在睡梦中忽然间恍恍惚惚觉得：他似乎不住在草棚院里，而住在瓦房院里了。过了一刻，他的这种模糊的感觉，才更加明确起来：不是别的地方，就是他早年拆掉的那三间房，现在重新盖起来了。那一东一西的稻草棚棚，现在也换成瓦顶的东西厢房了。啊啊！这是一座三合院嘛！
>
> 噢噢！梁三老汉现在是一个三合头瓦房院的长者了。穿着很厚实的棉衣裳，腰里结着很粗壮的蓝布腰带。暖和倒暖和，行动起来却有些笨手笨脚，怪不灵便的。但是有什么办法呢？儿子和媳妇给自己做下了嘛！为了不辜负他们的一片孝心，只好穿得像一个客人一样，在院子里走出来走进去。
>
> "你们有孝心，我有疼心！"梁三老汉忠厚地想着，更带劲地干着庄稼院永远干不完的杂活。

---

[1] 柳青：《创业史》第一部，《柳青全集》第2卷，人民文学出版社，2005年版，第19页。

>　　后院里是猪、鸡和鸭的世界。前院，马和牛吃草的声音很响。管理着所有的家畜和家禽，对梁三老汉来说，活儿已经不轻了。但他不把这当做劳动，而把这当做享受，越干越舒服。猪、鸡、鸭、马、牛，加上孩子们的吵闹声，这是庄稼院最令人陶醉的音乐。梁三老汉熟悉这音乐，迷恋这音乐。
>
>　　但是当他醒来的时候，他依然睡在破草棚屋的炕上……[1]

这段梦境有时被论者征引，以证实梁三老汉并不只是讲求实际利益，他也有自己的梦想，这一梦想甚至被看作小农生产者梁三老汉的主要生活热情。[2] 这种分析实则把人物本质化和固化了。需要注意的是，这个梦境，是由作家柳青构造出来的。如，柳青控制着梁三老汉做梦的时机（题叙里，土改颁发土地证后）以及梦境的内容（稻草棚与瓦房院的对照、新棉袄等）、情绪（对家景和声音的陶醉）和界限（只有房屋，没有土地，没有村民）。这个被构造出来的"梦"，刻意凸显了某些内容而略去了其他。从梦境的内容（主要是对更好生活条件的向往）来说，它当然对应着相当的历史真实性。不过如果柳青把梁三老汉做梦的时机放置在1949年或1953年秋收之后，或者放置在《创业史》第二部的某处，似乎也并不会显得特别不合理。因为柳青把这个梦境构造为一个静态的家景，家景之外无外人。这个梦境并不涉及现实矛盾和历史发展状况，单纯承载了梁三老汉对于改善生活的渴望，因此被放置在合作化之前或之后都并无不妥。而柳青刻意安排梁三老汉在此时做梦，意味着梁三老汉在精神上被新中国土改这一历史境况的突变所带动，对家业的渴望被再次激发。我们可以推测，梁三老汉在20世纪30年代对家业

---

[1] 柳青：《创业史》第一部，《柳青全集》第2卷，人民文学出版社，2005年版，第18页。
[2] 严家炎：《谈〈创业史〉中梁三老汉的形象》，孟广来、牛运清编：《中国当代文学研究资料 柳青专集》，第364页。

的渴望并不会弱于此时（那时他也不知道自己发家的梦想会破灭），但柳青不会让他在那个时候就做这样的梦。即便在此时（颁发土地证后），柳青虽然让梁三老汉做梦以确证新中国带给旧农民的变化，但他并没有赋予梦境更多的社会内容，也就没有简单地划定梁三老汉的阶级属性。柳青只是说，在经历了颁发土地证这样巨大的历史变动后，梁三老汉这样的人就会被激发出相当大的新的生活热情。[1]但这是否就是梁三老汉的全部生活内容和目标呢？柳青认为是，但不全是。梁三老汉理解的父慈子孝和家和业兴带给他、他人、世界的安慰感、满足感，本可以是他的全部。但新中国还要把中国社会推向更好，当新中国成立初期的历史实践构造出新天地时，当这个历史动向推进到更深层面时，梁三老汉可以再变，而且实际上也的确变了，变得更加有尊严感，并为命运将他带入如此深广的境地而落泪。到《创业史》第一部结尾梁三老汉转变的时刻，柳青不但没有否定梦境中梁三老汉的生活理想，反而把它包孕在更具扩展性、包容性的尊严感之中。

梁三老汉在庄稼人们谈论灯塔农业社和社主任梁生宝的时候，他想起了他爹和他两辈子创业的历史。实在说：那不算创业史！那是劳苦史、饥饿史和耻辱史！他爹和他合起来，在世上活了一百来年，什么时候倒在一个冬天同时穿上新棉袄新棉裤来？总是：棉袄是新的，棉裤是旧的；几年以后，棉裤是新的，新袄又是旧的。常常面子是新的，里子是旧的，或者絮的棉花是旧的。土改后，梁三老汉曾经梦想过，未来的富裕中农梁生宝他爹要穿一套崭新棉衣上黄堡街上，暖和暖和，体面体面的！梦想的世界破碎了，现实的世

---

[1] 从小说的逻辑来说，这时梁三老汉虽然有了土地证，但他的生活处境跟新中国成立前其实类似，仍然有创业失败的危险，比如很难抵御生老病死、天灾人祸等无常之变。所以让梁三老汉在此刻做梦，更能看出梦境只是在修辞上凸显了新中国的新局面，并不能承载更多的内容。

界像终南山一般摆在眼前——灯塔农业社主任梁生宝他爹,穿上一套崭新的棉衣,在黄堡街上暖和而又体面!秋收后,宝娃子对他妈说,旁的什么都不忙,先给他爹缝全套新棉衣,给老人"圆梦"要紧!老汉说:

"宝娃子!有心人!好样的!你娃有这话,爹穿不穿一样!你好好平世事去!你爷说:世事拿铁铲子也铲不平。我信你爷的话,听命运一辈子。我把这话传给你,你不信我的话,你干吧!爹给你看家、扫院、喂猪。再说你那对象还是要紧哩。你拖到三十以后,时兴人就不爱你哩!寻个寡妇,心难一!"

但生宝娘俩,还是坚持给老汉"圆梦"。老汉想起这些,感动得落泪了。人活在世上最贵重的是什么呢?还不是人的尊严吗?

当排队的庄稼人顾客知道这是灯塔农业社梁主任他爹的时候,一致提议让老汉先打油回去,老汉上了年纪,站得久了腿酸。梁三老汉不干,大伙硬把他推拥到柜台前面去了。

梁三老汉提了一斤豆油,庄严地走过庄稼人群。一辈子生活的奴隶,现在终于带着生活主人的神气了。他知道蛤蟆滩以后的事儿不会少的,但最替儿子担心害怕的时期已经过去了。[1]

我们或许可以这样说,柳青认为,社会人群中就是存在梁三老汉这样的人:他们并没有本质规定性,他们的梦想可以随着时代的变化而变化,只是梦想的变化有时容易,有时非常困难。原因之一是,梁三老汉在新的历史情境下被激生出的梦想,是由他所身处的特定社会结构内在决定的。当社会结构内部只做出幅度相对不大(合作化之前,国家虽然巨变,但村庄内部的经济、生产、社会、组织等的变化并不大)的正

---

[1] 柳青:《创业史》第一部,《柳青全集》第2卷,人民文学出版社,2005年版,第433页。

面调整时，他们的变化就可以比较容易跟上（社会经济状况也能与之配合），梦想被激发也就顺理成章。这种梦想当然很好，父慈子孝，家和业兴。但当社会历史的推动速度和幅度超出他们的感知和构想，相应的社会互动又不足以让他们对历史推动者产生足够信任时，他们就会严守自己已有的感知界限而观望。直至历史推动者撬动局面达到一定程度，并在相当程度上回应了梁三老汉这类人对基于人心人情的交流沟通的需要时，他们才会慢慢觉得"他自己在精神上和王书记、卢支书、生宝他们挨近着哩！"，他们也才会逐渐随着人际关系、人心亲疏、人情厚薄等的改变而改变。一旦他们固守此前社会状况所给定的观念意识，无法理解历史推动者的工作，即便他们会动心，也很难进一步跟进。如《创业史》第一部第七章里，梁三老汉和梁生宝第一次正面谈心时，梁三老汉本来被生宝关于剥削的道理说动了心，可是当他一听到那些他所认为的不着边际的空谈时，又消解了之前的动心。[1] 其实关于剥削问题，原本就是梁生宝从上级会议中生硬地学来的，一定程度上也超出了梁三老汉能够理解的范围。梁三老汉觉得"动了心"，一方面源自某些感性经验，另一方面也是被梁生宝跟他谈话时的耐心、恳挚所营造出来的家庭亲和氛围所感染。也就是说，梁三老汉在动心的一瞬，其实已经超越了经济地位对他的规定性，但要继续扩大这一突破口，既需要经济层面的实际动作，也需要梁生宝开展更加深入人心的沟通和交流。梁三老汉的顽固，有时恰恰表明了他对后一层面的渴求。只有当梁生宝对他"心回肠转"，以及卢支书等人与他进行态度和蔼亲切的谈话、互助组其他成员与他有了更多的沟通之后，梁三老汉的心，才会在第一部结束时被群众议论深深震动，并为梁生宝感到自豪。而如此受人尊重的儿子又如此善待和尊重自己，梁三老汉感到另一种尊严。到第二部，他的"性气"

---

[1] 柳青：《创业史》第一部，《柳青全集》第2卷，人民文学出版社，2005年版，第99—100页。

也在新的历史状况下被释放得更具有社会性。这个时候梁生宝的"公"才有可能真的带动梁三老汉的"私"在历史中朝着"公"的方向运转，把"私"融入自身的内部。《创业史》第一部的结尾展现了梁三老汉尊严感的扩展，但其实尊严感生成和变化的历史与现实逻辑不在"尊严"自身之中。道德伦理在历史中、在不同的人身上的存在和发挥作用的方式，是因条件、因个体而有所差别的，这同样是梁三老汉和梁生宝的区别。经由梁生宝这种更具精神超越性的人物在特定历史条件下的努力开拓，旧社会梁三老汉式的旧梦境、旧理想仍然保留在了新社会之中，创立家业的私人梦想在一个更加追求公义公德的新社会里，得到了包容和扩展。如果我们结合小说的叙事过程来看，柳青在题叙中颁发土地证不久的时刻让梁三老汉做梦，是用这种构造性来凸显旧社会农民在新历史状况刺激下产生的精神状态，又在第一部结尾处让梁三老汉的梦想得以延续，毋宁是要凸显梁三老汉本身的被动性，他总是被更具超越性之人所推动的历史变动所带动和赋形，同时这种新形态，也是他觉得更好的自我状态。

从这个层面来说，我们就不能同意以下看法，即认为梁三老汉的转变，不决定于谁的主观愿望，而是取决于他的经济地位，取决于党对农民的领导和党的政策的贯彻。[1] 此类过于简化的论述，实则遗漏了柳青对合作化实践进程里中国人与中国社会之间更复杂关系的理解和观察，并把梁三老汉的顽固性回收到了以经济地位作为划分标准的阶级论之中，这也简化和忽略了梁三老汉在合作化实践中对于梁生宝、卢支书等人有着更多基于人心人情的渴望和要求（如他虽然觉得跟他们精神上接近，但为何迟迟有距离感）。他的确顽固，但这个顽固本身是历史情境构造出来的人物性格状态，它也可以在历史中被再次打破和重塑。用

---

[1] 严家炎:《谈〈创业史〉中梁三老汉的形象》，孟广来、牛运清编:《中国当代文学研究资料 柳青专集》，第364页。

阶级论将梁三老汉本质化，其实强化了只要农民走合作化道路便能"自动"获救的历史认识。这种历史认识，不但取消了梁三老汉转变过程中所实际存在的对社会关系的探问和对社会伦理的诉求，而且会误以为从私到公不需要更复杂的互动和过渡，从而以为只需要确立公有制，就可以让私自然地融入公，进而退出历史舞台。但柳青在《创业史》中的叙事恰恰观察到了社会主义在确立其制度性优势时的复杂性。"公"要克服顽固性的"私"，需要拥有更多更有效的实践方式和更多更有包容性的耐心，比如在认知上不能将顽固者本质化为自私狭隘的小生产者，以及需要对顽固者看似拖后腿的情绪给予更积极的回应和互动等等。由此，我们才有可能通过柳青的历史观察和文学实践意识到，要改变"创业难"，并不必然要全部依赖经济条件的改变，而社会的成功改造也并不只是依靠生产资料所有制的改造就能顺利完成的。梁三老汉对合作化的抵制，也并不完全是他作为小农生产者的"个人发家"的经济意识所规定的。对于他的顽固性，我们也应该从社会结构重组与互动的角度加以理解，并在工作意识和方式上给予充分的重视和创新。如果以柳青开启的这一视野来看新中国成立初期的创业史，如果进一步去打开社会主义的实践经验，实际上也会改变我们对于社会主义的"公"的感觉和体认，这同样涉及我们到底如何认识新中国的社会主义实践，以及中国社会到底还可以如何构成的问题。

### 三、天人交战

新中国成立初期的社会主义实践不断把"公"更深地扩展到整个国家社会系统，这包括社会经济制度层面对合作化的逐步推广。如果说前文谈到的梁家父子的公私观念的嬗变更多地体现出党内先进分子与党外群众的碰撞、牵引与磨合，那在合作化实践中，"公"的程度进一步加深，是否会在基层党组织内部引发新的问题？

我们以小说中郭振山的变化为例。

有论者认为，郭振山是"抱着个人目的参加革命、在革命过程中又没有得到很好改造的人，在革命的转折关头，在更为艰巨的革命任务面前，往往跟不上革命的发展，被现实生活甩在后面，甚至成为革命的绊脚石"[1]。的确，柳青在《创业史》中也说，"活跃借贷的失败，中农纷纷退互助组，粮食自由市场的紧张，使这个经济上还在向富裕中农发展的郭振山，头脑中已经形成了富裕中农的意识了"[2]。有人由此认为，"革命事业迅速地向前发展了，他却仍然停留在原来的水平上。个人主义迷住他的眼睛，使他看不清社会主义发展的远景，认为这是一条渺茫的漫长道路"[3]。

但郭振山并非一开始便如此。《创业史》在拉开蛤蟆滩的帷幕时，郭振山是这一社会空间里创世般的英雄，蛤蟆滩新局面的开创与他的勇武行为息息相关（当然郭振山是依托于中国共产党力量进入的），似乎整个蛤蟆滩只回响着他的说话音和脚步声：

> 土地改革的风浪，涌到动荡不安的下堡村来了。郭振山在稻地中间的路上走过去，踩得土地都在颤抖。他是蛤蟆滩第一个要紧人。他的热烈的言词和大胆的行动反映着穷佃户们的渴望土地和生产条件的意志。由于缺乏睡眠，他大眼珠经常罩着血丝网。[4]

---

[1]徐斗文：《蛤蟆滩的"三大能人"》，孟广来、牛运清编：《中国当代文学研究资料 柳青专集》，第383页。

[2]柳青：《创业史》第一部，《柳青全集》第2卷，人民文学出版社，2005年版，第405页。

[3]徐斗文：《蛤蟆滩的"三大能人"》，孟广来、牛运清编：《中国当代文学研究资料 柳青专集》，第381页。

[4]柳青：《创业史》第一部，《柳青全集》第2卷，人民文学出版社，2005年版，第56页。

这个英雄般的党员一开场并不是孤立的个人英雄，而是能深刻影响和左右蛤蟆滩最出色青年之一改霞的英雄。改霞眼中的这个新中国造就的新英雄，就与梁三老汉眼中的能人形象不同：

> 这个很会说话的强有力的农民共产党员，在下堡乡五村，是改霞最崇拜的人物，他最会解人心上的疙瘩。蛤蟆滩流行一种私下的议论，认为论办事的能力，郭振山不在他乡支书卢明昌之下；振山光是户大口多，贪家事，才没脱离生产。改霞在心里同意这种看法。妈告诉过她：郭主任年轻时，地不够种，担着瓦盆串乡村卖。他把担子放在某一个村当中一吆呼，召集起许多妇女。他会把那些仅仅来看看他的货色而根本不想用粮食换瓦盆的妇女，说得高高兴兴改变了主意，并且暂时认为：只有在那一天用粮食换瓦盆最聪明，最合算。郭振山就是这样善于运用语言的魔力！
>
> ……改霞崇拜郭振山，还因为这个精明的庄稼人对她是兄长般动机纯洁地关怀。他把一个无依无靠的寡妇的女儿，引导到下堡乡五村的政治舞台上来，使她这个农村闺女，尝到了她所没有梦想过的社会斗争的生活滋味。现在她是下堡小学的团支部委员。她觉得解放后，天也比解放前蓝，日头也比解放前红，大地也比解放前清亮。她内心投向社会事业的欲望越来越强烈，总觉得她要有所作为，才不枉解放，才不枉党的教育、培养……[1]

改霞眼里心中的郭振山热情真诚、友爱纯洁[2]，而且在她看来，党

---

[1]柳青：《创业史》第一部，《柳青全集》第2卷，人民文学出版社，2005年版，第41—42页。
[2]即便到第一部结尾，改霞虽然认识到郭振山的引导跟时代的要求有距离，但也没有否认郭振山动机的纯洁，也没有忘记当年她最需要帮助的时候郭振山帮助了她。

所带来的解放时代是与郭振山的这些品质共生的。蛤蟆滩当然还有其他党员，但青春期的改霞在观念认知上的成长，她对社会和时代的感觉与理解，主要是经由郭振山伸出的双手的力量和温度来实现的。郭振山的双手能帮助改霞剥离多少旧社会、旧道德的外壳，她就能感受到多少时代解放所带来的阳光，以及阳光所能照亮的深度，并顺着阳光的方向滋长自己的革命欲望。尤其这几年，在郭振山之外，我们见不到蛤蟆滩任何其他人跟改霞有实质性的互动。

郭振山的影响力不仅如此，他在蛤蟆滩的荣耀还在于他对全村的贡献：

> 郭振山站在桌旁，背靠着白泥墙讲话。泥墙上，两面缎子锦旗发光：一面是一九五〇年夏征红旗竞赛，本村是全黄堡区第一；另一面是为了一九五一年抗美援朝爱国运动，本村搞得最热烈。这两面奖旗是郭振山领导下的下堡乡五村的荣耀。任何人走进这草棚屋，他都要增加几分对郭振山的敬意，心里暗暗对自己说："噢！这是个先进人物哩！"[1]

郭振山不只是一个传统意义上的乡村能人，更重要的是，他曾是能够配合国家的政治运动、带领村庄获得国家荣誉的"先进人物"。两年前（仅仅两年前）的他热爱家业，但同时与国家所要求的"公事"并不矛盾。他是两年前公私统一的典范。如果单纯从《创业史》题叙结尾处所谈的矛盾与统一性本身来说，郭振山也曾符合柳青的要求。

但问题恰恰出在历史的发展和变化之后。两年后的郭振山的确让村里人觉得变了。当国家政治在新的历史状况下要推动合作化，重新打造

---

[1]柳青：《创业史》第一部，《柳青全集》第2卷，人民文学出版社，2005年版，第47页。

新的农村经济结构和社会运作机制时，就需要引导农民去重新构想，也势必要求党员和干部具备应有的品质和伦理精神，而郭振山却仍以他在之前历史状况下塑造出来的处理方式来应对问题，因此农民认为他不够贴心，认为他变了。此时，"公"的历史内涵变了。比如高增福是这样感受的：

> 高增福在回转的路上，心是凉的，腿是软的，脑袋是木的。他感觉到郭振山对他的关心和表扬，是空洞洞的，没有价值的。他感觉到自己前途茫茫，往后的光景难混了。他承认不该挡富农的粮食，郭振山比他更懂得政策。但是郭振山的言词，他说话的神气和他的笑，却表现出他现在已经变富了，不再能体会困难户的心情了。他再不能像解放初期，特别是土改初期发动贫雇农的时候那样，对穷苦人说些热烈的同情话了。这个在村里威望极高的共产党员的变化，给可怜的高增福精神上增添了负担。[1]

> "哭做啥！"他责备自己软弱，"骨头挺硬！到哪里说哪里的话！你不是从旧社会也熬出来了吗？即便郭振山靠不上了，共产党不是只他一个人，怕啥！"[2]

郭振山的确变得不能像梁生宝那样，去发现并体贴农民在新的社会

---

[1] 柳青：《创业史》第一部，《柳青全集》第2卷，人民文学出版社，2005年版，第70页。
[2] 柳青：《创业史》第一部，《柳青全集》第2卷，人民文学出版社，2005年版，第71页。

状况下的艰难处境,并敢于把农民在活跃借贷中的不幸遭遇担当起来[1]（郭振山曾经敢于担当）。可至此为止,郭振山都不能算一个应该被排除在革命事业之外的社会成员,更何况他仍然还是党员。但我们自始至终没有看到任何上级党组织（无论卢支书还是王书记、杨书记）或同级党内同志（梁生宝还曾与他愉快共事）,用无比耐心地对待梁生宝的方式来对待郭振山。卢支书与他的谈话更多是批评指责,梁生宝则总是囿于个人情绪而尽量回避与他谈话[2],其他的互动方式更是看不到。当梁生宝进山砍竹推动合作化进程中碰到任何困难时,党总是出现在他身边,给予思想上、物质上的帮助。但郭振山发生"天人之战"时,他是独自一人。

郭振山啊！郭振山啊！有几千年历史的庄稼人没出息的那部分精神,和他高大的肉体胶着在一块,难解难分。旧社会在他的精神上,堆积了太多的旧思想,卢支书已经批评过他了,他刚才开始进行自我分裂。是共产党员郭振山战胜呢？还是庄稼人郭振山战胜呢？

家人们散去以后,他浑身冷汗,独独躺在被窝里。共产党员郭振山痛斥庄稼人兼卖瓦盆的郭振山：

"你胡思乱想个啥？你想往绝路上走呀？放清醒点！你把眼睛睁亮！你怎敢想离开党？要在党！要在党！离开了党,蛤蟆滩的庄稼人拿眼睛能把你盯死！离开了党,仇人姚士杰会往你脸上撒

---

[1] "大伙听了生宝和有万的谈话,霎时间高兴得沸腾起来。生宝从他们身上,卸下了沉重的精神负担,他们顿时感到轻松了许多。他们用喜欢和感激的眼睛,在刚刚上来的月光中,盯着生宝敦厚的脸盘。他们恨不得抱住他,亲他的脸。他胸怀里跳动着这样一颗纯良而富于同情的心。"柳青:《创业史》第一部,《柳青全集》第2卷,人民文学出版社,2005年版,第127页。

[2] 全书梁生宝只有两次跟郭振山对话,一次是在第8章的结尾,一次是在第29章。

尿呀！……"

在一霎时间，事物在创业的庄稼人郭振山眼前，显得比较清晰了：党是伟大无比的力量！它现在有效地掌握了中国历史的发展！它的政策影响着每一个中国人的生活——它使饥饿者食饱，使奢侈者简朴，使劳动者光荣，使懒鬼变勤，使强霸者服软，使弱者胆振，使社会安定，使黄堡镇的集日繁华……而他郭振山呢？一个普普通通的庄稼人，只有在执行党的政策前两年，人们才真正重视起他来。离开了党，他就重新只剩下一个高大的肉体，能扛二百斤的力气，和一个庄稼人过光景的小聪明啰！

郭振山听了难受。他这代表主任已经失去控制蛤蟆滩局势的能力了。村内的事态，离开他的影响，各自发展着：富农对他似乎不再有所畏惧；贫农对他好像也没有什么指望了。梁生宝和冯有万，也不来请教他，要求他指点他们进山应注意的事项。他听孙水嘴滔滔不绝地说着，听着听着，脑子里就明确了一点：他已经被自己的自发行为，拉出了蛤蟆滩的斗争行列。他已经变成革命的局外人了。难怪卢支书拿不喜欢的眼光看他哩。[1]

郭振山已经从一个危险的思想里，苦斗出来了。他竭力往宽处想，往亮处想。他警告自己：只要和姚士杰居住在这同一个行政村，就永远也甭离开党！姚士杰和他的仇恨，在两人同时都在地球上活着的时候、是解不开的。他倒是经过土改，解了点心头之恨；而姚士杰则更仇恨他了，其所以不敢向他龇牙咧嘴，仅仅因为他这阵站在好汉台上。对他来说，离开党等于自找苦吃。一对一，他怎

---

[1] 柳青：《创业史》第一部，《柳青全集》第 2 卷，人民文学出版社，2005 年版，第 157—158 页。

么能拼过姚士杰呢？他想开了，决定接受卢支书的批评：把投资给韩万祥砖瓦窑场的大米，改成定买砖瓦，推脱"做生意"的指责。至于互助组，他只有忍受卢支书的批评和王书记的冷淡了。他只有等待看生宝最后能弄成什么样子，再说话。他不能拿十几口人的光景孤注一掷嘛。自己既不愿积极响应党的号召，就不能像土改时那样好叫人表扬了。他决定：闷倒头过日子吧！[1]

当然，郭振山以自我分裂的方式展开天人之战，是由作为作家的柳青设置的。此处我们暂且跟随柳青给出的逻辑来理解：看似共产党员的郭振山战胜了庄稼人兼卖瓦盆的郭振山，他仍然决定依靠党，但这时的他在组织结构关系中完全变得不同。党被界定为与姚士杰斗争的工具，因而党的社会目标的任何调整都变得与郭振山没有内在关联，郭振山只需要亦步亦趋地跟随党即可。郭振山把自己理解为党—富农姚士杰利益结构关系中的产物，当他越是依靠党与姚士杰争夺利益和势力，他也就越是把自己规定在了姚士杰的范围之内。而这之外的其他因素，即便曾经对他很重要，但在他现在的思想意识和精神伦理结构里，也不会再真正被重视。比如他曾无私且真诚关心过的改霞，最后责怪他，疏远他，对此他认为：

> 他给改霞出主意，一片好心肠，只是碰得时机不巧。自己没什么歪心眼，他问心无愧！改霞不高兴他吗？他不到柿树院去串门，不结了吗？谁离了谁，过不了日子呢？至于互助组，是个临时季节性的互助组。改霞她妈找到门上，互助上两回；不找他，拉倒！什么了不起！[2]

---

[1]柳青:《创业史》第一部,《柳青全集》第 2 卷,人民文学出版社,2005 年版,第 160 页。
[2]柳青:《创业史》第一部,《柳青全集》第 2 卷,人民文学出版社,2005 年版,第 405 页。

郭振山在这里表现出的对改霞的情绪上的不耐烦，与我们在前几章中看到的他与改霞家的亲密无间的互动形成了巨大反差。即便郭振山觉得改霞无礼，按照他最初与改霞家建立亲密关系的逻辑，他完全会有耐心等事后去找改霞妈妈谈心了解情况。可当郭振山把自己界定为党—姚士杰结构关系中的存在时，他其实很难在这个新的结构中恰当地安放之前多年乡里乡亲患难交往所产生的生活情谊。这实际上会影响一个人感觉生命世界里那些看似软心肠实则有重要意义感的部分，这些部分在他新的结构图景中变得可有可无。如若有，他也会重视、高兴；但若出现其他状况，他也不会努力解决——"谁离了谁，过不了日子呢？"。这部分内容即便不会在他意识中被淡化，也很难经受误会、谣言等波折和考验。当面临这种小波动时，郭振山可能更多地会像这次对待改霞的态度那样，没有耐心再去细致处理。当这些护持生活意义的空间和激发生命意义感的因素在生活中变得没有重要位置时，郭振山也就会越来越觉得一切印证了他的话：谁都离得了谁，除了能给予他权力的党。在郭振山自我意识的构造关系发生变化之后，他的整个生活空间也在随之变形，而他自己对村庄社会的感受方式、情感反应方式，也会随着空间的重塑（不断切割、压缩和窄化）而变得向某些特定的方向发展。比如，他会比之前更加无须自责地在政治上投机。

但我们也看到，郭振山的自我意识构造方式并不必然会在历史中变成这样。尤其与梁生宝在成长过程中所获得的帮助相比（柳青指出梁生宝的每一步进步都与党的指导分不开），郭振山几乎一开始就被党组织指责、孤立。我们当然可以责怪此人在革命事业中的蜕变，但如果当时的党组织更有耐心地对待这样的党员，及时地引导和纠偏，郭振山并不必然会走向"性气"如此扭曲的人生。

另外，我们很难把郭振山的性格发展逻辑，单纯看作是柳青为构造人物关系的需要而设置的。对柳青而言，如果新中国成立初期合作化运动中的实践经验充分开展出了如何恰当对待郭振山这类农村干部的工作方式，很难相信他会为了小说故事的构造而回避现实中这么重要的经验。更大的可能是，中国共产党的历史实践既没有在农村实际变动中耐心对待郭振山，柳青也没有在文学书写机制中通过人物构造来反思历史实践经验中存在的这一问题。比如，从郭振山天人之战的自我整理方式来说，他对自己经验的整理，几乎没有涉及他当年如何与郭世富斗争，并在稻地赢得威望，被穷雇农当作被压迫者的领袖的诸般经历。更重要的是，当时党的力量还没有进入蛤蟆滩。也就是说，郭振山的威望并不必然要依靠党，即便依靠党，他与党的关系的构成也并不只限于利害得失。柳青让郭振山在最关键的自我斗争中忽略这一点，并非柳青刻意的文学技法，而是柳青共享着20世纪50年代中后期便开始的关于合作化的官方历史叙述：合作化是中国农村的必然且正确之路，必须无条件不犹疑地投入党所规划的国家发展方向之中，没有别的选择；一切犹疑都是障碍，党的工作正确无比；只存在"私"无条件服从"公"这一种形态。正因如此，柳青才会让郭振山自我反省，但又不让他充分反省自我经验中的重要部分。柳青对历史的认知决定了小说人物和情节的走向与变化。

这实际上提出了一个问题：我们如何理解历史中每个时刻的实践所面对的那个被"理"所确指、实际上又更为复杂的社会体？卢支书、王书记、杨书记的确帮助了梁生宝很多，这对于梁生宝的成长、合作社的成立，都非常重要。和睦顺畅的干群关系也是我们今天仍然会肯定初级合作社这一段历史的重要原因之一。但在我们肯定的目光之外呢？那看似被历史自然淘汰的曾经英雄、如今没落的郭振山呢？如何才能让他回到我们讨论文学和历史的视野之中？看似辉煌的历史中有没有暗淡灰色的背影？在新中国的那段辉煌历史中，如何才能给他一个恰当的位置，并用这一重构的视野重新讨论我们对于合作社的理解,对于"实践"的理解,对于"社会"的理解呢?

## 四、结语

从这样的分析出发,我们也许可从对柳青《创业史》的再讨论中,打开20世纪50年代历史实践经验的诸多思想意涵。

比如,我们很容易认为《创业史》以文学的方式高度配合了中国共产党的政治叙述。但实际上我们看到,柳青以文学的方式叙述了他所理解的更为复杂的历史动力机制所在:梁生宝、梁三老汉这样的中国人重新被带动和被激发,他们的"性气"在社会组织结构中重新被抒发,才是20世纪50年代初期新中国获得巨大成就的关键,而不只有赖于政治制度和社会经济制度的建立。中国共产党在新中国成立初期政治实践中所激发出的新的人心性气,使得我们在理解何为"中国人"时,可以超越之前的固定化理解。而柳青的《创业史》所努力去把握和描述的,正是在这段历史里中国人的旧状态是如何被改变的,新状态是如何被塑造的。

《创业史》同样也挑战了我们之前对于历史的认知和叙述。我们一般都认为新中国成立初期历史实践获得的成就巨大,柳青实际上也非常肯定这一时期的实践成果。但我们通过对郭振山的分析可以看到,这一实践过程内含隐患。当中国共产党在新中国成立初期频繁推动工作计划时,它的这些政治路线、方针政策往往会在社会层面形成各种新的道理,比如小说中的郭振山、梁生宝就比较擅长学习完阶段性政策之后回村传达。而传达的这些政策文件,又在村庄里形成舆论(梁三老汉就差点被梁生宝所传达的文件中关于剥削的"道理"说动了心)。中国共产党在认知和打造社会时所颁发的政策文件随着对现实状况的构想认识的变化而变化。这些政策文件触及中国社会的程度不同，有些会与中国社会中既有的观念、意识、伦理、情感等磨合，并在不同阶段的实践中激发和塑造出不同性格能力的人，以配合中国共产党所希望推动的实践工作（如土改时期的郭振山）。但"时"有变，有些应"时"而生的"理"也要/该变。这些变化了的新的"理"有时能相当有力地回应现实的新状况，又会激发和塑造新的性格能力之人（如梁生宝）。反过来，这些新人自身努力到一定程度，又会引发村庄社会情势的变化，人们的日常交往、伦理感情也会因势再生再造（不断调整发抒"性气"），并在这种再生再造中积淀、形塑和重构中国社会的感觉意识与伦常习俗。比如，人们会逐渐肯定梁生宝的"公"，贬斥郭振山的"私"。可这些历史构造过程的每一步都需要重新检讨。也许在取得最辉煌成就的时刻，恰恰就隐藏了极大的危险。比如，"公"的形成一定与"私"势不两立吗，"公"与"私"的内涵是如何在历史中不断变化？郭振山的"私"必然与"公"无缘吗？他对"私"的感觉意识的变化，本身是否也是随着"公"的内涵边界的移动和施压而在不断变化？实际上，在新中国成立初期历史实践经验中，公与私可以在社会运转机制下形成更加互为包容的关系。在新中国成立初期历史实践获得高度成就的时刻，其内部却已然包含着危机和克服危机的可能。

这也是柳青《创业史》的独特视角为我们提供的重新理解和认识中国的契机。我们看到，新中国成立初期的良好社会状态，更多地体现在中国人"性气"在社会生活中的抒发顺畅，并在这基础上使得整个社会组织和工作的运转达到一个高度。这不只是一个国家经济组织方式问题，更是一个中国人的精神伦理以何种方式才能被重新打开，进而重组现代社会的问题。抽象地肯定柳青作品的政治性或伦理性，其实都缺乏内在于柳青作品的历史穿透力：新中国成立初期实践经验的关键之一恰恰是既能激发中国人的"性气"，又能将这种中国人重组到社会之中，从而应对现代世界的挑战。公与私、集体与个人、国家与社会并非必然互为排斥，两者在历史中建立起互为支撑的生长关系，进而形成互为需要的有机体，是有历史可能性的。基于这样的理解，我们或许便可在历史经验之中重新讨论"现代中国"如何构成的问题。也是在这样的视野下，我们可以发现，在西方自由主义式个体和高压式的集体主义之外，柳青以《创业史》的文学书写表明，新中国的历史经验曾经提出了"再造中国"的另一条路。

# 第三章（上） 从赵树理看李凖 20 世纪五六十年代文学创作的观念前提和展开路径
## ——论另一种当代文学[1]

## 一、引言

长期以来，中国当代文学的形态多以赵树理、柳青、周立波、浩然等的具体文学特性为表征，这一表征序列构成了文学配合政治的红色经典谱系，并以其创作方式上对典型环境中典型人物的塑造，被冠以社会主义现实主义之名。文学为政治服务，社会主义现实主义，赵树理、柳青、周立波、浩然等，这三者构成了我们对革命文学的基本认知要素，并以此为基本构架来认知革命实践的文学属性。但依照这一认知脉络来理解和观照中国革命实践内在结构的丰富性和复杂性，会面临诸多挑战。

---

[1]说明：由于李凖晚年希望使用"李凖"一名，本文在论述时，一律使用"李凖"；但本文由于时间跨度较长，李凖早年和晚年著作署名不一致，本文涉及著作时，一律以出版时署名为准。如《李准小说选》，又如《老家旧事——李凖夫人自述》。

比如，对于作家李準（曾写出《李双双》《黄河东流去》等影响巨大的小说）来说，这种当代文学的属性特征就很难简单适用于他。李準在1981年《李准小说选》前言里谈到别人如何评价他的小说时说："有些人说，我的优点就是及时地配合政治任务；另外又有些人说，我的小说失去价值就在于太积极配合政治了。"[1]李準对此不以为然，也不辩解。李準小说与政治到底构成了什么形态？这种形态关系在历史中是如何被构建和生成的？在配合政治这一维度之外，李準的文学创作实践是否还拓展了其他维度？这种拓展对于理解革命实践来说，意味着什么？这样的创作方式还能带给我们对中国当代文学什么样的新理解？这是本文要讨论的核心问题。

李準（1928年7月4日—2000年2月2日）共出版小说集和电影剧本集23部。这23部小说集和电影剧本集中有6部是1959年出版的，这一年适逢中华人民共和国成立十周年。1959年出版的《车轮的辙印》一书，收录的即是李準1949年以来的小说，共选录10篇[2]。1961年出版的《李双双小传》收录小说4篇[3]，这4篇小说都写于1959年下半年到1960年上半年的一年之内，且全都与人民公社有关。在以《李双双小传》为书名的短篇小说集出版之后，李準实际上再没有出版新的短篇小说集，只是到1977年才对《李双双小传》再版，以及1981年应四川人民出版社之邀，选编了他近三十年的小说共20篇。

在观念前提层面上说，李準文学实践形态的生成当然是以《讲话》

---

[1] 李准：《李准小说选·前言》，四川人民出版社，1981年版，第4页。
[2] 它们是：《不能走那条路》（1953年10月）、《白杨树》（1954年1月）、《孟广太老头》（1954年7月）、《雨》（1954年4月）、《小黑》（1955年2月）、《冰化雪消》（1954年6月）、《信》（1957年1月）、《"三眼铳"掉口记》（1957年9月）、《一串钥匙》（1958年12月）、《三月里的春风》（1959年8月）。
[3] 它们是：《李双双小传》（1959年3月）、《人比山更高》（1958年10月）、《两代人》（1959年10月）、《耕云记》（1960年4月）。小说集里的《春笋》（1961年4月）是出版时刚写完，临时补录的。

为指导原则的。但这是这一时期新中国作家们共同面临的处境，并不是李凖所独有。抽象地说《讲话》作为观念前提，解释不了李凖的具体创作形态，比如，为什么他与同样以《讲话》作为指导原则的赵树理在创作实践上表现出这么大的差异性？文学试图捕捉、追踪政治，共同推动、引导社会现实变化，这种实践方式从1942年的《讲话》以来就成为中国共产党文艺工作的方针。而且与李凖新中国成立后才登上文坛不同，赵树理新中国成立前就被认为是最集中体现《讲话》创作原则的作家，"赵树理方向"也曾被作为解放区文学的成就和标志。按理说，赵树理对《讲话》的理解，以及在创作实践上的经验，都比李凖更为娴熟和丰富，可新中国成立后，赵树理的创作越来越少，李凖反而新作不断。[1]

至少从表面上看，并不是李凖找到了另一种创作原则。李凖不仅说赵树理是他一直佩服的作家，且在1955年创作谈里，对自己创作动机和方式的叙述，也跟赵树理的创作谈有很多类似之处。比如他们都强调工作在实践上和逻辑上先于创作（这是革命文学区别于"五四"文学的关键特征之一）；都强调文学服务于大众、服务于工农兵（这是革命文学的另一个重要特征）。[2] 在这些相同的革命文学原则指导下，却发展出差异极大的文学创作形态，个中缘由，值得重视。从革命文学内部脉络的差异性中，来考察李凖的特殊性所在，也便于我们观察革命文学自身构成的丰富面向和多种可能。因此，我们在讨论李凖五六十年代创作

---

[1] 与1949年之前相比，赵树理在1949—1959年的十年里，发表小说仅有《登记》（1950）、《求雨》（1954）、《三里湾》（1955）、《灵泉洞 上》《锻炼锻炼》（1958）、《老定额》（1959）6部，被文坛普遍认可的只有《三里湾》。这与1953年初登文坛至1963年的十年里便发表40多篇小说的李凖差异巨大。

[2] 参见李准：《我怎样学习创作》，李准、未央等编：《我是怎样学习创作的》，长江文艺出版社，1956年版，第1—4页。《赵树理全集》第3卷，大众文艺出版社，2006年版，第349—350页。《我的宗派主义——谈话摘录》，《赵树理全集》第4卷，大众文艺出版社，2006年版，第492页。

实践背后的历史结构和观念前提时，不妨以赵树理新中国成立前后创作状态的起伏作为参照，来观察李凖的特别之处，这或许可以帮助我们思考中国当代文学是否有另一种同样植根于革命实践的文学经验和形态。

## 二、终点与起点：从赵树理看李凖20世纪50年代的文学观念前提

赵树理曾谈道："我有意识地使通俗化为革命服务，萌芽于1934年，其后，一直坚持下来。"[1]可见，赵树理从"五四"文学的精英化转向面对农村群众的通俗化和大众化，要远远早于1942年的《讲话》。用赵树理自己的话说：

> 我在学生时期，常把自己爱好的文艺作品（《小说月报》上的）介绍给家乡的老同学或我的父亲看，可是他们连一篇也看不下去，我自己最初也是经过王春费了很大气力才读下去的，因而使我怀疑了那种作品的群众性，同时产生了写大众化作品的想法。1933年在太原，我把我的意见向王春说了，王非常赞成，我便开始了用群众语言试写东西。先写了半部长篇，题名《盘龙峪》，发表于史纪言等编的小报副刊上，又写过一些有关这种主张的文章。但和同志们争辩的结果，我孤立了。抗日战争开始以后，我又用这种语言写作品，在太行山的文艺界一直得不到承认。后来被党的宣传部门重视了，把我调到太行新华书店当编辑。[2]

---

[1]赵树理：《回忆历史，认识自己》，《赵树理全集》第6卷，大众文艺出版社，2006年版，第474页。
[2]赵树理：《我的宗派主义——谈话摘录》，《赵树理全集》第4卷，大众文艺出版社，2006年版，第492页。

赵树理1933—1934年对大众化的理解是否直接呼应当时左翼的文艺大众化讨论，这一点可以再辨析。他先于《讲话》就自觉将文学定位为服务于政治、服务于大众，这倒是值得注意。这意味着，赵树理在进入《讲话》文学体制之前，有一个较长时间的以文学直接把握大众的实践经验过程。且不同于左翼文艺大众化的是，赵树理希望更直接、快速、有效地使文学抵达和作用于农民，这使得赵树理对文学的特定形态有着特别的要求，比如语言、形式要向大众靠拢等[1]。赵树理越过了政治政策，直接用文学去把握农民。与赵树理不同，中国共产党的政治视野并不是一直就关注农民，新中国成立后也不只是关注农民这一个阶层。而作为新中国成立后出现的作家，李准也关注农民，但新中国成立后进入文坛的他，一开始便是运用文学去理解和把握政治的方向，再透过这个视窗去构建理解社会的框架，包括农民。从这一点来说，我们可以隐隐感到中国共产党的政治视野在新中国成立前后的变化所带来的对文学牵引力的差异，以及革命文学内在脉络的多样性构成。

赵树理先于《讲话》的倡导而转向大众化，并自己坚持摸索实践路径，这是基于中国社会结构在近代出现的形态特征和"五四"文艺脱中国化的特点。中国古代有文人文化传统和民间文化传统，二者并行不悖。在这个结构中，文人的文学和文化不需要直接作用于大众。但近代以来中国遭遇的危机，使得这一结构在新的冲击力下发生位移，使得文学以"国民"为统一对象直接承担启蒙大众的任务，尤其到五四运动前后，文学的这一重任格外突出。但五四运动以来的文学逐渐发展出赵树理所说的脱离中国大众、脱离中国实际的形态。不过，这一弊端需要放

---

[1] 赵树理还提到，"我不想上文坛，不想做文坛文学家，我只想上'文摊'，写些小本子夹在小唱本的摊子里去赶庙会。三两个铜板可以买一本，就这样一步一步去夺取那些封建小唱本的阵地。做一个文摊文学家就是我的志愿"。见陈为人：《插错"搭子"的一张牌——重新解读赵树理》，第18页。

置在中国社会结构在近代发生位移的历史特定形态中来理解。

文学要直接作用于现实,并不一定必须直接面对大众来构成自己的文学形态,不一定必须使用俚语、俗语等。它可以形成某种叙述方式,把大众的现实处境包裹进自己的叙述之中。但这意味着这种文学形态的内在视野需要对中国社会具有特别的结构性洞察力。"五四"文学的确没有发展出这么具有含摄性的形态。而赵树理针对其偏向,要直接回到农村农民,这的确也显示出了赵树理的活力,并能揭示出农民所处的苦境;可他过于集中在农民,而且是农民在特定时期表现出来的痛苦,以此作为自己文学扎根于现实的基础。这导致他过于直接地针对"五四"文学形式上脱离大众的弊端,且将着力点过于靠近他所见的特定历史时期的大众现实状况。

赵树理希望将文学直接面对现实。可面对国家的时代困境,如果要真的考虑大众的福祉,就需要将大众放置在社会结构的特定历史情境之中,如考察农民的特定困境。当然,文学并不是只有具备了这种总体性才对大众有认知和激发意义。但文学若要直接面对大众,并具有赵树理所希望的功能和意义,它需要承受和考虑的,就不能停留于某一阶层的特定历史境遇下的状态。赵树理一开始试图以文学直接抵达现实,这没问题,可这一意图过于聚焦于历史中某一阶层的特定形态。这实际上会使得可以对现实生活世界保持深入且平衡性把握(我们后文还会谈到文学如何才能尽量保持平衡)、以便更好理解生存于世的农民、为他们提供如何理解自身历史处境的大众化文学,在中国社会结构内部的功能发生了倾斜。换句话说,赵树理的文学理解中,有一个核心指向是,他的文学形态是对特定时期、特定历史环境压力下中国社会形态的回应,是过于针对"五四"文学形态的直观反弹。文学直接面对现实时,它可以深度承接近代以来中国社会结构位移所要求的、更为沉重复杂的民族和时代任务,且对这一结构位移中农民状况的历史构成做出深入分析,并以此为其观念意识基础。而赵树理的文学理解虽然试图以文学直接把握现实，但他却过于直观地去把握他所见的现实。

比如赵树理在1949年的《也算经验》中强调的是，他的大众化文学基础是农村生活现实。不过，恰恰由于中国共产党政治也触及农村，这才与赵树理的经验发生颇为自然地"碰了头"。这也是赵树理认同中国共产党政治的基础。也就是说，我们可以把赵树理的文学创作与中国共产党政治实践理解为某种平行线，只不过在某一历史时刻交汇了。赵树理认同中国共产党的政治实践，可政治对于赵树理的文学内在机制而言，并不起绝对的主导作用。或者说，并不是赵树理主动去寻找中国共产党政治，而是政治在再次深入农村时，碰到了已经在山西农村驻足的赵树理。虽然中国共产党也强调政治工作要接近大众，可语言上接近大众，是否就意味着能使文学更好地为大众服务，这是需要再思考和再讨论的。但赵树理执着于此，认定于此。赵树理坚持自己所看到的农民的苦乐，以此为基础来接受政治的规划和构想。但赵树理所看到的农民的苦乐，第一，的确是苦乐，可第二，它们是否真的就是农民在历史变化中真正所愿所喜的苦乐，这是值得再讨论的。这涉及如何更深入理解农民，以及中国共产党在不同时期如何理解和处理这些苦乐的问题。同时，这就涉及中国共产党如何理解"事实"上和"现实"中的苦乐。

《讲话》虽然也强调文艺为工农兵服务，但实际上中国共产党在政治推动过程中发现，群众工作方式在不同时期的结构性关系中，需要不同的理解和设计。简单地说，1949年之前，当中国共产党尚处于争取全国胜利之时，她需要争取更多社会力量的认可和配合，这时她会更多考虑社会群体的现实需求，并设法满足。政治理解和政策制定及工作方式也会更多考虑这一层面。在这时，赵树理反映和呈现农民现实困难和中国共产党工作中的不足，是能够直接配合中国共产党此时的政治意识和社会理解的。赵树理和中国共产党的协作也表现得更恰切。"赵树理方向"的树立就表明了这一点。在1949年之前，中国共产党并没有对中国获得绝对支配性时，它对中国社会的理解层面、分寸和处理方式与1949年之后存在着差异。新中国成立后，中国共产党从抗战、解放战争时期的局部政权变为全国性政权，此时她要面临如何理解整个中国社会结构发展的问题。中国共产党的政治理解与中国社会结构发生更大规模和体量的碰撞，使得她所开展出来的政治实践形态与她作为局部政权时的政治实践形态不同，其对中国社会各阶层的调动深度也不同。

新中国成立后的政治构建实际上改写了观照现实的观念前提和基础，并要求作家按照这一政治构建来改造自己的认知构架。这也就使得《讲话》所说的文学与政治关系，实际上也需要调整。虽然同样是文学服务于政治，但新中国成立后的政治感，已经与新中国成立前的政治感不一样了。同样，政治感的变化，也导致农民在这一政治感中的位置也不一样。赵树理仍坚持以农民喜乐为准来理解文学和政治，但政治眼中所构想和所理解的农民喜乐已经不一样了。如新中国成立后，当中国共产党的政治构建要整个社会配合其合作化进程时，她被信赖的其中一个理由是能带动社会群众进入更好的状态，群众也的确在这一合作化进程中发现自己可以表现得更加精神焕发。但赵树理一直坚持自己所依凭的农民立场。

换句话说，文学可以选择任何一个切入点，无论大小、层位，它甚至可以将政治包裹在自己的视野之内。但在20世纪30年代后期，中国共产党在抗战后表现出来的活力更为充分地应对了中国社会困境。这一时期的政治比文学更好发挥出翻转中国社会的创造力。这时期的文学，特别是革命文学，开始认同和依赖中国共产党的政治实践，以政治为中介来理解中国。尤其是《讲话》式文学叙述背后的观念意识，受到中国共产党政治视野对社会时代特征的穿透性的影响。其次，即便是服务于政治的文学，也可以像赵树理那样固守自己的视角。可它的对象在不同历史时期的社会结构中的状态却不是固定的，是受制于政治对它在社会结构状况位置的不同理解和构建。坚守自身视角的文学需要伴随视角对象的起伏，以及视角对象背后的社会结构状态的起伏，来思考其命运和福祉。中国共产党的政治视野在新中国成立后更加把中国各阶层放置在整个社会结构中来理解和构想，它会在不同时刻根据它对时代任务的不同理解，来决定聚焦还是暂时推远某一个阶层的苦乐悲欢。在这种变化的政治感中，任何一个阶层都是在一个结构关系中与其他阶层形成配合。一旦对象在历史中起伏变化，文学的视角实际上需要在历史中重新校准，以确保自己的对象仍是对象自身，而不是文学视角固定化之后构造出来的对象侧面、剪影。

  赵树理一开始尝试用文学直接抵达和作用于现实，但20世纪30年代后期他逐渐发展为以政治为中介来型构文学。但他在以政治为中介时，更多是以当年平行线的相交为经验和认知基础。新中国成立后，赵树理仍固守自己所见所闻之农民的喜乐，对中国共产党政治视野的历史变化心存谨慎。如他写《三里湾》，是在他多次回到农村，亲自参与创办合作社、制定合作社章程等，反复思量和积淀经验之后，才开始动笔。这之后，他对政治规划中的农村情况更加谨慎。从文学观念前提的构成机制来说，实际上赵树理的创作动力在《三里湾》之前就已经预示着他创作路程的远近了。而李準1953年登上文坛时，一开始就认同于中国共产党的政治视野。虽然同处于革命文学脉络之中，同处于《讲话》的创作原则下，实际上他的内在构成机制跟赵树理迥异。李準一定程度上是在革命文学发展至新中国成立初期，在这个特定状态和氛围中登上文坛、展开叙述的，并被这一时期的革命政治和革命文学逻辑所形塑。

  虽然看起来李準与赵树理颇有相似之处，比如一开始，他们都对农民中的"落后人物"而不是"新人"更为关注，可他们的差异点中更值得讨论的是，李凖在文坛的出场时间与赵树理不同。这种不同看起来只是历史的偶然，比如他正好比赵树理年轻、没有历史负担，但实际上这与他们各自所处的历史阶段、在这一历史阶段中国共产党政治感和政治规划、中国社会的特定形态以及李凖和赵树理在理解文学——社会的关系时，其背后的观念意识和时代课题已然不同。这是特别值得注意的区别。也正是这种政治感的差异、历史课题的差异，使得李凖和赵树理叙述"落后人物"时的态度不一样。赵树理会坚持认为，农村中的这些人必须被充分纳入我们的政治工作视野之中，而李凖后来认为，更重要的是如何理解农村中的新人。

赵树理写完《三里湾》之后，再也没有找到能够跟国家规划相一致的叙述视角、声量和频率。我们发现，赵树理正面叙述历史的创作动力源的终点，恰恰是李凖文学生涯的起步之处。新中国成立后赵树理认为很难在政治展开的空间中展开文学叙述，李凖恰恰在政治展开的空间中，越来越觉得另有他途。从创作上来说，赵树理和李凖都感怀新中国成立初期整个社会氛围对中国共产党政治规划的普遍接受。问题在于，如何对中国共产党的政治规划展开文学叙述。赵树理逐渐放缓，李凖却得心应手。其背后的历史观念机制如何生产出作家的创作状态，这是我们需要进一步分析的切入点。

### 三、潮来与潮去：20世纪七八十年代的李凖看20世纪五六十年代的李凖

李凖谈自己20世纪五六十年代创作的文章中，有两个时间段值得注意，一次是1960年12月，另一次是1977年和1981年他在《李双双小传》再版和《李凖小说选》后记里的回顾。这当中有一个断裂，即对"文革"的反思。李凖实际上在1969年被下放到河南周口时，就已经开

始反思文学与政治的关系。他在"文革"后对自己20世纪五六十年代创作形态的反思，当然有"文革"后的时代观念意识和氛围的牵制。但他对自己曾如此深度投入的创作方式的反思视角，还是能够给我们提供一个难得的观察这一创作方式的支点，以及一些理解五六十年代李凖创作状况和认知状况的不可取代的视点。

我们还是从一篇后记谈起。

1977年8月，李凖应人民文学出版社邀请编自选集，他在后记里总结和回顾了自己的创作历程：

> 在我重读这些小说时，我深深感到生活对创作的重要。我读着这些旧作，好像又回到我的那些老朋友、老邻居、老大伯、老婶子、大嫂子和小侄儿们中间。……这本小说的编排，大体上是按时间的顺序。质量是不整齐的。为了节约读者同志们的时间，如果要选看，我自己认为不妨先读这几篇：《耕云记》《两匹瘦马》《李双双小传》《冰化雪消》《两代人》《野姑娘》《农忙五月天》《一串钥匙》《三月里的春风》《清明雨》等。这些小说大部分是我在一九五八年以后写的。也是我尽力克服自己的缺点——写中间人物多的毛病后创作的。写新的英雄人物力求丰满一些、生动一些、真实一些。
>
> 早期写的一些小说，像《不能走那条路》《白杨树》《冬天的故事》等，有的是在生活中提出了一个比较重要的问题，有的反映合作化中的一些问题，但是偏重于有落后一点人物的形象描写。有的立意也不够深。从今天看来，这仍然是我创作上的缺点和弱点，作为对过去那一个时期的巨大变化的记录，我还是收了进来，也是想

使读者看到一个作者自我改造和提高的过程。[1]

在"大跃进"已经从政治层面被批评之后,李準仍然坚持认为,1958年之后他写的作品比早期作品要"健康",而早期"写中间人物多",后期"写新的英雄人物"更丰满、生动、真实。这至少说明,李準对自己在1959年前后的转变,不是一个完全受"大跃进"时代氛围影响的叙述,而是一个在历史中摸索出来的深入他体认之内的认知。他基于早期以文学配合政治方式之后的再探索,心心念念对新人物进行塑造,如果再结合1977年前后文艺界氛围多以"伤痕"(如1977年小说《班主任》、1978年小说《伤痕》等)为主,李準此时在后记里继续肯定"新人",这也可以看出他对1959年前后自己创作转变的认知,是相当明确且坚持的。

还有一个值得注意的地方是,李準在这里格外强调"从生活中出发,从生活中提炼"。如果我们还记得1961年李準在《李双双小传》后记中谈到,他当年的转变与对时代、阶级的热爱,对党性的责任心,向劳动人民学习,并由此与改造思想相关,"从群众那里取得力量,才能唱出具有时代感的朗朗歌声"。此时他对"生活"的单一强调,就遗漏了太多因素。1961年版《李双双小传》小说集的后记中提到,"生活"是需要被很多环节和因素结构起来,才能被捕捉和理解。而现在,这些环节和因素全都被去掉了。如果我们再结合1981年《李準小说选》后记,可以看得更清楚,李準对于文学,只保留了生活和劳动人民。其他因素和环节,完全消失了。

改变历史生成结构之后,《不能走那条路》中的落后人物宋老定,从1959年前后李準排列的新人物谱系之外,又再次因为"生活"而回

---

[1]李准:《李双双小传》,人民文学出版社,1977年版,第81—83页。

到李準喜欢的人物序列之中。由于去除了政治，人物也就没有了新旧之别，小说人物之间只存在是否有生活感，抑或是对政治的图解。文学现在可以撇开政治，直达生活和劳动人民。看起来，文学的生成机制似乎又回到了赵树理那种看似反对，实则深受其影响的"五四"文学形态——政治如果表现得没有创造力、没有活力，文学就自己去直接面对生活、面对现实。

从某种程度上说，生活一直是一个大于政治的领域。不过在1959年，李準认为，文学要抵达生活世界，需要政治的引领，需要党性、责任性，需要向劳动人民学习，从群众中获得活力。而到了1981年，作家只需要生活。我们不清楚，这样的文学把生活揉捏到一起，对之赋形，是不是可以完全不改变它们本身的性质。如果会改变，会朝向政治方向吗？看起来不是。李準说，他对生活的赋形，更强调它的道德性，他要"重新估量一下我们这个民族赖以生存和延续的生命力量"。[1] 这当然解释不了李準自己在1959年实际创作状态的内在生成机制。不过我们倒是需要注意："生活"对于1959年的李準而言，不同历史情境下意味着什么？他在不同阶段如何将之运用到文学之中？

比如他在1955年《我怎样学习创作》一文中讲：

> 我觉得自己能够写点东西，主要是由于群众斗争生活的教育和党的培养。我的故乡是在黄河南岸，洛阳的一个农村里，我在这个农村长大，在解放前，我的家乡在"水、旱、蝗、汤（匪患）"的各种灾情重压下，广大的农村变成了一条饥饿的走廊。农民的贫穷，在我幼小时的头脑里就留下深刻的印象。我和他们在一起滚了十多年，可是我不能理解他们。在解放后，经过学习党的理论，参

---

[1] 李準:《黄河东流去》,《李準全集》第2卷，九州图书出版社，1998年版，第1页。

加了群众运动和斗争，逐渐懂得用阶级观点来分析研究农民问题才能比较深刻地理解他们。……在写《不能走那条路》之前，我曾经翻过一些关于农村问题的党的理论和政策，这使我深刻地认识了农民的两面性，同时也深信互助合作可以摆脱农民的贫困。因此，也想借助自己的笔帮助那些手扶犁耙赶着小牛耕种的人们迅速地走上互助合作的道路，看到他们驾驶新式的耕作机械。[1]

没有政治为中介，李準感到即便作家深入生活十几年，也无从认识、理解它。更重要的是，生活需要政治来赋形，改变生活方式和形态，农民才能生活得更好。文学是在这个基础上才服膺于政治的规划，并愿意与之携手。实际上，如果没有政治，文学当然也会寻找别的中介来界定、理解生活。李準这里不过是强调当时政治对于他认知、理解、判断生活的有效性。而当政治表现得不让人信服后，李準便会在1981年去掉文学与生活之间的政治这个强中介。但去掉政治之后，文学抵达生活现实的环节和途径，以及所能抵达的生活和历史中的位置则会大为改变。

比如李準在1955年的文章中还讲道：

> 作品要影响生活，指导生活。特别是在我们国家日新月异的今天，各种事物在突飞猛进中，作者能够经常保持新鲜的头脑，站在社会运动的最前列，就需要不断地学习和参加斗争，平常也要注意读报纸，作者不详细读报纸是一件很危险的事。去年有个同志对我说，在乡下不但要写文学作品，有时还可以写些理论文章。譬如说：对农村目前各阶级的分析，统购统销政策在一个乡中所起的变

---

[1] 李准：《我怎样学习创作》，李准、未央等编：《我是怎样学习创作的》，长江文艺出版社，1956年版，第3页。

化等。我试着做了，我觉得这对我的创作也是有很大帮助的。[1]

深入农村生活的作家，在乡村要看报纸，写理论文章，分析乡村社会经济动态、阶级结构，这是人类历史上很奇特、很罕见的文学实践方式。李準认为，这不只是深入生活的需要，这些环节是能保证作家站在社会运动最前沿、保持新鲜头脑的必须途径。以这种方式创作的作家不只是一个行吟诗人，而是神灵隐退后民族命运的最高奠基人之一。文学能与政治一同参与民族命运的未来，不是抽象的命运，而是携带着民族身体的当下性的命运。如他1953年的小说《不能走那条路》，实际上反映的最重要的东西，不是这个生活世界，而是经由政治对生活世界赋形、使生活世界得以被看见的方式。经由我们的赋形，生活世界变得有方向感，可以被控制、被改变。当经由政治把握生活，而政治又充满活力，文学的视野可以顺应生活情理而抵达其内部，且是顺应了生活世界的天性。只是当政治对生活世界的理解和构造出现扞格，生活世界会表现出抵抗政治对它的斧削，而文学也要求自己去直接抵达生活，重新勘测、瞄准民族的生命力，以确定民族国家的未来方向。这是李準1981年的文学认知前提。

在《黄河东流去》这部"文革"后李準所奉献出的长篇小说中，他对于中华民族生命根基的勘测是：我们这个社会的细胞——最基层的广大劳动人民，他们身上的道德、品质、伦理、爱情、智慧和创造力，是如此光辉灿烂。这是五千年文化的结晶，这是我们古老祖国的生命活力，这是我们民族赖以生存和发展的精神支柱。[2]李準的这一勘测某种程度上是对历史叙述的再认定。现在，李準希望通过小说叙述，"让大

---

[1] 李准:《我怎样学习创作》，李准、未央等编:《我是怎样学习创作的》，长江文艺出版社，1956年版，第4页。

[2] 李準:《李準全集》第2卷，九州图书出版社，1998年版，第2、682页。

家热爱人,热爱人民"。"人们只有在热爱人的基础上,才能够热爱大自然,热爱祖国,热爱自己创造的社会主义制度,热爱我们的党。也就是,首先树立对人类的信心,然后才能达到对国家的信心,对革命的信心。我朦胧地感觉到,这是文学艺术的最基本的功能。"[1] 在这里,文学的基本功能直接与民族国家的活力和未来相关,且不需要与政治政策相校准。

这就是说,50年代,李準的文学观念前提是依赖政治对现实的把握、理解和推动,其具体体现为对政治方针、政策和路线的依赖,文学对现实的把握、摄取、裁剪需要不断以政治为参照来校准自身;而到了1979年,李準认为文学为了民族未来,可以自己为自己塑造观念前提,文学的洞察可以成为民族未来的认知基点,不再需要被政治规约和束缚。跟80年代很多思想观念一样,李準的重审在根本上改写和翻转了毛泽东《讲话》里所确定的基本原则——文艺必须为政治服务。不一样的是,李準不只是单纯以文学、审美反对政治,他对文学功能的重新界定,内含着与政治重新争夺国家生命根基的潜在张力。李準要为文学重新夺回对民族生命力量的控制权。

这就意味着,李準"文革"后对文学功能的基本认定,不仅要能够重新发掘古老民族的生命活力,而且这种生命活力的强度和厚度要足以支撑这个民族持续生存发展下去。单纯的审美化文学显然支撑不了这一重负,也不为李準所取。甚至对于"伤痕文学",他也认为过于侧重诉苦抱怨,而没有看到民族真正的生命活力(真正又能及时反映现实的,其实正是周克芹、张洁、刘心武、蒋子龙这些新一代作家,而李準恰恰认为,这些及时反映现实的文学,伤痕,反思,改革,都太政治了,他要开始找永恒性的因素)。李準将历史重负的重心放在了文学对人心的

---

[1] 李準:《李準全集》第2卷,九州图书出版社,1998年版,第2页。

发现,他要依赖文学之眼重启民族活力的核心机制。

那么,首先从民族核心生命力的校准来说,李凖前后两个时期的理解差异巨大,却又形似。李凖1953年登上文坛,他五六十年代的创作都自觉认同并全力投入于文学为政治服务、为工农兵服务的工作。他1956年在北大荒看到,中国人"朝气勃勃""坚强""勇敢""刻苦""坦率""明豁""机智"。他往往被那些生活中有毅力、坚强的人感召和触发,这些人既是政治肯定的,也是他觉得应该凸显的。奇怪的是,第一,这些和他1979年所要重新强调的中国人"黄金一样的品质和纯朴的感情",以及在《黄河东流去》中他要呈现的中国人"既浑厚善良,又机智狡黠,看去外表笨拙,内里却精明幽默,小事吝啬,大事却非常豪爽""患难与共、相濡以沫""团结互助"[1]等品质,对于中华民族的生命活力来说,实在有着很难区分且同样应该被肯定的内涵。李凖1969年后想重新寻找民族的力量源点,可1969年的人民和1949年的人民其实是同一批人。如果有区别,那倒是在于他现在不再强调"充满着革命乐观主义的顽强事业心"[2]。但这个顽强事业心,岂不是对于古老民族的生命活力来说,以及对其生存和发展来说,恰恰是最重要的吗?

第二,李凖在五六十年代叙述他所肯定的这些人心品质时,往往是将它们放置在如何便于结构进文学来谈的,并不直接讲述这些品质如何能构成民族生命力的核心。他谈的是文学方法论,而不是文学本体论。因为"裁剪"人心之前,作家必须不断用政策来调适自己的"望远镜"和"显微镜"。在形成这一认知装置之后,人心已经是被政治之眼挑选和剪裁后的人心。李凖所谈的,是这个时候作家如何将被剪裁的人心重新装入文学结构之中。他谈《李双双》时如此,谈《吉鸿昌》时亦如

---

[1]李凖:《李凖全集》第2卷,九州图书出版社,1998年版,第682页。
[2]李凖:《李凖全集》第5卷,九州图书出版社,1998年版,第102—103、123、128、147页。

此。李準创作谈里，指的是这一特定状态下的创作环节。五六十年代，李準对人心的认定，总是经由了政治认知的文学剪裁。李準认为作家的工作要求是精准和文学性。李準着意的，恰恰是文学如何才能精准地捕捉到政治构造中所呈现出的人心，并以生动有趣的文学性方式将之表现出来。

这就把问题推到了第三个层面，经由文学剪裁之后的人心，如何能精确捕捉到政治所要求的人心形状，并与民族生命力的内核呼应。换句话说，现实中的人心是混杂的，文学将之剪裁、赋形，以捕捉民族生命力的核心。五六十年代文学对生活赋形的前提，是将政治等同于民族生命力和民族未来。文学愿意在剪裁人心时，以政治所理解的民族命运为构架和标准，愿意在政治的构架下为民族的命运和未来工作。此时文学对人心的剪裁不需要直接对民族命运负责，它只需对政治负责。可文学的政治精确性与剪裁生活之间并不必然自动扣合。文学需要对现实人心剪裁，以符合政治的精确；可文学剪裁本身却不是政治所能规定的。政治抵达生活，激起生活的波澜，这个波澜是政治想不断调适但无法控制的。

恰恰是在政治所无力抵达之处，李準开始了他的文学捕捉和剪裁。这是他跟赵树理的文学方式大不同之处。赵树理过于聚焦于农民某一层面的喜乐悲苦，会牵制他过于关注政治巨石投掷入生活世界时的漩涡，漩涡之地承受着最沉重的力，如果漩涡中的农民无法承受这个沉重之力，赵树理则倾向于以批评政治政策、工作方式让文学服务于政治；或停笔，不去及时反映现实。他在政治止步之处，文学之眼也停驻于此。赵树理要直接回应政治的暴风眼。而李準的文学恰恰是顺着政治推进的步伐，在它止步之处，眼光荡开，开始看政治所激荡出来的波纹，以观测捕捉政治施力于生活世界的力道、时机、方式及效能。他整个人全身心投入于政治在生活世界的行动路线，但他文学的匠心独运则始于政治内部结构散力时在生活世界中的八方走道。

尤其是李凖1962年谈及创作《李双双》时说:

> 在生活中汲取的这些素材毕竟是杂乱的、零碎的,把这些素材真实地、准确地、和谐统一地塑造出人物来,却需要进一步提炼……李双双和喜旺这两个形象,前后酝酿了四年多的时间……我遵循着鲁迅先生谈的"选材要严,开掘要深"的嘱告来学习提炼。首先是李双双的性格,它的性格基调是大公无私、敢于斗争、见义勇为。为了把她这种鲜明的阶级特质比较生动地、多彩地表现出来,又研究设计了她的个性特色,那就是心直口快、泼辣大胆、纯洁乐观、天真善良等。安排这些性格特色,是根据感受到的生活素材决定的,是根据有利于突出人物的新品质、新思想决定的。[1]

李凖在这里说,素材要"真实""准确""和谐统一"地塑造出人物,需要提炼。也就是说,要精准地抵达政治的要求,需要对生活素材重新剪裁。就李双双而言,她在1958年"大跃进"所被要求的政治阶级特质是"大公无私、敢于斗争、见义勇为"。但李凖认为这还不够"生动和多彩"。文学需要捕捉政治的行动路线在生活世界中呈现出的生活和多彩。这就还需要"个性特色",如"心直口快、泼辣大胆、纯洁乐观、天真善良"。问题是,这里的文学对人心的剪裁看起来不是对政治的临摹,而是对政治的补充和丰富,是政治之力在生活世界激荡出的动线。如果说躯体的元气全在于躯体的健全,那躯体健全了,躯体的元气才会舒展。那政治能量如若要在生活世界中抒发,前提是只有生活世界舒展了,政治的能量才能真正得到有效抒发。这就意味着,文学实际

---

[1] 李凖:《李凖全集》第5卷,九州图书出版社,1998年版,第147页。

上是要将政治原则还原到它行动瞬间的情景之中,并将这一情景的具体构成方式和行动路线勾画出来,让"大公无私"的政治道德以"心直口快、泼辣大胆、纯洁乐观、天真善良"的人性方式行动起来。文学实际上需要在政治行动的瞬间停顿,将行动者放置在社会背景之中,并补画出人物在此刻条件下即有的或可能的行动方向和路线。而这些人物在生活世界中又有自身的构成逻辑,文学就需要补画出政治的社会基础和逻辑。文学的观察就有可能为政治提供它所没有细查到的生活世界活力构成的关键逻辑。这样一来,出色的文学剪裁实际上就不只是剪裁生活,而是剪裁和提炼政治得以舒展的生活空间。文学就可以顺接着政治行动路线,将之放置在生活中,再从生活结构的逻辑中化炼,使政治进一步"道成肉身"。因此李凖会说:

> 作者摆脱具体生活事情的制约,再根据生活展开丰富的想象,把大量的事实集中提炼出来。[1]
>
> 作者的头脑就好比一座小高炉,拣来的任何优质矿石,也不能叫铁,只有经过这"小高炉"熔解冶炼后,流出的铁水才叫铁。[2]

这个能流淌的动态的铁水,就是肉身,是包裹着肉身的结构性生存环境,是不便于被直接回收到阶级政策之中的液态物。李凖以文学裁剪素材,如果革命政治无处不在,那他的文学裁剪生活之时,同时也是对政治的裁剪和规训,把在生活世界中运作不好的政治逻辑裁剪掉。文学可以在生活世界中编辑、选择、转换和重新安排,以此突出政治机制在中国社会能够运转良好的独特特征。政治的实际行动依赖于各种条件、对现实信息的准确把握、执行干部的有限能力等。这很可能包含很多偶

---

[1] 李凖:《李凖全集》第5卷,九州图书出版社,1998年版,第103页。
[2] 李凖:《李凖全集》第5卷,九州图书出版社,1998年版,第103页。

然的、不适当的、受具体条件所限的情况。正是在这个意义上，小说的剪裁有时被认为比现实历史更加真实。

李準在20世纪五六十年代认为：

> 作家从丰富的生活中取素材，并不等于照着生活原型那样去抄录、去照相。记得去年有一个青年，他拿了一篇小说让我看，内容是写一班学生帮助公社收麦的故事，完全是以真人真事写出的。我看后就提出可以再集中概括一下，把人物去一些，主题内容更突出一点。他说："我们不编瞎话，我们就照真正人真正事去写！"当然，就真人真事的作品来说，也有写得很成功的。同时，一个学校、一个单位，把自己单位的先进事迹、先进人物编一编、演一演，也还是有它的教育作用。可是，我们不能否认，一般经过集中概括，把素材经过选择和提炼，写出来的东西要生动得多。作者摆脱具体生活事情的制约，再根据生活展开丰富的想象，把大量的事实集中提炼出来，只能使作品的主题更突出，故事更紧凑，人物更光辉。这些人物尽管在生活中还找不到户口，但是，它会使读者感到"比真实更真实"。[1]

李準实则认为，文学有能力创造出一个政治所展开的，却超出政治视野之外的生活情境。在这个情境中，政治运转的逻辑和途径可以得到更好的呈现、理解和把握。这是文学以政治为中介，却能够超出政治之所在。这实际上使得文学服从政治的这个抽象原则，在社会生活中有了无限的可能。所谓的社会主义现实主义文学，实际上可以有多种路径来熔炼政治。而1979年后的李準认为，政治不再可信，文学应该收回

---

[1] 李準：《李準全集》第5卷，九州图书出版社，1998年版，第102—103页。

它以政治为中介的方式，重新将民族命运掌握在自己手中。文学对人心的剪裁就必须直接面对民族命运的未来。我们毋宁说，李凖此处的价值位移，是他1966年对政治失望、对事业失望、对革命失望后的再定位。或者更准确地说，他是对由上层政治来确定民族命运的失望。

## 四、结语

在20世纪五六十年代，文学认同于政治打开的社会活力，文学将政治、政策、现实工作当作是作家感知人心、创作文学的必要中介，以之为镜照来校准自身，文学也由此获得为民族命运负责的意义。用李凖的话说，"我感到学透了政策，特别是对你所描写的阶级人物有了认识，就像有了一架望远镜和显微镜一样，既可'远瞻千里'又可'明察秋毫'"。[1]这样的文学，"对我们的革命事业有利，对党的各个时期的方针政策贯彻有利，对人的精神生活丰富提高有作用"。

可第一，文学经由对政治的熔炼，如果发现与政治的要求仍然不符，文学怎么办？政治又应该如何调整？我们看到的历史实际发生过程是，政治强行要求文学符合于它，文学批评也以政治为准则解读文学。那第二，文学如何能独自开出对现实的结构性理解？现实中人物的生命活力，文学要如何选择，捕捉哪些？文学是否可以不避开政治，同时又对政治具有内在的对峙力？从这些问题出发，我们是否可以经由李凖的创作实践经验重新讨论中国当代文学，也即中国革命文学所展开的另一种思路和资源？

---

[1]李凖：《李凖全集》第5卷，九州图书出版社，1998年版，第123页。

# 第三章（下） 与政治缠斗的当代文学
## ——重读李準的《不能走那条路》[1]

### 一、"赶任务"

就新中国成立初期文学与政治任务关系问题，赵树理1951年2月发表《谈"赶任务"》一文，曾劝诫1949年后苦于"赶任务"的作家们：

> 抗日战争在当时是一个长期任务，但每时期仍有每时期不同的任务，例如，救灾、支前、增产等等，把这些任务看成临时而去"赶"是不太妥当的，因这与大任务并不脱离，并不那么"临时"。如果本身生活与政治不脱离，就不会说临时任务妨碍了创作，因为人民长远的利益以及当前最重要的工作才是第一位的，不只是带着

---

[1]说明：由于李準晚年希望使用"李準"一名，本文在论述时，一律使用"李準"；但由于李準早年和晚年著作署名不一致，本文涉及著作时，一律以出版时署名为准。如《李准小说选》。

应差拉夫的心情去"赶",而是把它当作中心任务去干,很严肃的,郑重其事的,看作长期性的任务去完成。[1]

话硬,理不糙,可赵树理自己的创作却越来越少。与1949年之前相比,赵树理在之后的十年里,发表小说仅《登记》(1950)、《求雨》(1954)、《三里湾》(1955)、《灵泉洞 上》《锻炼锻炼》(1958)、《老定额》(1959)六部,被文坛普遍认可的只有《三里湾》。这与1953年初登文坛,至1963年的十年里便发表四十多篇小说的李準差异巨大。1906年出生于山西省晋城市尉迟村的赵树理,对中国农村的娴熟度明显高于1928年出生于河南省洛阳市孟津县小地主家庭的李準,其对革命经验的积累也远甚于尚年轻的李準,但赵树理的丰富经验在1949年后却难以顺畅地转化为文学创作,笔端干涩;而李準这样的年轻作家却似乎越来越得心应手,意到笔显。

赵树理这段话更像是针对骆宾基这样的渴望投入创作的国统区作家而言。骆宾基1917年出生于吉林省珲春市,一直活跃于国统区文坛。他参加第一次全国文代会时三十二岁,不但当选为全国文联候补委员,1951年又出任山东省文联副主席,仕途颇顺,参与各地调研考察的机会很多。他在20世纪40年代较为活跃,产量颇高,令文坛瞩目。但1949年后,直到1956年,他才写出一篇较为人认可的小说《父女俩》。骆宾基可能苦于赶任务而无法写作;赵树理并不拒斥赶任务,却没有因为推陈出新的政治任务调动起创作热情;而李準的高产量却是看来颇为适应用文学配合各种政治任务。李準在1979年也曾批判20世纪60年代中后期盛行的赶任务式的"运动文学",但在50年代至60年代初,他并不觉得主动配合政治任务是对文学创作的抑制。

---

[1]赵树理:《赵树理全集》第4卷,大众文艺出版社,2006年版,第77页。

赵树理扎根农村的丰富经验似乎成为他在新中国成立后感知、把握新现实的负担,但革命经验为何在新中国成立后难以转化为新的创作灵感和资源?非革命经验的骆宾基似乎也很难无障碍地展开对新中国实践经验的文学叙述,而"白纸一片"的李凖为何会越来越透视般地进入新中国成立后的政治规划?这些现象,很难简单地用缺乏生活经验、政治对文学有强势压制、文学修养不足等理由来解释新中国成立初的文学实践。同样是由《讲话》(1942)为原则所指导下的文艺,为何新中国成立前后会有如此差异?以对《讲话》的理解和认识的深浅程度,也很难解释这些文艺现象。如何深入描述和解释1949年之后新中国文学创作实践中的这些差异? 1949年后的政治实践状态与1949年之前有何不同,使得《讲话》原则在历史时空下会发生如此弯曲,以致对政治同样有热情的作家竟形成快慢缓急的不同节奏行走在现实曲面?这些历史曲面为何会在文学领域引发诸多作家创作状态的起伏?这是我们想讨论的问题。

如果我们稍加留意就会发现,赵树理、骆宾基和李凖大致对应了1949年前后解放区、国统区和新中国成长起来[1]的这三类作家。这些作家在20世纪五六十年代的文学实践展开了对以往文学形态罕见的挑战。我们不妨从新中国成立初期历史结构性变动所引发的认知框架、观念意识变化,来考察他们的不同应对,以此管窥新中国成立初期文坛创作状况的端倪,探索革命文学内部在服务于政治时其展开路径之差异,以更为深入理解政治—文学如何为了探寻更好的生活世界而测探、磨合。

---

[1] 新中国成长起来的作家又可细分为在社会和学校两种环境中成长起来的作家,前者如李凖、浩然等,后者如刘绍堂、林斤澜等。

## 二、由政治引导的理解生活

1953年10月2日,李準创作完成第一篇小说《不能走那条路》,发表于11月20日的《河南日报》,1954年1月26日被《人民日报》转载。他于1953年11月谈到如何写《不能走那条路》说:

> 还是在今年六月间,我们村里有我个叔伯哥(他是我们乡里党支部书记)买了二亩地。以后他对我说他爹还打算再买几亩,另外还想叫他在集上开个小成衣局,因为离区上近,生意好。当时我记得在一个整顿农村党的基层组织的报告文件中,曾批判过这些东西,因此就劝他不要买。后来我开始考虑起来这个问题了。我想:为什么会有这种现象?这种现象的发生说明了什么问题?因为总路线在那时还没有现在提得这样明确,所以我也没有充分认识这个问题的本质意义是什么,觉着写成文学作品普遍教育意义不会大。后来我和一个税局同志扯起来,他说:"咱们土地交易税是经常超额完成任务。"我为这句话暗暗地吃了一惊:我想着农民起"分化"了。这时我又回到村里看看:去临汝贩卖芝麻的、倒卖牲口的和放账的现象都有;另外这时又有一家卖地,一亩地的地价由六十万元涨到八十万元。我觉得这真是个问题了。恰巧这时报纸上发表了《农村工作的基本任务和方针政策》的文件,里面讲到要防止农民两极分化必须引导农民走共同上升、互助合作的道路。这几段话,使我感到买卖地这个问题是个大问题,可是怎样解决这个问题,自己还是不大明确,于是和一些同志研究起来。有的说:"土地自由买卖是政策,你这样写怕有影响。"有的说:"买卖地多了本来不是好现象,不过正面揭开不大妥当。"从研究中没有得到真正解决,

我思想苦恼极了。最后我想：政策准自由买卖土地是不错，不过绝不是提倡，也绝不是坐视其分化。我们农村中党组织应该保证不使农民两极分化，而应该引导农民向共同上升的社会主义道路走。同时我想到赵树理同志曾经说有些事情不是单凭政策，而是凭教育。主题确定后，人物的影子已经在我的脑子里活动起来。我很兴奋，我准备从这个问题中写出工人阶级思想和农民的自发趋势的斗争，也就是社会主义道路和资本主义道路的斗争。[1]

李準强调他反复掂量，希望文学所把握的现实能够具有普遍教育意义，而这一切又都与政治总路线之间保持着密切引力性。如果我们考虑到他不把他之前写的小故事——《卖马》和《卖西瓜的故事》（1953）理解为文学，主要原因是这些小故事不具有普遍教育意义，就更能看清他对文学功能的期待，是与政治方向、民族命运相关，与载道相关。同样写互助向合作化的改造，李準的掂量和疑虑跟赵树理完全不同。赵树理担心政治所推动的合作化是否会伤及农民；李準此时考虑的是政治所推动的合作化当然没问题，问题只是哪些现实问题才能承载重大政治方向。所以，熟知政策文件的他毫不犹豫地认为，卖地这种在旧社会常见的社会行为，现在成了不妥。他对现实的敏感性来自他对这一时期政治的信任和熟悉。卖地、交易税、分化、地价，这些因素发生变动的性质，不是被作为一般的社会经济结构分析来理解，而是被作为与此时政治所推动的国家方向相关性来把握。

政治在新中国成立初期的出色表现，尤其是对中国社会氛围的打造，早在李準的几个小故事里就有表现。《卖西瓜的故事》中，原本对

---

[1] 李准：《我怎样写〈不能走那条路〉》，原载《长江文艺》1954年第2期，转引自卜仲康编：《中国当代文学研究资料·李准专集》（简称《李准专集》），江苏人民出版社，1982年版，第75页。

城市市民的刁难和不友善而心怀疑虑的瓜农流庆，发现新社会里大家都变了。互助、体谅、不占便宜、人心彼此间的荡漾，这些都是李凖对生活的直接捕捉。这样一种把握生活的方式未尝不可以发展为文学创作的路径，虽然李凖认为他的小故事有种种不足，但这种把握生活、赋形生活的方式本身仍可继续摸索拓展。不过李凖认为，文学要更广泛地教育大众，要更深刻地关心和理解农民的命运。而最深刻地理解农民的方式，他此时认为是熟悉和理解政治，尤其是党的不让农民两极分化、引导农民向共同上升的社会主义道路走的政治路线。这一时期政治对中国社会氛围的良好打造、未来规划，使得李凖相信，文学可以借助于政治，便能把握中国民族、民众的未来。这一点，是李凖从小故事飞跃至小说的关键，也是李凖将文学从直接把握生活转变到文学以政治为中介把握生活的关键。

以这一观念前提为基础，李凖才会觉得，不经由政治，他甚至无法理解生活（实际上是无法理解生活的方向）；这也是他为什么会觉得，学透了政策，如同"有了一架望远镜和显微镜"。否则生活中的丰富和复杂，会让人无所适从，无从为民族、民众的未来进行选择和赋形。哪些是民众真正的福祉所在，苦乐所在，也无从判断。

也正是接受了政治的认知框架之后，实际上熟悉农村生活的李凖反而感到："我最近在创作上感到最大的困难是生活太贫乏。特别是熟悉多种多样的人物不够，对先进人物的理解和表现还缺乏能力。"[1] 这并不是李凖真的缺乏生活，而是认知框架的变化所带来的认知盲区，尤其是对先进人物的理解，李凖自己在生活中找不到对应的实感。

---

[1] 李准：《我怎样学习创作》，李准、未央等：《我是怎样学习创作的》，长江文艺出版社，1956年版，第4页。

### 三、与政治对接的文学

如果说这是 1956 年李凖的认知,那 1953 年 11 月,李凖在谈到《不能走那条路》中的先进人物东山的塑造时,就觉得自己"还没有钻到这个人物的灵魂深处,对于这个人物还缺乏较深刻的理解"。将生活中的人物区分为先进人物和落后人物,这是文学接受政治认知框架后给李凖带来的新问题。李凖并非不会写小说人物,而是对写先进人物感到棘手(为什么在这一时期的小说创作中,先进人物是一个作家们普遍感到困难的叙述点?)。政治认知框架,尤其是这一认知框架中的方向性,如何落实和转换为现实生活中的实感,这是李凖文学创作面临的挑战。

对于另一些人物,李凖认为自己的塑造得心应手,比如宋老定。实际上,李凖熟悉的农民类型很多,并不只是宋老定这类中农。关键是,李凖有信心,即便是将宋老定放在政治认知框架中来塑造,他也能驾驭。比如李凖说他在小说中安排了八个细节,来体现宋老定的人物特征,有对话、有行动、有心理,有声有色,又有情有义、重情重义。李凖认为,自己能控制宋老定在农村生活世界里的行动路线,让这些细节推动他的性格发展。而其他类型的农民,实际上李凖也熟悉,但这些农民却不容易与政治认知框架展开顺接。比如张拴,更比如东山,李凖就很难在生活世界中构想出,东山这样大公无私的先进人物会呈现出什么样的细节?那种因与生活世界的切入、碰撞、磨合,而产生的手茧,李凖想象不出来。

但他可以想象宋老定。宋老定有自己基于生活世界情境的愿望,可以被牵动。如宋老定一出场,"今年一连接住东林八封挂号信,一封一封里都有钱。这算把他愁住了"。接连收到儿子劳动所获寄回来的钱,宋老定似"愁"实喜,喜中又有自耕农对超出日常可感知钱财范围的无措。这八封挂号信"一封一封",不断催生、诱发着宋老定对生活的构想。宋老定没有用钱投机,在政治没有进入乡村生活世界时,宋老定的行动逻辑当然是买地。这是中国农村生活世界结构里自耕农长期形成的生存方式和伦理感觉,以及这种感觉塑造出的自耕农的世界边界。宋老定一定会因为"一封一封里都有钱"而"愁住了",且一定会买地。这就是他的伦理感觉塑造出来的情感边界和世界边界。如果是张拴有钱了,他会"愁",但他不会买地,对他来说,地"不解渴"。这是张拴的世界边界。宋老定的这些行动逻辑前提,是李準所熟知的中国农村生活肌理。在这个生活世界中,人物的动线是确定的,只是现在李準要根据党的政治路线让这个动线发生转折。如果没有政治对农村的规划,"愁"之后的宋老定一定会买地。但买地的后果被政治所规划的"共同上升走社会主义道路"所预设和堵截了:农民必然会两极分化,必然会有人受苦。

两极分化的农村世界其实是宋老定可以理解的,张拴也能接受。宋老定买地和张拴倒卖牲口本身就说明了这个农村生活世界的逻辑。李準自己就说:"农村中吃飞利、跑生意,不好好劳动这种人是有的。"中国农村可以在两极分化的状况下形成自己的组织形态和结构,中国传统乡村即是如此。有人读书,有人种地,有人做手工,有人经商。在这种形态中,农民也会发展出相应的行为准则和伦理感来安顿和运转。宋老定的"愁"而买地,本身正是这一传统乡村结构在伦理、经济自我再生产中的重要一环。不过,党的"共同上升"打破了这一结构再生产。党的政治规划要将整个社会推到更好的状态,不再有两极分化,不再有人陷入贫困。如张拴,就必须回来劳动(真的"必须"吗?)。这实际上会改变中国农村社会阶层结构。相应地,也就需要改变宋老定、张拴的伦理感知和行动路线。至于转折之后的宋老定如何继续行动,李準没有写。因为转折之后,实际上宋老定和张拴的行动路线都会超出中国农村生活肌理的逻辑，它会在一个新的曲面上摩擦滑行，这是李準很难感知和叙述的。所以李準会说，"后来对他（张拴）的教育是写得不够的"。

更难感知和叙述的是党员东山，在李準笔下，他更加光滑、无阻力。跟梁三老汉不能理解梁生宝一样，宋老定也不能理解这个儿子。20世纪50年代初期的父亲，普遍都不能理解儿子，但是却普遍信任党的政治实践。这是一个奇怪的现象：新中国成立初期，李準被党的政治实践打造出的良好社会氛围所打动，但他却又很难具体理解党员在乡村中的政治言行。比如东山。与其说党员东山是外来力量的代表，不如说他更是外在于村庄的生活脉络和逻辑。他似乎没有肉身，没有内在于村庄的伦理感来形成的行动方向和脚步声。当时就有评论家指出，东山这个人物，说话多，行动少，他的世界似乎是坐而论道，是无边的。因为无边，也就无从有分寸、有质感地叙述他的言行，找到他与生活世界发生摩擦的节点。李準自己说：

> 在写东山这个人物时，原曾打算创造一个正面的典型人物。他是个共产党员，他具有大公无私的品质和远大的理想。他把村上的事情，例如庄稼的好坏、农民的生活等等，看作是自己的责任。同时我也想到：也不能把东山写得"神化"，使人感到"高不可及"，不能仿效。结果这个人物并没有写好，写得比较概念些，他的性格不够鲜明。那就因为我自己没有钻到这个人物的灵魂深处，对于这个人物还缺乏深刻的理解。[1]

李準完全理解党员的内在品质，既大公无私又有远大理想，也能理解这种品质的人为乡村的付出，但他无法感知这种品质的人在想什么，

---

[1] 李准：《我怎样写〈不能走那条路〉》，李准、未央等：《我是怎样学习创作的》，长江文艺出版社，1956年版，第10—11页。

以及这种想法的动力来源与乡村的关系。他觉得无法抵达这种人的"灵魂深处",实际上是无法把握这种人与乡村、房舍、田产、伦理、情感之间的关联性。宋老定想买地,他可以说"我要钱弄啥?还不是给你弟兄们打算,我能跟你们一辈子?"张拴卖地,是他"种不好,同时他也觉着种地老不解渴"。一个买地,可以安顿和照顾宋老定多方面的需求:在乡村结构中的经济地位,家庭繁衍中为了子孙后代的厚重亲情,置办家业、勤劳在乡村获得的声望等等。一个卖地,可以满足张拴寻求更高、更快获得利益,缓解自身因为技能不足带来的生存压力,同时乡村社会也存在这样的流动和活动空间。这里面都有着可以理解和感知的社会条件,以及应对这些社会条件而发展出来的人性形态。

而东山不一样,他因为张拴是"贫农",就要帮他,就会因为别人批评张拴地种得不好,觉得自己"脸上就像被打了一下一样"。东山不是没有感情,而是这种感情是脱离了村庄生活结构对张拴的界定和情感分配。在宋老定看来,张拴是"贫农"这种话语,对应不到他对农村生活世界的理解之中。对宋老定来说,土改分地时,将最好的地分给最不会种地的人张拴,本身就不可思议;但他认为"咱是干部,当然不能跟他争这块地"。可现在是张拴自己不争气要卖地,宋老定认为:"买地卖地是周瑜打黄盖,一家愿打,一家愿挨,两情两愿,又不是凭党员讹他的,有啥不能买!"宋老定不与人争利,他不求助于土改时东山的干部身份来谋取私利;但他不理解,当张拴自己愿意"吃飞利、跑生意",这个与之非亲非故且是自己儿子的干部,为什么要因为张拴穷,就想办法帮他还债、阻止他破产?

"贫农"存在于村庄生活世界范围,比如它就是穷人;但"贫农"不在村庄生活世界的伦理认知结构范畴里。宋老定对"贫农"一直无感。只有将"贫农"转换为张拴他爹的坟,转换为死无葬身之地,转换为瘦得皮包骨的张拴的孩子,宋老定才能够理解和被触动。事实上,也正是李準在小说叙述中将东山的"贫农"具体化为这些村庄生活世界中的生老病死、孤寡老弱，宋老定才能够意识到自己买地所隐含的生活和伦理后果。在宋老定和东山的第一回合对话中，宋老定讲着土地、土壤、雨水、大粪，讲到自己为了子孙后代；而东山对此毫无反应，他讲的是："咱和张拴家从前都是贫农，他现在遇住困难，咱要帮助他。咱咋能买他这地！"宋老定顿时不耐烦，在他的认知中，"贫农"是政治问题，东山是党员，党员当然关心政治，当然就不敢买。而他眼里的土地买卖，只是村庄生活世界结构再生产再循环的一个环节。村庄生活的逻辑是在政治之外的另一层面上运行，"买地卖地"不但是政策所允许，还是两情两愿。只要没用政治讹张拴，就是正当的。这是宋老定基于中国传统社会结构的经验反应，也是1953年合作化尚未全国范围推广的生活空间状态所允许的理解方式。对宋老定来说，东山的政治仿佛是不经世事的少年，冠冕堂皇，哪里懂得底层人的含辛茹苦、乡间中的道路泥泞？宋老定把东山的"贫农"政治推开了。

从这里可以看到，在这个时期，政治与村庄生活彼此有关联，但又互相保持距离。当合作化没有形成对社会的强制规划时，中国社会的运转还是依托于它以往的组织方式、伦理感觉。那这就存在一种可能，党的政治实践可以保持在某种层面或程度，而让中国社会自行组织和运转，党的政治只在某些需要它出面的时候，再做适当介入。这时，东山就可以顺着群众的生活世界结构组织方式和伦理感觉，仍然"见天为群众打算"，心里"公道"，保持其作为党员的先进性。这时李準也可以有更多方法，让东山与村庄的生活世界建立沟通的途径，而不用只将他回收到家庭伦理。东山可以顺着村里人的伦理感觉和关系方式，如士农工商，各归其位；贫瘠孤寡者，设立扶助组织；等等。这样他可以出入于家庭，同时也能"为群众打算"。

但李準在接受文学以政治为中介的起始处，也快速接受了党的政治对于"共同上升"、不许卖地的社会规划，他迅速用政治之眼来判断现实，实际上也使得现实的这一叙述可能性被封闭起来。他没有以文学试探这一历史可能。文学以政治为中介，原本是由于这一时期的政治更加具有打造社会的活力，文学借助这一活力来推动自己对社会现实的把握和赋形；而这一时期的政治一方面仍保持着打造社会的活力，另一方面，这一打造的实践本身尚未稳定落实到社会之中，高举的拳头，并没有落下来。文学此时以政治为中介给现实赋形，反而面临着一个没有明确政治规定的现实。赵树理在新中国成立初期的犹疑正在于此，李準写《不能走那条路》时的反复掂量也在于此。

　　如李準所说，过渡时期的总路线还并没有明确贯彻为具体政策，在具体情况与政治方向之间，存在着变数。李準说他"从研究中没有得到真正解决，我思想苦恼极了。最后我想：政策准自由买卖土地是不错，不过绝不是提倡，也绝不是坐视其分化。我们农村中党组织应该保证不使农民两极分化，而应该引导农民向共同上升的社会主义道路走"。在微妙的变局中，李準实际上选择了一条既是他信任，同时也是需要勇气的叙述方向：文学的使命就是要探索更好的社会理想。我们也看到，李準的确没有在小说中具体叙述那些走资本主义道路的人，那些自由买卖了土地的农民，其生活处境到底是什么？他屏蔽，也剪裁掉了这些历史内容。

　　李準虽然不能把握东山，但还是选择以他更信任的政治方向来组织文学。其实，政策下的现实状况是李準熟悉的，比如买地卖地、交易税、地价等等；而"共同上升"的政治路线反而是李準不熟悉，也没有在洛阳呈现为实践中的现实。他实际上是在自己尚没有充分的"先进人物"经验（实际上是党的政治也没有将实践充分落下来），却要在小说中强行完成必须由"先进人物"主导完成的事业（且在现实中也没有展开）。这对于现实主义文学创作来说，实际上是非现实的。他的叙述也是建立在非经验之上的。李準说他熟悉宋老定这样的人，实际上他把宋老定放置到了一个宋老定不熟悉、他自己也不熟悉的逻辑空间之中。这是一场当政治尚未尘埃落定，作家便参与其中的共同的冒险。这是文学以政治为中介，却比政治提前行动的孤军深入。

### 四、政治如何与村庄对接

当李準选择此时政治中的路线方向而不是政治中的政策时，接下来他所要面对的现实中的人物，其实就只能是这一政治路线逻辑下的行动逻辑。比如宋老定买地，小说中看不到他与其他中农之间的互动，我们看到的是李準设定的这般情境：宋老定孤身一人深陷贫农和互助组之中。这不是党员陷入小农经济的汪洋大海，而是小农经济陷入贫民的汪洋大海。这一情节设计不够有力，可对于李準要表达的资本主义道路和社会主义道路之争来说，是便于控制小说整体推进的。这相当于作家事先就预设了一个具有明确方向性的势能，他剩下的工作只需要拨弄几下。我们当然也要注意到，李準对小说形式的这一设计，本身是依托于他对共产党现实成就的信任。也就是说，李準认为，这样的小说势能，本身有现实的对应力。

现在李準让宋老定和东山来呈现两条道路之争——关键是这个"争"的发生地点。这也是李準封闭政治的另一种历史可能、承接政治路线之眼后，必须塑造先进人物东山时所感到的困难：社会主义的"公"在乡村的什么地方与小农经济相遇？如果宋老定和东山只是两不相干的村民，东山这个党员如何去深入感化、教育互不往来的宋老定这个中农呢？党的实践经验是发展出了丰富的群众路线方式。但李準身处的河南洛阳，1948年4月5日才解放，属于新解放区，没有老根据地的工作基础,李準无从深入熟悉当时党的群众路线。[1]他也就没有如何处理当类似于陌生人之间发生矛盾冲突时的革命式具体化解方式。社会主义的"公"如何能在乡村里变成可以触及的存在?换句话说,东山要出生在乡村的哪一家?

最好的办法,也是李準熟悉的民间戏曲常用构造方式之一,让他们"碰巧"是父子,这是李準要完成叙述的内在逻辑所需要的东山与乡村建立起关联性的关键环节。李準的叙述逻辑依赖了一个巧合,他让东山恰好是宋老定的儿子。要知道,党员出身于中农,这并不是当时的政治中特别被叙述的问题,当时最着重叙述的是贫、雇农出身的党员。可如果不存在这一层亲情,如果宋老定与东山没有任何亲属关系,党员与农民的隔阂要如何才能建立基于特定人性状态的沟通途径呢?这涉及党员要在超出家庭的更大社会范围内展开工作的问题。李準的叙述回避了这一难题。对于党员如何才能更广泛地与农民建立基于农村伦理构成方式的途径,这一问题涉及的社会存在形态,超出了他的感知范围,他很难在叙述中构造出相应的细节。人如何才能变得无私?无私到什么程度?高尚的无私的人是什么状态?这实际上在20世纪50年代初期,是大多数作家所面临的无法塑造有说服力的先进人物,以及赵树理所说的新中国成立初期创作热潮的放缓等问题的一个历史、思想史问题。

中国共产党具有一种不依托于具体血缘亲属宗族关系的互动、工作能力。李準构造的东山对张拴有超出血缘亲属的关切之心,但他的这一关切是依托"贫农"阶级话语。可这一话语如何能在不依赖阶级话语构成的乡村生活世界里扎根?这是问题。

正是在这一背景中,我们看到,李準始终没法让东山与张拴建立起基于村庄社会伦理层面的联结,唯一的连接线是他不断强调张拴是贫

---

[1] 1948年4月,洛阳解放。经表侄介绍,李準参加了革命工作,开始在豫西中州银行(后改为人民银行)当职员,1951年任货币计划股股长,次年调至洛阳市干部文化学校当语文教师。

农，他不忍心看到张拴陷入困境。不过，东山与张拴的村庄伦理关联性建立不起来，实际上并不完全会导致李凖小说叙述的瓦解。这一层面连接线的空缺，李凖可以转交给政治在当时的社会说服力。由于共产党的威信，社会普遍接受共产党对社会的规划：不让人受苦受穷，总是仁义的。虽然它不能内在于村庄的社会伦理结构，但它至少并不破坏乡村伦理感觉。关键是既要关切乡村最悲苦的贫农群众，又要在乡村整体经济结构上改变贫农的处境。而改变贫农这一处境的关键，如果不回到传统乡村组织结构方式，那就不只是不让张拴卖地，还在于要截断和改造买地之人，从而彻底破坏传统乡村组织结构的再造。这就把叙述逻辑的轴线转移到东山和宋老定身上。李凖以政治为中介的文学起点，在理解现实的角度上，就与赵树理的犹疑存在着差异。

李凖借助于巧合来简化和化解他与历史的缠斗。宋老定和东山的父子关系确立之后，李凖让东山的理想从超越家庭、乡村生活伦理回到了家庭，尤其是中间经由东山媳妇秀兰的劝导。秀兰仅出场两次，其中一次即是她教导东山：

> 平时你见他连句话也不说，亲父子爷们没有坐到一块说过话。你饭一端，上街了。衣裳一披，上乡政府了。你当你的党员，他当他的农民，遇住事你叫他照你的话办，他当然和你吵架！[1]

秀兰试图把东山拉回到乡村伦理之中，把党员与农民之间的隔膜打开，而这实际上只需要东山"平时"多跟宋老定说说话。在整篇小说中，秀兰的声部位置低浅、柔和、明亮，拉出的这一层面看似轻柔，却是整篇小说隐伏的文眼。

---

[1]李准：《不能走那条路》，《车轮的辙印》，人民文学出版社，1959年版，第5页。

李準让东山回归亲情，建立起与宋老定的伦理关联性，看似化解或帮助了宋老定的转变；但同时，李準叙述这种伦理关联性建立的特定层面，也成了对东山的一种束缚，而不是一种鼓励、推动。比如宋老定窗外偷听到东山在屋里对张拴说：

> 他今年六十多了，我也不想叫他生气。他受了一辈子苦，弄几个钱自然金贵。不过你放心！有共产党领导，绝不能看着叫你弃业变产，大人孩子流落街头。我预备把俺这互助组的人召集起来说说，大家集合一下帮助你一把。[1]

东山的回归，实际上同时也放弃了劝阻宋老定买地和借钱。他逼着自己从政治的立场后退一步，"不想叫他生气"，转而求助于"大家"。李準没有找到让东山更加坚持党的立场、坚持批判宋老定的支点，而是转向"大家"。可这个"大家"又都是什么人？为什么就会自然地帮助张拴？这个"大家"为什么就不会是宋老定的态度呢？最重要的是，这实际上已经不是社会主义道路与资本主义道路的斗争，而是瓦解宋老定道路之后的东山如何回归的问题。

不过东山体谅宋老定，还是让宋老定吃惊又释怀："想着平常看着孩子冷冷的，却想不到他心里会想到怕自己生气。"我们看到，这里出现的声音，是东山的回归在宋老定心中的回响。如果说宋老定看到张拴父亲的坟（当时众多戏曲改编都强调这一细节的重要性），是让阶级感情层面与乡村伦理感觉相联系，促使宋老定转变的关键；那东山回归伦理，则是李準给出的唯一的乡村接纳党员的渡桥。这场看似社会主义道路战胜资本主义道路的斗争，实际上变成了社会主义道路向乡村伦理回

---

[1] 李准：《不能走那条路》，《车轮的辙印》，人民文学出版社，1959年版，第13页。

归和乡村伦理被强化的过程。

东山后退时，宋老定发现自己被儿子接纳、尊重和疼惜。屋里这个党员儿子虽然站在贫农这边，却并没有与自己隔心；他倒也有情有义，不让别人"弃业变产""大人孩子流落街头"（东山的"贫农"政治转化为宋老定的生活伦理）。宋老定不再像小说开场听到"贫农"政治时的烦躁，而是在窗外耐心听着儿子继续对张拴讲：

> 你别着急！长山伯借给你点，信贷社贷给你点，我再找几个人，大家再给你凑点，你就可以搞点副业生产了。另外找人和你妻妹夫说说，等你在生产中有了收入，再陆续还他的账，这就过得去了。[1]

儿子看到了张拴所有的难处，并想尽办法。不是灾难，而是日常生活中捉襟见肘的为难，才最容易让人在鸡零狗碎中心力交瘁，不堪其烦，走投无路。所谓一文钱难倒英雄汉，宋老定心里明白让日子"过得去"的甘苦，自然也听得真切。否则谁会留意这些絮叨呢？

他听见张拴声音高起来，激动地说：

> 东山！你是怕别人说闲话，你放心！我知道咱村老少爷们都知道你这人，你是共产党员，不论谁提起你都说好。谁的心公道，谁见天为群众打算，村里人都知道。[2]

宋老定不仅听到了儿子眼中的自己，现在东山看到了张拴的为难，张拴也看到了东山的仗义磊落。透过窗棂，张拴还替宋老定看到了街坊

---

[1] 李准：《不能走那条路》，《车轮的辙印》，人民文学出版社，1959年版，第13页。
[2] 李准：《不能走那条路》，《车轮的辙印》，人民文学出版社，1959年版，第13页。

四邻眼中的自己的儿子。隔着木窗、土墙，人心反倒在夜里互相敞开了。儿子融入村里，又扶助公道，"村里人都知道"。小说一开始张拴卖地时，村里人是估摸、猜测，人人相隔，好坏难分，心不可测。现在，是非不在时势，公道自在人心。村里人看到了儿子的仗义公道，但村里人如何看待自己？小说一开始，宋老定并不在意村里人的闲言碎语，他执意买地，这本也合情合理。现在，当他放弃买地后，他开始希望自己被看见，能在另一种"公道人心"中占一席之地。

宋老定悬着心，侧听张拴继续说：

> 谁也知道你有个糊涂爹，不会怪你。[1]

宋老定心里一沉，李凖在小说中说："他（张拴）这句话说得特别轻，可是老定却听得特别清楚。"老定此时心系于此，恨不能闻蚁斗如雷鸣，当然听得特别清楚；可听清之后，却也真如雷鸣。大家竟然这样低看自己。张拴声音的"轻"，分明是认定，是失望，是抱怨，是断定他好歹不分、忠奸不辨。儿子争气，可他也不是一个昧心只图买地传世之徒，他为子孙忍气受苦，从未耍赖害人，这满腹的委屈，大家怎么就看不到呢？没等老定自己出声，他听到东山站出来替他反驳：

> 我爹这二年也有转变。你知道前年我参加互助组时，和他生那气。现在在组里，一些小事也不怕吃亏了。他干得也很下劲，我就想着过去我和他硬别也不行。像这次他要买你地，经过我劝说，昨天口气就变了。他说："张拴家那地咱不能买，过去我和他爹在一块推了几年煤，都是穷人，咱不能买他的地。"就是借钱这事他怕

---

[1]李凖：《不能走那条路》，《车轮的辙印》，人民文学出版社，1959年版，第14页。

张风。[1]

原来老定这些年的甘苦和志气，儿子都看在眼里。他老了，还有什么比儿子能撇开政治，撇开外人，站在自己这边，体谅自己，更能安慰他这老父亲的委屈呢？党员东山一开始会因为张拴这个贫农，而跟老定对立、置气；而现在却能站在自己这边，自我批判，并反驳这个贫农，而且自己这两年的不容易和现在的担心，他都在一旁默默地记挂着、包容着。老定愿意跟这样的儿子多待一会儿，哪怕是隔着窗和墙。他继续听下去。

张拴说："我也知道老定叔，他这人是直心人。他过去也给地主划过十字，他知道那卖地啥滋味。我爹常说：'我和你老定叔将来死后都免不了给人家看地头！'谁想来了共产党，要是我爹活到现在……"[2] 宋老定"听到这里再也听不下去了，他用手使劲地捂住要流泪的眼，走到屋里，像一捆柴倒在地下一样倒在床上"。

### 五、溶解与焕发

还没偷听完东山和张拴的对话，宋老定就瘫倒在床。这不是被击垮，而是卸掉了防御。他不是被政治击垮，这里没有了政治，或者说，政治还是有的（"谁想来了共产党"），但完全被揉进了宋老定半世遭逢的坎坷里。党员也以撤退至老定的生活世界，重新看见老定一生的曲折委屈，而进入老定的生命。宋老定愿意卸掉防御，是因为曾经规定他，也是他所执念的买地传世这一传统生活世界结构的再生产方式——经过东山和村邻对他上进（"在组里，一些小事也不怕吃亏了"）、正直

---

[1] 李准：《不能走那条路》，《车轮的辙印》，人民文学出版社，1959年版，第14页。
[2] 李准：《不能走那条路》，《车轮的辙印》，人民文学出版社，1959年版，第13—14页。

("直心人")品质的肯定,儿子的默默关注以及张拴竟能理解他坚韧挺立背后的含辛茹苦,竟能看见和体谅他坎坷一生,自己对天地间已逝者和幸存者生灭无常的悲恸,以及可贵可叹可泣的生命遭际——现在不再值得固守了。他有更值得珍惜的,比如这一夜里变得善解人意、化解繁难的儿子和村邻,以及被儿子和村邻照亮的自己。这意味着,实际上规定宋老定的不只是买地传世,不只是小农经济中的小农,还有溢出这一结构、不会被任何既定结构彻底叙述和回收的可感可变的心。宋老定老了,风烛残年,一辈子为了生计,为了子孙,甚至都没想过自己的死。而这些艰辛和委屈,都被别人讲述出来。讲述即照亮。这个差点被自己伤害了的不孝子,被自己认为不争气的朋友的儿子,竟然能体贴他的一生。张拴不只是那个拥有"一杆旗"地的农民,也不只是那个倒卖牲口的农民,他还是懂得体贴、能被感动、愿意上进的孩子,他也是值得被疼爱的啊。谁说穷通有定,离合有缘?谁说张拴就命该如此呢?命该如此的背后,不是更应该互相珍惜吗?

在张拴的叙述里,改变命运的政治("来了共产党")隐现其中——仅仅是隐现。它如同命运中常见的偶然,带来转机,此刻(1953年)却还并没有改变宋老定对生活、生命的感觉意识机制。政治没法让张拴爹多活几年,也并不是政治让宋老定幸存下来。这里的政治,是决定了个人命运的政治;不过,恰恰也是政治的出现,让个人命运变得更加扑朔迷离。共产党只是获得政权,没有具体进入农村,它让农村人分地,不过也仅此而已。正是土改分地。原本张拴爹和宋老定都认定自己死无葬身之地,却不想共产党来了,宋老定也能有自己的坟地。也正是共产党来了,才让张拴感叹,他爹死得太早。共产党为什么不早一点来,张拴爹不就不用给人家看地头了吗?正由于控制命运的政治阶级论的逻辑力量还没全部进入乡村,这时的乡村,仍是依赖人生如寄生灭无常的叙述结构来抚慰人心的乡村。在天地玄黄里,这样的乡村更加依赖彼此的相濡以沫。在此时的乡村世界里，没有英雄，没有革命者，连党员东山也站在了老定这边，更像是儿子。与东山一起，政治溶解在了更大更易沉浮的人世里。

经此一役，不但东山和张拴之间的政治关联变成了生活脉络连带，宋老定也因生活脉络对政治的重构而焕然一新，变得更加从乡村生活内在、从人与人的相互珍惜中重新站起来。如果说老定最后改变了人生道路，那不是他认同了政治的社会主义道路，而是认同了无常命运中的守望相助、同舟共济。

宋老定认同的前提，有儿子的转变、村邻的善意、国家—社会机构的相互协助、村里相亲相邻的人心推助，以及他在历史中涌动的生命遭逢被人看见、讲述、体察和拥抱。他对买地的坚持，本身是被特定乡村生活世界结构规定的意识和行为，并不是他人生的必然。这种特定的乡村生活世界结构规定和安顿了宋老定生命遭逢的很多内容，但它仍然是特定历史状态下对人的规定，不是牢不可破的。那一夜，当老定被东山和张拴层叠起伏的谈话所牵动，整个生活世界被重组（长山伯、信贷社、搞副业、远房亲戚、互助组的大家出力，东山不只对张拴好，还在全村获得声望等），他那些被既定生活世界压力（包括为着子孙的伦理压力）逼迫而不得见的生命遭际，随着眼泪散透出来，让他的心理防线断为数截。仿佛他之前竟是孤独地活在被人指定的世界里，而生命另有其名。一个买地传世的人生，一个被特定历史时刻形成的生活结构所规定的那些准则，不是值得他宋老定坚持的全部。他自己都不知道，原来自己内心还如此渴望与他人这么深度地相通。无论这种看见、进入别人历史生命存在的能力是不是小说人物张拴所具备，至少李準的叙述表明，不是社会主义所界定的"贫农"政治框架，而是党员东山和贫农张拴，重新作为儿子和村邻，并看见和讲述了他具体生命之可贵可叹可泣，才是宋老定最终放弃买地、同意借钱给张拴的生活逻辑和生命逻辑。这是李準的文学以政治为中介，却以自己的文学之眼探索出来的洞见。它恰恰叙述了一个——政治不全部进入乡村，只在某个层面做出调整，乡村里的中国人，仍然可以从乡村内部突破既定的社会生活结构所规定的伦理规范，走向更好的改变；虽然也是付出更大的牺牲。李準保持了对宋老定的肯定，让他次日再次站起来所看到的世界，是一个"像秋天河里的水一样明朗、新鲜"的清晨。

## 六、结语

李準让东山作为党员后撤了一步，作为儿子又迈进了一步。为了打动宋老定，李準不断强调萦绕着乡村生活世界的生息繁衍、生老病死、亲情仁义等无法被直接回收为革命政治的生命生活内容。而社会主义道路，实际上在小说中一直没有出场。社会主义的图景，变成了乡村生活伦理在村庄中的被改写和再焕发。

宋老定最后借钱给张拴，对他说："不借给你难道我还想买地！你记住：以后要好好地下劲种地，要不，连谁你都对不住！"宋老定放弃买地，愿意借钱，不是因为东山的"贫农"政治；而他劝诫张拴的，也不是政治，而是要让张拴"对得住"。对得住谁呢？很多，也可能是别人的情义，也可能是张拴自己，也可能是每个人都应该被珍惜的可贵可叹可泣的生命本身。乡村生活世界有情有义的伦理被东山的"退"和"进"所激活，同时，宋老定买地传世的乡村伦理也被否定。不只是宋老定买地传世的伦理被否定了，实际上他现在要为了家庭之外的人做出更大的牺牲。《不能走那条路》意不在于抽象肯定或否定乡村伦理，或者说，李準的文学叙述在贴着中国人在乡村生活世界的命运展开中，超出了对乡村伦理的抽象肯定或否定。比如宋老定，他由于被回归伦理的党员和贫农看见自己生命的可贵可叹可泣，而否定了自己之前为子孙买地的伦理准则。这是否就能突破既定生活世界结构对他的全部规定性，还不敢确定；但至少他不再完全依赖之前的规定性。至于他将来的路，他自己并不清楚。这需要政治的理解和规划，需要党的政治和李凖的文学继续探索。

这里值得注意的是，中国人的乡村伦理内部构成本身，有具有活力的部分。或者说，乡村伦理的活力不依赖于伦理本身。恰恰相反，伦理总是有着对生命的某种规定，这种规定随时可能在历史变动中丧失活力。伦理的活力依赖于对人的生命活力的激发，并在激发后形成伦理形式对生命活力展开护持及维系，以此形成新的伦理规范。我们不能抽象地说，宋老定的转变过程，是从一种政治转变到伦理，或从伦理转变到政治。与孟悦《〈白毛女〉演变的启示》一文的结论相反，党的政治活力不是来自对乡村传统伦理的直接再利用。李凖的叙述逻辑，恰恰不是政治回到了伦理，而是政治重新激活了中国传统伦理活力的构成机制，使之呈现出新的形态。不是抽象的乡村伦理本身，而是政治在规划现实时，对乡村生活世界所面临的困境做出适当的调整，并展开一系列的现实调度，使党员及群众能彼此看见和讲述别人生命之可贵可叹可泣，对他人生命的看见和拥抱，以此建立新的伦理方式、形态。正是当政治让他人重新认识到人的可贵可叹可泣，彼此多珍惜珍重时，这个政治才具有能量去突破特定历史结构形成的伦理范畴对中国人的规定。如果说这里有政治，这个政治已经不是阶级论的政治，而是政治在触碰中国乡村社会时推演出来的新形态。

党在规划合作化的集体化形式时，不是以宋老定这样的中农为组织核心，而是以张栓这样的贫农为中心来理解和构想农村新组织形式。东山一出场就与张栓靠近和结合，就是以这一农村理解方向为前提的。这是李凖以政治为中介推演出的政治逻辑，又在文学叙述逻辑的冒险之旅中发现的、能突破政治规定之处。但这一突破出来的生命生机和情义能量能推动宋老定走多远？政治如何在社会组织结构的规划中理解和安顿这种能量，就是政治需要面对的问题了。

从这一点来说，李準在《不能走那条路》中从家庭亲情角度给出党员和农民的浮桥，和给得这么巧，也都是在这一时期历史结构中文学与政治搏斗后的叙述探险。李準要呼应政治，及时反映现实。他以家庭亲情来衔接党员和农民，既是对他所娴熟的中国传统戏曲叙述组织方式的一次调动，也是对这一时期政治与乡村特定历史关系形态，以及自身尚缺乏对革命内在机制真正理解就匆忙叙述革命的排险，同时反而逼迫自己的叙述以对乡村伦理再造机制的激活和再发明结束。政治经由文学之眼的远渡，而被乡村社会之活力暗度陈仓，也都是这一时期文学叙述的必然结果之一。《不能走那条路》的叙述结构，并没有它题目中的音量那么确定和自信；但李準借以扛起政治大旗的，是遍布乡村田间地头、床前窗下的情义、道德、伦理及中国人互以为重的人心。正是这些乡村空间角落里的暗自思忖或一寸赤心，承载了李準对政治和人心的探险，并托举着李準抵达令人惊讶之地。或许正是这个小说内部结构的双重面向——经由重重复杂构造才得以跟跄获胜的党员，和山河大地上总能由情义感动突破自身规定性的农民——让李準心里对先进人物心有余悸，又对文学的探索方式、中国人内在的生命力保有信心，并持续多年。

# 第四章　杜鹏程《战争日记》的历史认知与文学认知问题

## ——在《讲话》之后与《保卫延安》之前[1]

### 引　言

毛泽东《讲话》在1942年发表以后，并没有马上涌现与之相应的重要作品。相反，不少作家或觉得与自己之前的创作道路不冲突（如草明），或仍处于延续之前创作状态的阶段（如杜鹏程）。周立波的《暴风骤雨》（1948）和丁玲的《太阳照在桑干河上》（1948），都是时隔6年之后才创作而成。《林海雪原》（1956）、《山乡巨变》（1958）、《创业史》（1959）等都是新中国成立之后创作完成的。赵树理在1943年5月完成了著名短篇小说《小二黑结婚》（彭德怀为该书的出版题词："象这样从

---

[1]本文写作首先要感谢中国人民大学文学院姚丹教授在北京·当代中国史读书会上做的专题报告。她提醒了我，《战争日记》对于理解《保卫延安》的重要性；同时还要感谢读书会诸位朋友的共同讨论，相互启发，这对于我写这篇论文帮助极大；最应该感谢的还有贺照田先生，他对《讲话》的精彩分析和深入讨论，打开了这篇论文的基本思路。

群众调查研究中，写出来的通俗故事，还不多见。"），1943年10月又创作了被誉为"解放区文艺的代表之作"的《李有才板话》，此外还创作有《孟祥英翻身》、《地板》（1944）、《李家庄的变迁》（1945）、《福贵》（1946）、《小经理》、《邪不压正》（1948）、《传家宝》、《田寡妇看瓜》（1949）、《三里湾》（1955）等。但他是在《讲话》发表之后才调整自己的创作方式，还是早于《讲话》便摸索出了自己独特的创作特征，对此一直都有争议。而且，赵树理的创作方式是否就代表了《讲话》所开展出来的中国革命文学创作机制，这也值得进一步深入讨论。另外，虽然《讲话》之后，秧歌剧作品大量出现，如《兄妹开荒》（1943）、《夫妻识字》（1944），但这些作品无论在突破既有创作方式方面，还是在反映中国革命历史经验的深度及广度方面也都有各自的限度。

　　那在《讲话》与实际文学创作之间，存在着怎样的、没有被学界充分问题化的晦暗地带？革命的理论命题经由何种历史实践来跨渡这一物质和思想中的时空距离？作为中介的作家又如何在这一实践中去感知、捕捉、把握革命理念及其实践形态，并最终以某种特定的文学形式转换、构造出他对革命实践的再理解？正是在撕开被"政治与文学"这一解释构架所遮蔽了的历史实践问题上，杜鹏程的《战争日记》恰恰记录了他在《讲话》之后，投身戎马，几经生死，亲历革命如何从微澜到洪涛的经验感知和认识。而中国共产党革命在这一时期的实践展开、对社会—军队—革命者的再形塑，以及杜鹏程对这一实践经验的捕捉和认知，正是他书写革命战争小说《保卫延安》（1954）的经验和观念的重要前提。[1] 从某种程度上说，《战争日记》中革命经验被感知和被捕捉的方式、程度、范围，决定了《讲话》中的诸多理论原则在实践中被落实和被具体化的形态。这些经由各个实践层面转换了的观念意识的形态，正是小说《保卫延安》的文学创作机制、文学话语方式得以如此运转的后台模板。它是当代文学生成机制的历史内核。

政治—社会—文学之间的这种层峦叠嶂，复杂转换，实际上是中国当代文学的一个基本特点，也是其挑战性之所在。本文以杜鹏程《战争日记》为中心的讨论，试图打开的正是政治原则和文学赋型之间的这一被遮蔽了的历史实践经验，并将这些环节从历史暗影中剥离和辨认出来，将之问题化，希望有助于我们重新建立讨论中国当代文学的维度和

---

[1] 杜鹏程（1922年4月8日—1991年10月27日），陕西韩城人。目前《杜鹏程文集》第四卷中的《战争日记》是"选自他近百万字的战争日记"，约四十万字，日记记录时间为1947年3月1日—1949年12月31日，内容为撤离延安到随部队进入新疆喀什的军旅行程。杜鹏程时年25—27岁。"日记在他生前已抄写出来，经他粗粗过目并作了删消。除删去有关一些讲话、总结报告、战术讨论等内容外，除个别字句的更动，'日记'基本保持原貌。"（杜鹏程：《战争日记·编后记》，《杜鹏程文集》第四卷，陕西人民出版社，1993年版，第579页。）而《保卫延安》描写的正是1947年3月的延安保卫战。据杜鹏程的夫人张文彬回忆，杜鹏程创作《保卫延安》时，"他手边除了战时记的几百万字的日记，还有部分部队总结，油印小报；延安时用马兰纸印刷的《整风文件》，毛泽东著作《论持久战》和两三本文艺作品，这便是他的全部写作资料了。杜鹏程一面翻阅日记，一面思考，决定写一部长篇报告文学"。张文彬说，杜鹏程到了喀什之后，"在百忙中有一桩很重的心事，常使他坐卧不宁。从战争中带来的马褡子中，装有不少的烈士遗物和信件。他曾经给我一件一件地介绍：一条被子弹打穿烧了一片的毛巾，那是一位营长盖培枢送给他的礼物，后来盖营长在战场上壮烈牺牲，而他家里还有老母和未婚妻，杜鹏程因为没能分身去寻找烈士的遗属而心里愧疚；两封纸已发黄的信件，那是一位叫许柏令的烈士写给党支部和他的孤寡母亲的信，临上战场时留给杜鹏程的……杜鹏程说在战场上，在牺牲的战友面前，他多次在心里默默下定决心，要把这一切写成书告诉后人，多少人为民族独立自由，为洗刷民族的耻辱，争取民族的尊严而浴血奋斗，甚至献出宝贵的生命。他是这历史的参加者，又是以笔为生的人，不写出这段惊天动地的历史，简直是罪过。说到这一切，他心情沉重，感情激昂"。可以看出，《战争日记》中记录的战争经历，对于杜鹏程创作《保卫延安》至少在创作动机、心态方面有着重要关联。这种关联连带着解放战争时期杜鹏程在枪林弹雨、流血牺牲中的身心历练，连带着他对中国革命历史实践方式所展开出来的军队工作方式、精神状态、人际伦理等方面的切肤体认。

构架，在政治与文学的二维之间，不仅从理论上，也从实践经验上，打开一个历史—社会的实践性和思想性空间。

## 一、《讲话》前后的杜鹏程

杜鹏程，原名杜红喜，出生在陕西韩城夏阳乡的一个农民家庭里。他三岁丧父，幼年上过私塾和基督教学校，后因生活所迫到韩城一家店铺当学徒。1935 年，他经人介绍，来到韩城西庄镇学校半工半读。期间，他很快加入了由一些进步教师在该校组织的"中华民族解放先锋队"，从事抗日救国宣传，并阅读了《共产党宣言》和列宁、斯大林等人的著作，还接触过鲁迅、蒋光慈、范长江、邹韬奋、高尔基等人的作品。1938 年 6 月，他先是考入延安抗日军政大学（以下简称"抗大"），不久又被抗大分校选送入鲁迅师范学校读书。毕业后，他被分配到延川县农村工作，几年后又奉调到延安大学学习。1947 年 3 月，他调到边区《群众日报》当记者。胡宗南进攻延安的战斗打响后他撤离延安，6 月，他被派往部队当随军记者。此后，一直跟随西北野战军第二军转战西北战场，经历了粉碎胡宗南进攻延安和解放西北的整个战斗。1949 年随军进驻新疆喀什。在西北解放战争中，杜鹏程经常在连队活动，同战士一同行军，一起蹲战壕打仗。

杜鹏程做记者时，仅仅二十五岁，《讲话》发表已有四年。不过他已经有近十年的革命经历，做过农村工作，给老乡娃娃教字，收公粮，收军鞋，征兵，等等。后来，他在延安一个工厂管文化教育工作，给工人上课，办墙报，读报纸。这期间，他也曾尝试写过诗歌、戏剧，先后写了几十首民歌和《反击》《抗敌》《打击敌人》等秦腔剧或眉户剧。1942 年延安文艺座谈会召开时，他在延安大学社会科学院新闻专业班学习。他没有参加延安文艺座谈会，但有关方面的"速记稿"他很快就读到了。据他回忆：

> 1942年夏天《讲话》发表前后，我正在当学生。置身延安，当时环境的艰苦及人们思想文化方面的状况，有深切感受。《讲话》前后的情况全知道。而《讲话》尚未正式发表，便用粗黑的马兰纸印出来，供大家学习。不是一般学习，而是结合检查自己的思想意识，我大受震动，似乎是在这时才懂得革命及文学是怎么回事。大约是44年，我离开学校到延安一个工厂去工作，我在《讲话》精神指导下，认真研究生活和读书学习，这是我一生的转折点。[1]

杜鹏程这里所说的他对"人们思想文化方面的状况，有深切感受"，具体指什么状况？"《讲话》前后的情况全知道"又是指什么情况？他这个时期通过《讲话》所理解的"革命与文学"究竟对应于他的什么经验或构想？之前他的理解又是什么？他说他"在《讲话》精神指导下，认真研究生活和读书学习"，他所理解的"《讲话》精神"，具体指什么？跟其他作家或文艺工作者所理解的《讲话》精神有区别吗？我们又如何理解杜鹏程所说的这一转折点？是《讲话》中所说的"与人民群众结合"，"成为整个革命机器的一部分"吗？这些都需要我们建立一个更大的历史构架来展开进一步讨论。

《讲话》开篇谈道："到了根据地，并不是说就已经和根据地的人民群众完全结合了。我们要把革命工作向前推进，就要使这两者完全结合起来"，但对杜鹏程这些没有国统区经历、一直在延安上学工作的青年们来说，似乎提前完成了这种结合。在他们的理解中，《讲话》就仅仅被当作是与艺术创作有关的文件，而不是一个需要主体自我再造的原则

---

[1]《杜鹏程致段国超》，见1987年7月30日《人民日报》。转引自段国超：《杜鹏程与〈讲话〉》，载《渭南师专学报》（社会科学版）1992年第2期。

性文本。这种将《讲话》过于具体化的理解和接受，限制了将《讲话》放置于更广阔的结构中，限制了其发挥校正主体认知和自我构成方式的积极功能。虽然杜鹏程等人也会积极学习、认真研究，但这种学习本身对于突破自我边界的可能性，一开始就被杜鹏程等人的历史理解方式限制住了。这也至少说明，要充分理解《讲话》，本身就要以突破杜鹏程的自我特定状态为前提。

我们看到，即便是杜鹏程这样"立志将来当大作家"的青年，也并未意识到自身与《讲话》所要求的革命状态之间存在的差距究竟有多大。杜鹏程下面的这段话也可以作为证明：

> 1942年5月，毛泽东同志《在延安文艺座谈会上的讲话》发表时，我是20出头的青年，正在延安学习。那时虽然衣服破烂，饥肠辘辘，捧读的是粗码的马兰纸印的小册子，可是满腔热情地追求知识、追求真理，略知献身人民是人生最高境界。这时，延安文艺界，一扫过去那种沉闷的脱离现实、脱离群众的不良风气。以大秧歌为发端的群众文艺运动蓬勃兴起，搞得热火朝天。我也在这时参加了秧歌队，扭遍了延安山城，写出了一些反映工厂生活的秧歌剧，演出的有十多个，是创作热情空前高涨和活跃的时期。[1]

从这段话中可以看出，杜鹏程虽然深感《讲话》一扫雾霾、激奋人心，可并不觉得《讲话》所要求的作家的实践方式和文艺道路，跟自己之前的知识状况、意识结构、感觉方式有什么冲突。在他满腔热情追求知识和真理的人生轨道上，《讲话》不过是强化了他"献身人民是人生最高境界"的价值感，他毫无障碍地投入以大秧歌为代表的群众文艺

---

[1]《遥寄艾克恩——读〈延安文艺运动纪盛，忆"五·廿三"〉》，见1988年5月23日《西安日报》。转引自段国超：《杜鹏程与〈讲话〉》，载《渭南师专学报》1992年第2期。

运动之中，颇为兴奋。《讲话》的一个重点是反对脱离现实、脱离群众，而他参加秧歌队，创作秧歌剧，投入群众运动之中，并将这样的实践方式作为他对《讲话》的个人诠释，作为对自己人生道路的肯定，和作为强化自我内在于革命方向的途径。他进工厂，办墙报，读报纸，写戏剧。看起来，他的人生节奏与《讲话》要求的与群众结合相当吻合，剩下的就是继续努力。

但沿着这种人生轨迹一直向前的杜鹏程却时有困扰。

> 1947年6月18日，今天行军，心里很羡慕人家骑马，作文化工作的人，显得贫困可怜，但回头一想，觉得这种想法不对头。[1]

在杜鹏程进入人生"转折点"之后的五年里，他"从未放松过读书求知"。他看似做到了《讲话》所要求的"使文艺很好地成为整个革命机器的一个组成部分"，但"与人民群众完全结合"呢？在现实物质享受和地位差异方面，他似乎还有动摇。面对个人名利与"献身人民"之间的裂痕和冲突，他不断警醒，努力修复。不过我们还需要进一步弄清，从不放松认真学习、在革命道路上浸润五年的革命者，他的自我在日常生活中如何运作？如何构建自我与现实的关系？革命者到底该怎样构成？

## 二、1947年3月—9月杜鹏程的空间感觉变化

解放战争始于1946年。但直到1947年，胡宗南进攻延安，杜鹏程才真正开始接触和面对战争。不过，杜鹏程最初对战争氛围的理解、感

---

[1]杜鹏程：《战争日记》，《杜鹏程文集》第四卷，陕西人民出版社，1993年版，第66页。

知和记录，其整理方式并未体现出一个一无所知者的无所适从，而是带有高度的空间设计感。

比如1947年3月3日的日记里，他这样记录撤离延安：

> 庆阳已失，延安紧急，昨天二次疏散令已下，延安全市进入紧张的备战疏散中。
>
> 外面远处传来驼铃声，下边搬运东西，脚户呐喊，骡马嘶叫，狗吠声，灯火齐举，人们紧张地来回走动。延安——中国的圣地亲临大战了吗？悲叹生于这交替时代的我辈青年。
>
> 打算明天收拾一下，到母亲那里去。唉！多愁不安的脆弱的灵魂啊！[1]

第二段的描写自远而近，由景到人，在空间结构和视觉层次上都很注意历史事件的开阔度和情感提升带来的纵深感。虽然是日记，但杜鹏程的视角和整理方式是高度文学化的。从这种整理方式可以看出，一方面他对延安充满感情，为之担忧、焦虑；另一方面，在杜鹏程的意识结构中，他对战争氛围的空间处理又非常类似于郁达夫、巴金等人笔下的现代文学青年的感觉结构。看似有相当的现实感，但这种现实感又是非常脱离现实的。在这样的感觉方式中，空间的远推依赖于西北的地域文化符号驼铃声，它与凌乱的近景关联甚少。更重要的是，这个抒情者本身也缺乏与空间各个位置的连带关系。这只是一个"交替时代"的青年，他与战争其实是疏离的，他与这场战争的内在逻辑之间是断裂的。这种断裂和疏离使得他的情感空泛而漂移。"圣地""大战""悲叹"等抒情性词语与它们所对应的情感因为得不到空间结构的有力支撑而无法

---

[1] 杜鹏程：《战争日记》，《杜鹏程文集》第四卷，陕西人民出版社，1993年版，第4页。

获得有机升华，空间结构也因得不到充实的情感支撑而不能获得富有层次感的饱满度。

六个月后，杜鹏程在一篇日记中，他再一次总结性描述了他在军旅途中的空间感受。

> 1947年9月21日，行军中，我常有一种感受，觉得自己在这样优美的国度，这广阔的土地上行走，从南到北数千里还出不了一个省的界域，从延安出发，而后子长、陇东、三边、榆林、绥德约两千余里，祖国有多么广大啊，多么丰饶、可爱。她使我心里常常升起一种激情，一种自豪。亲爱的祖国，我们为你，愿意流尽最后一滴血，绝不让任何人污辱你。[1]

这是在巨大的历史想象和变动当中，积极构想自己成长为一个饱满主体以支撑这样的历史空间的人的誓言。

六个月的时间内，杜鹏程的空间感觉，随着军旅征程的远涉而变化。他开始有意识地借助具体地理距离来拉出空间的延展度。"从延安出发，而后子长、陇东、三边、榆林、绥德约两千余里"，在"这广阔的土地上行走，从南到北数千里还出不了一个省的界域"。这种空间感觉既不是建立在个体凭借阅读传统文学文化知识并经由想象转换所生产出的认知和感觉方式上，也很难说是基于新的认识装置从而生产出对风景的再发现。那么到底是怎样建立的呢？近现代以来，陕北一直以贫瘠荒凉闻名。杜鹏程与陕北的深厚情感和文化连带，对祖国情感浓度的凝练和提升，是否延续了半年前的感觉机制，把一种浪漫主义的自然风景转换为文化民族主义的热情？这与20世纪30年代郁达夫作为游记作家

---

[1] 杜鹏程：《战争日记》，《杜鹏程文集》第四卷，陕西人民出版社，1993年版，第129页。

对风景的重新发现在构成方式上有何不同？

表面上看，我们似乎可以认为，此时的杜鹏程再次完成了《讲话》中所说的与人民群众的结合，完成了成为整个革命机器一部分的改造。但首先，这种再次完成的身心状态处于何种特定关系结构中？它们所对应的历史条件和现实状况是什么？再次，在这一完成过程中，杜鹏程的意识结构、感觉方式的变化过程，以及杜鹏程空间感觉变化所对应的历史经验的内在逻辑是什么？

### 三、1947年3月—9月行军所见闻的新现实与杜鹏程的再思考

杜鹏程说他在行军中"时常"感受到这是一个优美的国度。可实际上，杜鹏程这半年的一路行军非常劳顿艰苦，所见所闻也不尽如人意。比如就在这篇日记的前几天，杜鹏程写道：

> 1947年8月27日，下午动身经过张家山清泉寺向东（镇川以北三十里）插过去，一直走到二十八日上午十点钟，走了一百多里，翻了十五架山。肚子饿，腿软眼花，唉呀，饥饿多么可怕，而整二十四小时的行军又多么紧张。[1]

陕北长期穷困，解放战争开始后，部队由游击战转为运动战，经常脱离根据地，后勤补给非常困难，经常挨饿。尤其对于杜鹏程这样连游击战都未经历过的人而言，这更难以忍受。困难之处的不只有饥饿。运动战的性质规定了部队必须大面积远距离地徒步行军，这与游击战可以根据天气环境变化而因时变易非常不同：

---

[1] 杜鹏程：《战争日记》，《杜鹏程文集》第四卷，陕西人民出版社，1993年版，第117页。

1947年9月11日，头痛，可能是凉了。因为自打榆林以来没脱过衣服睡觉，盖不上被子，虱子如蚂蚁，横行已极，颇觉不适。[1]

虽然虱子横行，但毕竟能有时间睡觉。更难熬的是浑身湿透、彻夜不眠：

1947年9月15日，晚枪声密集，半夜大雨直泼，大雨中整夜枪声剧烈，敌人是逃不了。而战士们在衣单被薄，连绵的秋雨中，彻夜不眠，淋得精湿，天又黑得伸手不见掌。[2]

**还有飞来横祸：**

1947年9月16日，夜里我们往回走，我从陡立的山崖上滚下来，简直变成一个泥人，浑身疼痛难忍。[3]

这些全都是杜鹏程即便在艰苦的延安，也完全没有经历过的新状况。就在杜鹏程感叹"美丽国度"之后的几天，日常行军仍然非常困难。饥饿、坏天气全碰上了：

1947年9月24日，连阴雨。这几天天阴有时下雨，今天正式下起来，食物困难，以玉米棒子维生。今天或许不动，真是太好

---

[1]杜鹏程:《战争日记》,《杜鹏程文集》第四卷，陕西人民出版社，1993年版，第123页。
[2]杜鹏程:《战争日记》,《杜鹏程文集》第四卷，陕西人民出版社，1993年版，第125页。
[3]杜鹏程:《战争日记》,《杜鹏程文集》第四卷，陕西人民出版社，1993年版，第126页。

了。没有烟抽无聊得要命,此时我愿拿被子换一盒纸烟。[1]

1947年9月28日,雨。讨厌的天气,昨夜还一直下雨,午饭后雨停了,天还阴沉沉的,饥饿咀嚼着人的心。[2]

虽然手握武器,但野外行军,仍会担心野兽出没:

1947年9月25日,南泥湾一带的山沟。想不到在这遍地森林荒凉的山沟中住了两天,雨越下越大。在这小山沟破窑中挤了十四个人,听说这里豹子很多,睡觉也提心吊胆。早晨起来雨依然不止,现在唯一问题就是没饭吃。[3]

有时好不容易找到一点吃的,但又难以下咽。即便是中秋,仍然无法奢望一顿饱餐、一个安稳觉,连喝水都困难:

1947年9月29日,雨(古八月十五)。天似乎没有晴的意思,生活品更为困难,旅政治部用毛驴换了一头病牛,实在难吃,又酸又臭,但有什么办法。今天是古历八月十五,夜半吃罢饭便急急地出发了。一路上泥泞不堪。……

从金盆湾之塔宝峪出发进沟经南泥湾,翻过大山经石家岔又上山,行九十里,宿富县牛武区东北三十里之鞍子上村。部队所行的地区完全是大梢林,荒无人烟。一路上不见村庄,走上二三十里偶尔见一残破的窑洞,但似乎断炊已久。敌人把一切均放火烧毁,老

---

[1] 杜鹏程:《战争日记》,《杜鹏程文集》第四卷,陕西人民出版社,1993年版,第131页。
[2] 杜鹏程:《战争日记》,《杜鹏程文集》第四卷,陕西人民出版社,1993年版,第133页。
[3] 杜鹏程:《战争日记》,《杜鹏程文集》第四卷,陕西人民出版社,1993年版,第131页。

百姓被强令集中在牛武镇，庄稼全部荒芜。今天是中秋节，在此荒无人烟的山野露宿，睡在深秋雨后的湿地上。昨晚三时出发，原本没有吃饱，一上路就更加饥饿、疲劳和口渴。[1]

无论是荒无人烟的大梢林，还是残破断炊的窑洞和荒芜的庄稼，这些都是反风景的存在。当杜鹏程一边饱受这样密集的身体煎熬，一边却不断感受到对这广阔土地、优美国度的激情和自豪，这种困顿身体和饱满情感的并存所对应的历史实践状态是什么？这种特定身心状态是在什么样的历史结构关系中达成的？

除了身体煎熬，自3月起从延安一路撤退的行程中，杜鹏程不断听到和观察到抗战以来陕甘宁边区相对和平时期所产生的新的混乱与腐败。这些问题被他特意记录在了日记里。

> 1947年3月23日，十年和平生活，有些人开始盲目乐观，现在又张皇失措，固然事情有一个必然的过程，但是干部之张惶是不可宽恕的。此时我深感宣传工作的薄弱。[2]

战争突然来临，社会上有慌乱是正常的。但对陕甘宁边区这样的革命根据地，杜鹏程有别样的期待，他觉得应该有不一样的面目。尤其是干部，干部一旦慌乱，所有的组织工作都会乱。

> 1947年3月28日，上午派我到乡政府去交涉粮食。十年和平生活，战争袭来后有些张惶失措，民兵、自卫军很多，但找不到负

---

[1] 杜鹏程：《战争日记》，《杜鹏程文集》第四卷，陕西人民出版社，1993年版，第133—134页。
[2] 杜鹏程：《战争日记》，《杜鹏程文集》第四卷，陕西人民出版社，1993年版，第14页。

责人。路口的村子负担重，老百姓都跑了，结果过往军人找不到抬伤员的人和带路的人。很混乱……根本上是干部首先惊慌，如果是区、乡干部层层抓紧，那么混乱的情况就会改变。[1]

社会机体要日常运作并应对突发事件，则需要干部在社会组织、社会生活方面起到结构性的功能作用。一旦作为工作枢纽和发动机的干部出现问题，则整个生活秩序很可能会迅速崩溃，社会成员或者会六神无主（老百姓都跑了），或更受伤（伤员无法安置）。但边区干部在新局势下的表现令人失望。

更让人失望的是和平时期干部的分化，很多干部开始贪污腐化。这方面杜鹏程有许多记录：

> 1947年4月13日，看新察哈尔报的合订本，其中思想漫谈一项很好，而谈到干部"享受、享乐"的文章颇多。真的工农出身的干部很容易腐化，这样例子很多。因贪污而脱离革命的亦不少，这或者是一种必然的现象，在多年艰苦中见了稍优裕的物质生活，便为之陶醉。这难道不可避免吗？[2]

> 1947年5月9日，老陈告我说很多工农干部在非常艰苦的环境里坚持斗争，英勇牺牲，但在和平环境里有的则贪污腐化，为美色所腐蚀，脱离革命。这样的事我也见过，将来我们到了大城市，这事情还会发生，虽然始终是个别的。[3]

---

[1]杜鹏程：《战争日记》，《杜鹏程文集》第四卷，陕西人民出版社，1993年版，第17页。
[2]杜鹏程：《战争日记》，《杜鹏程文集》第四卷，陕西人民出版社，1993年版，第27页。
[3]杜鹏程：《战争日记》，《杜鹏程文集》第四卷，陕西人民出版社，1993年版，第43页。

不只是工农干部，十年和平生活所产生的一个社会后果，是不少阶层中的干部和党员都出现了一定程度的腐化。当初行之有效的工作方式、思想观念、生活方式都在逐渐松懈，在新的战乱临近时，之前被革命实践打造出的运转良好的社会结构暴露出它内在已然被侵蚀的纹理。当革命组织没有及时对社会结构的历史变化做出各个层面的调整时，一旦遭遇战争，组织混乱就难免了，甚至出现了叛变、投敌。

> 1947年5月23日，由于十年和平生活，在部分干部和党员中，思想蜕化，工作中的官僚主义、命令主义、形式主义存在，使党发生脱离群众现象。由于和平，养成阶级观点模糊，对敌麻痹，不能看清暗藏的敌人。战争以来情况变化，党组织工作方式不能适应，党群中发生严重混乱。民兵未组织好，游击队有些是强制拉来的，甚至混进坏分子，出现投敌现象。战勤工作混乱，粮食供应不上，伤病照顾不周，甚至我军所至，干部群众相继逃跑。后方混乱，说明党与群众工作的薄弱。[1]

杜鹏程这里谈到的十年和平生活，指的大致是1937—1947年。在这十年里，中国局势大变。其中一个巨变，就是中国共产党从一个小党，短时间内变成一个全国大党，陕甘宁根据地的控制面积也在扩大。中国共产党在这一时期的革命实践展开中，最突出的方面是毛泽东在《〈共产党人〉发刊词》谈到的，中国革命之所以获得成功，很大程度上依赖于"统一战线、武装斗争、党的建设"。而如何吸收抗战后涌入延安的大量知识分子和青年，将这些有热情有理想的青年和知识分子组织和转换为共产党所希望的、能与之配合的干部，并通过包括这些青年知

---

[1]杜鹏程：《战争日记》，《杜鹏程文集》第四卷，陕西人民出版社，1993年版，第48页。

识分子在内的各个阶层的干部去组织和带动农民,这正是"统一战线"和"党的建设"所对应的历史内容之一。《讲话》所强调的与人民群众结合,其实应放在这个大背景中来理解。[1] 学者贺照田分析过共产党在抗战及解放战争后期急速扩张却并未被涌入的社会力量败坏的历史原因,他认为问题的关键是要追问,党有没有找到和建立稳定的核心,找到有召唤力、说服力的论述、制度与组织、生活机制,可把涌入的有朝气有责任感的力量不断转化为自己可以依赖的组织、精神和实践机体,从而使得各种不可免的带有投机性的力量,不仅不会成为左右党内氛围的力量,而且在事实上真的做到,不需要倚赖这些一旦居重要地位便容易改变党原有朝气向上的各种投机力量。《讲话》前后杜鹏程在延安时期所感受到和被激发出来的朝气和活力,正是中国共产党在此时积极从思想领域回应社会各阶层的困惑、从工作方式上摸索新的有效途径、从多方面丰富日常生活等,以各种革命实践活动所共同激荡出的时代氛围。不过,当这些被组织进政治系统之中的各个阶层干部在新的历史结构变动中出现问题时,中国共产党又如何有针对性地展开调整和教育?

杜鹏程在行军途中所看到的这些,正是中国共产党从抗日战争到解放战争转变时面临的新的严峻形势。他所强调的工农干部的腐化堕落问题,其实正是中国革命在新的历史结构中遇到的新问题。虽然毛泽东等人在延安时期尝试过很多努力,进一步将这些知识青年和各阶层人士有效组织和转换到中国共产党所希望的系统之中,但新的历史条件不断变化,这些努力需要不断调整和加强。如果这些步骤没有相当程度地完成,就会出现杜鹏程所看到的官僚主义、命令主义、形式主义等,新的问题都会层出不穷。

---

[1]贺照田曾经对毛泽东这一时期的几个重要文本做出精彩分析,请参考他的《从中国近现代史的深层主题看中国现代三次革命的发生与演变》《梁漱溟的问题与现代中国革命的再理解》等文。

在撤离途中，杜鹏程的见闻使他认识到，最初他所感叹的圣地延安，其实已在历经十年和平之后略染灰尘。[1] 这些新的历史状况：贫瘠而千疮百孔的大地、备受煎熬的行军、腐化堕落的工农干部、散漫混乱的组织工作，与杜鹏程对祖国的自豪感同处于一个特定时空之中，这种特定空间下的自豪感如何才能与各种不尽如人意的历史条件构成互济相生关系呢？

不但之前的干部精英变成了堕落分子，即便是下层的农民，杜鹏程也发现他们会在新的历史条件下状况百出，很难认为他们可爱可敬。

> 1947年4月2日，大多数老百姓则毫无办法，农民群众那种个体经济造成的散漫，无纪律，各人只顾各人，如果有一个拿枪的人，全村就像绵羊一样陷于束手无策的境地。我想封建势力能凭很少的力量镇压为数最大的农民，大概就是利用了农民这些弱点。[2]

"散漫，无纪律"——杜鹏程对农民的这一判断也是现代以来中国知识分子阶层中比较流行的观念。

> 1947年7月21日，农村生活……农民是善良的，这个地方有个大地主平时略给农民施以小惠，农民都说他好，这次被逮捕，农民纷纷替他求情。善良的农民总是看不远，很容易受骗。[3]

---

[1] 杜鹏程在走访调查中所看到的是，人民这个被《讲话》置于核心的群体，这个曾经是杜鹏程决心为之献身的目标，其实并不稳固，会在历史结构的变动中不断分化、皲裂、重组。流血奋斗争取到的和平，哪怕只是短暂而相对的社会和平，其实也并不必然会转化为道德伦理的改善。相反，社会和平的生活结构中，如果不再次展开有针对性的再调整和再改造，和平反而蕴含着某种危机。这些意识，会影响到杜鹏程新中国成立后的创作构想，并成为他创作《在和平的日子里》（1958）的一个核心思路。

[2] 杜鹏程:《战争日记》,《杜鹏程文集》第四卷，陕西人民出版社，1993年版，第21页。

[3] 杜鹏程:《战争日记》,《杜鹏程文集》第四卷，陕西人民出版社，1993年版，第99页。

> 1947年9月3日，这院子住几十个担架队，吵得天翻地覆，互相依靠，耍小狡猾，你不担水，他不烧火，七嘴八舌，充分表现了农民的散漫。[1]

《讲话》要求为人民服务，与人民群众结合，但面对这样的农民，怎么结合呢？杜鹏程在行军途中不断走访，还了解到战争发动后，历史条件的新变化引发了农民当中更为复杂纠缠的情况。比如1947年3月17日，他写道：

> 土地在老区比较麻烦，因为大多是农民与农民之间的问题，不能用阶级斗争办法解决。牵扯到内部就复杂了，想法也多了：1.土地怕打乱分，慌恐，雷坪塌有个老乡说："这地谁知分给谁，先把树砍的烧了，免得分给人家。"2.有些人土地革命分的地多，现在这里难民多，必须往出调剂他不愿意。3.是受命运等旧思想束缚，比如有太黄塌村宋冒和李树发，到王岔来，分地之前非常高兴。但来后，见人家窑洞地那么好不敢住，"怕自己服不住，咱们穷人没那好命"，怕和地主住在一块抗不住人家。有的还觉得"平白无故就分人家的地和粮食，有点'亏心'"。有的不敢斗争。数千年的压迫奴役，农民在精神上翻身多么不易。
>
> 我曾想在修路、植树、改良农作上想些法子，老百姓却应付，这方面农民很保守，个体活动的农民缺少公共观念，养成自私，因之在植棉纺花等事上推进也较困难。[2]

---

[1]杜鹏程：《战争日记》，《杜鹏程文集》第四卷，陕西人民出版社，1993年版，第119页。
[2]杜鹏程：《战争日记》，《杜鹏程文集》第四卷，陕西人民出版社，1993年版，第11—12页。

在抗日战争时期和1946年5月以前,中国共产党不再施行土地革命时期的激进政策,各抗日根据地和解放区全面实行减租减息。1946年5月4日《关于土地问题的指示》(也称《五四指示》)的第一条,便规定"在广大群众要求下,共产党应坚决拥护群众在反奸、清算、减租、减息、退租、退息等斗争中,从地主手中获得土地,实现'耕者有其田'"。解放区土改正式展开。

但在这一规定中,首先展开的应该是反奸清算。这一点主要针对的不是老区,而是新区或日本与中共、国共拉锯的边缘区。比如《五四指示》中第十四条就规定:"凡我之政权不巩固、容易受到摧残的边沿地区,一般不要发动群众起来要求土地,就是减租减息亦应谨慎办理,不能和中心区一样,以免造成红白对立及受到摧残。但在情况许可的地区,又当别论。"

杜鹏程意识到,老区农村状况不同于新区或边缘区,不能用阶级斗争方式展开土改。新土改引发的农民所表现出来的新状态也绝不是依赖《讲话》中所谈到的——"最干净的还是工人农民,尽管他们手是黑的,脚上有牛屎,还是比资产阶级和小资产阶级知识分子都干净"——就能理解。他敏感地觉察到许多党的政治思想所不能容纳的新的异质现实,也意识到以往的解决方式在新状况下已经不适用。

但是,1947年3月的他仍会将农村社会组织、伦理关系的复杂性直接简化为"数千年的压迫奴役"所导致的精神不觉悟。这种理解背后的意识结构仍延续了"五四"启蒙以来把握中国农村问题的方式。虽然杜鹏程读书期间接触过鲁迅、蒋光慈、范长江、邹韬奋、高尔基等人的作品,但这些作品多大程度上有助于他深入理解中国社会、中国农村,这一点是存疑的。"五四"启蒙脱中国化的理解方式,使得杜鹏程即便看到了农村问题的复杂层面,也无法将之有效纳入他的意识结构之中进行整理,进而成为突破自我认知框架的契机。或者说,他沿着自己理解到的《讲话》所要求的"研究社会上的各个阶级"这一方向努力,却看到了《讲话》所不能规定的现实状况,但他还无法将这些现实状况转化为自己的新的思考。

**四、新部队,新战士**

不只是乡村干部、党员、农民,部队也在新的历史局势中发生了很大变化。军队一直是共产党的核心力量之一。毛泽东说共产党有三大法宝,其中之一就是武装斗争。军队建设也一直是党的创造性实践之一。但杜鹏程的日记中记载了很多关于军队的不良情况,比如,他在日记中记载了不少战士并非全是意志坚定、坚韧不拔的战士。

> 1947年7月18日,有些战士,尤其是新战士有些迷信,他做了梦很疑心,甚至在战场上造成一个"该死""不该死"的宿命观点。这是因为战乱中一些奇怪的遭遇或巧合所造成的印象。有时在弹如雨降的情况下却未负伤,有时在后梯队反而负伤了。这种离奇莫测的生活现象,造成了一些人的宿命的观念。但是老战士则很少有这些念头。[1]

> 1947年7月20日,昨日改选支部,选举模范党员,中农以上家庭出身的有些人不让参加,使这些同志情绪不高。[2]

这些新战士与红军长征革命战士的经验和感受大有出入。在瞬息万变的战场,在充满偶然性的战争中,军队干部怎样看待和处理这些"新

---

[1] 杜鹏程:《战争日记》,《杜鹏程文集》第四卷,陕西人民出版社,1993年版,第98页。
[2] 杜鹏程:《战争日记》,《杜鹏程文集》第四卷,陕西人民出版社,1993年版,第98页。

战士"的"迷信"？处理方法能挪用土改经验或革命教育吗？如何带领这样的新战士跋山涉水、餐风露宿而不丧失斗志？

不仅如此，在作为革命主体核心的党员身上，也同样产生了许多杜鹏程意想不到的新的历史复杂性，比如部队中的"抗日党员"。在1947年7月的日记中，他写道：

> 1947年7月14日，安边。看一份总结材料，上面反映部队干部中的集中思想问题：
>
> 一、"抗日党员"：从抗日转入解放战争基本是游击战转到运动战，从此产生了大兵团配合。长途行军，部队多没房子住，要攻坚，斗争复杂了，尖锐了。有的同志在这形势下转不过来，熬不下来，有的强调身体不好，在野战中干不了（过去大都是地方性），有的要到地方上工作，有的要退伍。有的说："我为党干了七年，辛辛苦苦工作，对得起人民了，现在叫我回去。""我也当兵十来年，内战打下去什么时候才能结束。过去说打败日本享太平，现在我向组织保证干一年回家，我一定好好干，不答复今年一定回家。"有的甚至说："我是抗日党员，不是阶级党员。"有些曾经是很好，很勇敢的人，但现在怕艰苦、畏缩。
>
> 二、革命有前途，个人无前途；因目前战争太残酷，有的同志悲观，说："干了几年是这个样子，再干下去还不是这个样子，还是回家吧。"有的和别人比名誉地位，有的追求个人享受，甚至于腐化堕落，灰心丧气，失去上进心（如晋绥枪毙了一个贪污腐化包庇地主准备拐公款逃跑的人）。其原因是对时局悲观，把个人前途与革命前途对立起来。
>
> 三、家庭观念：家中有困难未得到解决不安心，有人说："我家就是我一个人啊，该叫我回家去吧，要留个根呀，不能绝后。"

四、婚姻问题：革命多年还没有老婆，甚至因女人而脱离革命。

五、自由主义：什么都不满，都怪上级，看不见成绩，只看到缺点。[1]

从抗日战争向解放战争转变的过程中，解放区的很多部队和机关单位都有不少人在思想观念上认为抗战结束，和平建国就会开始，无法接受内战。"我是抗日党员，不是阶级党员"，就是很典型的代表。全面内战爆发时，国民党军的总兵力为430万人。而中国共产党军队没有海军和空军，只有陆军，其总兵力约127万人。再加上美军对国民党的支持，严峻的时局也引发了很多人的悲观，开始区分个人前途与革命前途，认为革命方向未必就是自己的前途所在。这些都是抗战时期未曾遭遇的新状况。

除此之外，解放战争爆发后，土改的展开分化了党员的构成结构，党员中出现了一部分"地主党员"。

> 1947年7月12日，安边。巩某是参谋，家系地主，工作老不安心，甚至于思想蜕化，觉得党内到处是黑暗，又说战争没意思，厌战。抗战时日本逼得没办法而革命，而加入党，可是现在反封建，接触到他家的利益，他就觉得没意思，不安心。其原因是他有不少幻想，觉得"自己家庭好，为什么还要这样奔波、艰苦"。可是生活中是没第三条路可走的，像他说的"到处都在打仗"，就是他不革命，回去蒋介石还要强迫他去打仗。
>
> 我们党有不少地主家庭的同志，他们能坚持革命，像王同志，

---

[1] 杜鹏程：《战争日记》，《杜鹏程文集》第四卷，陕西人民出版社，1993年版，第96页。

他在部队工作出色,在县上时发动大家斗争他父亲。巩这类人是认识水平低。[1]

随着军旅行程的渐行渐久,杜鹏程对部队实际状态的认知也在拓宽。他的大量日记都反映了他对新的复杂现实的某种敏感性和开放度,比如"抗日党员""地主党员"都是解放战争所连带出的新变化。怎么理解和应对这些新问题?杜鹏程一开始显得比较简单化。

这些不能被之前的阶级论、英雄主义、革命理想等概念简单回收的、历史结构变动后产生的新的异质现实,被杜鹏程逐一呈现在日记之中。这在一定程度上能看出他的思想活力。这种不断将复杂现实纳入意识之中的思考活力,以及对现实状况的敏感性的形成,大多来自《讲话》关于"了解各种人,熟悉各种人,了解各种事情,熟悉各种事情"的要求,"要研究社会上的各个阶级,研究它们的相互关系和各自状况,研究它们的面貌和它们的心理"的要求;来自延安时期他对群众路线、《实践论》等思想的学习实践经验;来自现实主义文学对作家与现实关系的要求,这种要求会培育作家关注现实的眼光和构架。

但是,所有这些都无法提供如何应对和调整这些现状的现成办法。不但《讲话》中没有,《新民主主义论》《共产党宣言》中也没有。我们也的确看到,虽然杜鹏程始终保持某种开放性,但他在面对这些新问题时,常常缺乏进一步整理这些复杂性的理解架构。他只能简单说"巩这类人是认识水平低"。可仅仅提高这些党员的认识水平就够吗?

从抗日战争向解放战争的转变、从减租减息到土地改革的转变,引发了新的结构变动,这些社会结构的新变化又会进一步连带各个阶层人员在思想、精神、生活形态、工作状态上的波动。对于杜鹏程而言,如

---

[1]杜鹏程:《战争日记》,《杜鹏程文集》第四卷,陕西人民出版社,1993年版,第91页。

何理解这些新变化新问题在部队中的表现形态？部队干部又是如何处理这些问题？孤立的思想认识水平教育，真的能有效吗？

这些种种问题与杜鹏程内心的爱国热情，并存于一个新的社会结构之中，而这个社会历史结构已经不同于他刚到延安的时候，而演变为一个在历史变动中充满杂音、凹凸不平的空间结构。腐化的工农干部、农民、新战士、抗日党员、地主党员等，各种新的力量、欲求、情绪、矛盾充斥其间。那么，杜鹏程如何能在新的历史结构中不断感到这个具体空间的"丰饶""可爱"而不是悲观苦闷？他崇高激昂的爱国热情如何才能扎根于这样新的具体的社会历史空间？如何将这种爱的情感植根于这些形形色色的地主党员、抗日党员、农民、担架队、解放兵、伙夫，在爱国的同时，也爱这些具体的、活生生的人？这个新的空间，到底可爱在什么地方？

## 结　语

虽然《战争日记》随后对革命实践经验的记录实际上回答了这些问题，但本文篇幅所限，不能再展开。本文重点不在于如何回答，也不在于分析作为文学文本的《保卫延安》。本文试图通过这些提问，来打开之前中国当代文学研究构架（政治—文学）中被折叠的褶皱，并初步揭示，对这些褶皱内里的展现将为我们理解当代文学拓开何种视野。

我们看到，杜鹏程现在的问题变为，不再是抽象的如何与人民群众结合的问题，而是通过行军走访，他发现了许多《讲话》所不能含摄的复杂现实，那也就不能直接用他之前所理解的《讲话》的方式直接与人民群众结合。当杜鹏程研究了这些新的历史状况中产生变化的农民、工农干部、党员之后，他怎样才能找到与人民结合的新途径与新方式，再次成为革命机器的一环？怎样才能在一个剧烈的新的历史实践和变动当中,通过积极感知和构想,重新使自己成长为一个饱满主体以支撑这样的历史空间呢?

比如,杜鹏程与当时初到农村,不了解农村状况而遭遇种种挫折的知识青年不同。他以为自己在一定程度上了解农村生活的复杂层面。他对自己所具备的一定程度的现代眼光和政治意识感到自信。在《战争日记》中,他能为农村出谋划策,修路、植树、改良农作和公共观念等。但在他这种现代眼光和中国农村的真正复杂现实之间,仍然缺乏有机关联。这使他试图将自己的现代改良思路落实到农民的生活之时,"老百姓却应付"。他试图与人民群众结合,但并不成功。一旦他无法通过新的实践建立起有机关联,并对这种有机关联在历史中的变化保持充分敏感,那在知识青年与农村现实之间,在他与革命现实之间,就仍然会存在意识层面和实践层面的断裂。

如何缝补这一裂痕,《讲话》并没有指出具体途径。杜鹏程对于《讲话》的理解,是认为它只是针对延安时期的文艺状况,针对知识青年与中国现实之间的脱离和断裂。即便他认可《讲话》所说的献身人民、与人民群众结合,但当他随军转战时《讲话》已经发表五年,整个历史结构的变动释放出大量新的不确定因素。作为一个革命文艺工作者,杜鹏程如果不再直接依赖《讲话》(对于《讲话》的理解又颇有限度)等文本作为实践指导,又该怎么重找出路、调整自己,再次与人民结合,成为整个革命机器的一环,重建富有生机的历史空间,并以此经验为感知基础创作《保卫延安》? 在此意义上,杜鹏程在《讲话》近十年后,重新以《保卫延安》作为理解革命经验的书写方式,除了学界所重视的小说本身,他这近十年的磨砺,反而特别引起我的注意。

如果我们不把杜鹏程《战争日记》中所呈现的历史信息仅仅当作是历史信息,而是将之放置在中国革命文学创作机制的结构内部,将之放置在《讲话》的政治要求如何能触发作家书写革命的内在动力这一问题脉络中，它恰恰可以帮助我们理解中国当代文学的一个重要内核：《讲话》对作家创作实践的调整影响巨大，但这一调整也可能仅仅是方向性的，它并不能帮助作家辨认和感知具体现实。真正触发作家创作热情、形成特定现实感知方式的，恰恰是与《讲话》有关、又在《讲话》之外的革命实践，是面对新状况新现实不断克服进取、不断砥砺前行、不断创造新胜利新局面的革命实践。正是这些实践重新激发和重构了杜鹏程的自我，重构了他对革命的认知，重构了《讲话》所指称的人民群众。这种方式不同于对《讲话》原理的直接运用，而是在革命对新的现实结构状况的打造中，他对现实对自我的重构，这一在实践中对现实对自我的重新认知和构造，其实才真正充实了他对《讲话》的理解。换句话说，杜鹏程不是以《讲话》作为认知现实的直接模式，而是以他在革命实践中的自我重构方式阐释了《讲话》。

将革命实践打造历史—社会的过程纳入对中国当代文学尤其是《讲话》之后的革命文学的讨论，重要之处还在于，它触及和打开了革命文学历史生成的一个内在特征。基于现实主义要求，中国当代文学的作家们以语言把握革命经验时，并不是像中国古代或西方国家在某些时刻出现大量特别有创造力的文学天才，能以丰富的语词相对充分地表述现实。中国这些革命文学家的文学语言，和文学转换经验的感觉机制，往往不足以准确和全面呈现革命经验中特别具有创造力的内容。这时，我们不能完全以当代文学作品为分析单位来考察当代文学作家整个创作活动与革命政治、革命实践的关系，尤其不能封闭在文本话语方式的内部[1]来考察政治与文学的关系。从对杜鹏程的讨论来说，我们至少需要突破把《保卫延安》限定在话语层面的分析方式，推开封闭之门，将作

---

[1]黄子平《"灰阑"中的叙述》一书的前言开篇就设定，只讨论革命文学如何讲述革命。这对于对象中国当代文学的特定内在构成来说，是人为地设定了研究界限。黄子平：《"灰阑"中的叙述》，上海文艺出版社，2001年版。

家如何在革命实践中获得自我认知、自我感知重构的过程,作为理解当代文学的前提。

比如对《保卫延安》的讨论中,我们不能直接将其回收到"革命历史叙述"之中,只讨论它如何叙述革命历史,直接讨论它与《讲话》之间的对应关系,直接讨论文学与政治的对应关系。《讲话》之后的中国革命作家的一个历史特点在于,他们首先不是作为旁观者的作家来叙述革命,而是跟随革命实践的开展,在它所打造出的社会氛围、群体状态、社会情感伦理状态中身体力行,身心被重构,被激发,再以文学机制为革命经验赋形。正因此,我们在讨论《讲话》之后的作家创作经验和文本形态时,必须讨论作家在《讲话》之后,如何重新投身革命实践之中,在革命实践对社会的再打造中重建自己与革命现实之间的感知意识,再以这些被革命实践重构了的感知意识为基础,经由当时他所能掌握的文学创作机制去叙述革命。

而政治与文学的解释构架(无论是讨论政治压抑了文学或挖掘文学对政治的挣扎及反抗),实际上抽空了中国当代文学扎根于社会现实的纹理。再加上20世纪80年代以后各种论争的影响,这一构架被更加人为地置换为各种结构关系,如政治/纯文学、救亡/启蒙、政治/现代性等,但政治与文学的二元构架一直被保留,研究者以后多设立场在二元框架中拣选符合自己意图的历史对象和文学文本,讨论其中符合自己意图的层面。比如讨论当代文学,只讨论它如何叙述革命,不讨论它的叙述背后所对应的作家主体状态和革命实践状态。只讨论杜鹏程《保卫延安》或柳青的《创业史》,而忽略杜鹏程为什么能够写《保卫延安》,柳青如何能从"五四"风格的《地雷》转变到《创业史》。这样的研究会导致一个后果,我们无法区分看似相似的文学话语背后现实状态的历史变异。

在当代史、当代文学中,由于作家与现实实践之间的关系深浅程度不一，对革命实践的热忱、对自身生命热度的感知存在巨大差异，其文学话语背后所对应的历史状态实际上非常不同。不区分革命文学中的这一差异，我们就无法区分同样的革命政治原理（如《讲话》）在不同历史时期对不同作家产生的不同影响。比如同样是《讲话》之后，为什么1947年之前杜鹏程的创作会跟他的《保卫延安》差异如此巨大？同样是《讲话》后，为什么丁玲到了1948年才能写出《太阳照在桑干河上》？在《讲话》与红色经典之间，革命实践对社会、对作家到底施加了什么？

如果不从杜鹏程重新投入革命实践浪潮，而仅仅从政治与文学的关系就很难解释这一现象。不充分注意革命文学的这一特点，我们也无法区分杜鹏程与一般公式化和教条化革命作家的区别，无法区分真正有热情的革命作家与革命投机者之间的区别。我们也就无法在历史中辨识出哪些实践方式曾激发出中国人无比英勇、激昂、无私的精神，哪些革命遗产可以被转换为今天的思想资源。

这就必须在政治与文学之外，打开一个历史—社会的维度，才能真正突破"政治与文学"的人为设置框架，又能将这一框架置于合理的历史位置之中。这是中国当代文学的历史成因对研究者的内在要求，是这一特定研究对象的生成方式所规定的研究途径和方式，而不是从学术知识出发对研究方式的调整。如果缺乏对革命实践得以真正展开的历史—社会维度的讨论，我们实际上无法讨论当代文学内在的生成机制。这不只是讨论《讲话》如何被历史实践赋形的问题，它还涉及我们能从革命经验中打捞何种革命遗产的问题。

从这个意义上说，当代文学的文学研究和当代史的革命史研究必须同时展开，且必须以紧贴历史内在发展脉络的方式展开。这不是一个文学历史化的问题，不是从文学出发的历史语境还原的问题，而是政治—社会—文学的历史生成机制问题。或者说，这是一个在政治（革命理念及实践）打造社会的瞬间，如何生成新的政治、社会、文学，以及文学如何以自己的方式参与和校正政治，又不断被革命实践重构的历史生成问题。我们的问题意识，不只是政治如何扭曲了文学。革命实践经验的丰富性，让我们可以提出更多的命题：在中国，什么形态的革命实践能带来社会活力、创作活力，什么形态的革命政治会将社会、文学过度扭曲？从这样的问题意识来看，《讲话》所要处理的，首先不是文学与政治的关系，而是中国社会在近现代所面临困境后，知识分子需要做出怎样的自我调整，以担负民族遭遇困境时所提出的时代课题的重任？它要处理在整个中国传统社会运作结构出现巨大困难，各个社会阶层都必须转换、重组，尤其到了1939年特定的历史境况下，共产党对涌入的社会力量（尤其是知识分子）如何进行主体改造，如何让这些"五四"培养出来的知识分子充分理解中国社会。《讲话》的内在构成逻辑，是与整个中国共产党革命在翻转中国社会近现代特定结构性困境时的历史实践紧密勾连在一起的。《讲话》所提出的政治原理需要被放在这样一个中国社会近现代以来的特定结构性关系中来考察和把握。

在这一过程中，我们对政治、社会、文学的任何规定都需要被打破，需要放入历史变动的构成过程中重新辨认和考察。我们需要把《讲话》还给《讲话》，实践还给实践，创作还给创作，同时又以紧贴历史发展变动的方式，考察《讲话》到革命文艺之间，到底发生了什么。我们能从这当中，提出哪些可供今天分享的思想资源？比如有学者认为"十七年文学"是人的失落。从杜鹏程的经验来说，这当然不是人的失落，不是《讲话》的政治原则高压下的人的失落，而是革命实践对人的重构。的确，这一重构并不是在每一历史阶段都能激发作家的活力，但这也意味着，我们需要区分革命政治在不同历史阶段对社会的不同打造，以及对文学的不同影响。真正需要在历史中打捞的，不是作为整体的革命或人民、革命文学或人民文学，而是革命实践曾经在怎样的历史条件下能够激发出中国人的活力，这一激发活力的机制又是怎样逐渐变化丧失的？革命文学或人民文学又是在怎样的革命实践中被激发出热情，并以自己的努力尽力捕捉时代中四处闪烁的光影。这些光与影对于我们理解和构想中国人、中国社会的良好状态而言，是否可以是照向历史混沌的车灯？而要擒住那助燃的灯芯，则必须盯住杜鹏程在《讲话》后行军万里、九死一生的壮阔的历史—社会经历。

# 第五章　想象历史？不，与历史缠斗！[1]

## 一、"戴眼镜"与"配镜师"

写这篇序时，我又看了一遍王晓明先生1997年3月为《二十世纪中国文学史论》写的序言，其中写道：

> 譬如我这样年龄的一代人，从牙牙学语的时候起，就一直浸泡在白话文——更正式的名称是"现代汉语"——的空气里，是呼吸着这样的空气长大成人的。因此，我们对文学的第一批感觉，就一定是取自那些用白话文排印的作品。我十岁时读的第一部小说，说来惭愧，是浩然的长篇小说《艳阳天》，我正是从它那儿知道了什么叫小说，什么是小说中的故事和人物。几乎同时，也正是家中

---

[1] 本文原为《新解读——重思1942—1965年的文学、思想、历史》（以下简称《新解读》）一书序言，其写作基于当下现实—知识状况，更基于十二年来与北京·当代中国史读书会朋友们一起成长中的生活—学习—思考经验。而正文的打磨，特别感谢薛毅、程凯、符鹏、李哲、辛智慧、张华、冷霜、姜涛诸位师友对初稿的诸多指正，尤其感谢贺照田对全文的仔细打磨和修改。

老书橱中那一册薄薄的《朝花夕拾》，给了我对于散文的最初的认识。我接触诗歌的时间比较迟，差不多是在三年以后，而我仔细读的第一首诗，正是一首白话诗，一首刊登在人民日报上的"大批判"诗。一个人最初会遇上什么样的文学作品，当然有很大的偶然性，但就大多数情形而言，我们这代人大概都是从二十世纪的中国文学作品中，获得对文学的最初印象的。尽管我接着读的第二部小说，就是父母放在床头的托尔斯泰的《战争与和平》，又很快趴在被窝里读起了《三国演义》；由毛泽东的诗词引路，我更迷上了《唐诗一百首》之类的小册子，一口气能背出好多来；但是，一直到现在，无论我在欧洲和中国古典文学的世界里走得多远，也无论这路上的景致多么长久地使我迷醉，那最初的语言起点，那由此赋予我的对二十世纪中国文学的最初的体会，仍然像空气一样包裹着我，就仿佛戴上了一副眼镜，它永远都会隔在我和我所看到的一切之间。我想，这应该不只是我个人的特殊经验，随着现代汉语愈益广泛地覆盖整个社会的出版物，充满从幼儿园到研究院的各种教室，不但我们这一代人，就是以后的两代乃至更多代的人，都难免会成为我这样的"戴眼镜"者吧。

当然，二十世纪中国文学中毕竟有比《艳阳天》好得多的作品，也还有大量比它更不如的东西，你在这当中选择哪一类来酝酿你的基本的文学经验，这将在很大程度上决定你日后面对中国古典和外国文学时的感应状态。不用说，这"选择"只是个比喻的说法，在很大程度上，人的这种"选择"其实是相当被动的，出版状况、教育制度、思想文化潮流、官方的文化政策等，常常就是这些因素充当了你的配镜师。而正是从这选择的被动性上，我看到了二十世纪中国文学的一种堪称重大的责任。[1]

王晓明主编的《二十世纪中国文学史论》1997年10月出版，分上中下三册，收录论文八十多篇，与《批评空间的开创》一起合为四卷，在当时中文系对中国现当代文学感兴趣的高年级学生、攻读中国现当代文学的研究生和在大学教中国现当代文学的年轻学者中间影响巨大。王晓明的序并非是对四卷书内容的归纳和整理，它更多关涉他自己的时代意识、知识意识。这种历史中人谈历史的方式往往自带张力，内含一般学术性文章不会呈现的紧张感。他在此文中谈20世纪中国文学研究，实际上也是对自我的解剖。这是20世纪中国文学研究的特别之处，其研究者自身的境遇变化容易影响对研究对象的认识。正因为这种相当紧密的关联性，使得这种研究容易具有不确定性。王晓明此文揭示了这一点。问题在于，如何面对这种人在历史中的基本境遇，如何面对和承托"变"境中人的哀乐情绪、感受，并竭力掌控这种"变"所带来的生机或险境。大多时候这并未成为当代中国人文活动的基本反思意识。

在这种人与历史的"变"境当中，在诸多人文活动当中，文学到底处于什么位置？对于人与历史的关系而言，文学的功能又是什么？王晓明1997年序言的"戴眼镜"和"配镜师"表达真是很妙，虽然他用之谈的是现代汉语文学和对现代汉语文学的接受问题，但显然"戴眼镜"和"配镜师"也突显了文学和文学研究对于人与历史的作用与功能，将文学和文学研究在"变"境中的重要位置勾勒了出来，敏锐，明晰，深入浅出，又极具时代回应意识。

说王晓明的如上表达极具时代意识特点，是指他如一直浸泡在50至60年代那种白话文空气里，未必会觉得文学阅读是"戴眼镜"，也未

---

[1] 王晓明：《二十世纪中国文学史论·序》第一卷，王晓明主编：《二十世纪中国文学史论》，东方出版中心，1997年版，第3—4页。

必会意识到还有一个"配镜师"。是以他这里的"戴眼镜""配镜师"表达，首先是他对自己如下经验的反思性把握：虽然他初阅读后很快就开始读《战争与和平》和《三国演义》等，但他对20世纪中国文学的最初感受却是被不够好的《艳阳天》、"大批判"诗等塑造的。而他之"从二十世纪的中国文学作品中，获得对文学的最初印象"的如上经验，则看似偶然，实则是被历史决定的。也即这种让他遗憾的文学初体验"眼镜"，是由不良历史时代的"配镜师"带给他的。

而他意识到这样的塑造实则是"误导"，应该要到"文革"后期，甚至可能要到比如20世纪80年代、人们反思之前历史所展开的关于1949年以前30年的文学成就和1949年以后30年的文学成就孰高孰低之时。换句话说，王晓明关于"戴眼镜"和"配镜师"的理解，背后有着因历史巨变而在认知层面上展开的历史反省与自觉。在王晓明的反省与自觉中，文学并不能仅仅凭决定自身是否能被作为"眼镜"而被选中，也无法决定自身被作为哪种"眼镜"、被"配置"于何时何处、"配"给哪些人？而是"出版状况、教育制度、思想文化潮流、官方的文化政策等，常常就是这些因素充当了你的'配镜师'"。

王晓明紧接着说："而正是从这选择的被动性上，我看到了二十世纪中国文学的一种堪称重大的责任。"也就是，既然充当"配镜师"的常常是"出版状况、教育制度、思想文化潮流、官方的文化政策等"，而这些方面如何能内在于当代中国人、中国文化建设、中国社会建设需要来"配镜"，需要好的文学研究的进展来指引、充实，若没有好的20世纪中国文学研究充实、校正，它们更容易按自己的运行惯性，按政治、商业、社会、传媒等的要求、影响，推动出和王晓明期待的20世纪中国文学认识、接受不相合的文学"眼镜"。

由"戴眼镜"和"配镜师"的思考，王晓明希望从20世纪中国文学中选拔出"最优秀的作品"作为"配镜师"塑造中国人的文学趣味、人文品质的标配：

> 自五十年代以来，二十世纪中国文学的教学已逐渐发展为大学文学教育的主干之一；到今天，二十世纪中国文学的研究也日益占据了文学研究领域里最引人注目的位置。它们事实上已经构成当代中国人文学环境的一个非常重要的方面，成为铸造人的基本文学趣味，决定他佩戴什么"眼镜"的重要力量。因此，它们有责任将二十世纪中国文学的最优秀的作品推荐给学生和读者，也有责任将这些作品的诗意和魅力，尽可能动人地揭示出来。它们更有责任用这样的推荐和揭示激发当代中国人的艺术潜能，帮助他们形成敏锐而开阔的审美能力。[1]

现实总在流变。如果决定给20世纪的中国人配什么"眼镜"的重要因素常常是"出版状况、教育制度、思想文化潮流、官方的文化政策"等更为外围的力量，那20世纪中国文学的研究要通过阐述20世纪中国文学的最优秀作品来落实自身的充实、力量的校正，便涉及：如何选择"最优秀的作品"？如何揭示这些作品的"诗意和魅力"，以让时代中人们能感受到其重要而切己的魅力？而且既然涉及塑造接受者，那么文学研究者在选择和揭示时，所面对的就不仅仅是文学作品本身，还涉及当下历史—现实结构中人真正所需的文化认知、审美教育为何的问题。

王晓明的如上这些思考显然对中国现当代文学研究者是非常重要的，但亦不必讳言，王晓明1997年的如上重要思考又带有过深的时代印痕，即他是不自觉地在90年代中后期特定的历史状态所形塑出的意

---

[1]王晓明：《二十世纪中国文学史论·序》第一卷，王晓明主编：《二十世纪中国文学史论》，东方出版中心，1997年版，第4页。

识空间中来界定哪些是20世纪中国文学"最优秀的作品",具备哪些要素才属于"最优秀的作品"。在这篇序言中,王晓明对于他所经历的50年代以来尤其是八九十年代以来,中国社会中所出现的种种相关精神状况有如下整理:

> 有很长一段时间,通行的文学史教材甚至是把一些比《艳阳天》都差得远的作品,供奉在最醒目的位置上,而将譬如沈从文的小说像破布一样塞在角落里。就连对鲁迅也是如此,不是将《一件小事》抬到吓人的高度,就是用几根干巴巴的政治教条,将《阿Q正传》和《孤独者》扭扯得支离破碎、面目全非。在一系列无知和偏狭的文学理论教条的支持下,在那同样偏狭的出版制度的配合下,从二十世纪中国文学研究中升起的这一股昏乱之气还日渐蔓延,在整个文学教育领域里盘成了一个持续不散的氛围。直到七十年代末,我们这一代人有机会接受正规的大学教育了,我依然从课堂上感受到它的刺鼻的气味。倘若一个人长久地陷在这样的氛围里,他对文学的基本的知觉能力怎么可能不遭受严重的损害?事实上,我们这一代人就正是这样的不幸者,我或许终生都难以完全洗去这受损的痕迹。更不幸的是,同样的后果也开始在更年轻的一代人身上暴露出来。在今天,你所以会读到那样的年轻的诗人和小说家,才智平平,却俨然以大师自居;所以会遇见那样的年轻的评论家,他会将一段分明是极其粗劣的描写,郑重其事地引在文章中,盛赞它的"诗意的光辉";你更所以会听到那样的消息,说一所著名学府的中文系的学生,竟有许多将《飘》奉为美国文学的经典作品,我想,除了个性缺陷和阅读范围太窄之类的原因外,那文学评

判上的昏乱氛围的持续伤害，是否也是非常重要的原因呢？[1]

这些沉痛经验让人怵目。一个社会审美品位的败坏，常常对应着社会文化生活和教育中的粗劣和简陋。这样的文化生活和教育状况无疑必须被反拨、校正，新的文学理解、文学教育必须被认真、谨慎建立。在相当的意义上，王晓明序言的后半部分就是对该建立什么样的20世纪中国文学认知、理解与教育的扼要回答。而他的这一回答在今天的我看来，无疑具有过于鲜明的时代症候特征。也就是，我赞同王晓明赋予20世纪中国文学研究者的积极责任意识，但对20世纪中国文学研究者如何才能很好地承担起这一责任的认识则与他不同。

王晓明认为：

> 我曾经说过这样一个看法：清末民初三十年间，经过康有为和陈独秀这两代人的持续努力，在一部分文化人中间，逐渐产生出一整套以欧美和日本为榜样，以救世为宗旨，深具乐观主义色彩的思想观念；由于中国社会所遭遇的复杂的历史境遇的刺激，也由于当时中国文化人的特别的认识能力的制约，到二十年代中期，这套观念已经明显推挤开其他的思想观念，占据了社会流行思潮的主导位置；进入四十年代以后，它更逐渐生长为一个覆盖都市社会的新的文化传统，这就是通常所说的"中国现代文化"；这是一个相当功利化的文化，它的那些最基本的观念，几乎都是针对现实的政治危机提出来的，而对另一些看上去与这类危机远离的精神问题，它却很少有深入的描述；五十年代以后，随着国家意识形态对社会精神生活的整理日益细密，这个新的文化传统也被删削得日渐整齐，而

---

[1]王晓明：《二十世纪中国文学史论·序》第一卷，王晓明主编：《二十世纪中国文学史论》，东方出版中心，1997年版，第5页。

它越是被删削、被简化，它的影响反而越扩大，以至到今天，它仍然强有力地制约着大多数文化人的思想和精神活动。倘若上面这样的描述大致不错，我就觉得，主要正是这个延续至今的"中国现代文化"，和那个既刺激它的产生，又不断强化和简化它的历史环境一起，造成了一百多年来中国社会在精神上越走越窄的状况。这"窄"是相当深刻的，它不但体现在人们对眼前现实的感知和理解上，也不但体现在人们对历史变迁的体认和把握上，它更体现在人们对"人"的基本境遇的理解上，对整个世界和宇宙的意义的领悟上。你想想，背负着这样一段精神历史的当代中国人，怎么可能不两手空空，四顾茫然，陷入深刻的精神危机？

恰恰是在这样的危机面前，二十世纪的中国文学显出了自己独特的价值。就创造的规模和影响的程度而言，在二十世纪的绝大多数时候，文学都堪称是中国人精神生活的最主要的形式。它当然深受"中国现代文化"的影响，白话新文学本身便是这个文化的产物，至少到八十年代初为止，它也是走了一条日益狭窄的道路。但是，文学家毕竟是社会中精神最为特别的一类人，即便身处主导性文化的严密限制之中，只要他拥有足够强大的艺术才能，他就终有可能在文学创造中冲破这种限制，显示出这个社会的精神的丰富性。中国社会这样大，历史和现实的纠缠又那样复杂，"现代文化"就是再膨胀，也终难一手遮天，总会有一些与它并不相合的精神因素，以各种方式表达出来。与二十世纪中国人的其他精神活动相比，文学大概是这种因素保留得最多的一个领域吧。鲁迅的作品自不用说，就是沈从文、老舍、曹禺、萧红、沙汀和李劼人，周作人和张爱玲，他们都能让你看到某种对于人生的特别的感受，某种对于历史的特别的理解。这些感受和理解当然并不系统，经常都很凌乱，但是，它们却都是你用"现代文化"的框架难以包容的。它们就仿佛在愈益狭窄的文学和文化之河的两岸拓出了几条支流,正是这些支流的延伸和交叉,在"现代文化"所忽略的那些精神领域里,为我们展开了一片不小的天地。只要看看鲁迅的小说和散文,看看《边城》和《鸠摩罗什》,《雷雨》和《原野》,看看冯至的《十四行集》吧,它们对于时间的意义、人的生存的可能,对于性、自然、政治和历史,事实上是表达了怎样敏锐的感觉,又拥有怎样深广的疑虑!正是这些各不相同的体会和疑虑,透露出了二十世纪中国人对于现实功利以外的广大世界的感受和关注,对个人和人生的基本生存意义的苦苦寻求。[1]

王晓明认为中国文化生活审美品位的败坏,根源在于20世纪初开始的以救世为宗旨的现实功利化的中国现代文化越来越窄化的发展,和它过度教条、排他的笼罩性影响,这导致中国社会在精神层面越走越窄。他认为"白话新文学本身便是这个文化的产物"。这样,站在这个越走越窄的历史地平上回看20世纪中国文学,整个20世纪中国人在文学中最有价值的表现,就在于与这个功利化的"现代文化"不相合的部分,比如鲁迅、沈从文、老舍、曹禺、萧红、沙汀、李劼人、周作人、张爱玲。尤其值得特别挖掘和注意的,是他们"对于时间的意义、人的生存的可能,对于性、自然、政治和历史,事实上是表达了怎样敏锐的感觉,又拥有怎样深广的疑虑!"正是20世纪中国文学中的这些部分,透露出了整个"二十世纪中国人对于现实功利以外的广大世界的感受和关注,对个人和人生的基本生存意义的苦苦寻求"。

我当然同意,王晓明这些文学视野和感知——"只要看看鲁迅的小说和散文,看看《边城》和《鸠摩罗什》,《雷雨》和《原野》,看看冯

---

[1] 王晓明:《二十世纪中国文学史论·序》第一卷,王晓明主编:《二十世纪中国文学史论》,东方出版中心,1997年版,第6—9页。

至的《十四行集》吧,它们对于时间的意义、人的生存的可能,对于性、自然、政治和历史,事实上是表达了怎样敏锐的感觉,又拥有怎样深广的疑虑!",显然这些文学,包括他谈到的《卡拉玛佐夫兄弟》给予他的震撼等等——都是校正50至70年代文学塑造机制引发的严重历史后果所亟须的;我想,王晓明配置这样的文学视野所渴望达到的目标,也会为关心和担忧社会文化生活样态的大多数现当代文学研究者所认同。

我不同意的地方在于,这样的配置方式的认知前提是过快将整个20世纪界定为是以现实功利化为主的"现代文化",这样实则是过快将太多历史经验、思想文化经验直接打包评定为现实功利化,而这种过快打包评定又是过快、过于直接将对20世纪表现糟糕的历史时段的简化认知扩展为对整个20世纪革命实践的简化认知。显然,这样的认知状态不可能对与革命相关的文学和历史的存在做足够耐心的审视、细查;而这样的历史笼统认知,一方面会因为认知的过于笼统性过滤掉复杂的历史经验、思想文化经验中的诸多有意义资源,且无助于对实则深深困扰包括王晓明自己在内的80至90年代的文化生活机制、文学塑造机制的深入认知提供更为有帮助的历史理解背景,当然也无助于对实则规定和塑造了当代中国人切身现实处境的历史—观念机制进行准确且展开的剖析。其后果则是,整个20世纪复杂而曲折的历史经验中,只有某些看上去直接符合其期待的文学实践才会被纳入20世纪中国文学的"最优秀"作品的考察视野,他原本想用来校正社会文化生活和教育状况的新的文学配置方式本身也会因历史认知的笼统导致的现实认知不准而失去他期待的精准建设作用。

这种对王晓明所说的现代中国"现实功利"文化的理解所会导致的文学认知问题,我们可以从王晓明当年的《一份杂志与一个"社团"》一文清楚看到。这篇文章也选入了《批评空间的开创》(1998)。在其中，王晓明细腻而敏锐地辨析了《新青年》杂志和"文学研究会"的生产机制和编织过程，但《新青年》和"文学研究会"所包含的非常丰富的思想文化实践经验、文学经验被压缩到了"压制性"和"中心化"的把握中。王晓明希望抓住"五四"文学机制中的某些内在特征，以重新打通20世纪中国文学，校正80年代现当代文学研究中过于割裂现代文学和当代文学的论述倾向。但问题是，这样的整理恰恰过于被80至90年代逐渐形成的非功利文学视野所牵制。而这种对文学机制中的功利主义的批判，正是王晓明在《二十世纪中国文学史论》的序言中对导致后来出现严重文化后果和教育后果的现代主流文化的批判。正因为王晓明过于被这样的历史认识和文学观念意识所牵制，其对《新青年》和"文学研究会"本身蕴含的丰富经验便无法不缺少耐心，过快聚焦到相当配合他批判意图的那些方面，而非真正回到历史实际展开的脉络之中分析《新青年》和"文学研究会"的有关经验。比如，王晓明也谈到《新青年》一开始销量不大，读者甚少。那与之相关的具有重要历史意涵的问题便是，这份读者不多且以青年学生为主的杂志，为什么能在中国文学史、政治史上发挥这么巨大的作用？为什么《新青年》的陈独秀、李大钊、胡适恰恰会选择这样的方向？其所造成的历史主体的塑造方式为什么会是"五四"的特定方式？其历史后果到底是什么？其和后来发生的中国共产党革命关系是什么？中国共产党革命以我们所见的历史样貌展开和新文化运动的关系是什么？等等[1]。也就是，真正回到中国近现代历史实际展开的内在脉络，我们才有可能透视表面的压制性和中心化的内部，其构成和困境何在？脱如上脉络提出历史中的压制性和中心化问题，虽然对于反思历史中特定阶段的问题具有相当的价值和意义，但

---

[1] 贺照田2008年在台湾东海大学关于《历史的挫折与中国现代性的发生》的18次课程，以及2009年在台湾成功大学关于"如何历史—结构地从中国内部理解毛泽东《在延安文艺座谈会上的讲话》"的6次演讲，对这些问题有基于中国近代以来深层社会困境的脉络分析。

由于其忽略了对历史具体情境中的现实状况的深入把握，也就回避了回答——诸如20世纪中国历史实践中为什么必然会形成这种特定的中心化的权力形态？其具体历史机制为何？这种权力的具体机制和具体形态如何构想中国社会和理解时代压力？它又如何影响到文化生活和教育机制等真正牵制和塑造着现实中国人文学感知的层面和方向？——这样一些对我们20世纪认知非常重要的问题。

就60至70年代大量出现比《艳阳天》还糟糕的文学作品的历史时期来说，在反省和追问这一问题的同时，王晓明或应将他认为并不太好的《艳阳天》为什么会在1965年前后这一特定时期成为文学要角这一现象纳入进来讨论。王晓明生于1955年，他十岁时即1965年。而《艳阳天》1964年9月第一卷出版，立刻成为当时文化潮流力推的作品，这是它所以能成为王晓明阅读的第一部小说的时代条件（1966年3月和5月《艳阳天》分别出版第二卷、第三卷）。不过这一时代"配镜"背后，是1949年新中国成立以来，并不一直是使《艳阳天》式的文学得到特别推崇的"配镜"机制，于是，要历史地理解——为什么60年代中后期的这个时候恰恰是《艳阳天》《欧阳海之歌》等成了当时文学阅读塑造机制中的要角——这一问题，就要去历史地理解：为什么王晓明眼里"比《艳阳天》好得多的作品"（应该包括茅盾、巴金、老舍等，应该也包括了赵树理、丁玲、柳青、周立波等革命文学作家的众多现代文学），这个时候或被否定，或即便能被阅读也不再成为当时官方文化政策着力推动阅读的作品？就需要去追问：为什么新中国成立才十五年，却在文学"配镜"机制方面发生了这么巨大的变化？因为只有如此，才能更准确、展开地把握和意识，这一时期的"配镜"机制实则在新中国成立以来的历史发展中，已经在文学观念、文学实践及文学批评层面都发生了巨大变化。就是，50年代、60年代初期被认为有助于相当有效发挥文学积极作用的理解，这时都被抛到了一边[1]；而《艳阳天》出版时在主导的那种文学理解，其反映的50年代农村社会生活又与当时的现实脱节严重。而这些变化的内在机制和脉络形态在八九十年代并未得到自认自己有"配镜"责任的文学研究者的认真研究[2]。意识到这些，我们也才能更历史内在地追问，为什么作为"配镜师"的国家政治—文化机制在1980年代明明自己也强调要物质文明和精神文明两手抓，但实际结果却导致物质文明在推进，精神文明却日渐溃散？为什么人文知识分子，包括文学研究者和文学批评家，在这一过程中起到的建设性作用也极其有限？

王晓明提到的人文研究应聚焦的"时间的意义""人的生存的可能""敏锐的感觉""深广的疑虑"，如何能切实细腻地扎根到实际现实生命的脉络之中——这是特别需要着力，也特别需要反复体察才能真正被打开——反而没有被人文研究界广泛讨论。换句话说，既然众多时代都需要深广的疑虑，那90年代中国社会现实所需的特别的"深广的疑虑"是什么？具体到诸如90年代的"人的生存的可能"究竟为何？这样的人文精神视野要如何准确切入中国社会？缺乏对这些问题的有力把握，就很可能出现如下悖论：看起来精神视野更加开阔了，但与现实生活更隔膜了。也即，精神强度的要求和现实秩序的妥帖安排，始终被处理为割裂的两节。

将人文精神与现实秩序打为两节，实际上在1979—1983年期间李泽厚的思想规划中已经发生。李泽厚在1979年出版的第一版《批判哲学的批判》中，认为中国革命虽然遭受"文革"时期的挫折，但当它以

---

[1]可参见本书中多篇相关文章，以及《20世纪中国革命与中国现当代文学》《重读李准——从延安文艺座谈会走来》《重读周立波——从延安文艺座谈会走来》及《重读柳青》(即出)等书中的相关文章。
[2]常被学界引用的是钱理群1999年于《矛盾与困惑中的写作》中谈到的其师王瑶当年对"二十世纪中国文学"回避了20世纪诸多重要视域的提醒。

李泽厚《批判》一书中的实践论重构马克思主义哲学之后，就会纠正自己在历史实践中的偏差，并批判各种现代资本主义和修正主义哲学，重新掌握住世界哲学的大旗，再次巩固世界革命的中心地位。第一版《批判》的宗旨，就是以使用—制造工具的、具有客观规律性的生产活动重构"实践"（针对主观意志论），以这种社会实践论重构马克思主义哲学，再以马克思主义实践论哲学重构和消化康德的唯心主义，以此批判和吸纳西方现代各种资本主义和修正主义哲学流派，并批判以"四人帮"为代表的错误路线和实践。一版《批判》仍是以中国革命作为主体和基体来展开建构和规划的，它目标是社会主义的自我修复和完善。虽然李泽厚批判"四人帮"，但他认为展开社会主义建设的中国革命仍处于世界历史舞台的中心，他还没有将世界历史进程的中心移向资本主义，也没有将中国革命定位为"封建主义复辟"，从而将之划离中国历史基体的主流。在第一版中，李泽厚说，研究康德哲学的意义仅仅在于，用马克思主义实践论重构康德，批判西方资产阶级哲学的不彻底性。

而在1984年第二版《批判哲学的批判》中，李泽厚认为，研究康德哲学的意义在于：马克思主义哲学的历史实践本身现在被分割为两部分：革命和建设。康德哲学恰恰可以帮助马克思主义哲学重构"建设"部分。这就是说，1949年至1976年的中国社会主义实践，主要是一个以"革命"逻辑展开的历史实践，它缺乏或忽视了主体"建设"这部分，从而导致了一系列的严重后果。这与李泽厚在第一版《批判哲学的批判》出版后对中国革命进行的历史再定位，将它指认为世界历史中的封建主义复辟阶段互为因果。所以，虽然中国革命一定程度上完成了革命的任务，但它现在却面临着严峻的建设重担，尤其是主体建设问题。在李泽厚的这一历史再定位前提下，康德哲学被重组到中国革命的历史观之中，从第一版的从属位置上升为马克思主义哲学历史任务的核心部分。又由于中国革命的革命阶段已然随着"四人帮"的倒台而结束，现在中国革命的任务是建设。所以，第二版中康德主体哲学的意义其实在于代替阶级论成为马克思主义哲学的内在构架。而阶级论所具有的社会分析及其对应的大量实践内容，也被源自康德的文化—心理结构的哲学分析代替了。早年李泽厚的客观性社会性美学中通过主体与现实的反复搏斗来建立主体精神结构的方式，现在也变成了"积淀论"美学中主体可以脱离现实、直接从人类文明成果中构建自身的方式。也就是说，在修订后二版《批判》里，中国革命的去中心化，意味着在哲学和美学上，主体的构成方式同时也必须随之而变。

在这种历史—时代认知中，"实践"一词的内涵也被重构了。早期李泽厚是在"实践与意识"的反复互动结构关系中来确认"实践"的内涵；而在"革命与建设"的时代结构关系中，"实践"（使用—制造工具），与"积淀"（文化—心理结构）则形成了结构上的分工和对应关系。"实践"概念从强调"与外部世界反复互动"到强调"使用—制造工具"，这种内涵上的不同侧重，表明李泽厚在中国革命与外部世界的根本关系方面，态度上已经发生了根本变化。这一改变涉及对一个社会主义实践最根本问题的不同理解：人如何通过革命实践与外部世界建立关联从而建立自身的主体？在不同实践形态中，这个主体会呈现出什么样的不同状态？在第一版《批判》中，主体与实践还保持着直接的反复循环辩证的连带关系，而在1984年二版里，在实践与主体之间，就有了一个漫长的历史"积淀"提供着具有关键规定性的内容。

这实际上一方面改变了新中国成立以来的知识逻辑。早至延安时期，革命的知识逻辑之一是，主体的历史内涵不能以抽象的人性方式获得，而必须在一个具体的集体实践活动中才能与世界发生深切的关联。可现在，主体不是直接依赖于与实践的反复互动来塑造、组织和纠正自己，而是依赖于"积淀"所形成的文化—心理结构。实践对于主体的塑造意义就变得越来越间接。相应的，主体内在结构的形成也就越来越不依赖于历史实践活动，它现在最主要的来源是传自远古的形式积淀（美的历程）。这个主体对自身状态的调整和纠正，也同样不需要对社会现实结构状况的深度介入，彼此在反复循环中互相校准。这里发生的最大改变是，这个主体仍然是实践的，他可以选择所有人类文化艺术遗产，但他却不再与任何具体的集体有关。这个主体的道德建立依赖于每个个体与人类总体规律在知识上的直接对接，而不再依赖于一个彼此靠近、团结友爱，同时你必须为他人付出的集体。可这样的主体，若要保持一个良好状态，需要一个什么样的社会结构条件呢？并且，现实总需要主体的介入，而若这个主体又对现实缺乏热情，那现实推进所需要的动力又来自哪里呢？李泽厚的知识架构中，主体屏蔽了这些现实问题。他原本是希望以这样的知识架构安排，来让主体避免遭受集体权威的压抑。但如果在历史实践中，会发生集体压抑个人的状况，可能的路径之一是反省如何重构这样的集体。如果直接在知识架构中放弃对集体构成形态的反省，那就会变成主体只需要通过教育将人类文明"积淀"于内心，形成心理结构即可，而不是需要培养非常敏感的现实感。[1]

另一方面，这里的关键还不在于是否要以之前"集体"的方式来重组个人、重组社会，是否要回到革命时代的知识逻辑。不以之前"集体"的方式来组织个人和社会，未必不可行。既然关键是现实感，那这个现实是否必须以之前的集体方式来重组，是可以根据现实状况的变化来重新讨论和构想的。所以即便不回到革命时代的知识架构，在新时期对现实的历史构成的深入把握基础上，李泽厚的哲学知识规划也仍有机会成立。但关键在于他这样的哲学理解、知识分配方案如何能落实到中国自身的历史身体之中，并能以最小伤害的方式激发这一具体历史身体

---

[1] 何浩：《1979—1984：李泽厚对马克思主义的历史重构及其与中国革命遗产的关系》，《文艺理论与批评》2016年第11期。

自身的活力。这就涉及如何准确理解中国近现代史的内在构成，基于此准确理解，再来构想适合这一基体的知识架构。正是在这一问题上，我们看到李泽厚《启蒙与救亡的双重变奏》中所隐含的问题。[1]贺照田在《启蒙与革命的双重变奏》一文中，指出了李泽厚在历史感、现实感这一关键环节上的偏失所可能导致的社会后果。

> 本文的核心质疑不在此（本文注：指李泽厚《启蒙与救亡的双重变奏》一文）启蒙的正面观念展开，而<u>在此启蒙的自我感、中国社会感构造（横线为本文加）</u>。如我上节所指出的：以启蒙责任自认的多数新文化运动知识分子，由于不认为其时中国社会蕴有相当可在中国现代历程中发挥重要作用的品质与能量，导致他们自觉不自觉地把现实中国社会不能跟他们理解的现代配合绝对化，从而把现实中国社会单纯当成他们批判、灌输、改造的对象，而这一感觉、看法，又反过来影响他们对自己的社会意义位置作过度评估，对自己所拥有的现代认识理解对中国所具有的意义作过度评估。

也就是，重点不仅仅在于重新给出何种哲学知识架构，重点还在于，我们的这种知识架构和知识分配，本身所含摄的历史感、现实感、自我感和社会感，是否能准确回到历史实际展开的逻辑之中，是否能准确诊断和判别我们的历史—现实问题何在、所需为何。

当李泽厚将中国社会改判为尚未完成封建革命、社会中小农意识浓厚时，他对时代最核心且迫切任务的判断也会受影响，"既然中国封建主义的问题没有真正解决，中国现实仍然存在着封建主义发生强烈危害的危险，那时代最核心且迫切的问题就应该是反封建"。

---

[1]关于李泽厚历史感、现实感的精彩分析，参见贺照田：《启蒙与革命的双重变奏》，《革命—后革命：中国崛起的历史、思想、文化省思》，台湾交通大学出版社，2020年版。

而为了有效地反封建,在他们看来,在经济上当然就应该大大增强——他们认为可最有效破坏小生产者所赖以存在的社会经济样态的——商品经济(后来是市场经济)的地位与作用;在思想文化上则不仅要大批封建主义,更重要的是要接续当年新文化运动未完成的启蒙,对中国社会进行一场彻底、全面的现代启蒙;相比经济、思想文化方面态度和看法上的更为清朗,政治方面新启蒙思潮对民主的强调则强烈中又有某种暧昧。如此是因为新启蒙思潮当然强调民主,但这强调由于它对中国社会主要由小生产者构成而产生的对广大中国社会阶层的深刻不信任,使得它对什么人适合民主实际上有很强的设定。就是在八十年代新启蒙思潮的推动者和领受者意识深处,只有那些受过启蒙深刻洗礼而成为了"现代人"的民主,才是真正理想的、可信任的民主。

............

而也正是这样一些理解和认定,才会推动中国大陆八十年代的思想文化文学艺术界不仅致力于批判封建主义,而且越来越弥漫着唯恐自己不能充分摆脱封建影响,不能真正跨入"现代"、成为"现代"货真价实一员的焦虑。特别是其中的年轻激进者,越来越强烈认为:只有使自己彻底摆脱封建的影响,成为真正的"现代"人,自己对封建主义的批判,自己对社会的启蒙,对社会的国民性改造,才可能是充分正确和彻底的;且只有一大批人于此决绝行动,才可能使中国彻底祛除封建主义体质,彻底摆脱封建主义梦魇,彻底现代。[1]

---

[1] 贺照田:《启蒙与革命的双重变奏》,《革命—后革命:中国崛起的历史、思想、文化省思》,台湾交通大学出版社,2020年版,第66页。

而这样的时代现实感，使得李泽厚改为以"革命/建设"的历史意识来规划知识分配，并重新启用康德，实际在强化他对中国社会的如上认知，并进一步无视这一社会中实际潜存的活力。如贺照田所说，"在这样一些感觉、理解中，中国社会便由于其主要构成者被认定为骨子里是小生产者，而被视为实际是使封建主义在中国存活不灭的社会载体；这些，加上认定小生产者无论是其理想性冲动，还是其日常性格，都是非现代，乃至反现代的，因此当然也不会被新启蒙思潮的推动者、拥戴者认为有向其社会实践，特别是向其文化生活、精神生活实践寻求资源的可能"。

李泽厚知识架构中对人文精神和物质世界进行了分工，这种分工对后来的中国知识界影响巨大。与之相应，当文学研究按照类似这样的人文理解、社会理解、时代理解择选出特定的"最优秀的作品"后，实际上它会不自觉与此时代有问题的构造形成合谋，与此时代的历史感、社会感、知识感共同制造出一种对人助益不够，甚至误导时代中人的"眼镜"。如此一来，王晓明所希望拓展的这个精神文明本身的高雅品位实际上也容易丧失对这一关键历史时期文学"配镜"功能之变迁逻辑的内在反思，而没有这种反思作中介，新配出的"眼镜"是否能真正把握和抵达当代中国人的现实生活层面里的感觉意识肌理，真有助于其现实生活的充实饱满，就相当可疑。[1]或者说，当身处90年代后期历史意识结构中的研究者自身没有对他所占据位置之下的地层有准确、深入地清理，对自己所处身的历史、社会、文化、观念空间的产生没有足够深入的反思性理解，其在配置新"眼镜"时，如何精准判断"镜片"所需"度数"以廓清其所处身的现实，就会是大问题。王晓明在1997年对于

---

[1] 参见贺照田《时势抑或人事：简说当下文学困境的历史与观念成因》（载《开放时代》2003年第3期），及《当前中国精神伦理困境：一个思想的考察》（载《开放时代》2016年第6期）两文。

20世纪中国文学研究给予厚望，希望它能"激发当代中国人的艺术潜能，帮助他们形成敏锐而开阔的审美能力"，但这样的艺术潜能和审美能力因其在生成结构中就缺乏对当代中国人现实境遇足够有力的观照，也就很难在其具体展开中切实地帮助当下中国人理解、辨析他们自己在时代中的历史—现实遭遇。当80年代政治层面的历史感和现实感也相对被知识界的论述牵引，压缩了对人的现实境遇中的思想精神领域的细腻探索，并对经济发展的人文意义赋予过多期待后，实则官方和知识界在看似不同的路径中，共同打造了90年代的有关图景：人文的视线不断高蹈，而对人文有真切需求的现实则越来越被经济逻辑笼罩。

## 二、《再解读》

新时期以来，中国现当代文学研究有诸多学者以多种方式在推进。不过在反省"配镜师"这一问题意识上较有代表性的，是最早于1993年出版的《再解读》从西方学术脉络出发重新聚焦于20世纪40—70年代文艺作品所提出的问题意识。[1] 与此书相近的，学界一般还会提到1993年由时代文艺出版社出版的李杨的《抗争宿命之路——"社会主义现实主义"（1942—1976）研究》、1996年由香港牛津大学出版社出版的黄子平的《革命·历史·小说》等，尽管内在差异颇大。1993年《再解读》在香港出版时，大陆尚未从"反现代性现代先锋派"视角重审革命文学、重启资本主义/社会主义的理解架构来整理20世纪中国文学，尚未将革命现实主义实践经验纳入到20世纪文学研究之中加以深入讨论，尚未由此深入反省现代世界发展道路。90年代初期，大陆

---

[1]本文无意在中国当代文学史或思想史脉络中全面讨论《再解读：大众文艺与意识形态》（简称《再解读》）一书的价值，仅侧重于《再解读》一书中唐小兵的导言和其中几篇代表性文章。

学界更多仍是从社会主义内部政治对于文学的过度压制的反弹，来不断推进自己的研究道路。这个时候大陆学界对于"配镜师"的反省，也更多是从如何扩大、丰富自身的感知视野来把握20世纪中国文学，不自觉地配合着西方现代确定出来的现代文学形态，很少思考要为西方现代世界"配眼镜"。当时学界对《再解读》的阅读和接受也大多因其在方法论和知识论层面打开了新局面而好奇、欣喜。直到90年代后期，中国市场经济大发展，引发一系列社会问题，知识界开始新左派和自由主义论争，部分学人才大力重新反思西方现代性发展方案。中国到底往何处去，成为需要在政治—经济—文化层面重新被讨论的问题。不只是中国何去何从，如果西方现代性方案问题重重，那西方何去何从也需重思。在这一问题意识下，大陆知识界在新的理解架构中重新打量了革命文学。此时的打量，虽然仍有从社会主义内部如何扩大、丰富自身的感知视野的意识，但这一问题意识实际上更多被组织和结构到非常不同的时代架构当中。简单来说，之前是中国需要参照现代世界来"配眼镜"，现在是现代世界的未来也需要中国的"眼镜"才能看清。而这个"中国"，往往又被过快地确定为与西方现代资本主义形态对立的某些社会主义实践形态特征，或直接与现代对反的传统社会形态。

在这一现实社会—学术知识思想的变化中，《再解读》所提的"反现代性现代先锋派"实际上部分被吸纳到汪晖提出的"反现代的现代性"[1]之中。学界被新的现实巨变和新的问题意识激活后，进一步调整《再解读》的方法论和知识论，"反现代的现代性"的思想史命题也因之在文学界得到方法论和知识论的拓展和进一步探索。被大陆新的时代氛

---

[1] 这一表达由汪晖1994年发表于韩国、1997年发表于天涯杂志的《当代中国的思想状况与现代性问题》一文提出。"反现代性现代先锋派"则是唐小兵1993年在《再解读》导言中借用西方学术界的反现代性思潮，来指认延安文艺。这两者在立场、对应的历史情境、问题指向上都有很大差异。

围—意识氛围改造之后的《再解读》由此成为重审革命文学的重要对话对象和思考起点。

迟至2007年，北京大学出版社才在中国大陆增订出版《再解读》，但大陆学界早在1993年该书香港版出版之后就开始阅读，90年代中后期在新的问题意识下又有进一步扩展理解。1993年港版《再解读》选文主旨并不统一，有的文章更彰显方法论意义，影响程度也不一。大陆学界基于90年代中后期对于现代中国何去何从的思考，又对《再解读》更早就提及的类似反思"配镜师"的历史自觉更为重视。该书2007年大陆增订版的导言甚至沿用了主编唐小兵1993年的题目《我们怎样想象历史》。在导言中，唐小兵不无夸张地认为：

> 延安文艺是一场含有深刻现代意义的文化革命，这不仅仅是因为我们可以从中看到"大众"作为政治力量和历史主体的具体浮现，并且同时获得噪音，而且也是因为这场运动隐约地反衬出对以现代城市为具体象征的市场经济方式的一种集体性抵抗意识，尤其是对资本主义生产方式所带来的"感性分离"、价值与意义的分割所催发的无机生存的下意识恐慌和否定。[1]

唐小兵在反思西方现代性方案的问题意识下，以"反现代性现代先锋派"为中心，重提资本主义/社会主义之争，以此为理解框架来阐释20世纪文艺状况所带来的诸多问题。我们可以看到此书在多方面对20世纪中国文学研究所具有的开创性，以及90年代中后期左右之争之后，它所发挥出的影响力。首先，虽然与《再解读》在诸多价值立场上差异明显，但当大陆学界面临90年代后的现实—知识思想巨变时，唐小兵

---

[1]唐小兵主编：《再解读：大众文艺与意识形态》，北京大学出版社，2007年版，第6页。

引入的这一架构，实际上在方法论和知识论层面便于当时的部分现当代文学研究界在学科内部借力，将之作为一个明确的对话对象，以更加内在于自身历史经验脉络，来进一步打开 20 世纪革命史和革命文学的讨论，并将这种讨论提到现代世界何去何从的构想层面。

唐小兵直接将焦点聚集到"大众文艺"上，他希望通过指向"大众文艺"的实践性，通过指出其生活与艺术的同一性特征，来破除"五四"以来，也是西方资本市场下现代文学在生产和流通环节上的特性。他想用"大众文艺"来关联社会运动和历史主体，破除"五四"文学的"象牙塔"。尤其是他以瞿秋白 1934 年 2 月从上海到瑞金、从城市到农村、从国统区到苏区、从知识精英到群众领袖、从创作思辨到文艺运动、从间接影响读者到直接实现政治效益为例，认为瞿秋白典范性地体现了中国现当代文学史中"大众文艺"区别于"五四"及欧美的现代文学发展范式。而延安文艺，则集中呈现和实现了这种"大众文艺"的诸多历史特征与被期待的功能（这一点也成为后来大陆现当代文学研究界讨论延安文艺时被广泛接受的一个结论）。这里所隐含的唐小兵对于西方"现代性"发展方案的批评与反思，对大陆 20 世纪中国文学研究界重新纳入之前被排除的革命现实主义文学打开了方便之门。

《再解读》以理论预设为出发点的论述，在认识论、方法论上打开了新的问题域。历史被官方叙述过于板结、被知识界过于简化后，这样的"解构"的确有助于重新拆散被板结、被简化的历史，将之还原到历史如何被结构的过程之中，更有可能释放出历史结构过程中被压缩和整形了的经验。《再解读》之所以在 1993 年出版后很快引起大陆学界的兴趣，并激发了巨大热情，跟他们找到这样一种方式重新打开"红色经典"文本密切相关。尤其是这些"红色经典"文本与革命历史经验高度关联，打开这些文本，实际上意味着重新打开无法回避却一直苦于无门来定位其历史与美学位置，但在历史过程中显然颇为重要的诸多现当代文学努力、文学现象。被高度接受的孟悦《〈白毛女〉演变的启示——兼论延安文艺的历史多质性》一文，可以看作《再解读》一书在这方面的代表。她开篇谈道：

> 延安时期的文学通常被不言而喻地看做是纯粹的政治运作的产物，研究这个时期的文学多少被视为某种政治表态，于是不大有人对其更复杂的内容作学术性的分析。当政治环境许可时，人们首先想到去做的往往是揭示其中的政治话语运作方式，以求对主宰了中国内地文化界几十年的话语专制系统表示一种拒绝和批判。这种拒绝和批判无疑有相当深刻的意义，它不仅提供了政治立场，而且提供了历史的立场。但这种批评却有自身的局限性，比如，它容易流于一种简单的贬斥。这种贬斥的简单性甚至可以通过套用西方一些理论的"批评"视点和语汇，从而获得正当性。比如，福柯（Michel Foucault）的"话语"概念就常常被抽象化成一个功能结构或一种压迫机制，于是我们不用像福柯本人那样进行什么历史的知识考古学的研究，也就可以将"延安文学"作为一个严丝合缝的压抑和统治机制进行批判。福柯的权威形象反倒成了对批判者自身"话语"背景的庇护。在这种情况下，延安文学与"五四"以来新文化之间的关系，以及包含在其中的许多非政治层面的问题，依然不能拿到桌面上讨论。因此，这篇文章的目的之一可以说是为研究延安文学和现代文化史寻找另一些可能性。我想通过对延安文学的代表作《白毛女》中文化因素的讨论，把对"解放区"文艺的研究尽量放在一个复杂的视野和背景上。毕竟《白毛女》所代表的政治文化并不是一个绝缘体，它和整个"五四"以来新文化的历史上下文有着千丝万缕、曲曲折折的关系。
> 
> 此外，《白毛女》及延安文艺实际上还关系到在新文化圈内看

不大清的另一些问题，比如它对"现代"与"传统"关系的处理就与"五四"以来的激进阵营有相当的差别。怎样看待这种差别，它有没有政治之外的文化的意义？如今已有不少人对于"传统"和"现代"达成了一点共识，即"传统"与"现代"并不是两个不可拆解的、按时序排列的板块。那种把"传统"与"现代"当做截然对立的两个时代的看法，作为一种思维和修辞模式，往往投合着一种功利目的论的话语机制。从这种看法中可以引申出另一个十分重要但没有深入讨论的问题：即"传统"与"传统"之间的区别以及它们在"五四"以来的新文化中扮演的不同角色。迄今为止我们所谈的"传统"多是指在政治和伦理意义上的儒家和新儒家的传统。没有多少人过问其他可能存在的传统，比如30年代民粹主义者关注过的一些民间形式和民间艺术等。不同"传统"在不同话语中占有不同的位置，这一点我们把延安文艺与"五四"新文化对照来看就会更为清晰。"五四"新文化体现出这样一个尴尬：为了建立一个既是"现代"的，又是"中国"的新文化，它既要排斥"本土资源"，又要吸引"本土大众"。倒是往往只被看成一种政治强制文化的延安文艺把一些"本土资源"与"大众"连在了一起，而且这种对民间文艺的发掘早在毛泽东的《在延安文艺座谈会上的讲话》之前就已开始。本文力图以这样一些问题为背景，考察所谓"新文化""通俗文化"，以及新的政治权威三者之间的相互关系在几个《白毛女》文本中的曲折体现，以及它们在《白毛女》几次修改中的演变。[1]

孟悦通过还原经验实际发生的过程，将过于被之前叙述所压缩了

---

[1] 孟悦：《〈白毛女〉演变的启示——兼论延安文艺的历史多质性》，《再解读：大众文艺与意识形态》（增订版），2007年版，第48—50页。

的经验层拆开，不仅打开了对红色经典文本的理解面向，而且也因努力对政治实际发生语境的还原，必然会面对历史各因素在纠缠、碰撞中的生成机制和脉络，这也就会将板结和简化了的历史叙述撕裂，露出被善与恶、好与坏、对与错等二元结构简化之下的历史，被遮蔽了的灰色地带。这自然也将被旧民主主义/新民主主义、新民主主义/社会主义等叙述过度分裂的现代文学和当代文学重新打通，让这些被用来理解、命名历史的范畴之间的关系重新被放回历史中去讨论和思考。这些范畴所指称的历史间的相互纠葛关系本是深入认识革命文学不能回避的历史部分，但却被后来的历史叙述板结为截然断裂的局面。单就打破这一历史叙述和文学研究格局而言，《再解读》对于20世纪中国文学研究的启发性功不可没。

唐小兵还意在以后现代、后结构主义为方法论和思想资源，讨论中国"革命历史"的虚构叙述如何在历史中形成"一套弥漫性基奠性的'话语'"。这种"解构"意识一方面打开了新的观照革命文学的空间，同时也被后来的研究者批评。无论是"解构"者还是回应者，都需要面对一个问题：这套弥散性奠基性的"话语"是如何在特定历史时期形成的？这需要回到中国共产党革命实践经验本身来考察。而这又涉及《再解读》是以何种特定的研究方式来展开它的问题意识，后来的革命文学研究对《再解读》的批评又存在哪些问题。

### 三、"想象历史"

学界意识到唐小兵理论先行所带来的对实践经验和文学文本的过度解读，呼吁要回到经验自身来展开历史叙述。学界在这些相应层面也的确有所批评和推进，但"回到经验"若不经过与历史的多番缠斗，似乎就免不了因"回到"的浅尝辄止，而被挑剔者视为仍只是一种障眼法，实际上还是各种理论、立场、价值观暗行其道，以致大量关涉到革命文艺的关键性问题不能得到深入阐发。后来的诸多革命文艺研究虽然在价值立场上更加期望突显《讲话》及其文艺体制的创造性，但其对《讲话》的讨论也仍多从价值立场出发，而不是回到历史实践经验本身。

其次，学界过于先入为主地将延安文艺界定为"大众文艺"特质，在讨论《讲话》时，便不自觉将其对文艺形式的重心放在了《讲话》对于"工农兵文艺"的强调上。后来学界对革命文艺的研究，实际上与唐小兵共享了这一认识。可这种过于受理论或立场预设的影响所带来的对于历史材料的过快把握，相当妨碍我们将《讲话》认真放置回历史实践脉络之中来体察其更深层面所需要应对的问题，和中国共产党革命实践所展开的诸多文艺探索。按照唐小兵及其批评者或后续者所建立的文艺序列，我们很难深入解释为什么中国共产党在推出"赵树理方向"之后，从40年代后期开始，还有大量作家经由深入实践、仍坚持以更多从"五四"以来形成的小说形式展开文学书写，并获得相当丰富的成就。另外，将延安文艺界定为"大众文艺"无法帮助我们理解，《讲话》之后有大量国统区来的作家深受触动，比如丁玲、周立波等；也无法帮助我们理解，有些作家开始时并不认为《讲话》中所倡导的"深入群众""与工农兵相结合"是在针对自己，比如杜鹏程、草明甚至柳青。他们认为自己早就完成了《讲话》字面上所要求的这一切，接下来只需要继续推进，但到40年代后期（柳青要到50年代初中期），他们才真的意识到，《讲话》实际上给他们的主体感知方式、现实把握方式等带来的挑战是什么。

不充分重视"回到经验"的复杂性和艰难性所可能导致的问题，还可以以唐小兵《暴力的辩证法——重读〈暴风骤雨〉》一文为例。唐小兵甚至没有区分周立波自己参与的土改实践经验和小说所叙述的土改之间的差异，就将小说中的土改等同于历史中的土改。唐小兵对《暴风骤雨》开头两段风景描写的分析就很有代表性，他没有区分周立波对农村的理解与当时中国共产党政策中对农村的理解的不一致，而直接将周立波的叙述构造当成了历史实际打造。周立波参加东北土改时，东北局政策文件中明确提醒，东北农村实际上是经过了伪满政权和土匪横行所打造过的农村，社会关系复杂。周立波实际上知道这一点，却在小说中有意将工作队的感知方式叙述为一种对"自然村庄"的感知。这里面就有周立波对实践经验的有意扭曲。如果我们不回到这些经验，我们就很难进一步追问，周立波为什么要在一部现实主义小说中有意违反"现实主义"创作原则？他在接受《讲话》之后主体的内在紧张和面临的挑战是什么？为什么会这样？就暴力问题来说，暴力在东北土改中的确存在，必须严肃检讨。问题在于，我们需要辨析，小说中的暴力是被怎样的周立波编织到叙述结构中的，他当时为何以这样的方式来编织？中国共产党东北土改实际展开过程是如何推进的？当发生暴力时，中国共产党如何理解和处理？这些周立波都曾亲身经历，但他在叙述时，为什么仍有意重新对自己的经验进行特别的编码？周立波为什么会如此改写自己所参与过的土改经验，甚至会违反当时中国共产党诸多政策文件的要求，来简化处理土改过程？《讲话》带给周立波这样的左翼作家的内在感知、理解方式等方面的挑战到底是什么？为什么他写作《山乡巨变》时又有巨大变化？我们需要"回到经验"中来看暴力的形成，才能更好检讨并遏止暴力在历史中的发生。这都是必须抛开理论预设或价值立场预设、深入回到经验之中，方能更好揭示、呈现和检讨革命实践中极其复杂的层面。

不只是唐小兵脱经验、脱历史脉络地解读历史和文学，《再解读》中黄子平的《病的隐喻与文学生产》一文对丁玲《在医院中》的解读，也有这样的问题，丧失了真正既充分地内在于历史又批判性地解读革命文学的机会。黄子平一方面在小说与诸多历史语境和政治话语之间建立关联，来打开文学—社会—道德—民族—国家等诸多层面的历史纠缠，非常有启发性；另一方面他还是太急于要破解政治/文学的编码方式，急于在这诸多历史因素之间建立关联性理解，从而使得一些在不同历史情境中彼此搭配非常纠缠的因素被脱脉络地组织在一起。而如此也便意味着是在将丁玲1940年的小说过快切割进自己期望讨论的问题视野中。

如文章第一节将鲁迅的"弃医从文"与陆萍的"弃文从医"对接，忽略了这两者间隔着从"新中国成立"到"卫国"的三十年历史结构性差异。黄子平看似要考察"'五四'所界定的文学的社会功能、文学家的社会角色、文学的写作方式等等，势必接受新的历史语境（'现代版的农民革命战争'）的重新编码"，但由于他过于集中在文学符号对于现实的象征、比喻特性，并过快将这种历史经验的重新编码浓缩为语言中的行为方式，缺乏对历史的编码过程环节的细致考察。当然，这样做问题不仅在于不够细致，还在于这种"过快"所导致的后果——错失了对这一过程和环节的细致考察中所可能蕴含的诸多可能性的洞察，从而错失了对此时的历史为何会以特定的方式展开这样编码的把握，也错失了对内在于历史编码过程中的人的诸种困境和活力的辨析，错失了在认真进入历史后对历史编码的内在问题的揭示和批判。

这就很难解释，为什么丁玲在刻画《在医院中》的陆萍时，会强调陆萍是"被迫""弃文从医"。为什么鲁迅的"弃医从文"所在的"五四"一代作家和二三十年代作家等所开展出来的"文"无法帮助陆萍所处的社会更好地理解"医"和"文"，而使得陆萍无法在"从医"时从"文"多所借力。而如果我们理解到"五四"一代作家和二三十年代作家所开展出来的"文"实际上无法有力地帮到陆萍，我们就可以看到，丁玲所反复强调的陆萍过于感性，缺乏理性，实际上应该视为是"五四"以来的特定文学形态的一种历史—社会后果。陆萍（丁玲）所承受的，恰恰是"五四"以来的"文"没能安顿的现代中国人的特定历史状态。如果不过度围绕"编码"这一意识来回应历史，而是在耐心"回到历史经验"的努力中认真审视历史过程，来打开文学的各种喻体中所形成的编码，将这种编码中被高度折叠起来的历史信息重新展开，对应到相应的历史过程之中，来观察历史过程中各种因素的搭配机制，我们更有可能内在于陆萍的具体历史状态，从而相对准确把握陆萍的"感性"和"理性"的历史内涵，及其所对应的历史状况。黄子平没有充分打开历史经验中的这些信息，就快速认为，"丁玲似乎执意要把这种'文学气质'作为正面的、明亮的因素加以强调"，而没有（也无法）看到，丁玲作为叙述者与陆萍作为被叙述者之间的文学叙事学意义上的差异[1]。黄子平要拆解本质化叙述，但他不回到历史经验中的具体文学形态，却固守于80年代对文学的本质化理解，将丁玲与陆萍强行等同，如此略过丁玲与陆萍的差异性，我们实际上无法理解：为什么丁玲从国统区到延安后，她会特别在"别样人生""别样道路"中塑造陆萍这一镜像，来反观自己也曾深陷其中的这一观念意识和思想精神状态？为什么小说最后"无腿的人"仅仅说了一些并不高深的话，却能一下子命中陆萍的软肋？如此一来，我们也就无法理解"五四"以来的现代青年的特定状态和他们到了延安之后，所遭遇到的具体触动和冲击到底是什么形态？也就无法由此进一步追问：丁玲为什么在延安被严厉批评之后，还能接受《讲话》？也容易将丁玲的这种接受理解为是政治对文学的"疗治"（或压抑）。这不但将延安时期的《讲话》与新中国成立后的文艺状况混为一谈，也无法内在辨析《讲话》实际有对"五四"文艺中的关于人的历史主体状态的回应，当然也就无法进一步辨析：中国共产党革命在具体历史情境中，曾探索出以何种历史主体状态来面对现代世界的挑战？这种特定历史主体状态的潜能和危机是什么？延安时期，尤其

---

[1] 李晨在其论文《〈在医院中〉再解读》中辨析了这一点，载《中国现代文学研究丛刊》2012年第4期。

是《讲话》所打造的这种主体形态在历史中为何又发生剧烈形变？这种历史主体状态要如何被剥离，如何转化，才能与西方现代主体构想形成对峙，这些历史实践经验中的资源又是否足以为我们今天重新构想现代世界的未来提供新的思考资源？这种脱历史脉络地过度集中于"编码—解码"环节，不充分回到历史经验之中，反而丢失了王晓明所念兹在兹的对于历史中人的努力与挣扎的关切。

无论是急于给出批判立场，还是出于认识论预设，抑或出于对历史的直观理解，唐小兵将延安文艺直接界定为"大众文艺"，对话者从价值立场出发肯定延安文艺的创造性，也都因为没有回到历史经验中的认真努力，当然也就很难帮助我们分辨延安文艺历史经验内涵中的诸多差异，并通过对这种差异的深入辨析，来探究《讲话》的内在逻辑构成，深入认识《讲话》实际上给文学所带来的内在冲击所在，当然我们也就很难深入区分《讲话》之前的政治对于文学的作用力和《讲话》之后的政治对于文学的作用力，是非常不同的。同样，我们也很难区分，上海时期的左翼文艺与《讲话》后的左翼文艺的真正区别，也很难区分中国现代文学和以《讲话》为中心的中国当代文学的真正区别。以此，笼统地将作为"大众文艺"的延安文艺当作是中国"反现代的现代先锋派"或"反现代的现代性"文学，以此作为抗衡西方现代性发展方案的另一种选择，实际上无助于我们真正把握，中国革命实践经验中，到底在哪些问题上对于"现代文艺往何处去""现代世界往何处去"具有启发意义。难道现代世界文艺的未来，都只能是"大众文艺"的形态吗？即便以此形态为核心，那这一形态的打造者本身需要如何被打造？即便后来的对话者们更强调《讲话》对作家主体的正面改造，也随即将这种改造方式和路径回收到"工农兵文艺"之中。似乎只要深入工农兵生活，现代文艺就能获得正确道路的保证。这就忽略了不是笼统的延安文艺，而是《讲话》对于人与社会的双重理解和重构[1],《讲话》及其文艺实践对人与社会关系的重构,特别塑造了中国现当代文学的特定面貌和形态。而这才是其文艺实践经验中特别值得我们重新挖掘和讨论,同时又具有与西方现代性发展方案相对峙力量的关键性资源所在。

在反思西方现代性发展方案时,《再解读》和后来的研究者都从不同立场期待重新进入中国革命文学来寻找新的可能,并检讨其中的挫折。他们在进入历史经验时,或过多受制于西方检讨自身时所依赖的一些认识论,比如语言问题;或过于强调自身价值立场的当下意义,忽略历史经验本身的特别性,也忽略文本材料中语言的历史特征。不回到历史实践经验中语言的具体存在形态,实际上容易脱历史、脱经验地理解语言所对应的经验内涵。

比如过于直接接受西方后现代、后结构主义的语言论预设,将语言与现实、人与历史的关系,过快确定为一种"想象性"关系,使得《再解读》中不少文章虽然想回到历史经验,但实则没有真的对历史经验有一种努力逼近的探索,却因急于去破解政治/文学对经验的过度压缩和编码,而对经验的处理多停留于直观索取、过快定位其意义的方式。也即《再解读》格外重视语言的中介性,但实际上却抽象地理解语言的中介性问题。唐小兵还会抽象理解"暴力",黄子平也会将小说中的言辞快速抽离出其具体脉络来建立关联。如果我们对于中国共产党和革命作家们在特定时期对于语言的特别使用不做特别的处理,如果我们不穿透历史材料中语言文字的特定形态,洞察历史当事人的实际观念意识感觉状态,如果不与特定历史时期的特定社会—文学—政治—语言等形态反复体察、琢磨,不与之缠斗,仅仅在某些问题意识的开启下直观把握历史,这种"再解读"也很难承担它所期待的通过重审历史经验来为现

---

[1] 关于《讲话》对中国近现代以来历史—时代课题的深度回应,可参见贺照田 2009 年的"毛六讲"讲课录音,未发表。

代世界何去何从提供思想资源的重任。与此相关的问题是，这样认定的"想象性"关系为何会在20世纪80年代的西方知识界被突出为人与世界的决定性关系，而为何在中国大陆要到了90年代后期开始，才会被普遍接受为理解语言与现实、人与历史的决定性关系。为何2007年《再解读》出修订版时，唐小兵及诸多大陆读者仍会觉得《我们如何想象历史》中的如此"想象历史"相当自然、有力。

在"想象历史"中，文学与现实之间的"想象性"关系是确定的，需要讨论的是"怎样"，是路径、方式、角度、明暗、装饰。作者与历史的关系被确定为"想象"，作者需要发挥主动性去想象，但只能想象。想象当然并非纯然被动，它也是一种对历史的介入，甚至可以是一种扭转性的介入。但这种扭转性只能发生在特定的领域。"想象"预先设定了作者与历史之间发生关联的路径、方式、范围。但文学研究者与历史之间，真的只能依赖于揭示如何"想象"、为何如此"想象"吗？如果不是，那就需要追问，为什么文学—作者—历史—现实之间的关系会在这一历史时期被确定为一种"想象"关系？"想象性"为什么被当成了真理？文学研究者与历史（现实）之间的关系，还可以是哪种形态？这些可能性的讨论在唐小兵的导言里完全没有出现。

后来的对话者看似相比《再解读》有更贴近历史经验的探索，但其视野仍过于被自己论争对象的视野所牵制、规定。这些对话者虽然批评和校正《再解读》对延安文艺的解构，认为作者们的关怀有着历史真实性支撑，但这些对话者仍过于从自身价值立场出发来进入经验，实际上不自觉会以自身的立场为中心形成一个吸力旋涡，使得历史经验在他们立场的需要中才能被使用。如果说《再解读》的"想象历史"是以西方理论为中心，对话者的"想象历史"则是以自己的论敌为中心来展开。

"想象"并不是人文知识思想与历史现实之间的唯一关系。毋宁说，这种对"想象""历史"的强调，是特定的知识架构在特定历史时期从众多的人文知识与历史现实诸种关系中选择性地突显出来的关联关系。但把文学与历史之间的这种"想象性"关系确定为决定性的认知关系，这样的知识认定背后有着特定的知识感觉和现实感觉：即现实政治过于强大，文学只能展开想象性编码。这种知识认定并没有穿透这一时代氛围。可是，这样的时代氛围是必然的，还是在某些特定历史阶段和条件下发展形成，进而又被某些知识感觉所强化？这其实是需要讨论的。如果在知识工作展开之前，感觉意识、理解认知已经预设了这一点，那《再解读》的"想象历史"，实际上就是在一些既定感觉、理解结构之下展开的知识工作。如果我们找不到打开和突破这些既定观念意识结构的方式和路径，那其所展开的工作也很难有助于我们真正推进困扰着20世纪90年代中后期以来的诸多思想界和知识界的难题，也无助于我们突破学界长期以来形成的政治与文学对峙关系理解革命文学。相应，《再解读》所期待的"配镜师"的反省，实际上仍是反省不够的"戴眼镜"。

也即，"配镜师"的反省工作原本可以在认识论层面发展出思考知识与现实如何重新形成更为复杂的互动和辩证的关系，而重新确定人文知识工作与现实发展之间的关系。但90年代大陆的特定现实状况，使得很多人文知识分子看不到既定的知识形态与现实有效互动的更多可能，又没有努力反省自己的知识思想意识，没有努力探索有效深入现实的途径。后来的对话者对《再解读》的批评虽然没有纠缠在语言认识论的想象性层面，力图回到延安文艺打造现实的真实经验形态中，但它过于从新左派与自由主义、社会主义与资本主义、西方与非西方思想—社会对峙格局中来展开这种回溯，其对延安文艺经验面向、内在构成的理解虽有新的开掘，但也往往具有高度选择性，或抽象强调延安文艺的某些特质，以高度配合其与对方的论争所需。

诸多《再解读》的对话者基于自身价值立场的"想象"，虽然并非基于认识论,但在认识论层面上没有认真警省,仍会对它所期待展开的工作带来干扰。比如在新左派和自由主义论争的知识氛围中,不少革命文学研究却过于以自己所处论争环境来对革命文学经验展开想象,其对中国共产党革命经验的挖掘主要焦点也大多在于分配公正和经济民主,其对文艺经验的讨论也多集中在与此紧密关联的问题脉络中,如对"人民性"的讨论。"人民性"本是革命文学经验中极重要的议题,但论者过于从当下论争所需的立论逻辑出发,便不能充分挖掘40—50年代"人民性"的生成机制和活力内涵。也即过于围绕当下自身直接的价值立场对历史和现实的把握,不仅很难在一个更开阔丰富的视野中对现实中的困扰作充分认知,也很难通过进入历史经验的内在构成,从中发现可供自身成长的资源。

贺照田2005年《时代的认知要求与人文知识思想再出发》一文也谈到这一点:

> 由于没有找到合适方式检讨他们所关切问题形成的历史过程,因此也就不可能真正把握其所关切问题所以如此形成、如此存在的深层历史和现实机制。这种情况下,他们对所以形成问题的解释与批判,便很大程度植基于对现实和历史的直观反映,然后去选择自己认为合适的批判的武器。却未深究直观反映在多数情况下其实并不能真的帮我们洞识使一问题所以如此形成、如此存在的深层历史与现实机制。而一旦一批判真的植基于此不稳固基础,则此批判必将沦入实际效力极为有限的治标不治本的境地。因为此种治标不治本的批判,不仅一般无与对所批判问题实际深层生产机制的揭示与破除,而且更无与——如何转化、改造、重新安排原有问题机制的组成要素于一新建设性机制——这对认识、实践都极重要的知识思

想工作。[1]

贺照田当年的提醒实则可以理解为知识重审工作"回到经验"之必要,和"回到经验"之困难。与这样的要求和期待相悖,《再解读》及其对话者的这两种处理经验的方式实则都没有真正以经验为中心,努力重建知识形态。

## 四、《新解读》

细致、谨慎地面对和辨析革命文艺实践经验,重新讨论和打开现代文学发展形态的多种可能性,为整理和构想当代中国文学、文化发展形态提供思想资源,这些可以看作《新解读》一书在之前革命文学研究基础上的再探索。不过很清楚,努力学习先行研究的另一面,是在观念意识前提下,《新解读》对于《再解读》的诸多问题意识和立场,持悬置态度。《新解读》尊重这些意识和立场,但认为它们本身的历史性也需要被检讨、被撬动、被重构,并力图不以立场先行、价值判断先行的方式正面进入历史经验。

意识到《再解读》的展开实际上背负和笼罩着特定时代感知和知识意识的前提,我们就需要将这样的时代感知和知识意识相对化。就是看到,文学与历史不只是被特定时代感知和知识意识塑造出的"想象性"关系,它还可以更加积极地介入到现实之中。从具体研究实践来看,承认语言的中介性,承认文学与历史的想象性,但又不固守于此,较好的办法是尽量回到文学经验处身的历史实践过程之中,紧贴历史事件发展逻辑。从历史事件的酝酿、聚集、发生、发展过程来说,"想象性"关

---

[1] 贺照田:《当代中国的知识感觉与观念感觉》,广西师大出版社,2006年版,第76页。

系只是实践环节中的某一个因素，常常需要与其他众多因素配合起来发生作用，并在实践中不断被表述、整理、反思、检讨、校正。这些环节，有时为明确的政策文字思想观念的推动，有时则依赖不容易被清楚表述或无从察觉的、在实践中建立起来的直觉、意识、判断等来引导。也可以说，文学或实践中所有环节都内在隐含着"想象性"的推助力和构造力，但这些"想象性"会与每个实践环节中的其他因素一起，不断在实践往复过程中被反复多次的"外化""显形""落实"，也就会不断被看见、被观照、被调整、被再打造。这都要求我们，在考察历史事件中的某一个环节时，包括考察革命文学的"想象性"环节时，我们都不能静态地固定在某一个环节来考察。我们在判断历史当事人为什么会在某一时刻如此这般去"想象"，是需要结合当时情境中的诸多因素、当事人对诸多要素的感知和理解，同样还需考虑不同历史当事人在不同时期其内在构成的差异性，以及他们在此时所洞察和感知到的历史结构困境等因素，来综合性甄别和体认。就围绕《讲话》的诸多人事而言，我们至少需要区分毛泽东对历史的认知和丁玲、周立波、杜鹏程等对历史的认知的差异性，其各自与何种现实状况形成何种互动，进而形成何种不同的主体状态，展开何种"想象"，又随后对这样的"想象"进行何种调整，并以新的调整再次投入实践之中。这样我们才有可能不以自己的想象和逻辑来切割历史，而是进入历史当事人和历史事件的内部逻辑，来照射历史当事人面临的困局和他们的创造性，以及历史当事人的认知盲点和潜在的危机。即便当我们发现某个历史时期中，现实不容易被文学实践撬动时，也不能因此直接将认知回收到强化某个阶段或环节中的文学的想象性特征，将之普遍化为这一阶段文学的本质特征，不能在我们的认知结构中轻易放弃文学介入现实的多种可能性。这种特定的历史境况反应该促使我们更努力地将文学放置在具体历史脉络中，观察诸多环节中的诸种因素在哪里出了滞涩和堵塞，构造出特定的僵固结构，以致引发了文学的艰难困境。

还以周立波创作《暴风骤雨》为例。周立波之所以在小说一开始刻意从一个政治工作队的视野观看一个自然朴实的村子——而不是按照当时东北政府在撤退时对于东北地方社会的理解来刻画农村——所形成的"革命时间"，跟周立波30年代所接受的特定的现实主义理解以及在《讲话》后面临如何重新面对现实的困难有关，而不是如唐小兵所认为跟周立波和中国共产党共享着一套暴力革命的观念意识有关。[1]恰恰不是共享而是周立波的小说叙述与当时中国共产党历史实践之间的差异，才会出现唐小兵在小说中发现的"革命时间"。唐小兵的分析正是没有回到"历史事件发展逻辑"，由此过快在各种因素间"想象性"地建立"革命时间"的关联。他后来把这一点理解为是他当时工作的粗糙，而没有意识到，实际上恰恰可能是他太急于批判和检讨左翼实践经验，急于破解革命文学中的"编码"，使得他的分析工作意识中带着强烈立场先行、理论先行，使他的历史感、知识论偏离周立波文学经验内部的逻辑。这反而无助于他深入革命经验内部来检讨其得失，再慎重给出对作家、对历史更内在、更公平、更准确的把握、分析。

要进入"历史事件发展逻辑"，也可以理解为要进入"配镜师"的内在结构之中。这需要我们警惕我们自认为摆脱了、可实际上仍被自己所在的特定时代感知和知识意识所笼罩的处境，以及在这种处境中不自觉地、无意识地携带着的诸多价值立场或感知意识。要进入"配镜师"的内在结构，我们需要在对实践经验的反复参照中，建立起多个互相观照的视点。如果我们大致仍可以将唐小兵的工作架构看作是力图重塑"配镜师"，那他则过于将自己的这一"配镜师"工作，聚焦或限定在了某一些环节，而历史构造中的另一些同样重要且需要展开分析的环节，

---

[1]详细分析请参见本书中何浩《"搅动"—"煨制":〈暴风骤雨〉的观念前提和展开路径》一文。

或对这些环节具有历史构造性的因素，却因他的观念意识感觉的预设而被摒弃。这提醒我们，我们需要在进入"历史事件发展逻辑"中，一次一次反复校准、勘测，屏息洞审，才可能既在历史之中又跳出历史来反省"配镜师"的问题。这也是我们把《新解读》看作这种工作的开始和尝试，而不是完成的原因。一方面现时代的发展状况要求我们必须重审历史，力图自己把握自己的历史命运，另一方面这重任要求我们的认知探索必须付出十足的艰辛，要求我们与历史反复缠斗。也即，历史不能在"想象"中被把握，历史需要被"缠斗"才能向我们显露更多的面向、更多的层次。

也正是在《新解读》诸篇论文反复缠斗的努力中，我们有所发现。我们发现，不能直接在政治与文学的二元框架中来理解历史中的《讲话》。也可以说，"社会史视野"是《新解读》诸文大致共享的明确意识。之所以在进入历史之后，提出以"社会史视野"为中心来考察革命文学，是由于我们发现，《讲话》中政治对文学所提出的要求，并不是无中介地抵达的，也不只是通过语言的中介来抵达的。《讲话》文本中看似只提及"政治与艺术的统一"，但此时的"政治"所实际指涉为何，却需要特别将它与其实践中的具体展开来对应性理解，才能具体把握其历史内涵。尤其是在 40—50 年代，这一"政治"实际上常常以"社会"为中介形成，并含摄了"语言"在这一过程中的中介性。这里的"社会"，又不是一般社会学所谈论的"社会"，不是被既定社会学知识体系所呈现的"社会"，而是不断被不同时期的政治所打造，但又在不同时期配合或拒绝（甚至反抗）政治的存在。如我们要打开丁玲《在医院中》的丰富性，打开小说与延安时期政治的关系，首先需要回到丁玲自身的历史经验之中，把握她青年时代的成长是被何种特定历史—文化机制所塑造，形成了何种特定状态。从丁玲早期的《莎菲女士的日记》到延安时期的《在医院中》来看，丁玲不是固守于"五四"的自我观念形态来反省，也不是固守于文学的立场来反省，丁玲是从自身主体状态在历史中的感受和遭遇来反省。她并非直接反省政治、批判政治。在小说中，陆萍在与医院的病员、同事、朋友相处中一路受挫、退却。但这并非与政治遭遇中的挫败，而是在与社会生活、与他人相处中的节节败退。陆萍对文学的坚持，对"五四"这种特定文学观念的坚持，以及丁玲所指出的，这种文学所塑造出来的她的"感性"，恰恰让她难以面对现实—社会—他人，难以承受因此带来的困扰。而小说最后"无腿的人"所指出来的，恰恰是陆萍的主体自我构成里最缺乏的部分：快速且依赖自己的感觉来给他人、现实定性，不进入他人和现实的具体状况，不积极在他人和现实的具体状况基础上思考解决办法。而延安时期的政治之所以能吸引丁玲，并在丁玲被严厉批评之后，还能被丁玲接受，首先在于延安时期的政治实践方式、《讲话》所引导的主体改造方式，恰恰针对了丁玲通过陆萍所呈现出来的，大量"五四"以来的青年人都面临的主体困境。在这个意义上，延安时期的政治，正是在摸索如何重新打造现代中国青年和现代中国社会这一层面上，它为丁玲的自我困境和探索打开了新的可能。延安时期的政治在这一层面上回应了丁玲所遭遇的主体困境，回应了这种有责任感的主体如果想在中国社会有效落实自己的责任感，又该如何调整自己，如何面对和进入中国社会。

　　简略来说，《讲话》所提供的特别方向，恰恰是推动被时代新文化启蒙的青年进入、翻转和推动社会现实状况的实践过程中来重构自我。就陆萍来说，之前陆萍的自我过于固守于自己在特定历史—社会中形成的既定感性，以此为基准来判断社会现实和他人，也因此处处不满。但《讲话》延续和推进的"无腿的人"的逻辑，是建议陆萍先进入他人—社会，看到他人—社会面临的困境，再基于他人—社会的可能性，来推进和翻转困境。在这当中，陆萍之前的"感性"会被具体落实到对他人—社会的感知相对化，并被对他人—社会的认知所扩充，也即在对他人—社会的积极性、可能性有相当认知的基础上重构自己的"感性"。这样，陆萍的自我就可以是在一个与他人—社会互动过程中形成的自我，而无需预设一个自我，再根据这样一个脱离具体社会形态的自我来构想现代社会。这样的主体构成方式，不是西方现代哲学所讨论的其自身被视为原则、根据、本原的主体性，而是在一个不固执"自我"的形态中通过充分与他人—社会的开放性互动，不断重构自我。而这样的自我构成过程中，社会也不再是抽象的秩序和机制，而是由不断被重构着的自我打造和重构着的社会。如果我们从中国共产党革命实践经验中的这种自我构成方式出发，再进一步细化、深化，是否有可能发展出一种与西方现代主体构成方式不一样的道路？以此与他人—社会互动形成的自我，是否也可以进一步讨论与西方社会构成不一样的现代社会如何重组的问题？

中国共产党的现代政治实践往往并非直接作用于文学，它首先更多以打造社会与人为视野。基于延安时期政治实践所开启的对人和社会的双重重构，当中国共产党政治实践有效作用于社会的特定状态，社会也焕发出相当的活力和状态，文学也被激发。在40—50年代，作家常常因为政治打造社会的有效性而积极回应政治。在回应政治打造社会时，作家甚至发现了政治所打造的，但未能及时呈现或发现的人的构成方式和社会的构成方式。在这种构成方式中，人可以越投入社会，越能获得活力。尤其是在某些时期，革命文学（如王蒙《青春万岁》、柳青《创业史》中的部分内容等等）曾呈现了其时中国社会的特别构成形态：人在集体中不觉得压抑，反而更有活力（当然，社会在历史实践中被压抑的内容，也可以从这一角度被检讨）。那问题在于，这一历史时期的集体为什么不会让人觉得压抑，为什么反而会更有活力？为什么这样的"集体"形态在随后又会变得让人压抑？其内在的构成发生了什么变化？这一问题之所以特别值得追问，是因为它涉及现代社会构成中的难题和困境（个人与社会、个人与集体的关系），涉及"反现代的现代性"是否能提供重新正面重组现代社会的理解，涉及如何在西方现代政治哲学之外，重新构想现代人和现代社会。这实际上也可以启发我们重新思考中国"反现代的现代性"的具体内容，除了反资本主义的分配公正和经济民主等面向外，还能对现代世界的既有理解和构想提供什么思想资源。

如果说柳青《创业史》中梁生宝的经验状态，有着作家基于现实逻辑的构造痕迹，那我们还可以以王蒙的《青春万岁》为例。王蒙生于1934年，写《青春万岁》时年方十九。他在几乎没有创作经验基础时，对50年代初期新中国青年学生内在主体状态的刻画，很能帮助我们透视新中国初期人与社会的某些内在形态特质。比如，通过王蒙在小说中所描述的郑波和李春，可以简化地看到当年社会风尚中，人们对于个人、对于他人、对于社会的感知、理解、反应方式。尤其是当李春只顾追求个人学习成绩，不顾及他人感受和班级荣誉所带来的后果，是她自己也难以承受的。相反，郑波越是投入对他人的帮助之中，越是投入对集体荣誉的维护之中，她的自我因深入他人的生命困扰并帮助他人克服困扰，由此形成亲密性集体，反而更加感觉到自身生命的充实、饱满和扩展。他人不仅不是地狱，深入他人的生命世界反而是成就郑波自我充实感的一个机缘。

大致来说，这正是我们看到的《讲话》以来文学最有活力的时期之一。在这个时期，《讲话》所带来的文学各形态的活力，实则是以人与社会的活力的焕发为基础和前提的。我们大致也是从这个视角来考察《讲话》及中国共产党政治实践所打造的中国社会的特定形态和面向。但我们的工作也包括通过追踪这些作家不同时期的作品，来考察随后为何又会出现各种形态变化，并检讨其为何在不同时期会出现严重后果。而这种检讨也仍大多围绕特定时期人和社会的活力状态的丧失这些维度。

以人与社会的双重构造为重心，打破以政治与文学对峙关系来理解革命文学，重新整理20世纪中国革命历史实践经验，为我们今天重新理解中国现当代文学为什么会走到今天、重新构想现代世界的未来提供思想资源和参考，正是《新解读》一书的明确意识之一。我们想尝试把历史中人的身心变化与历史—观念—社会机制结合起来考察。用贺照田的话说：

> 显然，强调对身心感觉变化的历史—观念分析，是一种试图把我们的身心遭遇和社会、历史、语言、文化、教育遭遇连结起来思考的努力。这一努力，要求以内在于历史和现实中认知、把握的方式，去确立不能被社会价值化约的人文价值，而此在社会价值一维之外确立起的人文价值本身由于是内在于此历史被认识和分析，故又可为从此人文角度出发审视、批判社会，提供新的认知出发点、批判着力点。就此层面言，此一人文工作方式的确立，不仅不会削弱社会批判，而且反会因人文敏感的介入，确立出更多的社会、文化、教育、制度的分析批判角度，从而既增加着社会批判的广度，又加大着社会批判对重要问题的真实涵括能力。[1]

我们希望经由"与历史缠斗"后的"回到经验"，希望重审革命文学在人与社会层面的经验呈现，来为我们今天理解中国文学、中国社会，甚至理解我们今天仍身处其中的现代世界，提供新的思想资源。换句话说，问题的关键不在于从左派或右派或保守派等的观念立场出发，在革命文学、革命经验中寻找证词。关键在于，中国在面对现代世界的

---

[1] 贺照田：《当代中国的知识感觉与观念感觉》，广西师大出版社，2006年版，第78页。

挑战时，曾经探索过的路径和经验，其可贵之处不只是在于某种立场出发的探索，它还在于是否真正焕发出了中国社会和中国人的内在活力，其焕发的内在机制是什么；我们是否能通过与历史的缠斗去体察、把握和呈现这些经验；哪些经验通过我们谨慎而认真的辨析和剥离，具有作为启发我们重新认识自身、重新反思性认识西方现代道路资源的能量。我们检讨和反省西方现代性方案的种种问题时，不是简单因为我们是不同于西方的中国，而是中国的实践经验中经过艰难摸索后被深刻体认，在帮助我们重新理解自己、理解世界。

## 五、与历史缠斗

我还是想回到王晓明在《批评空间的开创》序言里谈到的一段话。每次重读，我都会被他这句话深深触动：

> 时代的重压，内心的迷惘，隐隐约约的不甘心，还来不及淡薄的责任感：正是这些聚成了一股强大的冲动，使现代文学研究不惮于手忙脚乱，依然勉力出击。我从心底里敬重这一份热忱，我简直想说，它正是这个学科的精魂所在。别的东西：知识、理论、方法，诸如此类，都是可以通过耐心的训练逐步掌握的，但是，这一份面对真实的人生的热忱，却直通人文学术的底蕴，一旦枯竭，就很难完全恢复的。在根本上，学术的洞见也罢，理论的创造力也罢，其实都来自直面人生的热忱，和这热忱所熔炼的智慧。只要这热忱之火不熄，就是这一次努力失败了，它也完全可能转化为下一次成功的基础。[1]

---

[1] 王晓明：《批评空间的开创·序》，东方出版中心，1998年版，第4页。

但"直面人生的热忱"如何能熔炼出智慧,并不是一个简单的问题。如同《新解读》所强调要关注人的身心,也不等于要把人的身心感觉、心理胶固化、本质化。把人的身心感觉、心理胶固化、本质化,实际等于把身心和世界、历史打成了两截。我更愿意在王晓明的话中加上一句:以直面人生的热忱,与历史缠斗,以此热忱和缠斗,熔炼出人文学术的智慧和底蕴。

仍以丁玲《在医院中》为例。陆萍被迫"弃文从医",又出走延安,想寻找新生活。但她并不知道,她的感知方式和理解方式是在历史中被特定的"五四"文学塑造出来的。这种主体构成方式并不能引导她积极认知和改造自己所处身的社会现实。作为普通青年,她被动和消极适应着这个社会氛围。"她现在很惯于用这种声调了,她以为不管到什么机关去,总得先同这些事务工作人员弄好。在学校的时候,每逢到厨房打水,到收发科取信,上灯油,拿炭,就总是拿出这末一副讨好的声音,可是倒并不显得卑屈,只见其轻松的。"她开始"惯于"稳定在某个"声调",对"讨好"的分寸拿捏也日渐娴熟,不"卑屈",还"轻松"。但这种被动和消极的适应所带来的后果是,"她不敢把太愉快的理想安置得太多,却也不敢把生活想得太坏,失望和颓丧都是她所怕的,所以不管遇着怎样的环境,她都好好的替它做一个宽容的恰当的解释"。日子一长,她看似活在人间,却"与现世脱离了似的"。

丁玲在小说第二节简单回顾了陆萍的青春史,我们大致可以把陆萍理解为是莎菲女士到了延安。"她理性的批判了那一切。她又非常有原气的跳了起来,她自己觉得她有太多的精力,她能担当一切。她说,让新的生活好好的开始吧。"但丁玲马上就让陆萍呈现她如何把新生活搞砸的。丁玲在小说第三节再次给了陆萍机会,让陆萍开始新生活,不过新生活并不容易。丁玲给了陆萍机会,让陆萍到妇产医院工作,"深入生活","为工农兵服务",重新生长。但这一次的成长从始至终没有改变陆萍既定的主体构成方式。在新的决心和新的环境中,陆萍不再去"讨好",但她实际上仍复制着之前她对他人和社会现实的感知方式。作为"接生婆",医院的产妇们把"希望都寄托在她身上"。陆萍关心她们的卫生情况,别人没注意到的角落,她主动打扫。陆萍感受到她们"每个人都用担心的,谨慎的眼睛来望她,亲热的喊着她的名字,琐碎的提出许多关于病症的问题,有时还在她面前发着小小的脾气,女人的爱娇"。但陆萍没有透过产妇们的这些"担心""谨慎""亲热""琐碎"去理解和把握她们真正处境和所需,只是简单在自我感觉层面上看着听着,觉得"像这样的情形在刚开始,也许可以给人一些兴奋和安慰,可是日子长了,天天是这样,而且她们并不听她的话"。她完全不懂如何从这些看似细微之处开始不断延伸,就能开掘出新的生活的可能。陆萍期待着"新生活",但她期待着的是符合她之前感知结构的"新生活"。当"新生活"中出现新的人新的事时,她却又觉得这些新的人新的事无非"天天是这样"。她没意识到,其实每一位产妇的"担心"并不相同,每一位产妇的"谨慎"或"亲热",很可能跟她们各自的家庭状况夫妻状况相关。在"生孩子等于过鬼门关"的时代,这些农村产妇又是到新式医院中待产,她们实际上相当于把自身性命交到陆萍手里。她们的每一个反应,"担心""谨慎""琐碎""发着小小的脾气",都不是简单的"天天是这样",而是有着大量的需要陆萍的关切来介入,才能铺填上的让她们心里的"担心"在医院中被切实落地的沟壑。可陆萍的"理性"中好像对她们内心的惶恐不安没有认知的热情,即便是"感知"里,也仅仅将她们的担忧感知为常态。她渴望的令人"兴奋"和"安慰"的新生活,其实已经被她的感知排斥了很多去向和可能。"新的生活"就这样在医院里被陆萍一层层隔离、剥落,最后只剩下她自己,摇摇欲坠。

陆萍自以为寻找到了新的政治环境,新的生活机会。她不但依旧直观理解她所看所感的一切现实，也仍以被"五四"文化塑造结构所塑造的自我感觉方式来把握现实。她不知道她的问题其实在于她的自我是被"五四"以来的历史—文化机制构造出来的，她的新生活不仅需要她突破塑造她的历史机制，她的新生活还需要跟这机制塑造的自己缠斗，且这种新生活的现实开掘必须与自我缠斗和历史突破同时展开。她的自我过于被"五四"文学的感性感知方式塑造，而"五四"文学理解又是特定历史时期造就的。要清理历史和自我，就要在现实中重新塑造自我发展的方式、路径和方向。

这正是《讲话》为什么会强调必须"深入生活"、必须与工农兵打成一片、必须回到和进入"当下"现实。这也是为什么现实主义对于中国现当代文学、中国此一时期的历史主体的塑造来说至为关键的原因。现实主义并不是永恒的文学创作方式，更不是最高的文学创作原理。但在现代中国，它有着无可替代的作用，恰恰在于它特别针对了"五四"文学的特定方式所带来的历史后果。而为什么会出现特定的"五四"文学，又跟中国近代时期传统向现代转型时的诸多不顺利有关。而这些也是《再解读》和后来的对话者过于从立场出发来想象历史，或过于直观理解历史时所忽视的。

丁玲没有在《讲话》后续写陆萍，因此我们也不知道陆萍如何"深入生活"，与自我缠斗、与现实缠斗、与历史缠斗。不过，我们还是可以从丁玲 50 年代的许多论述中看到她的认知变化，比如她劝告参加抗美援朝的徐光耀，首先要投入生活中，做一个出色的人，而不应在生活中一直考虑如何做一个好作家。这里暗含着丁玲对陆萍式自我构成方式的明确告别。但丁玲当年直面人生的热忱，并未能直接熔炼成我们面对 20 世纪历史实践经验的智慧。比如，丁玲对陆萍自我构成方式的调整所对应的历史经验在 80 年代文学界的认知里，就没能被充分重视。80 年代文学界对"五四"文学的重新肯定，实则重新肯定了陆萍的自我构成方式，这反而造成新时期以后，青年在感知意识和自我塑造方式上的新的困扰。其后果之一是，陆萍所存在的被历史纠缠的问题，我们在今天的不少青年学生身上，也同样可以看到类似的状况。虽然并不能将这两个不同历史时代的青年人的遭遇相等同，但我们还是可以通过粗略整理陆萍在《讲话》前后所展开和可能会展开的结构性调整，来观察现在青年人在自我—现实—历史结构中的缠斗方式，来观察青年自我主体的历史构成状况以及这些历史差异所共同面对的思想挑战。

现在很多青年学生对生活充满热情、有责任感。但在近二十年的成长中，他们也逐渐在教育氛围中变得不知该如何与他人相处，甚至到初中之后，感觉与他人相处也变得不必要。他们只需做题、获得好成绩就能得到老师、同学、家人的认可，并享受这种认可所将他们固定在的好青年的位置。他们对世界的好奇、对他人的热情、对新生活的渴望，实际上被压抑在某个角落，开始习惯按照教育规则给出来的规划路线不断努力。到了大学之后，他们终于有空间开始后撤，不再必须以这样的方式安排生活。但后撤之后的他们并没有找到更好的方式和思想资源，帮助他重新找到路径点燃他们对生活本有的热情。他们开始按照社会既有的、呈现出来的诸多方式来锻炼自己，认为这才是校正自己过于个人化的方式。比如他们为了社会化而习惯性否定自己，习惯以看起来是社会道德所认可的谦虚让自己社会化。这些学生不自觉也会在别人的认可中，更加强化这种谦虚中的自我否定所带来的安全感。实际上这种自我否定虽然也出自他们对自己要成长为一个有深入他人能力、深入社会能力的人所需的状态的认知，但由于他们只是习惯性自我否定，并没有根据自己所处的每一具体处境中的状况——辨析和理解具体情境中所含各因素的状态和活力所需——来判断自己到底所缺为何，不会从更好的自己和更好的社会互动应该如何构成这个方向来思考，这种自我否定也就很容易变成面对困难时的妥协、退却。更糟糕的是，他们无法具体分析这种妥协，也就很难更积极地触动和推进自己朝着更具体切实的方向思考，那这样的否定即便出于真诚谦逊，实际上也很难具体帮助自己在深入他人、深入社会时的寸进，并因切实的寸进而获得信心。

这实际上会让他们内在的热情得不到一个恰当的路径，无法自然地在与他人磨合中形成有生长性的、彼此不断深入的社会性关联。"社会"不自觉成为与他们隔阂的存在，是他们无力突进、弹性丧失的存在。人与社会的关联不自觉就断成两截，即便努力进入社会，也是勉力而为，终难长久。

就这些同学的自我构成状态来说，他们的感知方式的形成与他们成长过程中的社会机制、观念意识相关，而这20年的社会为什么会是这样的特定意识形态，则与更为复杂的历史结构—意识变迁相关。仅就教育机制来说，将学生引导到"题海"之中，单纯以成绩判定学生的成长状态，这是近二三十年才愈演愈烈的状况。王安忆1982年发表于《上海文学》的短篇小说《分母》中曾敏锐察觉的社会问题，虽然屡被揭示，但知识界一直没能找到替代性的方案，最终演变为现在这些同学必须承受的社会氛围压力，并在这种压力下形成特定的自我意识结构。文学批评界不仅没有在有关现实状况已经相当触目时足够敏锐地意识到和重视王安忆的《分母》这类小说，以化解将学生越缠越紧的那些历史—现实存在，文学研究界在80年代反弹政治"配镜师"、要求回到"五四"文学传统时，也并没有在视野里开掘出与现实相当有对话性的如丁玲通过陆萍所展开的自我感觉意识和方式。

若研究界和思想界没有展开这些必要的讨论来作为思想资源，青年人要在这样的社会氛围中重建自我与他人、自我与社会的有机关联，可能付出的代价就会格外令人痛心。比如，如果他们不满足之前的状态，想在自我、他人、社会层面展开新的开掘，却又只能借用特定社会形态已有的格套来获得一种社会意识，而又希望这样的社会意识能带动他们对新生活的向往和热情，那现在就需要面临几种挑战：历史机制塑造出的社会意识和社会化方式、当下现实状况的可能发展方向、自我行动在关系空间中的挪移和切换。他们需要在面对这些因素时，重新磨炼自己。甚至生活处境中的任何一句话，都要重新经过与具体现实状况反复打磨，才能脱离之前破坏性格套，真切地说出来。在重建人与社会的实质性关联时，语言的中介性此时是需要特别被警惕和淬炼的。比如，谦虚当然是因为他们真切感到自己有种种不足，但还需要辨析具体在何种情境下需要何种谦虚，才会真的让他人意识到自己的不足，需要他人照顾到自己的这一不足，以调整对话方式，推进彼此的沟通。感谢的话也同样如此。至少需要在内心生出谢意时，停顿并体察这次的感谢是针对什么，与之前有什么不同，具体情境下的差异在哪里，这次又有哪些值得感谢之处？这样才能在每一次与现实、他人的遭遇中，彼此呈现中，挣扎着逐渐摆脱既定历史—社会所施加的、已经脱情境的感知方式和反应方式，让自己以新的触碰感、体感来呈现自己与现实、与他人相逢的新的生命时刻。如果在那一瞬间，确实尚未想好，哪怕不说话，也最好不随意应答。这样才有可能使得每一次根据事理的曲折所呈现的现实面向，都经过自己的身心，让自己每一刻的感知都重新生长，这正是在每一次具体情境的"阐明"中不断淬炼"诚"。

  这个时候甚至不能过度使用大脑。当我们在与他人交往沟通时，意识到"我"的感知是在依赖成规和惯习，且这种成规和惯习并没有帮助我们获得共识或心照不宣，而是在淹没和吞噬触碰中的意外和新颖，但又没有找到恰当语言或思路来整理和表述，那他们甚至可以停止思考，停止说话。此时"我"需要意识到，"我"不能太快借用成规，即便是有效的成规，"我"也得让成规脱离它被使用的惯性路径，按照现在的新的现实状况，和面对的新的他人，重新生成出新的具体性。在一个有关"我"、有关"社会"、有关"我与社会"出了很大问题的境况中，

"我"其实需要拒绝所有直接使用的客套话、成规。当"我"说不出来，"我"还可以用眼神，用手势，用拥抱，用握手，去表达"我"被对方激发出来的感受，并引导对方进入新的情境之中去更好地理解他自己的状态。如果情境恰当，当然还可以用歌声，用舞蹈。无论如何，"我"都不能让此刻"我"与他人的新情境随意滑走。必须让这些意识情感语言经过"我"的内心和身体，如果经过了，"我"还找不到特定情境中特定交流所需的表述方式，"我"就想其他办法，如眼神、手势、姿体、动作、脸部肌肉等，它们往往在停止语言之后才有发挥、表达的机会，才会在新的情境、新的他人面前被不断激活。从这个意义上说，不断深入他人，就是在不断丰富、扩展、充实、成全"我"。

　　这不是孤立化淬炼身心，而是通过反复多次深入自己与他人所遭遇的交往困境，反复多次尝试自己对这种动态困境的克服和突破，以及反复多次深入理解和把握自己与他人共同陷入的历史—现实构造机制所形成的社会意识，来淬炼、增进自己摆脱历史—社会惯习缠绕的能力和意识。这种淬炼基于反复尝试悬置—打磨—更新惯习化的社会意识，基于对碰撞中猝不及防、也无以命名的生命新形态的体察和回味，基于对彼此生命相逢于此困境中的艰难和无助的不忍与不甘，及对此番新情境中生命感知的爱惜与体察而更加敞开对彼此生命遭际的深入探索，以及为求破局而寸进、生发的情义、信任和默契，这种情义、信任和默契或许便更能含摄自己与他人虽有涌动但彼此困于僵化惯习之中而无以名状的具体感知。这些力图疏通被困于历史—现实碰撞中的人的具体生命而生的情义、信任和默契中，并不一定总能用语言来发声，但如果我们不限于语言，而是将彼此作为受困于/求索于历史—现实中的生命，那我们便更有可能发现他们每时每刻都遍布全身的对感知的收发。若我们总是不断将这些信息放置在具体历史—社会构造机制中展开反复感知和辨析，不仅我们自身感受的面向可因此获得依托他人而向外的龟裂与寸进,还可获得对堵塞彼此的历史—社会机制的进一步理解和洞察,且很可能是对超出被语言表述出来的历史存在部分的洞察。那些躺在延安医院里的没有名字的产妇,也就可能会被陆萍叫出每一个人的名字,或由陆萍自己给她们取上适合她们的、好听的名字,再也无法忘记的一个个的名字。这是否才有可能让陆萍开始她的新生活:越深入他人和社会,也就越能丰富自己在具体情境中感知他人状态的能力,以及丰富自己因与他人—社会碰撞所生发出的内在感知面向和方式。对这些面向和方式的探究又可不断让陆萍反省自己之前的历史构成,以及深入了解产妇们、同事们的历史构成,并在这种反省与深入中,探索更合理的医院物质配备、制度设计、卫生条例等,再由此进入对此时革命的理解,进入革命与中国近现代历史—社会结构的相辩证、考辨之中,并经由这种辩证和考辨,重新寻求革命的根基,寻求新中国成立的根基。对现在的青年人来说,同样如此。他们渴望的新生活、新人生,可不经过这种艰难且大量的在历史—现实境遇中的日常磨砺,当其自我以一种固定意识方式进入历史、进入现实时,便很容易不自知地仍大量借用有问题的格套、惯习来言说、理解、观察。这种复制性反应既会让他人因得不到真诚的回应而放弃继续沟通,也会因自我重复而浇灭他自己内在的生命冲力和热情。每一次新情境中被激发出的感知都容易被快速回收到成规和惯习之中,尤其是每一情境中那些新颖的,往往也是冒犯性的、不容易被及时表述和掌握的,也往往是最有活力的部分,更容易被这样的社会化方式所刻意忽视,更谈不上对这些珍贵时刻特别的体味,和在自己生命成长脉络中被进一步擦亮。

之前这些青年人的状态是缺乏深入他人、深入社会中来构成自我;现在则是在深入他人、深入社会时,被历史成规裹挟,缺乏与自身的真切感受作为中介。这一点跟小说中的陆萍在结构上颇为相似。"五四"文学形态所引导的主体有其对个人精神力的塑造,但如何将这种精神热力有效转化到千差万别的现实、他人之中，却是一个时代大问题。"五四"文学形态所引导的主体有自身的真切感受，但这种真切感受也缺乏含摄他人、社会的真实状况的能力。当这样的主体缺乏开掘人与人之间互动的能力，陆萍不自觉地就把注意力转向了对医院现实条件和机制的关注当中，强化这些因素对于人的规定性。在不同历史阶段，社会发展水平总是有相对不足之处，这些可以也应该不断改进。但当这些历史条件尚不能充分发育时，身处这些有限历史条件下的我们是否就只能处于生命价值的低位，是否只能等待遥远的不知尽头的物质生产大丰富来临时，人的生命才能充分发抒？到底如何理解历史中的人的生命价值和意义？生命在不同历史条件当中，到底还有哪些空间可以展开调适？当陆萍在医院中展开新生活时，恰恰缺乏如何才能将不同产妇（他人）的真切生命、医院（现实）的具体构成含摄到自己的新生活之中，并与之反复磨砺，找到即便在有限条件下，人与人之间仍然可以活得相当舒展的可行性道路。丁玲通过陆萍实际上触碰到的是人在不依赖彼岸，又不依赖天理的现代社会历史进程中如何自证自处的核心问题。

再次，即便陆萍再次激发出了对新生活的热忱，并不等于她就自然能熔炼出生命智慧和人生底蕴。对这些同学来说亦如此。当他们的热情再次被激发，需特别自我警醒的是，此时承载热情的他已经是被特定历史构造之后的他，他需要特别对历史构造机制展开自我反省、淬炼，穿透卢梭说的"社会积习"，才能将这样的生命热忱传导到他所经由的每一个地方和角落。这样的他从里到外，才能一直是他所希望的"赤子"。由此，他才能不惧繁难，真正面对与历史、与现实、与自我、与生活缠斗中最艰涩的部分。

我们希望在新生活中直达人心。但恰恰是这些人心之外的"别的工作"，在这个时代格外压得人喘不过气。历史变动中，如果没有安顿好这些"别的工作"，它们就会像蚕茧将人包裹得越来越紧。只有抽丝剥茧，我们才能有畅快的呼吸。可当我们真的与历史缠斗，就会发现20世纪中国革命史又有着特别的挑战性。其中之一是中国共产党的实践经验与它的语言表述之间，往往并不是直接对应关系。当我们将中国共产党革命经验的语言表述形态直接理解为其他历史时期的经验表述形态时，我们的历史缠斗就已经被这种观念认知带偏了方向。

就《讲话》来说，学界往往会讨论《讲话》中的"经"与"权"的问题，讨论"为工农兵服务"，讨论"大众文艺"等。但我们很难想象，这样的《讲话》会长期吸引丁玲这样的作家。如果我们不能穿透性把握丁玲早期特定的思想、感知状态，我们就很难透过《讲话》表面的论述看清它的历史穿透力。如果我们深入理解丁玲的《在医院中》，深入理解1942年之前的大量作品、大量革命经验，反复推敲、比较，确定出具有结构性洞察力的材料，我们才能理解《讲话》所要面对的具体历史中的人的具体—结构状态。我们才有机会意识到，理解《讲话》，是需要将之放置在中国共产党所面对的1939年前后大量知识青年涌入延安后，如何将类似于陆萍这样被"五四"文化机制所塑造的青年转化为能承担历史重任的历史主体，放置在中国共产党自身面对中国近现代社会转型的挑战这一脉络中来说；我们就会发现，《讲话》所要求的特定的现实主义形态实际上是回应了陆萍式的自我构成方式和感知方式，使其更能在感性/理性、身/心两方面充分发展，充分面对中国现实和中国社会。也正是在这一重塑历史主体的路径中，陆萍式青年才能在现实实践中，重构社会，重构自身。这既是中国现代历史时刻的时代任务所需，同时也是现代中国青年的特定形态所需。[1]从这一点来说，唐小兵所指出的生活与艺术的同一性才真的具有历史具体性。但这并非如唐小

---

[1]这并不是说《讲话》只回应了历史中的这部分课题，也并不是说丁玲最好地理解了《讲话》。本文此处只想借丁玲《在医院中》来强调，《讲话》与中国近现代以来的历史课题之间的内在关联性。

兵所说是整个延安时期"大众文艺"的特征。不穿透性地把握《讲话》，我们就很难辨析，即便有些"大众文艺"在形态上具有生活与艺术的同一性特征，其内在构成方式和状态上，实际上与《讲话》后作家们在主体构成上遭遇到的巨大挑战以及在深入现实—他人—社会之后作家重构了的自我和现实—他人—社会之间，形态迥异。所以，关键不在于延安时期"大众文艺"的生活与艺术同一的这种特性，而是在于《讲话》所特指的现实主义在历史实践中所力图重塑的生活与艺术、艺术与作家、作家与历史的同一，才是延安时期文艺实践经验中，可以为我们今天重新思考反现代的现代中国往何处去提供思想资源的启发所在。而穿透了"大众文艺"这一点，我们才有机会更加深入辨析出，《讲话》及其实践经验中，所蕴含的人与社会的重构等，是否可以在一个更加深远的视野中来帮助我们今天思考现代社会如何定型的问题。

这大致可以解释为什么一定要在今天强调知识工作的"缠斗"性，且为什么一定要跟"历史"缠斗，跟历史中最搅动人心的部分缠斗，而不只是跟"思想"缠斗、跟"哲学"缠斗、跟"政治"缠斗、跟"文化"缠斗。"缠斗"此处特指直面人生时，与"直观""想象"不同的面对方式。"缠斗"将人从孤立化的"想象"位置卷入到不确定的实践变动—校正—变动的往复过程之中。这种不确定中的"缠斗"并不是一种稳定的知识工作形态。也可以说，它特别针对现代中国尚未定型的历史时期。定型之后的现代中国需要何种知识工作形态，我们无从得知。但此时的"缠斗"将决定现代中国的知识工作是否能和如何能扎根于自身历史—现实之中，以及是否能够定型、如何定型、定型为何种形态。或者说，之所以此时代的知识工作亟须"缠斗"，是担心如果没有经过多重"缠斗"的方式所展开的知识工作，会过于直观或过于以每一当下的思想理解为中心来把握中国，而没有足够洞察到我们每一历史时期实际上都不自觉受制于前一时期的历史构造机制。当现实发生巨变时，单纯反省文学、哲学、政治、思想或经济等某一部分已经不足以让我们的良知立足于今天了，时代更需要能够在历史—现实—自我的缠斗中充分反省"配镜师"问题的知识工作。

## 六、结语

这里仅仅是挂一漏万地谈到"与历史缠斗"所可能打开的诸多资源和启发。也仅仅是我个人的一点理解，并不能代表或囊括《新解读》一书所有同仁的努力。这本《新解读》只选取读书会同仁十年来的部分文章，也不能含括大家所有的工作，但有一点我们有共识：《新解读》的工作力求自省与拓新，但这也仅仅是开始。

如何在历史中充分自省，以获得高度扎根于现实情境中的自我意识，并将之作为我们开始远望的再出发点，这是需要随时保持警醒的。从现实状况和时代要求来说，这样的开始不知何时是尽头。

远望尽头，立足于扎根。

"与历史缠斗"，意味着在"缠斗"中扎根，意味着尽最大努力在生命真诚活过的历史中尽心、尽情、尽思来扎根。

# 附论：人文之眼——以20世纪50年代的历史—文学经验为出发点[1]

## 一、引言

为什么明明对当下现实状况深感不安，我却将工作方向（也是读书会诸多朋友的主要工作方向）调转，回到看似脱离"主战场"的20世纪50年代的历史实践经验中。这一视线调整本身需要结合"如何能更好认识自我"等问题来展开说明，但这不是本文一开始要处理的问题。当下现实状况的整体构成，并不直接由50年代的历史实践所打造和形塑。但知识界对50年代历史经验的差异理解，以及社会舆论中对于50年代的叙述和感知，在很大程度上参与构造了我们当下知识界和社会氛围对中国社会构成的理解和构想——这是近二十年来中国社会中存在着的搅动人心、让现实理解发生裂变、也让现实无法快速定型的不稳定因素。

而50年代历史经验在当下知识界的叙述中如何被呈现，以及在当

---

[1] 本文的最后形态要感谢贺照田先生的仔细阅读和修改意见。还要感谢北京·当代中国史读书会的朋友们近十年来无数次关于中国革命史和中国现当代文学的讨论。

下社会氛围中以何种面向被讲述，实际上是经过了多重中介的复杂转译。这使得我们在理解和把握被高度征用、又高度参与塑造现实理解的50年代历史经验时，变得关山难越。在转译50年代历史经验的诸多重要中介中，不只是有后来为人们所熟知的新左派、自由主义等知识叙述，也不只是国家在不同时期针对不同情境对诸多50年代资源的再度调用，另一特别重要的媒介，也是某种程度上具有决定性作用的，是作为直接推动国家—社会实践的70年代末—80年代初的改革开放对50年代历史经验的理解。恰恰是这一国家—社会层面的实践方向及其历史展开，将社会现实的诸多面向打造为与50年代社会机体差异颇大的构成形态。由此，这一历史节点，往往被后来的知识界追溯为历史断裂点，以此构造和叙述1949年以来的新中国史——将这70年划分为社会主义与后社会主义两个时期，并围绕如何处理社会主义遗产展开种种辩论。

本文意不在于辨析或校正这一历史叙述，既不想直接呈现50年代的历史经验，也不想（实则也做不到）全面复盘改革开放时期历史图景的构造方向和途径，而是试图站在当年的国家—社会实践转译时刻、站在历史机体（它塑造了后来知识界的分化）的变化时刻，站在那个历史分叉口，尝试透过一些叙述视野——这些叙述视野与一些被经常讨论的历史文本不同、却生成于同样的历史—社会—观念结构中、又没有被当时（以及现在）的国家—社会实践推动者以及知识界充分重视——来撬动我们对历史经验的转译方式和叙述重心，考察各种关于50年代历史经验的叙述是否必然如当下理解的这般板结。

从这样的工作目标设定出发，我选择第一、第二、第三届茅盾文学奖获奖作品（1977—1981、1982—1984、1985—1988）中的几部作品，来展开这项考察工作。首先，与后来的现代派作品不同，茅盾文学奖获奖作品是当年被认为具有极强社会观察力、社会表现力的长篇小说文本。这些文本的社会洞察深度代表了当年人们认识历史、理解历史的某种视角高度。虽然并非所有获奖作品都具有如此品质，且当年知识界对这些作品的认知也并非完全释放了其蕴含的历史透视能量，这反而让我们必须重新对之讨论、辨析和发掘。如果我们能从这些重要文本中挖掘被忽视或尚未被重视的视野，将之问题化，我们或许就可以发现，当年的历史理解和认知实际上并非我们展开历史构想并以此推动历史发展方向的唯一恰当选择。或者说，本文尝试将70年代末至80年代初的茅奖小说所提供的视野、当年的官方认知、学界认知，都看作某种历史—社会—观念机制下生成的历史认知视野。这一认知视野群便于我们考察在面对同一历史挑战压力下，这些未被充分重视的小说视野是怎样来认识50年代历史经验的，又到底蕴含了哪些新的历史认知可能性。

其次，这些文本虽然以小说的形态呈现历史理解，以现在的知识构成方式来说，看似"虚构"，是对社会现实的某种编写；但这一时期小说常常具有的深入社会现实的特性，尤其是有些小说善于在整体国家—社会实践落到日常生活世界中时，从人的又具体又总体性感受出发来观察和理解国家—社会实践效果，它所提供的观察政治实践效果的认知视野就是其他文本所不可替代的。如此一来，这种既高度深入现实，又能与社会现实的政治—经济视野形成对峙的小说文本，就具有其他文本不可替代的、作为瞭望历史的支点的作用。也就是，如果我们从认知历史、认知社会的角度来解读和挖掘，不将其作为直接对应于现实实践的文本，而是将之作为高度深入现实实践后的形式化媒介，并对其形态做出某种转换，那这些小说便是具有巨大历史认知能量的文本。这也是本文特别选择一些文学文本来讨论社会—历史问题的原因之一。

再次，本文实际的叙述是从后往前，先讨论第三届茅盾文学奖获奖作品路遥的《平凡的世界》，其次是第二届获奖作品李准的《黄河东流去》，最后讨论第一届获奖作品周克芹的《许茂和他的女儿们》。这一叙述顺序的选择最表面的逻辑是《平凡的世界》至今在中国社会影响巨大，而后面两部则很少有人再提及。我想尝试从仍然显在于当下社会里的文本（《平凡的世界》），讨论一些被熟视无睹的现象背后所蕴含的历史认知视野，并由此回到和这文本实际有非常强对话性的其他文本（《黄河东流去》《许茂和他的女儿们》等），勾勒其中蕴藏着的关于50年代历史经验的某些重要方面，以展开相关问题的讨论。值得重新讨论的获奖作品当然还有很多，从学界目前对于这批作品的解读程度及释放出的认知能量来说，大量获奖作品都可以再讨论。本文无意以茅盾文学奖作品本身为讨论中心，而是择选其中在展现中国社会自50年代以来的历史经验时、与当时官方叙述有着突出差异性的几部小说，来勾勒其历史视野中的某几个方面。通过将文本再度问题化，以揭示其被历史发展所遮蔽了的社会洞察视角，并在这种历史经验的打捞之中，挖掘对我们今天的历史认知和历史构想有触发性的思想认知资源。至于对茅盾文学奖作品更全面和详细的分析需留待以后展开。

## 二、《平凡的世界》

《平凡的世界》共三部。路遥1982年开始创作这部小说，1986年完成第一部，1988年全部出版，1991年获第三届茅盾文学奖。据统计，《平凡的世界》目前年销量300万册，总销售量突破1800万册，是中国当代文学发行量最大、影响最大、受众最多的小说之一。2003—2004年，在大陆7所高校"大学生信仰状况"问卷调查中，该书在"对你影响最大的书"中名列首位。而在2019年年底一场关于路遥《平凡的世界》的争论中，论争双方站在激励个人奋斗抑或埋葬集体精神两端，对小说各执一词。我们可以把这场争论看作90年代后期新左派与自由主义之争在文学界的持续，也可以看作是在左右之争的二十多年后，一部分学者以左/右话语框架再次征用小说,对新现实状况下的感知—意识—情绪所做的一次思想呈现。可惜,这场迅速隐没的小风波并没有提供太多新的思想内涵,甚至也缺乏借用或转化《平凡的世界》中关于改革开放后中国人精神状态的独特叙述,来呈现这二十多年来实际上发生巨变的、却又没有被充分叙述出来的中国社会现状。个人奋斗与集体精神这一解释架构一直是学界很多人讨论《平凡的世界》的框架,2019年的这次讨论更多是以更加鲜明的态度在这一框架中选择站位,在对作品认知意涵的挖掘上并没有提供实质性的新视野。或者说,在新的现实状况中,《平凡的世界》更多是被论争双方作为各自立场的证词而带回当下,但同时也因此被封印在知识界的既有立场之中。在这一意义上,新的知识叙述并没有释放出《平凡的世界》文本中所涌动着的潜在突破性能量,并将之作为可供校正和穿透我们当下处境的一个历史视点,以呈现当下处境中隐含的精神状态和社会特征。这或许也正是这场论争迅速隐没于历史之中的原因之一。

  提及这场没有凝结为有效社会、历史诊断的文学风波,有两个原因。其一是,无论把《平凡的世界》理解为激励个人奋斗或埋葬集体精神,都无法解释这本小说为何在当下这种既对集体精神不足够信任、也对个人奋斗失去足够信心的中国社会中,尤其是在年轻人之中,仍具有持续的巨大影响力。另一个原因是,知识界在讨论这本对中国社会影响如此广泛和巨大的小说文本时,对小说本身的丰富性,以及它所把握到的特定人物状态——这种状态又实际对应于中国社会构成的独特性等重要现实内涵,过于缺乏知识思想上的敏感。这就需要我们——对当下知识状况为何如此缺乏对历史资源的剥离赋形能力、缺乏有效的现实针对性、缺乏对时代实际隐藏着的能量给予及时捕捉并使之显形的能力等——展开深入反思,是什么样的认知装置造成了我们对自身社会的盲点?

如果我们尝试不从既定立场出发，在《平凡的世界》里，我们还可以读出这样一些内容：

路遥和李准都共享了一个文学与政治分离、文学重新寻找民族活力根基的观念前提。左派认为这是路遥抛弃了社会主义，开始自由主义的个人奋斗书写。可如果不以当下这种立场过强的知识框架为准来看路遥，我们不如说他实际上触及了社会主义如何自我更新的问题。

比如路遥认识到，之前的政治实践带来了一系列的社会问题。其中一个表现是1975年的贫穷。路遥对于贫穷的呈现角度不是经济几近崩溃，而是贫穷造成了农民的尊严没法在社会生活中得到必要的安放。小说一开始他就写道："他（孙少平）现在感到最痛苦的是由于贫困而给自尊心所带来的伤害。"[1] 路遥提醒我们的是，在1975年的政治环境之下，农民的尊严没有得到落实，基于有尊严的生命创造力也更无从释放。路遥的这一叙述所呈现的是，他认为到了70年代，社会主义实践实际上使得太多平凡人深陷屈辱，更不用说有机会创造能使生命得到更好安顿的生活世界；那些依托于政治的人，因此也是不能让人尊敬的；不过社会中的人们如果不依赖于政治，就更容易陷入屈辱。小说中的父亲孙玉厚就是典型，这样一个自立自强的人，也只能"咬牙挣扎着活"。他家远离政治，只与乡邻和睦相处。他的自尊自立不在政治的理解范畴之内，却能够化解政治之外的社会仇恨，比如宗族、贫富等等。孙家和金家的深厚交情就是明证。大儿子孙少安虽然是生产队长，但他的出色也并不依靠政治。实际上在"文革"结束之前，孙少平和孙少安各自的发展途径都不依赖政治，"文革"后更是如此。孙少安的存在状态是说，他是生产队长，但是支撑他走下去的力量，主要不是政治，而是家庭情义，这是他跟《创业史》中的梁生宝特别不一样的地方。梁生宝积极配

---

[1]路遥：《平凡的世界》，十月文艺出版社，2019年版，第7页。

合政治要求的另一面是他在乎的生命价值感得到落实、他的生命世界不断被打开和充实。但当时孙少安却不能在他的价值身心感受和政治之间找到梁生宝曾有过的那种感觉、经验。在政治不足以提供孙家这些平凡人足够参与政治动力的情况下，孙家的三兄妹展现出来的，同时也是路遥所强调的，是他们的自立自强、不卑不亢。这是中国社会中自耕农的特质。我想也正是路遥在《平凡的世界》中找到和呈现了这些品质，才会在以后的几十年中，打动阅读这部小说的无数学生、教师、社会青年等，才会成为最受欢迎的当代中国小说。

路遥很喜欢柳青的《创业史》。从路遥如上人物的塑造感觉来看，梁生宝当然很好，不过他的发展方向和状态可以借助政治，可以和他生命发舒相得益彰的政治；而后来的政治并不是可以和他珍视的价值观感受相配合的政治，这种情况下，农村中最自立自强的自耕农当然不该依赖政治；而路遥又认为，如果必须应对现代世界，那这些人也不能再局限于农村。如此一来，他们的发展方向就是进城（孙少平）、办工厂（孙少安）或者读书（孙兰香）。当然，路遥在小说中还叠加了很多80年代其他观念意识在人物身上，但人物自我状态的构成和调整方式更多是自耕农式的。路遥要让中国最可贵的自耕农走出农村，去应对现代社会，以此来走出一条中国的现代化道路。李准在《黄河东流去》中则不这样认为。他写河南灾民的时候，诠释了那些能扎根于农村的人其品质是最可贵的。留在城市里的凤英和爱爱虽然难得，但李准觉得她们的自我状态和成功途径并不特别让人敬佩。相比，路遥的思考是另一个方向，他要尽量让中国人基于自耕农身上的自立自强、不卑不亢，进入一个新的现代世界里面，看看还能展现出什么，能走多远？可以说，《平凡的世界》内含着这样的构想：如果我们不依赖政治，不依赖政治推力所形成的英雄来推动和展开世界，是否可能？以"平凡"为基点的人世如何展开为一个有尊严的伟大的世界？

我们当然可以说，路遥的这些思考并不成功，对于理解一个社会的构成和展开来说，也不够充分。比如，如果我们不过度依赖政治来组织、协调，孙少平该如何处理与平凡的他人之间的具体情境？在《平凡的世界》中，路遥写到这样一段：

> 宿舍零乱不堪。没有人叠被子。窗台上乱扔着大伙的牙具、茶杯和没有洗刷的碗筷。窑中间拉一根铁丝，七零八乱搭着一些发出臭味的脏衣服。窗户上好几块玻璃打碎成放射形，肥皂盒里和盛着脏水的洗脸盆就搁在脚地上。床底下塞着鞋袜和一些空酒瓶子。唯一的光彩就是贴在各人床头的那些女电影明星的照片。
>
> 少平已经有一床全宿舍最漂亮的铺盖。他还买了一顶蚊帐，几个月前就撑起来——现在没有蚊子，他只是想给自己创一个独立的天地，以便躺进去不受干扰地看书。另外，他还买了一双新皮鞋。皮鞋是工作人的标志；再说，穿上也确实带劲！
>
> 少平回到这个乱七八糟的住处后，看见其他人都在床上躺着。他知道，大家的情绪不好。今天发工资，每个人都没领到几个钱。雷区长话粗，但说得对：黑口口钻得多，钱就多；不钻黑口口，球毛也没一根！
>
> 在这样一个时刻，劳动给人带来的充实和不劳动给人带来的空虚，无情地在这孔窑洞里互为映照。
>
> 为不刺激同屋的人，少平尽量克制着自己的愉快心情，沉默地，甚至故作卑微地悄悄钻进了自己的蚊帐。
>
> 蚊帐把他和另外的人隔成了两个世界。
>
> 他刚躺下不久，就听见前边一个说："孙少平，你要不要我的那只箱子？"
>
> 少平马上意识到，这家伙已经没钱了，准备卖他的箱子。他正

需要一只箱子——这些人显然知道他缺什么。

他撩开蚊帐,问:"多少钱?"

"当然,要是在黄原,最少你得出三十五块。这里不说这话,木料便宜,二十块就行。"

少平二话没说,跳下床来,从怀里掏出二十块钱一展手给了他,接着便把这只包铜角的漂亮的大木箱搬到了自己的床头。

搬箱子时,这人索性又问他:"我那件蓝涤卡衫你要不要?这是我爸从上海出差买回来的,原来准备结婚时穿……"

少平知道,这小子只领了十一块工资,连本月的伙食都成了问题。这件涤卡衫是他最好的衣服,现在竟顾不了体面,要卖了。

"多少钱?"

"原价二十五块。我也没舍得穿几天,你给十八块吧!"

少平主动又加了两块,便把这件时髦衣服放进了那只刚买来的箱子里。

这时,另外一个同样吃不开的人,指了指他胳膊腕上的"蝴蝶"牌手表,问:"这块表你要不要?"

少平愣住了。

而同屋的另外几个人,也分别问他买不买他们的某件东西——几乎都是各自最值钱的家当。

所有这些东西,都是少平计划要买的。现在这些人用很便宜的价钱出售他需要的东西时,他却有点不忍心了。

但他又看出,这些人又都是真心实意要卖他们的东西,以便解决起码的吃饭问题。从他们脸上的神色觉察,他如果买了他们的东西,反倒是帮助他们度难关哩!

少平只好怀着复杂的情绪,把这些人要出售的东西全买下了。

一刹时,手表、箱子和各种时髦衣服他都应有尽有了;加上原有的皮鞋和蚊帐，立刻在这孔窑洞里造成了一种堂皇的气势。到此时，其他人也放下了父母的官职所赋予他们的优越架势，甚至带着一种牺惶的自卑，把他看成了本宿舍的"权威"。

只有劳动才可能使人在生活中强大。不论什么人，最终还是要崇尚那些能用双手创造生活的劳动者。对于这些人来说，孙少平给他们上了生平极为重要的一课——如何对待劳动，这是人生最基本的课题。

简直叫人难以相信！半年前初到煤矿，他和这些人的差别是多么大。如今，生活毫不客气地置换了他们的位置。

是的，孙少平用劳动"掠夺"了这些人的财富。他成了征服者。虽然这是和平而正当的征服，但这是一种比战争还要严酷的征服；被征服者丧失的不仅是财产，而且还有精神的被占领。要想求得解放，唯一的出路就在于舍身投入劳动。在以后的日子里，其中的两三个人便开始上班了……

总之，这一天孙少平成了这宿舍的领袖。他咳嗽一声，别人也要注意倾听，似乎里面包含着什么奥妙。[1]

长篇引用这一段描写，首先不只是想强调孙少平被改革开放特定阶段的观念意识引导所展开的"掠夺"。而是第一段话中孙少平的床与宿舍环境的对比。不止在这一段，在整部小说中，我们也很少看到孙少平会想要去整理、打扫、改变自身之外的生活环境、别人的生活环境，也是他所生活的环境，并以此与他的自我形成支持和拓展。我们看到的孙少平可以有漂亮的铺盖，有蚊帐，便于他看书；还有手表、箱子。但整个宿舍"凌乱不堪"。孙少平眼中只有自己因为"劳动"而变得比别人

---

[1]路遥：《平凡的世界》，北京十月文艺出版社，2017年版，第881—882页。

越来越好，而这个好，实际上在不断将他与他人区隔开来。更为重要的是，孙少平对于这种区隔的加大，虽然也"有点不忍心"，但还是接受了某种逻辑之后，继续扩展这种区隔。这即便不是剥削，也是与剥削形成合谋的逻辑。即便我们可以说这是自耕农的生活逻辑延展出来的结果，但并不必然是这样一个结果。比如在传统社会还有亲属乡村伦理等等来缓冲，在50年代的历史实践中也还有更多实践方案来控制这一逻辑。但在现代城市之中，如果不详细考虑推动社会秩序其他方面的发育和发展来节制和调控，这样的劳动逻辑就会演变为让人难以接受的局面。

这样的"平凡的世界"难道就是孙少平可以接受的世界吗？孙少平所坚韧追求的自立自尊自强，竟然就是在这个最基本也是最切身的宿舍空间里征服工友吗？这样的自我，它更像一个吸纳周边现实、却无意也无力改善身边环境、改变周边现实的人。路遥所希望看到的从农村走出来的自耕农，难道就是这样的意识状态吗？

这里当然无意以某个事后视角指责孙少平。从孙少平所处的80年代来说，他走出农村后的自立自尊自强并不必然会配合国家推行的市场经济下的经济人。或者说，在一个现代社会中，孙少平这样的自我，实际上需要非常多其他方面，如经济制度、观念意识、组织方式的配合，才能发挥和发展得更好。否则他实际上会不自觉地被时代的观念意识所牵制。这就表现为上面引文中孙少平的状态：实际上他不愿掠夺别人，会"有点不忍心"，但还是不由自主地受制于当时观念中对于"劳动"的理解，觉得这是在帮工友。由于受制于或对"劳动"有过度想象，孙少平竟然想不到可以借钱给工友，并想办法教育和引导他们一起劳动。尤其是他明明意识到"被征服者丧失的不仅是财产，而且还有精神的被占领"，可他还是接受并复制了时代的经济逻辑："要想求得解放，唯一的出路就在于舍身投入劳动。"这实际上是认同并复制了征服和占领他人精神的"劳动"观念。他没有反省,这种"劳动"的历史内涵实际上不只是会伤害他人,实际上也在将他自己封闭在被时代牵制的自我之中。这同时也是对时代有问题的关系机制的再生产,一个又一个被时代的"劳动"观念牵制的孙少平也因此被复制出来。这时的孙少平,已经不只是依赖于自立自尊自强,在他以自立自尊自强的意识进入时代的"劳动"机制时,就已经被时代的"劳动"机制逐步塑造为反噬其自立自尊自强的宿舍领袖。他已经从自立自尊自强的孙少平,变成了被时代的"劳动"机制系统所控制的宿舍领袖。此时,孙少平与他人的关系,是在时代的"劳动"观念牵制中,生产出的与他人之间的不自立不自尊不自强的关系。"宿舍领袖"的地位不是依赖孙少平的自尊自立自强的品质以及这种品质在人际关系中的正面引导所获得的尊重来建立的,而是依赖了"劳动"的征服和占领的单线逻辑。这个逻辑将"劳动"仅限于生产劳动,并在生产劳动的占领逻辑下再生产出社会关系。孙少平没有,路遥也没有意识到这种劳动观念下的自我有何不妥。相反,成为宿舍的领袖让他们颇为自得。

孙少平的自我构成之中蕴含着对峙时代的能量,但并不自动蕴含着反省时代的能力,和对峙时代的机制。相反,当这个人不自觉地被时代的劳动观念所引导,接受这种特定劳动观念中的掠夺和征服逻辑时,就变成这一逻辑下的"宿舍领袖",这样的自我显然隐含着很强的危险。孙少平自立自尊自强式的自我并不能自动变成一个可以引导他应对时代氛围甚至对峙时代氛围的力量。尤其是当时代被征服和占有型的致富观为主导的劳动观念塑造时,他更加缺乏一个反省和节制自己的能力。并且,在一个过于强调劳动—致富的时代观念意识中,劳动所连带着的感觉意识就不再是互相帮扶,而是自保和不断占领。在这样的观念逻辑和社会制度设计中,孙少平式的自立自尊自强就变成了更加强调"自"这一方面,且这个"自"现在还必须在占有性劳动中不断占据优势,先有了征服性的"自",才能保住这个"立""尊"和"强"。在以前的自耕农的自立自尊自强结构中,这个"自—立""自—尊""自—强"并不必然导致对"自"的结构中征服性成分的强化,而是一定程度上这个"自"要靠"立""尊""强"来获得。如此一来,虽然自耕农需要土地劳作,并尽可能通过劳作获得最大收益,但仅仅是土地的劳作,并不能让他获得"立""尊""强"的意义感和威望。更重要的是以什么样的方式来展开对土地的劳作,这个劳作过程中与同样劳作的邻人之间如何相处?实际上,只有当他不乘人之危,不偷奸耍滑,不贪得无厌,转向侧重种植技术的增强、品德的互重,即以社会机体中邻人们都能尊敬的方式来展开劳作,才能在自己"自尊""自立"时,不仅不会侵夺和压缩别人的"自立"空间,反会带动、滋养别人的"自尊""自立"。但这些却是孙少平进入都市之后所不自觉的和没有发展出来的,他对于自己被时代观念意识牵制而身处险境的状态并不自知。

我们仅仅从《平凡的世界》里打捞出这些认知,实际上已经可以在一定程度上帮助我们丰富和校正自 20 世纪 90 年代以来形成的甚至是自改革开放以来形成的、占据知识界相当重要位置的认知框架。比如,对于自由主义而言,孙少平看似个人奋斗,比如他以低价收购同为劳工的物品。但实际上,这种个人奋斗中纠缠着孙少平的自立自尊自强和时代的观念意识,是多种因素在历史中合力构造的结果,它的许多瞬间都可以有不同的发展方向,不是简单的个人奋斗可以概括的。孙少平也不是西方话语叙述中的那种个人,他的自我之中,有着无法被现代个人权利回收的感觉意识和历史内容。比如当孙氏兄妹处于困境时,帮助他们摆脱困境的、他们所诉诸的资源,既不是自由,也不是平等,而是自尊自立,逆境中不堕其志。孙少平不求于人,不再诉诸政治,也不诉诸共青团等集体组织,但随时会以德报怨,不计前仇,对郝红梅如此,对金光亮家也如此。可以想见,孙少平希望以他的这种方式重构出一个德性社会，让平凡人的生活世界变得高尚起来。只是上引的例子让我们看到，孙少平没有让他这种理解和重构社会的方式在他矿山工作、生活环境中落实。

如果我们对孙少平的自我构成因素作剥离式分析，就可以看到，当孙少平不过于被时代的"劳动"观念所牵制时，他生命能量中所蕴含着的尊严感，以及以这种方式护持生命价值意义感的个人魅力，一直感动着也召唤着中国社会中潜存着的很多人。《平凡的世界》在中国社会中持续存在的巨大影响力可以证明这一点。只是在时代的某种机制中，他们无法更充分地表述自己。而且不只是改革开放后的中国社会中的国人潜存着这样的感觉意识，50年代以来的中国社会同样存在、或者说50年代以来的中国社会之所以能获得种种成就，其中一个因素是当时的政治在调动中国人身上的这种感觉意识（当然，当政治过于以自己的理解来规划和打造社会时，实际上它又在损伤中国人的这种感觉意识）。如果我们在分析和整理中国这几十年现实社会状况时，能够将路遥所把握和呈现的这一因素充分纳入思考之中，并将之作为社会重组的结构性因素，与诸多社会其他因素相结合，我们对社会的构想是否会变得不一样呢？

路遥基于对70年代政治及其政治组织方式的不信任，的确不再强调集体组织，他感知和描述中的集体过于被一种高压的政治控制，使得这样的集体中的个人难以忍受。可我们能否以路遥关于自尊自立的这一观察作为思考的起点，重新构想集体组织的构成方式和途径，并以此重新构想政治的形态？既不否定集体，同时又重构集体。这样的集体组织是不是会更加内在于中国人的道德感呢？如此一来，我们还会如某些左派立场的学者所简化的那样，认为路遥是背叛了社会主义、退回到19世纪了吗？

其次，我们一直认为社会主义文学是要求文学配合政治，可如果这个政治运转出了问题，文学又对中国社会的重要因素有一个敏锐洞察的话，政治能不能利用文学观察到的这些点，比如将像孙少平等他们身上特别可贵的品质纳入制度社会的视野里面？我们能否以此重新理解我们的制度应该怎么构成？教育怎么构成？农村的组织怎么构成？

再则，当我们回头审视20世纪历史实践经验，我们看到中国共产党革命开展了极为丰富的、值得挖掘的经验。但是中国共产党革命一直没有特别处理好自耕农的问题，如在有些时候，革命没有把自耕农的生命感觉、价值意义感作为革命实践打造中国社会时特别重要的着力点，并在革命实践当中、在政治规划的视野当中没有足够正面和有意识地将之纳入政治思想之中，将之拓展为进一步的实践。如果我们设想中国历史中的革命有另一种未及展开的可能，我们有可能再度进入中国农村，那我们是否可以用另一种视角去理解中国农村社会的内在构成？我们所期待和寻觅的与革命相配合的人，如果是孙少平孙少安这样具有自尊自立自强的人，那我们的革命又会怎样重新设计和展开？我们知道，最早的革命运动推动到农村时，部分是依赖于积极分子，而这些积极分子的构成很复杂，有游民等等，他们会造成干部里面的投机问题。但是我们如果重新以孙少平这样的人物为基础，重构我们的革命理解，我们应该怎么来构想我们的实践呢？而且，中国共产党在打造中国社会时，往往以共产主义道德召唤和激发社会主义新人的投入。这些道德在某些层面能够配合中国人的感觉意识，但在有些时候就会变为对中国人的外在要求。可如果我们从内在于中国人的意义感出发，且这种意义感又是与他们的生活世界的物质条件相配合，那以此为出发的设计，就不仅仅可以重新调整经济分配方案、政治组织方式、集体构成方式，且在一集体中，我们就可以围绕如何调动和营造有利于自耕农发挥自身品质活力为重心，进行组织和调整。这与当时官方对于中国社会是一个以"小生产者"为主的社会理解和历史叙述截然不同。在这样的差异中，我们是否可以重新理解革命实践经验，重新理解中国社会的发展路径和方向呢？

本文只能就此问题提出初步设想，尚无法详细论述其间会涉及的中国社会各种环节之间如何互动、形成搭配。此处只想通过对小说文本的再解读，将路遥的视野转化为历史认知和历史观察，初步将其放置在中国历史经验的整理中并将之再问题化。与2019年的论争相比，本文此处更在意我们如何从对历史文本的回溯中获得新的眼光或支点，来帮助我们整理当下的处境。《平凡的世界》难得之处，恰恰在于它的观察和呈现的内容，仍未远离我们今天社会所蕴含的因素。通过对《平凡的世界》的解读，来重新发掘这些潜藏和活跃于我们身边、却又不被我们知识视野所捕获、也就无法进一步被呈现和问题化的社会能量，或许能帮我们提供新的构想社会活力机制的机会。

### 三、《黄河东流去》

上文的讨论是想尝试，我们能否不以某一种既定的思想框架或文学形态来理解路遥或任何历史对象，而是致力于描述和呈现历史对象本身在历史中的努力方向，在这种呈现其努力的过程中尝试剥离出至今对我们仍有启发的思想资源。如《平凡的世界》这样的离我们并不远且又影响深远的文本，或那些没有被我们充分重视、却实际对中国社会构成要素有重要洞察的文本（如《黄河东流去》《许茂和他的女儿们》等），以建立既内在于我们自己所从出的历史脉络，又能将我们自身的处境相对化的视野框架。

与路遥相同，李准在"文革"时期，同样也否定文学服从政治，同样也把希望转向具有自耕农品质的农民，为中华民族活力重新寻找根源。[1] 但李准在《黄河东流去》中设置的核心人物，其品质却不仅仅是自耕农的自立自尊自强，还增加了一些对于将人群团结起来很关键的、孙少平所不具有的能力和意识。正是这一点令人好奇。同样面对类似的历史——社会压力，李准所洞察到和发现的这一中国社会构成方案中的特殊视野，我们当如何理解？

《平凡的世界》可以为我们提供一些重新构想中国社会的资源。不过我们也看到，《平凡的世界》的确没有正面叙述，孙少平和孙少安如何能将更多的人组织起来？我们如何既能基于中国人内在的活力，同时又能在更大范围内组织起一个有效率的集体。在路遥的小说当中，情节展开的叙述时间是从"文革"后期到80年代中叶。他撇开了50年代，这一段历史经验在小说中基本消失了。虽然出现了60年代，但在小说中不占主要部分，小说主要叙述时间的起点是在"文革"后期。可"文革"后期中国社会状态的经验是特定历史形态下的经验，尤其是这一时期的政治实践形态，是非常特殊的形态方式。直接作为这一经验反弹的诸多认知和理解，如过度排斥政治，是否有利于我们理解中国社会构成方式、并开展出应对现代社会要求的社会形态，这是需要辨析和讨论的。而正是在这一问题上，我们可以再引入与《平凡的世界》的创作时间相距不远、与路遥在文学观念意识上颇为接近的作家，如李准的经验来做进一步的相对化。

在《黄河东流去》中，李准跟路遥类似，也以叙述中国农民自尊自立自强的人格品质为主。比如海老清：

> 海老清已经五十多岁了，是赤杨岗有名的老庄稼筋。村里边耩麦种谷，开犁动锄，全都看他。该种麦时，大家只要看他一开耧，

---

[1] 有关李准如何从50年代的观念意识转向80年代的观念意识，参见拙文：《从赵树理看李准创作的观念前提和展开路径——论另一种当代文学》，载《文学评论》2020年第4期。

都跟着耩起来。种谷时候,他看墒情最准,只要跟着他下种,保险全苗。他不但场场放磙,摇耧间苗是能手,还能给牲口看个病。再加上他辈数长,人正派,家里土地不多,在村里却享有很高威望。[1]

长松、春义实际上都是潜在的海老清。李准将这些正派有威望的庄稼人树立为小说的主人公,并将其他几个从正派庄稼人角度来说不够有操守的人作为对照。这是他为什么会选择那七个家庭的命运作为小说的构架。每一个家庭的主导人,他们主要呈现的是哪一些品质,这些品质将决定他们怎样的人生命运,都和李准在特定历史时期所形成的认知有关。但李准以他50年代的经验意识发现,这些还不够支撑起中国社会的发展。他叠加了另外的内容,设置了新的人物,以呈现他的社会理解和社会思考。李准在《黄河东流去》中正是以与路遥共享的、文学不再以服务现实政治这一观念为认识前提,同时又呈现了《平凡的世界》所缺少的、另一层面的中国社会历史构成特征。这一中国社会的历史构成特征是李准以他五六十年代的创作经验中积累下来的历史感觉意识为基础,再叠加上新的政治—文学观念,以形成某种理解、观察和构想装置,并在这样的感觉意识基础和认知装置共同作用下,立足于社会主义如何自我更新的问题意识和"文革"后他的现实感知,再以文学方式呈现出来的社会关系特征。

李准设置的主人公叫李麦。与路遥的《平凡的世界》不同,李准一直让李麦处于一个无私的、开放的、主动与他人沟通互动的状态。尤其是当小说中的其他自耕农碰到困境时,总是由李麦出面了解、沟通、协调,组织大家共渡难关。这是以自耕农的自立自强为基础重建社会所必

---

[1] 李準:《黄河东流去》,《李準全集》第2卷,九州图书出版社,1998年版,第47页。

需的另一种人。从一定程度上说，当叙述者李准在设想不需要政治参与的社会重建时，他没有只停留在海老清这样的人物上，他还设计了李麦这个可以沟通并团结不同人群的人物。李准的这种叙述安排意味着，在非常复杂的中国现代社会中，单靠自尊自立的自耕农是很难有效组织起不同状态的人群，单靠某一阶层是很难有效组织为一个结构性体系，任何一个阶层都需要在一个结构关系中与其他阶层形成配合。但由于李准搁置了他不知道怎么正面给出的政治，实际上使得李麦的活动空间变得相当有限。不过即便如此，李麦这一人物形象作为政治学、社会学意义上的功能性仍是路遥的构想中所缺乏的。

　　有点奇怪的是，李麦是贫农出身，只有很少的土地。"李麦家就种着这一亩六分坟地，除了十三个坟头，也不过一亩二分来地。李麦平常人勤手快，再加上她会拾粪，赤杨岗临着大路，她每天拾一筐粪，一年往地里上三茬粪，虽然她家没有牛犋车辆，这块地却种得不错，一年两季，李麦总要收它三四百斤粮食。"[1]李麦出自自耕农的勤劳朴实等生活伦理传统，但她的视野相当开阔。1938年黄河决堤，淹没房屋土地。她最先决定不再留恋故土，一定要逃荒，才能保命。当马槐在决堤后把春义的未婚妻凤英送来，李麦安慰他："俺这十来户人家，其实跟一大家人一样。不管在家在外，都会互相照顾。另外，春义是最老实可靠一个孩子了。俺这一个庄子没有人不说这个孩子品行好。如今图什么？图房子，房子倒了；图地，地冲了；还不就是图个人。"[2]她眼光没有固守于土地，而是看到在应对变化莫测的命运时，最关键的是"人"。她的心灵很宽厚，能看到别人的困窘、装下别人的苦难。更重要的是，她总是可以超出自己的物质条件来思考，能超出一己之私来理解，也能不囿于既定道德观念，体谅别人的生存处境。比如破落户子弟四圈因为被人

---

[1]李準:《黄河东流去》,《李準全集》第2卷，九州图书出版社，1998年版，第57页。
[2]李準:《黄河东流去》,《李準全集》第2卷，九州图书出版社，1998年版，第81页。

歧视，就不见他改嫁的妈妈。李麦劝说："他们骂你是他们没见识，他们也不是石头缝里蹦出来的！他们也有娘，你妈走这一步没有啥丢人。她日子过不成了嘛！"[1]李麦能看到乡村道德伦理之外的为现实所迫的人生，并同情四圈的妈妈。而对于自耕农海老清，四圈也敬重，因为海老清为人正直，干庄稼活儿精通。但海老清只能教他种庄稼，却不会教他怎么去理解别人处境的困苦和不得已。

可处境这样贫寒的一个人，如何能养成这样一种具有超越一己利益来思考的胸襟呢？虽然李准在创作《黄河东流去》时排斥政治，但李麦的言行举止更容易让人想到中国共产党在四五十年代的优秀党员干部。李准在观念中排斥政治，却又在人物构造上创作出与党员干部差异不大的形象，对于认真思考中国历史命运的李准来说，这样的切割和纠缠意味着和对应着什么样的历史经验形态呢？

在李准对中国社会的理解中，实质包含着若要中国社会运转良好，重现民族生命活力，必须重新扎根和激发自耕农的各种品质，但同时也必须涌现出李麦这样的人物。这一文学构想对应着他对中国现实社会构成要素的理解，也与他50年代的历史实践经验有关。李准1953年就登上文坛，他的创作经验背后连带着大量50年代的政治实践经验，以及在此种经验下对中国农民的意识身心感觉状态的反复深入认知和体认，并以此形成对中国社会组织方式和建设性构成要素的深入理解。而路遥基于六七十年代的历史经验，在转化成的小说叙述时，由于过度集中于自耕农类型人物、过度赋予自耕农品质以积极社会功能期待，反而对以此为核心的社会如何可能，缺乏更为全面和有效的思考，由此也让小说人物在行为方式和意识结构上缺乏更多的面向与意识。比如，路遥去除50年代的实践经验后，过度受限于政治表现不好时的历史经验形

---

[1]李準:《黄河东流去》,《李準全集》第2卷,九州图书出版社,1998年版,第157页。

态，对政治没有信心，连带着对这一政治所从出的历史经验也没有耐心整理；他在理解社会构成时就过于限制在某一个因素上，无法更为全面地思考他所希望打造的"平凡的世界"实际上所需要的各个环节之间如何良性搭配。这给他的人物行为逻辑带来的后果之一是：当孙少安买牲口、拉砖，没周转资金时，只想着自己去借，而预先就排除了让他的生产小组全组一起出资，一起赚钱。可如果孙少安在大家都遭遇困境时，将眼界放宽，主动调整、调动和组织自己的生产小组成员，这时还是可以没有政治介入，但局面却可以变为：在自立自强的基础上仍能团结和帮助更多的人，既可化解自己的困境，也可带动周围群众走出困局，并形成一个新的更有机的社会组织。遗憾的是孙少安没有（孙少平也没有）李麦这样的社会—政治视野。这是路遥过度狭隘理解政治和过度依靠自耕农自立自强带来的后果，使得小说人物的社会组织能力弱化。在路遥对新社会的理解中，他的思想结构里没有把他人放在更积极的位置上来思考。另一方面，当孙少安拉砖时为了省钱，去菜市场捡菜吃，觉得无比羞辱。相比50年代《创业史》中的梁生宝，比如梁生宝买稻种，如果是为了给集体省钱，他会觉得捡菜也很自豪，不会觉得这是一种羞辱。梁生宝有自己德性表现，能为既是邻里又是互助组同道带来意义的感觉，和互助组的成功意味着一种先进价值通过自己而实现的梦，孙少安则难有这种因自己的德性越出一己私人和直系血缘家庭范围而来的自我崇高感，和投入一个更高价值的梦。可从上面的分析来说，即便我们不以梁生宝过于依赖政治而产生的集体感为基础，孙少安还是可能建立更能被他自己接受的集体感。可在路遥过于紧张的理解中，孙少安的自立自强不自觉地变成了对他自我的一种封锁。

李准构想的李麦与之不同。路遥将主人公自我构成和应对现实的品质主要界定为自立自尊自强，又不知道如何让自耕农以外的人物品质在小说中发挥更大作用（路遥对田晓霞塑造得不成功，路遥也没有把孙少平关怀很宽的学习写出说服力,尤其是这些人物没有李准所赋予李麦的功能与意义,但这些也是路遥特别期待的。关于润叶、金波之间的爱情,显然他也是非常同情的,只是路遥不知道怎么赋予社会、历史意义)。而李准更从容地在小说中容纳了李麦的存在,这是他对中国社会的理解所引导出来的文学理解,他觉得在众多自耕农的生活世界中还需要另外一些人。在他所理解的中国社会历史经验中,能够主动接近他人,帮助他人化解家庭纠纷、生计困难的李麦,在中国社会的存在并不生硬、违和,并且对于自耕农应对现实世界来说非常必要。熟悉李准"文革"前写作的人,应该可以断言,在李准的意识感觉里,李麦这样的人物在中国社会中的涌现和存在,并不直接出自中国传统社会(即便有),而是更多出自中国革命在50年代的历史实践经验之中。李准塑造李麦这一人物的经验基础,在他50年代的小说里其实就大量存在,不过其位置大多是由政治干部或党团积极分子担任。而这些实践经验和创作经验形成的社会感觉认知,在剥离其政治背景之后,李准认为仍能糅合到中国社会的构成因素之中,并发挥非常关键的作用。这也是李准在"文革"结束后重新构想中国社会发展时,虽然同样认为政治不能再依赖,可他仍然不会像路遥那样过于依赖于自耕农,而是对中国社会的构成和发展有着自己的理解。

  李准50年代文学创作中的这些因素应该如何讨论,不是本文要详细展开的内容。本文想指出的是,李准小说中的这些功能性人物的存在,一定程度上跟50年代的政治实践形态和他以文学配合政治的观念意识参与到这样的政治实践中,并以此为基础展开文学实践有关。50年代的政治实践经验跟70年代的政治实践经验不同。50年代的政治实践中,政治在相当程度上打造出的空间,有利于一些富于责任心和能力的干部与乡村社会之间产生良性互动。在这种互动之中,李准不只是看到了农村中农民被激发出来的众多良好品质,如他1956年在北大荒看到，中国人"朝气勃勃""坚强""勇敢""刻苦""坦率""明豁""机智"等等。他被那些生活中有毅力、坚强的人感召和触发，写了《龙马精神》等剧本。而且，这些人当中的先进分子和干部，还"充满着革命乐观主义的顽强事业心"[1]。李准在"文革"后不再直接强调"事业心"。体现李麦主要品质的情节也不是她的事业心。李准说，他在《黄河东流去》中要呈现中国人"既浑厚善良，又机智狡黠，看去外表笨拙，内里却精明幽默，小事吝啬，大事却非常豪爽""患难与共、相濡以沫""团结互助"。如果说"浑厚善良"等是《黄河东流去》中很多人物共有的品质，那"团结互助"的推动和组织则主要是由李麦这一人物来体现的。自耕农并不能自然而然地导致一个团结互助局面的出现。实际上是李麦和众多其他自耕农共同呈现了李准1979年所要重新强调的中国人"黄金一样的品质和纯朴的感情"。这是李准与路遥由于对中国社会历史经验以及对中国社会构成的不同理解，在文学构想上所导致的差异所在。如果我们看到1979年的人民和1956年的人民其实是同一批人，我们更能直观感受到李准在"文革"后想重新寻找民族的力量源点，这实际上背后依托了他对于50年代实践经验的调用。

而之所以既要否定政治，还能够很自然地构想出类似于政治干部的小说人物形象，恰恰是因为50年代的很多党员干部身上存在着双重性：既是政治所需干部，又是在很深理解地方社会的前提下组织社会开展建设的核心力量。而这样的干部之所以在50年代能够存在和涌现，又在于这一时期的政治能够在打造和推动社会的同时，能较好地内在于中国社会自身的构成脉络，或在强调内在于中国社会构成脉络的同时，给中下层干部留出政策空间。这就使得政治力量同时也是调动、加强地方社会的活力与生机的核心力量。而当政治运转不够良好时，将这些地方社

---

[1]李準：《李準全集》第5卷，九州图书出版社，1998年版，第128页。

会干部剥离出政治，重新呈现他作为一个具有更能超越一己之私、却不承担政治身份的人物，在认知上也就并不困难，也无须虚构，且能对应于李准的现实社会感知。但李准的这一视野和他对中国社会构成的洞察，在当年官方的历史叙述和知识界对中国社会的认知中，仍然是缺失的。实际上李麦这样的干部，在"文革"后的中国社会中、在政治体制中，仍然大量存在，或略作激发便能重新涌现。但在当时政治规划和知识界的认知里，既没有在知识论述中强调如何辨认出中国社会中大量存在具有自耕农品质的人，也没有在政治意识中有意将李麦这种人转化为干部队伍中的核心力量。这种辨认与转化可以改造在很多方面已经出现种种问题的政治队伍，并重新让政治与社会中的这些超越一己之私的人才合流，这样便既能改造和翻新政治，又能吸纳和选拔社会中具有更开阔视野和公共意识的人才。

当然，我们还是不能认为李准的《黄河东流去》就成功地构想出一种新的社会组织形态的路径。李准虽然在主人公李麦身上寄托了很多希望，但他没有为李麦找到一种真正解决问题的出路。在小说最后，李麦还是必须依托于革命政治来重建地方社会的秩序。

### 四、《许茂和他的女儿们》

如果我们不着急将视野拉回到 50 年代，而是继续在 80 年代初期的文学叙述中寻找关于 50 年代的记忆，我们还可以发现更为丰富和惊人的视野和资源。比如周克芹 1979 年发表的《许茂和他的女儿们》。这位1936 年出生的作家在同样经历了"文革"变化之后，他的整个观念意识似乎跟路遥、李准的定位差异颇大。路遥和李准都想将文学与政治切割，摆脱政治过于强势的牵制；周克芹似乎并不急于在这个方向上寻求突破，而是仍立足于文学服务于政治的构架，力图以文学的方式再次为政治把脉。

　　这是一次细想并不意外却仍然令人吃惊的经验。在1976年，主导的文学观念仍然是文学服务于政治，李准、路遥写长篇都在主流观念之外展开探索，周克芹的长篇则顺承这一文学观念。李准不再写他所熟悉的当下农村，不再写政策下的农村，而是写历史，写三四十年代的中国农村；路遥直接认为必须走出农村。相比，周克芹坚持写当下的农村，而且是当下政治中的农村。只是他不再束缚于受"文革"政治对文学的规定，而是试图伸出文学自己的触角，撑开"文革"政治规定之外的空间。比如他同样观察到自耕农的变化，但他的观察与当时中国共产党的官方叙述就并不一致。周克芹在小说中多次叙述已经变得沉默寡言的许茂的几番自省，让我们看到，被认为自私的中农许茂并非一直自私。他以前是先进的，无私的，充满活力与热情。也正是这种变化让许茂自己也难以承受现在的自我，并因自我的"没良心"而在他内心引发痛楚：

　　　　是的，正如俗话说的："输钱只为赢钱起。"许茂老汉这几年来在乱纷纷的市场上，学到了一些见识，干下了一些昧良心的事情。像今天，他做出怜悯的神情，用低于市场价格的钱买下那个女人的菜油，然后再以高价卖出去，简单而迅速地赚点外水，这样不光彩的事情在他已不是第一次了。但他就没有想到还有人比他更没良心，一个小钱不花，白白拿走他的油。"大鱼吃小鱼，小鱼吃虾米"，难道那样的世道又回来了么？他许茂老汉算是一个小鱼呢，还是算个虾米？

　　　　这叫人有多么的不愉快！尤其是想起那个可怜女人求乞的样子。她的孩子病得很重，等着拿钱去取药，那情形是够窘迫、够凄惶的了。而他许茂从前也曾窘迫过、凄惶过的，如今竟然忘记了，竟然用那种欺骗和虚伪去对待他的阶级姐妹！难道他的良心也被狗吃了么？这个合作化时期的作业组长，领过奖状的积极分子，为什么这些年会变成这样啊？[1]

　　这个曾经"窘迫过""凄惶过"，又在合作化时期担任作业组长、领过奖状的积极分子，如今竟然也去欺骗和虚伪对待同样面临困境的女人。这种世事变迁、世易时移造成的行为让他自己也吓了一跳，感到良心不安，却又不知所措。周克芹所设计的、让许茂反省的角度，是拉出一个历史变化的维度。他拉出许茂自身处境变化的历史维度，让许茂重省目前所处的"虾米—小鱼—大鱼"的社会结构是如何导致了他心性的变化。正是在这一历史变化维度中，在对许茂曾经是领过奖状的积极分子这一经验的回忆中，反复敲打着许茂的"心"，希望它苏醒为"良心"。在这样的视野中，许茂的"良心"就不是某种固定属性，而是变化着的；是可以被激发，也可以被湮灭的，关键在于政治—社会的不同实践如何对社会中的人展开有内在精神性的理解，以及基于这种准确理解基础上的推动、引导和打造。这与路遥直接将自耕农的品质作为人的一个固定属性来呈现相比，就有社会史意义上的不同。在周克芹的视野中，问题就变成了：当历史发展状况不够理想时，我们如何去辨认、激发和护持这样的品性？

　　许茂面临的——同样也是周克芹在特定历史时刻发现的——现实状况即是如此。当历史发展不够理想时，曾经的积极分子许茂不只是对外人，对自己家里人也表现得不近人情，让人不能理解。当他的大女儿和女婿因为政治落难而希望他腾出两间空屋暂住，许茂也拒绝了。乡亲们对此难以相信。周克芹站出来说：

---

[1] 周克芹：《许茂和他的女儿们》，人民文学出版社，2004年版，第201页。

许茂老汉太狠了！真太狠了！但他并非生来就是一个没有心肝的人。他是一个被土地牢牢束缚着的农民啊！在他的壮年时代，他也曾走在合作化的前列，站在葫芦坝这块集体的土地上做过许多美好的梦。那时候，他那间三合头草房大院刚刚兴建起来，他的女儿们常常可以听到他爽朗的笑声。但今天，在中国社会处于二十世纪七十年代的动乱的时刻，当葫芦坝大队的集体土地上的荒草淹没了庄稼苗的年代，他许茂还能笑得出来么？他怎么能不担惊受怕首先顾着自己。这是自私自利！是的。可是许茂老汉什么时候也没有夸过自己"大公无私"呀！当许多人高喊着革命的口号进行着政治战争，几乎忘掉了土地的时候，许茂确曾为着自己的利益，运用他惊人的智慧，在力所能及的范围内拼命聚集着财富。他甚至不怕被人家取笑，曾专门干过一段时间拣废破字纸的工作。那年头连云场、太平镇遍街都是"大字报"，他每天晚上跑十来里到场上去撕下来，存放好，定期卖到供销社的废品收购站去。他理直气壮、慢条斯理地干着那件事，并不认为有什么不好或下贱；后来，街上的"大字报"少了，他倒觉得是十分遗憾的事情呢！

在那个年代，社会把许茂忘掉了！高喊着政治口号的人们，不仅没有注意到乡村里油盐柴米等等"经济小事儿"，反而想出了种种的妙计不让乡下人过日子！没有人给许茂这个农民一点实际利益，没有人找他谈心，也没有人对他进行耐心的批评或适当的教育，却有人在背地里议论这个老汉的"资本主义"；甚至连他的女儿——担任团支部书记的许琴，整天忙着社会工作，也把他朝夕相处的父亲忽略了。[1]

---

[1]周克芹：《许茂和他的女儿们》，人民文学出版社，2004年版，第25—26页。

周克芹迅速让叙述者站出来为许茂辩护，不忍心让许茂像个犯错的孩子一样站在历史之中被所有人指责、唾弃。的确，许茂的所作所为不值得他人同情，他的六亲不认让人愤恨。但叙述者马上站出来，提醒人们注意，人的存在是一个历史化的存在，许茂"并非生来就是……"。更重要的是，许茂曾"走在合作化的前列"。他并不否定集体，当集体的发展形态能够兼顾他的个人所需时，即便土地是集体的，他还是可以在"那间三合头草房大院刚刚兴建起来"时爽朗大笑。虽然周克芹没有展开叙述这样的合作化集体是哪个时期，具体是什么集体形态，但他确定这是许茂的真实经验，这时的许茂是拥护集体的。

"但今天"："当葫芦坝大队的集体土地上的荒草淹没了庄稼苗的年代，他许茂还能笑得出来么？他怎么能不担惊受怕首先顾着自己。"实际上不是土地，而是土地所连带着的社会生活感是政治与中农许茂之间的一个重要中介。集体土地上的荒草不只是意味着"今天"的政治不再首要关心经济和生计，而且还意味着政治不再首先考虑与土地连带着的社会生产、生活劳动的组织安排与人际关系调整——政治首先以政治理念如阶级论、阶级斗争来重组农村社会生活。而这与农民更为细腻复杂的生活感和社会感是脱节的。政治所要求的"大公无私"等政治阶级论道德理念，没有充分含摄农民细腻复杂的生活感和社会感要求，也外在于农民对于土地所连带着的生产—劳动—收成—分配等环节和因素的更丰富的感知，比如什么样的生产组织方式更让人觉得"公平—公正"，什么样的集体劳动组合方式更让人愉快舒心，什么样的分配方式更让人既能考虑集体所需，也能顾及乡村伦理生活脉络。当政治与农民的诸多整体生活感受脱节，农民无法得到生活所需的引导，就会根据自己所理解的逻辑来发展，如许茂就会"在力所能及的范围内拼命聚集着财富"。这样发展的结果很容易导致他"干下一些昧良心的事情"，甚至欺负孤苦妇女，而这，"叫人有多么的不愉快！"并让他自己都难以接受自己的变化。

  这是看似以土地为中心的政治出发点所引发的诸多生活环节的连环溃败。在这场惊心的政治变动和静默的生活变迁中，曾经的积极分子，中农许茂，终于走到了他自己都吃惊的境地。如果我们考虑到周克芹是1978年开始创作这部关于1975年冬四川某县委工作组到农村开展整顿工作的小说，我们会更加对这部小说如此快速整理政治—社会变迁的能力，以及对活生生的人的生活—精神—道德变迁的洞察力感到吃惊。与路遥和李准不同，周克芹观察到，自耕农并不是必然自私或无私，他们的道德状态跟政治在不同历史时期所打造的社会状态密切相关。

  他躺在床上，抱着烘笼，白日黑夜地思考着人生。没进过学堂门的思想家许茂对于人生的思考，没有从什么现成的定义出发，他当然不知道"人是社会关系的总和"这个道理，但他却并不孤立地去总结自己这几十年的生活经验。当他从自己少年时代能记事的时候起，挨着年月回顾到如今，他感到无限惋惜，岁月漫漫，解放前悲苦的年辰不用说，近年来的坷坎也不值得怀念，真正值得纪念的金色的日月却是那样短暂。——他私心眷恋的是合作化年代。那时候，他个人的生活与时代的潮流是多么的和谐，共产党的政策，样样合他的心意，在葫芦坝这个小小的社会上，人心思上，他是拼着命在往前赶，同人们一道建设幸福的家园。那时候，人们选举他担任作业组长，羡慕他种庄稼的渊博学识，钦佩他积极学习药剂拌种新技术的精神。连云场乡政府还奖给他"爱社如家"的奖状。那时候，谁也不曾批评过他自私。

  如果问，社会在前进，许茂何以反其道而行，变得自私起来了呢？这不是三言两语所能回答清楚的。不错，许茂自己也不否认他有自私自利的缺点，但他却往往原谅自己。在上市的小菜里多掺一些水,或在市场上买几斤油,又卖掉赚几个小钱,这当然不义;但比起那些干大买卖的,贪污公款的,盗窃公共财物的来,又算得了什么!……有许多事情许茂也看不惯,但他没有能力往深处探究。生活的如此不和谐,他把原因归结到自己那已故的妻子没有能生下一个儿子来。[1]

叙述者有时与许茂和声,共同惋惜那"真正值得纪念的金色的日月却是那样短暂"。说"合作化年代"是"金色的日月"当然有回忆者因后来的巨大挫折而更美化当年经验的一面,也符合周克芹写《许茂和他的女儿们》的时代主流关于50年代的历史观,故说合作化年代"他个人的生活与时代的潮流是多么的和谐,共产党的政策,样样合他的心意"不免夸张,但那时的有关政治确实更注意群众"心意",加上种种时代氛围,再加上"人们选举他担任作业组长,羡慕他种庄稼的渊博学识,钦佩他积极学习药剂拌种新技术的精神。连云场乡政府还奖给他'爱社如家'的奖状",许茂"拼着命在往前赶"、没有时间像"文革"中这样"自私"则是不奇怪的。也就是许茂喜欢的这一时期所包含的个人与时代国家同步所带来的人心向上经验,是路遥和李准都不愿再回顾、而周克芹却将之当作个人与国家关系重构的宝贵资源的部分。

周克芹不只是描述了那一时期的曾经真实存在的良好社会经验,还谈到了个人与时代相和谐的条件:共产党政策与个人心意的契合,人心思上,拼命往前,相信且愿意同人们一道建设幸福的家园。而现在的政策变化已然改变了这些条件。在现在这种条件下,人们那种对积极学习的先进者的羡慕和肯定也不见了。一旦国家政治的变动和调整出现问题,许茂这样"没有能力往深处探究"的自耕农,就会被情势裹挟,内

---

[1] 周克芹:《许茂和他的女儿们》,人民文学出版社,2004年版,第224—225页。

心不再有意愿阻止自己偷奸耍滑、缺斤少两。最终许茂这样的自耕农也会不自主地"丧失良心"（路遥一直在极力阻止孙少平朝这一方向滑落）。当国家或知识界又没有对此历史新变局给出相应的解释和应对，他就会自己寻找另外的逻辑来解释这一切："生活的如此不和谐，他把原因归结到自己那已故的妻子没有能生下一个儿子来。"

从当时中国共产党改革派的社会认知来看，他恰恰把许茂被政治塑造的历史状态当作是许茂的固定状态：农民不过是自私的小农生产者。而周克芹通过叙述者以及工作队队长颜少春的眼光却将这一固化的形态历史化：政治—社会变迁是如何让这个曾经无私的农民一步步变得自私的？

实际上，在50年代的合作化时期，政策如何能与个人心意契合，这不是一个简单的问题。但也并非随历史变迁而无可挽回。颜少春说，关键在于改变人们的冷漠态度，恢复党的政策，使农民的心重新暖和起来。"不改变人们的冷漠态度，不恢复党的政策，不使农民的心重新暖和起来，那么，一切都难以改变。"[1] 工作队队长颜少春的眼光所及让人奇怪。按理说，既然许茂对集体生产没兴趣，那就包产到户、分田，以满足和调动许茂对于富裕生活的渴望即可。这正是当时官方和知识界的一般理解和叙述方式。但周克芹通过颜少春敏锐的眼光让读者看到，这样的经济方案和理解，真的能调动许茂的心吗？能使许茂的心重新暖和起来吗？许茂真的仅仅是期待着富裕生活吗？

一定程度上，工作队队长颜少春的眼光所及，是周克芹理解的政治现实感边界。尤其是我们知道，在中国共产党革命实践经验中，工作组是一个非常特别的政治机制，它的运转和探头所至，很大程度上会影响到中国共产党政策的现实敏感度。周克芹将颜少春的眼光设定到什么深

---

[1] 周克芹：《许茂和他的女儿们》，人民文学出版社，2004年版，第121页。

度，便意味着周克芹从文学视角将政治敏感器推进到的深度。作为工作组组长的颜少春，如果看不到村庄中的复杂构成和潜在涌荡着的生机，那政治实际上也就很难有机会真正触及乡村社会的实际构成，以及理解这种构成在政治推动中发生的历史变形；乡村社会自身构造方式中的机制也很难得到正面拓展和引导。如此一来，政治很可能会以自以为正确的方式（如小说中的工作队队员小齐）来打造社会，而牵引出乡村中另外的投机力量来与之配合（如村里的郑百如）。与此对应，周克芹写道：

> 颜少春这个体魄健壮的中年妇女，除了是一位经验丰富的宣传部长和工作组长外，还是一个善良的母亲，一个受过苦楚的女人。和祖国大多数的妇女一样，懂得什么是生活的艰辛，以及怎样去维护生活的权利。她离开丈夫和儿子，在一个偏僻的小农场劳动几年以后，来到葫芦坝时，她既看到一种劫后的荒凉景象，也看到了人们对于美好未来的热烈追求和向往。以金东水为首的几个党员苦心筹划改变山河面貌的扎扎实实的行为，四姑娘的追求婚姻幸福，九妹子对于人生意义的探索，老七的一时糊涂，许茂老汉的并不痛快的心情，还有吴昌全母子的埋头苦干克己待人，三姐的疾恶如仇……等等，在颜少春看来，无不是从各个不同的角度表现出那种"对于美好前途的追求和向往"。[1]

周克芹强调颜少春作为母亲和女人的特性，这不是强调她的女性特征，而是强调她在政治理念的规划之外对生活现实的丰富理解和敏感性：懂得生活的艰辛，也因为懂得艰辛而特别理解农民在政治运转有问题时会去努力维护生活。这样的理解就不会让她从政治理念出发来理解

---

[1] 周克芹：《许茂和他的女儿们》，人民文学出版社，2004年版，第325页。

许茂的自私（对应于李麦不会从固定的乡村道德伦理来理解四圈的妈妈）。不仅对于许茂，颜少春还看到了劫后荒凉中的希望：潜藏在人们心中的对于美好前途的各种热烈追求和向往。而正是这些丰富的追求和向往，潜藏着重建乡村良好秩序的基础，也是在这样的基础上，才有可能让许茂恢复良知，激发金东水、九妹子、昌全这些青年人越来越"大公无私"。在这一意义上，我们也可以说，新时期以来官方和知识界对农民的想象恰恰违背了自耕农身上最宝贵的东西，他们把农民继续想象成"文革"当中他们一再叙述的——农民是个小生产者，而没有看到在这个"小生产者"身上存在着很多让他突破小生产者的东西。这种小生产者在80年代又被赋予了"计算"的和"自私"的想象，越来越不能去激发本来存在的那种能让他超越自我的"公"的资源。

颜少春的这种敏感性不是只有女性才具备的才能，而是周克芹认为政治干部应该都具备这样的才能。这种敏感性让周克芹不禁认为，她（也是周克芹所希望的政治干部）不只是"催种催收"的工作干部，而且是"人类灵魂的工程师"：

> 生活绝不是一潭死水，春风在人们心中荡漾。人民从来没有丧失希望。颜少春认定：作为党的工作者，就是要引导这股激动的热流向着美好的未来，沿着正确的轨道前进。为此，要做大量的工作，要做鼓动家，要做战斗者，还要做伯乐，做催生的助产士，这些都是极为艰苦的工作。她出身农民，又长期做农村工作。她不是那种只会"催种催收"的工作干部，她是人类灵魂的工程师。我们党正是通过大量的颜少春这样的忠诚干部，把亿万农民引上了社会主义的集体化道路，并且有决心，有信心，要把他们引到共产主

义！[1]

颜少春"不是那种只会催种催收的工作干部，她是人类灵魂的工程师"。为什么周克芹会在"文革"后期，大家都认为困局难解，思考焦点集中于思想解放、肃清"四人帮"影响、发展经济等等方面时，反而认为党的忠诚干部不能只会做"催种催收"，而且还要具有人类灵魂工程师的敏感力？政者，正也。它不只是要求政治去解决某一方面的现实问题，而是要敏锐把握现实中的潜能和动向，引导和推动人民心中荡漾着的激动的热流朝向美好的未来。当大家都认为"文革"造成社会动荡，生活犹如一潭死水时，政治干部要能够敏锐把握住此时社会结构中的各种动向和势能，并沿着这些热流的方向来重组和汇合，推波助澜，重现生机。在劫后荒凉的村庄里，颜少春发现，不只是有郑百如这样的投机分子和腐坏了的干部，当她逐渐深入群众之中，不断与村民互动，发现村里还有"以金东水为首的几个党员苦心筹划改变山河面貌的扎扎实实的行为，四姑娘的追求婚姻幸福，九妹子对于人生意义的探索，老七的一时糊涂，许茂老汉的并不痛快的心情，还有吴昌全母子的埋头苦干克己待人，三姐的疾恶如仇……"。这是村庄各种人群对于美好生活的不同向往，而这些对于生活的不同向往，才是村庄的生机所在。它们是无法简单用经济规划，用催种催收来充分安放的，也是无法用家庭联产承包责任制等就能引导的。恰恰相反，这些经济规划如果要想在村庄中得到有效开展，并召唤出农民的热情，就必须对村庄的社会生活各领域中人们的困苦重新疏导和安置，这样才能形成有效的结构性配合。

这也是政治作为人类灵魂的工程师的独特之处。它不是如哲学或教育那种略为抽象的灵魂工程师，而是需要非常敏锐的、对村庄有着细

---

[1] 周克芹：《许茂和他的女儿们》，人民文学出版社，2004年版，第326页。

致、内在且整体性感知的现实感工程师。对政治的这种理解即便在政治思想史上，也是非常少见的。或者说，对政治的这种理解，更类似于古典传统对政治的认知，却在20世纪四五十年代中国曾经有过相当展开的政治实践经验对应。正是这些实践经验，不断敲打和召唤着许茂的良知，也不断给颜少春提供重新理解现实的且不同于官方和知识界的另一种思想资源。在这一意义上，周克芹的小说有对峙历史、矫正政治的力量。

如果我们对比2019年第十届茅盾文学奖获奖作品梁晓声的《人世间》里对于一个正直的政治干部的理解，也能看出20世纪50年代政治实践经验带给周克芹的洞察力和视野是何等可贵，以及这四十年里，知识界在理解中国政治实践经验和中国社会构成的独特性方面已经丢失的视野是什么。

在《人世间》后半部分中，顺利完成城市拆迁改造的市长周秉义去书店买书，却没买任何一本关于政治的书。他认为自己在官场十几年，早就懂了：好政治便是为国为民多办好事，而不好的政治则是整体纠缠于主义是非，使善于耍嘴皮子进行政治投机的人大行其道。而他买的都是闲书：冯友兰的《中国哲学简史》、蔡元培的《中国人的修养》、胡适的《白话文学史》、蒙田的《蒙田散文随笔》、美国人写的《光荣与梦想》、中科院出版的《多彩的昆虫世界》。看起来周秉义的理解似乎满足了很多方面，为政清廉、正直、高效，还能兼顾个人文化修养。但实际上，周秉义所理解的政治中，我们看不到人们"从各个不同的角度表现出那种'对于美好前途的追求和向往'"。他所理解的"好政治""办好事"，就是让人们吃好住好。这的确是好事。可人们只需要这些吗？正是在与周秉义关于政治理解中的这种单向度相对比，我们看到，颜少春有着跟社会人群互动的丰富细腻的意识和能力，而周秉义在拆迁改造中恰恰缺乏对群众的充分理解和互动，却自以为懂中国政治。当然，周秉义即便想看政治类的书，恐怕也很少有能特别针对他的理解缺失的相关政治图书。而当他觉得自己需要文化修养，寻求各类哲学、文学、史学、生物学等书时，这些书却又无法帮助他获得与颜少春类似的更敏锐的现实洞察力。他的政治与文化修养之间是断裂的，他的文化修养无法支持他的政治现实感和敏锐力。政治变成了一种不需要敏锐体察社会现实人群精神渴求的丰富性便可完成的工作。

将50年代政治实践经验延续并复活在工作队队长颜少春身上的小说作者周克芹，反而比高级干部周秉义展现出高超的政治理解和现实理解。我们看到一个奇怪的现象，似乎不是政治著作，而是周克芹的小说，才是四十年后的有责任感的好干部、市长周秉义所最需要阅读的书籍。在能够与政治形成高度配合和互动的意义上来说，除了以某种方式重新辨析路遥的《平凡的世界》和李准的《黄河东流去》等小说之外，更直接地在文学服从政治的观念下创作出的《许茂和他的女儿们》，才应该是周秉义的首选书，是他这位今天的政治好干部的必读书。是《许茂和他的女儿们》，是周克芹的创作方式所代表的这种文学，在观察社会、把握现实方面，有着与历史、与政治、与生活、与伦理非同寻常的关联性。

## 五、人文之眼

周克芹在小说中呈现出的这种对历史—政治—社会—生活—伦理等之间结构性关联的及时洞察力，我们不妨称之为"人文之眼"。我们用以指认那种在历史实践的每一时刻，能迅速与时代课题形成呼应、对峙或矫正的洞察力；也以此区别于直接诉诸经典却缺乏现实感、实际上与现实脱节的人文精神。与这种人文精神相反，"人文之眼"恰恰会认为，人文不能单独存在，也不宜孤立化来展开讨论。它并非经由一般的文化修养方式就能养成。它实际上根基于20世纪四五十年代历史实践经验和文学实践经验中的一些特殊要求和训练。这种训练所达到的能力和洞察力释放出巨大能量，我们在70年代末—80年代初的文学中还能看到。但到了今天，我们已经很难见到这种具有高度现实性、及时性和结构性的洞察视野了。

50年代文学实践的特殊性有其特别的历史前提，即它是从革命政治对社会的打造过程中摸索、积累、磨炼而形成自己对政治—社会—生活—伦理等方面的把握能力。在这一形态中，文学顺应政治，将其触角深入社会展开更为丰富的观察，并触及或开拓出很多政治可以纳入自身规划视野的层面和视点，这些视点可以作为政治激发、焕发社会活力的可能途径。如果我们不以学科化的视野来理解这些文学，而是根据这些文学历史特征的内在构成方式，将文学置身于高度紧张的历史构造中所开展出来的视野（而非脱离特定历史构造的文学性或审美性展现），作为可以与政治对峙或调适的人文之眼，则可从这些独特的文学中激发出更为丰富的思想内涵。这种蕴含着巨大的现实洞察力和能够与政治—社会发展状况展开对峙的文学，它所展现的结构性视野，就不只是与现实中活生生的个体存在之间形成看似切近、实则疏离的把握方式，而是能够不断将人们身处的现实状况的关键环节和感觉意识以文学的认知方式显形，并与政治—经济等方式共同形成对现实世界的平衡把握。

这种方式形成的人文之眼实际上有它特别的针对性。由于它聚焦于考察对象的生机，它既需要从对象的存在所必需的政治—经济—文化等角度来把握，但也否定从某种固定的政治—经济—文化角度来理解和分析对象。这些角度不能直接构成对象的生机。或者说，对象的生机是由这些有形脉络交错搭配而营造出的一个无形的生命体。这就需要着眼于对象在历史结构性处境中焕发生机的可能性何在？既然对象是在一个由诸多因素配合下形成的结构性状态中的存在，焕发它的活力就需要这种人文之眼能够回应对象在现实状况中的结构性压力,并在这种结构性压力之下来讨论对象的活力,而不能抽象地以生机活力为准则。也即是说,这种人文之眼是在与现实变化的不断互动中生成的观察,而不是以精神性、审美性、思想性等为孤立的准则。当然,我们更不能以政治—经济的要求,强行设计制度插入社会之中,而忽视社会活力实际上有着自己的逻辑。相反,政治—经济的规划若要达成自己的目标,可以根据人文之眼的视野来考虑社会活力逻辑,以相应的制度设计来促成社会活力的更焕发,以伤害最小的方式来推动历史。如此构成的人文之眼,既能内在于历史实践的展开,同时也可以形成与历史实践和历史认知对峙的能量。

  这实际上意味着,"人文之眼"并不等于我们既定的对人文的理解。人文并不等于现代知识体系里人文学科所建立的视野。这里的人文,毋宁说,是"观乎人文,以化成天下"的人文。它所观照的一个焦点,不只在对象的历史形态方面,它更关注对象在特定历史机制中如何应对新的挑战并焕发生机,并由对对象生机的理解和创造,再度构想历史机制的构成形态。如此一来,如何在具体历史时空的结构性关系中发现和洞察对象的生机,就成为关注点。从这一要求来说,人文之眼必然是一种伴随历史变化而涌动的无休止的创造性洞察。它的养成不能直接依赖既有的经典,这些经典与近切的历史现实状况之间需要一些认知环节和层次才能建立起关联性;它也不能直接依赖于已然发生的革命史或革命文学,即便这些革命史和革命文学中有着可贵的经验资源。对于一个社会来说,它在现实状况中的生机总是需要不断应对历史变化,革命史或革命文学只是在特定历史阶段的实践经验,它不能被作为人文之眼的界定。现代中国尚未定型,现代中国文学也未定型,这种人文之眼也就无法定型。我们不是用革命史或革命文学来界定现代中国的人文之眼应该如何,而是用人文之眼来界定,现代中国的文学和历史应该如何继续展开。

换句话说，以 50 年代历史经验为人文之眼的出发点，一则想拆解和重构我们当下认知图景的历史脉络，二则在这一切近历史脉络的重构和整理基础上，剥离出可以作为重构中国现代社会的思想资源。由于 50 年代并未穷尽中国现代社会构成形态的所有可能，50 年代就并不是唯一资源，它更多是一个具有巨大认知能量的出发点。如果 50 年代不足以提供我们对中国社会的丰富理解，我们就需要再寻找；如果 50 年代的文学不足够我们洞察中国社会展开的丰富性，我们就需要将之推进、发展，将其结合到当下现实结构之中，考察其与诸多社会要素如何重新形成恰当配合关系。如同我们从路遥、李准、周克芹等作家创作中挖掘出的认知参照点，虽然作为直接或间接的启发性资源实属宝贵，仍并不足以应对今天的所有局面。从路遥的小说中，我们就可以发现 50 年代没有充分展开的关于中国人内在构成的可能资源。50 年代文学发展出了把握现实、认知自我与社会的特殊能力，这样的文学遗产值得我们挖掘其经验意义；并从这样的历史经验和文学经验中发展出的人文之眼，考察特定历史时空中的诸多因素如何配合才能再造社会活力，重塑知识形态与现实诸条件的构成方式，回应无穷尽的历史之变。

# 结语：20世纪革命现实主义的遗产与挑战

　　《讲话》给文学带来的挑战不只是要求文艺服从于政治，也不只是要求文艺为工农兵服务。这些要求所即将带来的还有作家整个创作过程的改写和调整。而创作过程恰恰是作家面对世界时所有观念意识、感觉机制发出动作，对混杂现实展开绞转、切割、嫁接、黏合与重塑的过程。对它们的改写和调整，实际上意味着作家如何重新形塑世界、如何重新生成文学，而并非存在一个固定的文学，等待外来的政治改造。对过程的改写，实际上意味着对文学生成路径的改写。而路径的差异，则意味着作家将给出另一个世界的构成方式。从这个意义上说，对革命现实主义文学的讨论，需要对其实践经验过程重新展开细致辨析，而不能被简单回收到几个命题之中。

　　从周立波的创作经验来说，他在《讲话》后面临调整认知装置以重新认识现实的问题。无论是《暴风骤雨》里快速接受革命大叙事所构造的小说叙述架构，还是《山乡巨变》里的多方面调整，都可看作他以政治为中介后在历史中的自我调适。但他在尚未确定以革命大叙事结构《暴风骤雨》的叙述逻辑时，他的凌乱和尝试恰恰是遭遇《讲话》的挑战的后果。《讲话》并未直接给作家带来一马平川的写作坦途，反而，作家以政治为中介，更被卷入历史洪流之中，需重新凝神面对时潮，才可能养成洞察现实的能力，但也因此更肩负历史责任。周立波在《暴风骤雨》中的尝试并不能算作成功。但我们如果细致辨析其小说中对各种因素进行绞合的创作瞬间，便能看到，革命现实主义所开拓出的使文学得以深入历史的能力和可能，仍遍布其提笔疾书之前。

柳青与此不同。柳青在《地雷》之后，又在《种谷记》中多年磨炼如何精准呈现历史现实。随后他在《铜墙铁壁》中尝试直接把握历史动向，并不成功。在农村蛰伏多年间，柳青并不急于以文学把握现实，而是亲自投身于现实实践之中，再开始《创业史》的写作。《创业史》可看作柳青顺着政治逻辑展开内在于政治的文学探索（这与李准有相似之处）。柳青与李准不同在于，柳青经由多年实践经验中的反复尝试、推动，才在《创业史》中选择探索更侧重于正面配合政治逻辑的美学人物，而不拘泥于现实状况。李准则沿着政治逻辑探究可与之配合的中国社会中的多种资源和可能。

本书将论述重心之一放在对这些作家创作经验的尽可能的细致整理，其中一个考虑是想把对革命现实主义的讨论建立在一些基本创作环节和要素的构造方式的梳理和澄清之上，而不是直接以概念或作为结果的作品为基础。我想这样的细致描述和整理，更有可能使我们深入了解所谓革命现实主义内在的文学创作方式和感知方式，深化我们对于什么是革命现实主义文学创作状态的理解。在尽可能深入了解其相关文学经验的要素搭配、面貌构成基础后，如何更进一步对其展开具体而切实的美学分析才更有可能。也正因此，我们发现，学界虽然对现实主义、革命现实主义有诸多论述，但这些论述大多仍停留于对概念、构成条件、发展脉络、美学形态等分析层面，而对于现实主义、革命现实主义文学到底如何在不同历史时期从观念形成、感知方向、现实捕捉、取舍切割、形态构造等方面逐渐生成、定型，仍缺乏具体切实的认知。这使得我们对文学的研究逐渐脱离文学实践经验本身。即便对作品的文学细读，也往往因并非将之回溯到其生成过程之中，而切断了革命现实主义实际上在构造过程中与历史—现实机制的往复互动和拿捏取舍等环节。

当我们尽量贴着革命现实主义生成过程来回溯，反而会发现，革命现实主义的生成所面对和处理的诸多因素和环节，每一要素和环节都对应着特定的形态和诸多发展可能。每一要素和环节之所以被特定作家进行如此方式的黏合，既有历史观念逻辑的推动，有社会实践方向牵动的构想，有此历史境遇中生命状态的触动和感发，也有作家和历史双向碰撞中的选定和取舍。但这也就意味着，与"现实"这般缠斗后所确定出的革命现实主义文学形态并非必然。它的敏锐洞察既可能对我们有着启发，但如果我们不对其在历史中的生成过程展开充分辨析，而对其文学形态直接接受也可能对我们是另一种遮蔽。这也是为何本书对革命现实主义文学的辨析，会强调从文学创作经验出发，而非直接用力于理论概念层面的辨析。

回到文学创作经验来探讨革命现实主义文学，反而便于我们看到，它之所以不同于西方现实主义，不同于左翼现实主义，不同于现代主义，既在于"革命"，更在于因为"革命"而引发的它面对和处理"现实"时的不同逻辑构成。它并非因为是反映论而区别于现代主义，并非因为有政治而区别于西方现实主义，也并非因为此时的作家主体必须依附革命而区别于左翼现实主义。无论从周立波、李准，还是从柳青、杜鹏程来说，《讲话》所引发的作家对于现实状况的把握，都不是简单的反映论所能概括的。相反，对于"现实"，不同作家不仅都不是反映论，而且其各自的感知、把握和捕捉方式都差异巨大。我们并不是要否认存在革命现实主义或现实主义的反映论，而是可以基于这样的细致辨析来换一种提问方式，即当我们说现实主义或革命现实主义的反映论特征时，我们是在针对不同作家在不同历史时期的创作实践中的哪一环节或哪一特征？这种反映论特征是在何种特定机制和条件下形成的？原本如此复杂的绞合性创作机制，为何会在这一时期被简化为反映论这种特征？它是革命现实主义文学的必然特质吗？

与现实主义和现代主义都不同的是，革命现实主义中的作家所需要面对的创作挑战是，这是一个由《讲话》所中介、以政治为中介的现实世界。以周立波为例，《讲话》的挑战和吸引力在于给周立波打开了一个他之前在观念意识里苦苦等待的进入中国"现实"深层结构的机会。政治不是外在于他的一个待描写的对象，而是内在于他、帮助他形成认知装置的现实辨识器，且政治以其实践推动和伴随着周立波深入不同地方社会中的中国人，而这种深入所带给周立波的认知和体察又会被政治这一认知装置再度中介。又由于这一反复过程会携带着周立波自身投入对社会的实践打造时所形成的所有感知，它在被政治反复中介后所形成的主体状态，就很难是一个能够外在于这一历史进程、外在于这一社会发展状态、外在于这一社会中人心激荡的感觉意识状态。如果我们还是以现实主义的主体来区分他的理性和感性，那他的感性，是内含着这一历史实践过程、社会发展状况、人心起伏激荡的感性，而非简单个人化的感性；他的理性，也是内含着对这一社会在不同历史时期的遭遇的关切和问询的理性，而非不含摄人心跃动的理性。从这样的革命现实主义文学构成方式来说，这样的作家的主体状态，是有可能重新磨炼自己的主观和客观、理性与感性在此一历史—社会—现实中的浑然一体的洞察力。周立波是否能在这种革命现实主义文学实践中达到这种状态，我并不能确定。但柳青的创作实践，尤其是他在《创业史》写作过程中所呈现出来的主体状态，我们可以看到这种面貌的雏形。他依托于政治实践的打造过程，顺承这一逻辑来架构自己的叙述，却在政治眼光之外聚焦于中国人的"性气"，以"性气"的顺畅与否和被调动的程度来构成小说叙述的内在推动力，看其在政治实践过程中的分散聚合，以其在历史中的命运来看中国社会的兴衰，以此作为自己内在写作动力的兴发和消散，恰可看出他以与"现实"缠斗的革命现实主义方式重新磨炼自己深入世界的把握能力的过程，和作为这一过程的特别能感性却又理性地深入世界的主体状态。

也正是基于深入辨析革命现实主义文学于历史中的内在构成方式、路径、环节，我们可以发现这种文学构成的诸多环节。比如，革命现实主义文学之所以为革命现实主义文学，不只是它以政治为中介作为认知装置，还在于它依凭这一认知装置再度以"社会"为中介，才能展开文学的叙述和架构。这时的"社会"，是被不同时期的政治认知中介过的，过滤之后的，并不等同于现实主义所直接面对和书写的"社会"，也不同于社会学所认知和把握的"社会"。正是在拆解和回溯革命现实主义文学的实际创作经验过程时，我们不难发现，这种"社会"感知构成了革命现实主义文学非常重要和关键的环节。如果只有对革命政治大叙述的借用，和对文学技法的铺陈，并不能构成周立波《暴风骤雨》的架构。单纯的土改政治，和孤立化情节、人物，构不成《暴风骤雨》的叙事走线。《暴风骤雨》的架构是依托于特定的元茂屯的土改，依托于这一具体地方社会的政治实践。而《暴风骤雨》中的元茂屯这一地方社会，也不同于萧红等诸多东北作家笔下的诸多东北地方社会，是在于这里的元茂屯恰恰是被政治实践打造中的地方社会此时的村庄结构关系（打掉哪个阶层、哪几个人物）、人物心理情感走向（我跟这些人物的关系如何？是否会牵连到我）、人物行动逻辑（我是否确信这是替天行道、是否能依赖宗族关系、是否要参与、参与多深？）、情节演变的推进（某个人物在这一历史动态中必然会发出何种动作，涉及何人，又必然引发何人的何种反应）等等，都不同于抽象化叙述中的地方社会，也不同于被政治实践打造的其他地方社会。这一地方的"社会"是被特定政治实践搅动起来的社会，社会中的人心是被政治实践激荡出来的特定社会中的人心。"社会史视野"也是在这个意义上被提出来的。

与这一主体状态和"社会史"视野相伴随的一个美学逻辑特征是，当作家配合政治要求，以各自的认知装置面对社会现实时，其处理方式的标准似乎也不是"真实性"可以概括；我更愿意用"精准度"来描述这几位作家的美学创作状态。对《讲话》所要求的"及时"反映现实来说，"真实性"并不是迫切所需。"真实性"可以是一个宽泛的、普遍性的基本要求，对历史现实的"真实性"描述，并不能满足"及时"对于时机、方向、选择、判断的渴望。"及时"反映现实的要求里，除了要"真实"，更要求能呈现历史当下的社会状况—政治规划—人心感发—道德习俗的真实，而这是"精准"。这里的精准度，不是科学意义上的精准，而是与作家主体所感知和把握的历史时代课题、社会伦理风貌、现实条件状况、人心向上冲动等等密切相关，与此一历史时期的社会如若要发展良好，政治应如何调用和配置各种要素来反复掂量以调动人心、发抒人心相关。只有这样的"精准"，才能"及时"。作家即便以政治为中介，仍必须沉入历史发展态势之中，对此一历史—社会—现实—人心诸多因素深入体察、理解、判断，凝神汇聚、谨慎下笔才有可能达致这一美学效果。革命现实主义问题的关键不再是与反映论相关的真实度，而是基于对不同历史—社会—现实—人心的真实状况的准确把握，进而在不同情境下构思如何才能将各种历史势能绞合磨砺为某种具有精准度的文学形态，使得此一时代中的人们能于历史压力与混杂中迅速廓清自己所面临的问题和方向，并为如此精准把握和描述自身历史处境的身心感觉和意识的文学深深震撼。这里的"精准度"不是在认识论层面上的问题，而是涉及文学叙述形式是否能准确判断历史发展态势、是否能深入理解社会道德习俗状况、是否能敏锐洞察人心发抒等层面的美学构造。这种"精准度"不只是文学性所强调的生动和感发能力，这是诸多文学都具有的美学特征。革命现实主义的"精准度"更强调文学的这种生动和感发能力与历史—社会—现实之间如何形成密切的结构性张力。

如此一来，这里的"精准度"就不是孤立化的技术要求，而是与内在于历史发展状况的诸多要求相关。最典型的例子是演员重排历史剧时，如何准确呈现几十年前的历史人物的状态。一个演员单纯模仿人物动作、衣着、礼节将无法传达历史人物的内在质感。他需要体察特定历史阶段的内在政治—社会—现实—精神状况，才有可能将某个动作或神态中所内含的特定机制特定氛围下的勃勃生机或落落寡欢之情精准呈现出来。比如一个演员要刻画战士对于枪的感情，他不仅涉及要考虑手如何拿、刀的高度以及刀尖的方向等等。[1]更关键的是，不在于肢体动作的抽象化"到位""美"，而在于一个解放军战士对于刀的感情，与国民党战士对于枪的感情，很可能完全不同。演员身处另一种历史氛围之中，他要寻找这种历史和艺术的精准度，就需要特别深入理解和体察这种属于特定历史人物的肢体动作所具有的该历史人物在特定历史情境下的特定感觉和精神。

周立波、柳青和李准等作家所面临的美学难题与此类似。《讲话》要求的深入生活所带来的美学挑战，我想正是对这种内涵复杂的"精准度"的要求。周立波在《暴风骤雨》中改写了东北土改的实际实践过程，很快就遭到熟悉这一过程的不少作家们和评论家们的批评。他们熟谙文艺美学，当然可以理解周立波的艺术手法。可他们仍对周立波《暴风骤雨》感到不满，恰恰是渴望一种新的对历史实践具有"精准度"的美学原则（只是这样的渴望，实际上很快就会不自觉地用政治要求回收作家对"精准度"的感知和理解）。换句话说，从"社会史视野"出发

---

[1] 参见刘柳对2014年舞剧《红色娘子军》的分析，她提到，舞剧导演说，演员容易像"娘子"，但不容易像"军"。刘柳：《刀枪——塑造〈红色娘子军〉女战士舞姿的技术之法》，载《画刊》2022年8月。

对革命现实主义文学美学特征的探究，不应停留于真实性，而应推进到对"精准度"的讨论，才能捕捉和打开这种特别的文学中与众多历史因素反复纠缠而形成的复杂美学特质。

从美学上来说，与"现实"缠斗的文学实践方式并不一定必然只能采取现实主义的表现方式。因为就本书讨论的这几种革命现实主义形态来说，关键在于创作过程中与"现实"缠斗的深度、广度、密度甚或精准度，而不仅仅在于其表现手法。我们也看到，无论周立波、柳青，还是李准、杜鹏程，也无论是本书中只是提及、没有充分展开的丁玲，他们在与"现实"缠斗后，或多或少都使用了非现实主义真实性的方式。他们关注的其实是与"现实"缠斗之后，对于理解历史—社会—现实来说更重要的精准度。而这样的精准度，以现代主义的艺术表现方式同样可以传达。也就是说，当我们不以常见的革命现实主义理解来规束我们对于《讲话》以来的文学实践经验的辨析，而是回到文学实践经验的过程和环节之中，反而可以帮助我们打开对革命现实主义，对现实主义，对现代主义等等文艺的新的理解空间。

比如，强调革命现实主义基于真实性的更加含摄历史时代趋势—社会广阔风貌—人心微妙调整的精准度，可以回应80年代之后中国新时期文学的种种困境。贺照田在他2003年的《后社会主义的历史与中国当代文学批评观的变迁》中对这一困境有非常深入的辨析。

在80年代中后期确立出了在接下来中国主流文学理论、文学批评界被自觉不自觉奉为首要律令的前提和出发点——表现自我、寻找自我，而不管其是否缺乏对世界和历史的理解和责任驱动，也不管他的感受和经验是否会过分单一，是否只是对时代环境、时代流俗的简单随波逐流，等等；更不管如果主体在面对政治、经济、物质生活的现代展开时如缺乏一种复杂的感知和审视能力，文学也就不可能对读者提供出，他们面对组织与理解历史新情境中自我感受与自我经验时常常需要借助的知觉形式，以获得认知上的参照，与因此阅读契机产生出的有效自我反观、自我整理；当然更谈不上对阅读主体提供深层的安慰和感动，并以这种安慰与感动对主体的触发为媒介，为那些受制于现下逻辑与氛围而又对这逻辑和氛围状况深感不满和不安的读者，提供出可以帮助其重塑乃至重构其自我主体的启发性契机。

由于把语言、文体创新界定为现代主义的首要美学追求，使得中国的现代主义、先锋派不可能安心于既有的写作手法和语言风格，这样，当然也就很难存在对先前手法与风格体会、挖潜、转化所需要的氛围和心情，而是汲汲于把自己放在一个不断进行技法与风格革命甚至为革命而革命的序列中，以寻求建立自己的美学风格和提供新的美学震惊给读者为第一义。等而下之者，甚且以美学需要为理由，绞尽脑汁去冒犯社会通行道德、习俗和人们的认知常识，以获得读者的阅读惊异。于是，先前通过把主体自我与历史、文明、民族等外在目标对立起来后为主体赢得的自由，便由于这强劲单一的陌生化美学要求，致使看似摆脱了一切羁绊的中国现代主义、中国先锋派作家不是感觉更自由了，而是因陌生化美学要求所逼变得更焦虑了。这一焦虑使中国80年代特有的、和外在一切对立的关心"自我"的写作，变得更加单一和贫乏——因为当一种美学和道德形式并未构成对生存主体、写作主体的误导和压抑时，作家、艺术家却非得给出一个明显标示断裂、至少是特异的美学行为和道德意识，必然导致他们的创造追求中充满着人为的、不必要的扭曲。换句话说，便是走向表达历史中自我感受和自然感受的反面。因为这样一种对创造力的单一界定和对创造力的绝对强调，使得很多作家、艺术家已不是在和他人相通的生活样态中去捕捉可能使自己产生风格的灵感，而是为了风格、为了创造力，全力把自己的生活改变成他们自己认为适于产生特异灵感的生活样态。

所以当90年代以市场逻辑来重塑一切的新意识形态降临时，坚持

80年代现代主义和写作教训的那部分90年代写作虽然没有被市场完全收编,但它除了谴责别人无创造力和不能为文学本身献身外,却也因它自身致命的逻辑束缚,不仅不能去努力探究新时代逻辑和氛围对主体的粗暴重塑,以使读者有对时代经验不同于流行逻辑、流行教诲的理解,获得反思自己新经验的特别立足点;也不可能去致力发现新的途径,以便在它提供的知觉形式中既包含着内在于这一现下历史条件的可能开展,又突破此一现下世界推给我们的主体建构逻辑,从而为读者的自我精神开展、自我生存救治提供营养。

只有当我们回看这二十余年后"文革"文学的历史时,特别留心那些不把新时期文学和前三十年文学观念截然对立起来的思考与写作,也即当我们特别注意那些不把自我观念封闭化、语言观念绝对化,而真实触及语言、主体、历史、审美知觉形式、社会结构的自我再生产等几方面间复杂相互关系的思考和写作努力时,我们才能为中国今后文学重新健康、有力地开展清出一个更真实、更开阔的历史地平线,才能为当下文学承继与转化被有问题文学观束缚与伤害多年的、充满着理想关切与责任感的80年代精神能量,打下一个更真实、更开阔的思想与观念平台。[1]

基于贺照田的这些观察,我们可以很直接看到,革命现实主义的这种精准度,恰恰在多方面回应了中国20世纪80年代中后期所发展出来的文学困境。

首先,革命现实主义的这种精准度不是局促于孤立化的文学语言、形式的精准,而是基于社会史的展开所获得的一个更真实、更开阔的历史地平线。它不把自我观念封闭化,不把语言观念绝对化,而是尽力真实触及语言、主体、历史、审美知觉形式、社会结构的自我再生产等几

---

[1]贺照田:《后社会主义的历史与中国当代文学批评观的变迁》,载《开放时代》2003年3期。

方面间复杂相互关系的思考和写作努力。无论是赵树理、丁玲、柳青，还是周立波、李准、杜鹏程，他们都共享着要将自己充分投入社会生活之中，作家自我是在与社会实践的互动中来重新构成，其文学语言是在这一社会实践的重构中来重新打磨，这一点在柳青的创作过程中极为明显。正是经过在社会实践中的多年磨砺，我们可以看到柳青从《地雷》到《种谷记》再到《创业史》的文学语言的巨大变化。而这种变化，不是孤立化的文学语言探索，而是与他的主体、历史实践、审美知觉形式、社会历史结构的自我再生产等多方面纠缠打磨的同步展开与互构。

其次，这种精准度的探究在某些历史时期（比如政治压力过大）会遭遇巨大压力而变形，变为对某些观念教条挤压下的尝试；而一旦政治压力撤除，这种文学所追求的精准度的内在构成方式，仍可为作家的主体提供开阔的空间，以"探究新时代逻辑和氛围对主体的粗暴重塑，以使读者有对时代经验不同于流行逻辑、流行教诲的理解，获得反思自己新经验的特别立足点"，这一点在1980年前后的诸多文学创作经验中可以明鉴。比如常被关注到的蒋子龙的《赤橙黄绿青蓝紫》《乔厂长上任记》、周克芹的《许茂和他的女儿们》、张洁的《沉重的翅膀》等，以及不常被研究界提及的王安忆的《分母》、周克芹的《山月不知心里事》、田中禾的《五月》、浩然的《苍生》等。如果耐心仔细辨析这些与历史—现实深度纠缠的文学探索，我们就无法简单将之归为过时的文学创作方式，如果再结合中国新时期前后的历史演进，便不难发现这些文学所"提供的知觉形式中既包含着内在于这一现下历史条件的可能开展，又突破此一现下世界推给我们的主体建构逻辑，从而为读者的自我精神开展、自我生存救治提供营养"。

再次，新时期文学思潮的探索方向有历史势能的真实性，反弹政治的过于强制所带来的种种后果。但如果我们不在政治／文学二元对立的架构中来理解革命现实主义文学遗产，如果我们从社会史视野充分展开对这些文学经验的讨论，就会发现虽然新时期文学思潮探索方向的历史真实性令人同情之理解，但并不意味着把自我、语言、文体创新界定为现代主义的首要美学追求等是新时期文学反弹政治时唯一的、必然的文学思考走向。或即便新时期以后的文学沿着这样的方向发展几十年之后，我们今天还能如何基于其自身的内在经验来做出可适用于它的调整？从革命现实主义的精准度来说，它不急于要探索文学语言手法和风格，这种探索是内在于作家自我深入历史进展和社会风貌的程度，它对文学手法和风格的探究是内在于现实人心状况的变动，对某一种风格的体会、挖潜，也是与这一深入程度相磨合和激荡，是在与某一村庄的具体村民的相处相生中感知其具体形态和冷暖，感知其氛围和心情，可根据这种具体情境来打磨和调整文学手法与风格的相适度。作家不须"把主体自我与历史、文明、民族等外在目标对立起来后为主体赢得的自由"，将自身置于美学要求的孤境，"以美学需要为理由，绞尽脑汁去冒犯社会通行道德、习俗和人们的认知常识，以获得读者的阅读惊异"，"因陌生化美学要求所逼变得更焦虑"。精准度本身是由其背后的社会史视野作为支撑和前提，丧失这一前提，精准度就会变成孤立化的美学要求。但由于社会史视野的要求，作家在打磨精准度之前，必须充分进入对社会—现实—人心的深度体察和了解，作家也就获得一个与具体时空中的人—社会相生相济的空间，"在和他人相通的生活样态中去捕捉可能使自己产生风格的灵感"，无须"全力把自己的生活改变成他们自己认为适于产生特异灵感的生活样态"。

最后，精准度的首要要求不是急于孤立化地表现自我，寻找自我。它的内在驱动力更多是对历史—社会—现实的担忧与责任，出于这种担忧与责任而投身于实践，并在实践中与历史—社会—现实逐步碰撞、磨合，在往复多次的碰撞、磨合中重构自我。只是在具体历史展开过程中，在1942—1985年的具体文学发展过程中，这一对历史—社会—现实的理解和责任有着不同的落实逻辑和脉络，也展现为不同的文学创作经验和形态。当文学以政治为中介而这一政治具有高度活力和说服力时，文学相应能更为开阔和丰富地呈现历史—社会—现实—人心；但当政治规定性过强，这时期文学的教条化和公式化也会非常明显。我们在历史中看到，这时期的作家也并没有对政治—经济—社会的展开不顺利，做出充分复杂且具有对峙性的审视。不过我们还是不能因此而简化地理解这种文学构成方式的潜能。比如在 1976—1985 年期间的很多文学探索中，当政治压力撤除，这种文学还是能发挥出"他们面对、组织与理解历史新情境中自我感受与自我经验时常常需要借助的知觉形式，以获得认知上的参照，与因此阅读契机产生出的有效自我反观、自我整理"。如果批评界、研究界对这些文学探索足够敏感，实际上可以发现这些文学"对阅读主体所提供的深层的安慰和感动"，"并以这种安慰与感动对主体的触发为媒介，为那些受制于现下逻辑与氛围而又对这逻辑和氛围状况深感不满和不安的读者，提供出可以帮助其重塑乃至重构其自我主体的启发性契机"。

这种与"现实"缠斗的方式，它"才"既可能是美学的，也可能是历史的，同时与该时期的社会发展状况、具体人心的向上冲动又密切相关。如果要叙述《讲话》以来的中国当代文学史，我想这应该是一个必要的基础性的工作。限于个人能力和精力，本书仅仅是择选了有代表性的几位作家作为有启发性的个案来讨论。如何内在于革命现实主义文学的构造方式、感知方式来理解这一段特别的文学实践方式，来讲述当代文学史，我想还有大量的工作可以展开。以类似方式来展开整理和描述的作家与作品，当代文学史中应该还有非常多，其将呈现出的美学面貌应该还会有很多。对于这些，本书都只能点到为止。

比如，本书选择的这几位都是在相当程度上已经有颇为展开的文学创作经验的作家，但围绕《讲话》周边，还有一些并未充分展开、但同样内在于文学如何面对历史—现实的创作经验。比如丁玲的《在医院中》。丁玲在此小说中并未直接聚焦于革命者，我们很难说陆萍是一位充满革命斗志的新人或者战士。陆萍既没有家仇国恨，也没有为人类的远大理想。但她渴望新生活。奇怪的是，陆萍不是在上海，而是到了延安来寻求新生活。按理说，既然陆萍并未有革命理想和抱负，为何要来延安这样一个明显在物质生活、文化程度远低于上海的地方来讨寻？但历史实际却恰恰说明，当年在远离延安的一所医院，在革命的后街，在物质条件、文化程度都远远不够的地方，陆萍是可能找到这样的新生活的。物质条件、文化程度、管理理念、机械设备都有限的条件下，陆萍完全有可能打开新的生活空间。丁玲让陆萍以身试险，将之放在一个各方面都捉襟见肘的环境里去探索，实际上却是让陆萍面对一个非常核心的现代问题：人类社会在绝大多数时间里，都不可能具备充分满足的各种条件，那在远离天国理想的每一历史时期，每一尘世，我们还有可能寻找到"新生活"吗？

陆萍的探索成了延安经验中少有人提起、却是藏于革命后街的重要部分。关于延安经验海内外学界有诸多研究成果。讨论延安经验也成为革命史和革命文学的一个重心。但延安经验中到底哪些可以在细致辨析之后，启发我们将自身处境相对化，在相对化的裂缝和悬置中反复反观每一历史时期内在构造机制的向上动力，以重辟当下人心和社会的展开路径，这并不是一个自明的问题。在被学界讨论的延安经验中，很少有人重视丁玲让陆萍展开的探索。革命实践没有让陆萍充分展开探索，并将她的探索经验放置于前线。但革命后街的故事，最终在70年代成了困扰革命的命题。当人类某一历史阶段的发展无法摆脱比如工资制、等级制等资产阶级法权，我们是否就不能拥有"新生活"？社会主义生产的二重性是否对于我们具有如此巨大的规定性？[1]

陆萍的未及展开，未尝不是我们今天所遭受的历史后果之因。如果我们将陆萍未及展开探索、丁玲未及继续深究的路径再往前推进，我们还可以发现，丁玲关注的陆萍这样没有很强家仇国恨、没有天下为公意识的人物，恰恰是没有革命观念的普通中国人，这样的中国人对革命观念浸染不深，但对新生活的渴望强烈。陆萍虽然是在延安这样的革命空间中展开探索，但"无腿之人"建议她的自我构成路径，和她可能展开的路径，并不必然依赖阶级论等革命观念、革命理想。而《讲话》所要求的深入生活、为工农兵服务的内部，实际上也内含着这样的自我重构方式（只是《讲话》以来的文学实践并未充分展开这方面的探索）。陆萍这样的人物所拓展出来的生活道路、自我构成方式，恰恰也可以作为后革命时代的人们重思、重构自我的思想资源，甚至可以作为广大华人社会面对现代社会的挑战时重构自我的基础，以及现代社会在自我证成时的重要参考。从这个意义上说，革命的后街，也可以是亚洲的后街，现代社会的后街。

从某种意义上说，革命现实主义文学不能简单理解为现实主义文学，不能简单将这样的文学探索理解为一种文学创作方法。从历史中的文学实践经验来说，以现实主义命名革命现实主义，可理解为一种借用，或是一种临时命名。从革命现实主义实际创作经验（尤其是早期）来说，它更重要的特征是文学重新面对被搅动的现实，与"现实"缠斗，在缠斗中直面现代社会的良好人生与可能。缠斗的现实主义是剥离种种理论概念之后的重新面对世界，是历史巨大倾斜后的自我的重新校正，将历史的"重"卸下，将不可名状的混沌的"无"重新放置在生命感知的天平上。它关注在历史中行动的身心，焦点从艺术化的动作转移

---

[1] 关于对社会主义生产二重性的具体讨论，请参见贺照田 2018 年在北京师范大学的《新时期文学兴起的历史、观念背景——通过历史文献的细腻解读重新审视新时期文学》8 次课程。

到历史实践中的整个行动过程，校正身/心二分、艺术/现实二分。它不是聚焦于抽象的行动。聚焦于抽象的行动仍然缺乏几个维度，比如历史、现实、身心。革命现实主义的身心必须是在历史中行动的身心，其特征是"缠斗"，是为生命在历史中抒发的"缠斗"。

# 后　记

这本书其实是我近十年与北京·当代中国史读书会同仁共同研读"社会史视野下的中国现当代文学"的初步成果，也是读书会同仁共同努力探索当代中国史的初步成果。读书会一直以研读历史为重，"社会史视野下的中国现当代文学"的讨论方向是贺照田2014年给读书会的一个建议。这之后我们基本上是在中国革命史和中国革命现实主义文学的阅读中交织着往前走。

说到读书会，之前在一次机缘里我粗略写过一段：

> 具体契机是由于2010年9月，我无意中看完《中国乡村，社会主义国家》，印象深刻。正好2011年1月4号的一次契机让我跟贺照田有机会一起去河北饶阳五公村考察。同行的还有何吉贤、萨支山、李云雷、鲁太光、靳大成、高建平等师友。本来潘毅也要同行，后来在回京之后才碰上。正是回京之后的这次聚会，我记得是五道口五方院一楼，照田、何吉贤、潘毅和我，在饭桌上聊起来组织一个讨论中国当代问题的读书小组。何老、潘毅也都积极推动，照田说当年是我最积极鼓动，其实可能是我最年轻，也最无知，一心只想求教、求知，不懂、也不顾这里面的艰辛。

读书会就这样成立了。几乎正好是十年前，2011年1月28号，读书会第一次讨论的是钱理群老师的《毛泽东时代和后毛泽东时代》。当时我们并没有成熟和详细的规划，但总需要一个进入历史的媒介，正好钱老师的这本大作刚完成。钱老师作为中国当代史的一个代表性人物，他的思考和工作所具有的多层次的当代史含量，是很有挑战性的。照田与钱老师交往多年，熟悉钱老师的进展，可能是考虑到这些因素，照田建议大家不妨从钱老师的这本书入手。大概在2011年春节后的3月，钱老师基于他对当代史的一些理解和判断，建议我们接下来读1956—1966年的《中国青年》。如果真要读《中国青年》，那这就是我第一次从主要读经典文本转为尝试阅读历史材料，我当时肯定不知道踏出这一步后的漫长和艰难，但信任照田，且在认知上我知道这是我最缺乏的部分，我必须补起来。照田建议我和程凯先翻阅，但翻阅的时段则最好从1949年开始。我们真的就去了。当时文学所资料室只有从1950年1月开始的《中国青年》杂志，我不记得我跟程凯翻阅的具体是哪一期杂志，不过记得我们看到杂志目录的丰富性，比如有大量政策文件、思想工作、农村经济、时事、工业计划、哲学、文化、文学、读者来信、问题讨论等等栏目，我们微笑着点了点头。三十五六岁的我们正年轻，想跟世界再搏一次。最后确定的正是1950年1月《中国青年》的第30、31期作为第一次的阅读材料，我们第一次讨论《中国青年》的时间则是2011年4月12号。

之所以选中1950年而不是1956年的《中国青年》，其实背后有照田的诸多考虑。当时我对当代史可以说毫无积累，照田的建议是至关重要的。他当时提醒我们注意，1956年实际上已经成为学界理解当代史的一个叙述节点，但这个节点的选择本身跟学界在新时期以后对当代史的理解有关。我们如果没有充分把握和反省学界的这一历史叙述架构，就容易在进入历史时被后设的立场或论争所牵制。所以最好能以更朴实的态度、尽量无立场预设地从1949年的新中国成立开始，来理解和把握新中国历史实践的脉动。此其一。

其二，在历史过程的不同时段，有时有些杂志对于历史的脉动极为敏感，有时则不一定。《中国青年》在新中国成立初期恰恰具有这样的敏感性，这对于我们进入和认知历史实践的重要信息、环节和面向就相对更加有利。

其三，选择从1949年开始进入，其中一个考虑是，新中国的前几年中，大体上是一个新的国家构想和规划要落实到一个旧中国社会机体之上，且这时的社会语言呈现出多样性，尚未被后来的政治语言过度回收，能反映出的内容更加具有多层面性。新中国成立初期的这几层因素可供我们观察和琢磨的信息量相对就更大。

其四，《中国青年》意在打造革命新人。新中国成立后，我党希望将以往在革命实践中行之有效的培养新人的诸多积累，转化为形塑全社会青年的实践。《中国青年》直接展现党和国家关于新人的理解。它在不同层次对青年问题的整理与回应，更集中呈现着我党如何在具体的情境中落实新人的形塑，即在鼓励和召唤各个社会领域有进步意愿的青年群体参与新的建国实践时，通过对这些青年的各种调动与塑造，进而对全社会青年乃至整个社会的思想、价值、道德、精神加以引导和塑造。这特别有助于我这样过于在理论中思考的人，以立体而非概念的方式，切实体会和理解在中国共产主义革命进程中居于重要地位的新人塑造是如何在具体历史进程中被赋形和落实的。

对我来说，这正是我多年来特别缺乏的层面。我在年轻时候过于关注人生的价值和意义，又没有把这样的问题转换、展开和落实到具体现实世界之中来碰撞，在碰撞中去丰富自己的感觉意识和理解层面，这实际上使得我的思考一直侧重在一个较为悬空的位置。它看起来是人生的核心问题，但这个核心问题却不能含摄和带动这个世界，从而也就无法把关心这一问题的我真切而具体地带入这个世界，并跟随这个世界的展开来不断丰富、校正、拓展自己的生命和关切。看起来我在关心这个世界，实际上我被我所关心的问题和关心的方式封闭起来了。结果变成，我越是在这些核心问题里以这种方式思考，就越是脱离旋转着推进的这个世界。再加上我自己没有一个能突破这种困境的能力和意识，我也就越会不自觉地牢牢抓住这个问题，不断眼睁睁看着这个世界在自己身边流逝而无力与之碰撞，却以思考这个核心问题本身作为自己人生意义的根基。所谓独思御患，则御之之术即患所生。现在读《中国青年》时特别回到经验层面，这实际上就对我一直存在的缺陷部分有一个弥补和修正。这是其一。

其二，我从一个西南小县城开始接触知识领域展开自己的思考，一直并非在时代知识脉络中展开的。也可能思考中的有一些感觉意识不自觉是对时代状况某些征候的回应，但并不自觉。在1999—2005年的北师大学习时，我专业是文学理论，一方面我自己不够专心，另一方面也是不甘心在专业中思考，更愿意跟着自己关心的问题来追踪知识进展。比如我不是在中国学界中的施派接受脉络中来接受施派，不是在"社会理论"转向"政治哲学"中来理解施派，而是在我自己关心的问题中来关注施派。我甚至不关心政治哲学专业所关心的政治哲学是什么，而是从我关心的问题来关注施派所带动我进入的更开阔和更深入层面。比如阅读《理想国》，我会更关注阿兰布鲁姆的阐释，而不是罗森的阐释。这当然造成我在知识积累上的不够全面，不过这一倾向也让我后来特别会被照田思考方式中的一个方面触动，那就是他总是在历史中寻找那些希望对历史、对民族有责任感的人及其历史实践后果之间来展开思考。他虽然对学科知识有大量积累，但他对问题的把握和切入却几乎不是学科化的。他有一篇文章叫《从苦恼出发》，我理解的这个苦恼，可能首先或多数是从这些希望对民族未来负责任的人及其历史实践后果之间的苦恼出发。这实际上就跟我自己一直以来的思考习惯有相似的地方，所以我才会这么被他的思考触动和推动。但我一直缺乏对历史实践后果的关注和考察，实际上对这些有责任感的人的理解，也就缺乏一个重要的维度。而且也就很难真正进入这些有责任感的人的思考内部。如果换一个角度，也可以说，照田的思考对我的吸引力之一在于，他在思考政治哲学的关怀在历史实践展开中所开拓的空间和所遭遇的挫折。他对曾国藩的思考的切入点也是这样，对梁漱溟的思考的切入点是这样，对毛泽东的思考的切入点也是这样。

其三，他对中国近现代和当代史中实践经验层面的重视，以及由此展开的非常多的创造性思考，对我的吸引力就会非常内在于我的思考，又能将我切实地回落到中国社会之中，并推动我进一步磨炼在思考自己所关切的问题时所应具备的能力和意识。这是施派政治哲学缺乏或开展得不够的维度。比如在讨论《中国青年》时，他常常将中国革命放置在中国近代以来所遭遇的结构性困境之中来考察，他发现中国自18世纪以来在人口和贸易上的成就所带来的中国社会的结构性后果，中国的官僚和知识精英都没有充分意识到并提出相应的有效应对。这就带来一个问题，比如中国近代在向现代转型时，如何能在中国社会机体中构造出一种既有主体道德又有政治能力的负责任的人，并且在社会政治制度和知识思考中能对这样的人的出现做出扶持和培育，这是考验现代中国是否能够成功建国的一个重要因素。这恰恰是我一直在政治哲学中思考的问题，但又一直没能在中国历史中展开思考的。如此一来，不仅青年问题对于理解中国革命问题就变得非常重要和核心，而且这种在历史考察中提问的方式，以及所需要进入的状态，就将施派过于在理论层面展开问题讨论的方式落实到了中国社会历史进程之中，落实到历史具体处境中人的身心状态发展状况之中。这实际上给我打开了一个不再被人生终极价值问题所围困、但又事关人生意义的奠定和落实的广阔空间。也让我从思考视野过于集中在既定经典思想家的范围摆脱出来，重新面对如何内在于中国历史状况来探索中国现代建国的创造性思考之中。他关于潘晓的讨论之所以当时一下击中我，可能因为这正是我感到困扰又无法突破的一个层面。也正是如此，我发现针对这一被转换之后的问题，我的积累和素养就变得非常不够，需要重新磨炼和养成的能力和意识就非常多。

其四，但越是这样，照田越是会时常提醒我们，不能着急。既然我们的知识目标是要肩负如此重任，我们越需要对自己的知识工作格外打磨。尤其是我，因为之前的思考方式和积累方式的不足，使得我在把握中国历史实践经验时，更缺乏足够的能力和意识。这些年我跟随读书会与大家一起讨论时，特别用力之处，也在于针对自己的不足的反复磨炼和拿捏。既然目标是希望进入历史中有责任感的当事人的思考和困扰，既然希望自己的知识工作肩负这样的责任，知识工作方式和能力的重新磨炼就是必需的。虽然我当时已经三十五岁了，但重新开始对我似乎也并不是难事。可真的已经三十五岁了，重新练习的痛苦很多时候是不堪忍受的。有时面对历史经验材料中的一个表述，我需要反复掂量和拿捏，但还是很难准确把握和咬住它在那一刻的状态。没有奋力咬住对象的努力纠缠，我跟这个世界之间的距离，就没有拉近。不过越是跟大家一起切磋锤炼，自己分明也感觉到跟历史经验之间的清晰和亲熟，以及突破基于某种价值立场对经验的把握方式而来的"直面世界"的欢欣，也越让我感到在艰难中缠斗后的收获感，可能就是进一寸后的欢喜。

其五，伴随这种欢喜的，还有不少朋友提到的参加读书会的年轻朋友越来越多。我想引用照田描述读书会中年轻朋友的一段话，"读书会不仅是一个以较为密集的日常讨论为基础的老师们的学术共同体，还有众多来自北京各高校的同学参与读书讨论。以中国社会科学院研究生院、首都师范大学、清华大学、中国人民大学、北京师范大学、北京大学、中央民族大学、中国艺术研究院等高校为主的硕士博士同学，自2011年始陆续加入读书会讨论之中。他们不仅在读书会日常讨论、学术活动中发挥着重要作用，还针对自己学习、成长中碰到的人生困扰、学术疑难和社会关切，组织了多次专题讨论会。在这些跨高校跨学科跨年纪的讨论交流中，他们所收获的除学术能力的成长外，还包括彼此间理解的增进和因对他人的深入理解而带来的对社会的新认知，以及基于这些理解、认知基础上的自我打开，和因对他人的深入理解、自我的诚恳打开而重塑的个人生命状态、读书会群体状态。而读书会年轻人的这些学习、成长状态，更加推动读书会不仅是学术共同体，也同时是以学术、思考为契机的友爱共同体，而友爱共同体形成经验又反过来启发、滋养我们的人文研究、人文思考"。这是大家共同的投入才会形成的氛围。而我对这种形态的读书会之所以有感情、有热情，一方面是在这些年知识积累、经验挖掘中的切实的增进和发现，可能还有对于当年在北师大时与朋友们一起生活的记忆。

我在2001年北师大文学院过得极为舒心。当时我们一群学生聚集在一起，主要有七八个。大概因为我们二十多年里并没找到应该怎么度过青年时代的方式，我们就干一些当时一般学生不会干的事情，写诗、打球、喝酒、写日记。不过对我来说特别的是，此后三年，这些彼此陌生的年轻人比亲人更加互相信任和亲密。比如我们会先打球，然后一帮人一起去食堂吃饭，然后找个草地喝酒，然后开始讲述自己青春时的精神历程，然后满大街乱走，边走边讲，最后凌晨回宿舍大楼敲醒看门大爷，有时不好意思再敲，就到后海边坐到天亮。我是在这个时候才开始深入接近别人的青春，别人的生命，并为别人的青春经历所震惊。我从没想到过人与人之间是可以这样生活和相处的。喧闹的、挣扎的、深切的、透亮的、热爱着的。连痛恨的样子都这么让人着迷。我本科时迷恋的《战争与和平》里没有写到过，喜欢的叶嘉莹也没有写到过，本科毕业后参加工作的山东单位里也没有过。它是新的。

但这种新的生命成色，过于依赖青年时代的单纯境遇。它无法充分回应时代、社会的发展状况。我们是在特定的孤立环境中的欢腾。就我个人而言，读书会之后，我才真正开始重新训练自己直面时代—社会课题的意识和能力。读书会当然还在很多重要方面调动了我潜在的感知，只能以后再补充。目前匆匆想到的这几点，实际上已经构成了我对读书会的投入和感情的多种动力基础和渊源。今年是2021年，读书会持续了十年，我也已经四十五岁。在不多的生命历程里，十年不算短，但对于我追寻自己关切的问题来说，与之相匹配的能力、品质、意识方面的推进实在不能算多。当初立志读书会能持续三十年，这才完成了三分之一。希望接下来的生命中，有更多的朋友加入，大家一起前行。

之所以想特别介绍读书会，是因为没有在读书会里十多年对历史的全力投入和寸心磨炼，我不太可能在进入现当代文学史时能有这种耐心和能力反复深入琢磨、体量、省思。对我来说，这是一种新的面对文学的方式。我现在很难具体说清它如何新，不过这个新式，应该是来自十年里的旧法。而这个旧，最简单来说，是希望为了时代问题而不断探索如何回到历史更根本处去紧贴对象，以人解人，返本开新。也是因这十年里的旧法，因进入历史、感知历史而愈发深入与历史时代感同身受，我在今天更加意识到文学对我的时代感知而言的意义。尤其当我在时代中面临困境时，我很难从学科化或知识化的思考中获得足以让我重振旗鼓的支撑的力量。那什么样的文学才能在这样的时刻给我以重新深入历史、感知现实、面对世界的帮助？不知道。也许，正是对革命现实主义的细致解读，反而让我在具体历史脉络中某种程度上回到了文学曾经在与"现实"缠斗中所打开的空间，这种空间之所以能被打开，其前提条件是仍比较复杂，值得仔细追索。而这种空间虽并不足以让我可以将之作为新的基座，但足以让我可以把自己的处境和时代的处境同时相对化。

这些工作仅仅才开始。我自己的思考也有诸多不足。不过有一种张力，今天看来反而因这些工作而愈发明显。在某一年年底的一次会议中，我当时写了一段急就章，较能体现这种心情和感受：

> 了解我们的朋友都知道，读书会总是力求将知识思想工作与现实人生的求索结合起来。这些年的各种工作也都或多或少呈现了这方面的特征。这次会议的特别之处还在于，我们的知识思想工作似乎到了一个需要重新更根本性地辨识现实，构造现实，并以此为基础，对我们的知识工作做出更加明确的调整的时刻。
>
> 而对现实的这种辨识和构造，着力点可以有很多，其中一个较为重要的，我们觉得在于对人的历史和现实处境的重新体认和断识。我们需要政治，但不能再接受"马基雅维利式的政治"来规定

这个人；我们需要自由，但发现不能直接套用"自由人权"来理解这个世界；我们需要国家，但不能是"利维坦"式的国家；我们需要社会，但不能是一个仅仅以经济生活为衡量标准的社会。可我们到底需要什么，生命才能安顿释然？作为现代人，这种无所依凭的赤裸的命运从未如今天这般让我痛感无地彷徨。似乎20世纪的历史遗产不但没有给予我们遮雨的棚屋，反而更加铁链般在收缩。对，"螺丝在拧紧"。

正是这样的历史时刻所带给我们的不安，正是几乎所有知识工作都丧失对人的生命舒发展开更内在于现实、更内在于历史—社会的理解和护持的时刻，推动我们努力去想，人文还能做些什么？应该做些什么？

我们是否还有能力，基于在当下时代不可被轻易回收的痛楚、渴望和期待，摆脱各种知识预设对于人、对于世界的理解，重新训练人文对于历史—现实中具体生命感受的含摄力和表述力，以此穿透历史对现实的种种塑造和遮蔽，让人心透出气来。

对那些在这个时代、世界中遭遇了种种不幸和不安的人们，我们做得太少。当然，我们做得再多，也无法弥补人们承受的伤痛。可也许正是这种让人绝望的不可替代的生命伤痛，激励我们要再多做一点，再多看一眼。顺着这敏锐而曲折的眼光，我们的手将伸出，推倒阻断的墙。

"螺丝在拧紧"和"透出人心"之间的张力，正是我们今天盼望和期待诸位师友讨论的主题。因为一个"现代社会"不该让我们无处发力，这不是我们的宿命。如果轴心时代是古人在历史重负中的开启，那"现代"同样需要被重启，它必须被重启。至少，我们今天，应该为这样的重启做出内在于我们生命的决断。

对现实状况的焦虑，并不必然引导我们聚焦于现实主义。任何文艺形式都可能有助于我们更深地理解现实。但为什么是回到革命现实主义？也许正是因为本书前面所展开的讨论，正是因为这十年里的摸索，让我意识到，越是如此，我愈加感觉到在今天，重新讨论革命现实主义——不仅将其当作文学，而是将其当作知识工作、人文思考的某种根基——是最根本甚至最核心的时代课题之一。

我特别要感谢北京·当代中国史读书会的诸位同仁、朋友和同学们，尤其感谢中国社会科学院文学所贺照田先生和山东大学辛智慧先生。贺照田对我的大量启发和提示，以及他对读书会多年的辛勤付出，都不是感谢所能言表；而本书的所有章节，辛智慧都是我所信任的第一读者，并给我提出了大量建议。有大家十几年来的共同阅读、讨论、考察、相聚，这本书中的一些体察、思考和认知才会成形和被落实。这本书中还有一些论述，很可能是我无意中希望自己努力将我们讨论时的一些分歧讲得更清楚，希望在面对朋友时，我能更清晰地讲出我看到、感觉到、体会到的关于我们生活、生命的那几个刻度。还有无法讲出的，包裹着你我的，希望它们恰当春日而自行萌发。盼择日再聚时，再由大家喧闹地讲出这些也属于我心里的人世间的话。

本书内容大多曾分别以论文形式发表在《文艺理论与批评》《中国现代文学研究丛刊》《文艺争鸣》《文学评论》《新人文》等刊物，非常感谢李静、易晖、张涛、徐刚、周维东等师友的鼓励和肯定。《"搅动"——"煨制"：〈暴风骤雨〉的观念前提和展开路径》一文曾获《中国现代文学研究丛刊》2021年度优秀论文奖，感谢诸位评委的厚爱。本书关于周立波和李准的部分，都曾在上海师范大学人文学院薛毅老师与读书会合办的两次会议中发表。薛老师对读书会的鼓励、包容和支持，才能让我可以自在放松地写这么长，结果他抱怨太长，威吓我交印刷费。

最后要感谢中国社会科学院文学所杨子彦的鼓励和建议，以及文学所优势学科经费支持本书的出版，也非常感谢河北教育出版社各位领导及编辑的支持和付出。

感谢诸位，没有人世间的这些情、义，就不会有这本书的存在。

2023 年 3 月 15 日